T0244031

Enemigo caído

ENEMIGO CAÍDO

L. J. **Shen**

CRUEL CASTAWAYS 2

TRADUCCIÓN DE
Gemma Benavent

CHIC

Primera edición: marzo de 2024
Título original: *Fallen Foe*

Diseño de cubierta: Giessel Design
Corrección: Isabel Mestre, Raquel Luque

Publicado por Chic Editorial
C/ Roger de Flor, n.º 49, escalera B, entresuelo, despacho 10
08013, Barcelona
chic@chiceditorial.com
www.chiceditorial.com

ISBN: 978-84-19702-23-4
THEMA: FRD
Depósito Legal: B 4915-2024
Preimpresión: Taller de los Libros
Impresión y encuadernación: Liberdúplex
Impreso en España – *Printed in Spain*

Para P y A.
Os dije que nos quedaríamos sin personas
a quienes dedicar nuestros libros.
Necesitamos empezar a ver a otra gente.

Comprendo que en nuestras profesiones,
tanto escribiendo como representando,
lo principal no es la gloria, ni el brillo
ni la realización de los sueños.
Lo principal es saber sufrir.

Antón Chéjov, *La gaviota*

PRIMERA PARTE

Capítulo uno

Arsène

Los tejados son distintos en Portofino.

Más planos, anchos y viejos.

Los edificios color pastel que brotan de la tierra están tan apretujados que uno no podría ni deslizar un palillo entre ellos si lo intentara. Los yates en el puerto están atracados de forma ordenada y separados unos de otros por la misma distancia. El mar Mediterráneo brilla bajo los últimos y persistentes rayos de sol a medida que se acerca el crepúsculo.

Holgazaneo en el balcón de mi *suite* con vistas a la Riviera italiana mientras observo cómo una mariquita rueda hacia atrás sobre su propio eje, como Venus, encima de la barandilla de mármol.

Le doy la vuelta para ayudarla a encontrar un punto de apoyo y después le doy un trago a mi vino blanco. El menú de esta noche yace sobre mi regazo. El ragú de jabalí salvaje es la opción más cara, lo que significa que estoy obligado a pedirlo solo para ver cómo los idiotas de contabilidad sudan sobre los platos de *risotto* al comprender que esta conferencia les saldrá mucho más cara de lo que habían planeado.

Las buenas ideas mueren en los eventos empresariales. Es un hecho bien sabido que cualquier secreto del oficio que valga la pena mencionar en un susurro no se aireará formalmente en un evento de la empresa. La información valiosa del mercado se intercambia en los callejones traseros de la industria, como si fuera un arma.

13

No es mi lugar de trabajo el que nos ha traído aquí. De hecho, no tengo un lugar de trabajo del que hablar. Soy un lobo solitario. Un asesor comercial cuantitativo al que las empresas de fondos de cobertura pagan por hora para que las ayude a clasificar el conglomerado de inversiones potenciales. En qué invertir, cuánto y cómo mantener los beneficios anuales que sus clientes esperan de ellos. Mis amigos me dicen a menudo que soy como el personaje de Chandler en *Friends*. Que nadie tiene ni idea de lo que hago en realidad. Pero mi trabajo es bastante directo: ayudo a que los ricos se hagan más ricos.

—Me estoy probando este vestido nuevo —murmura una voz femenina detrás de la puerta del balcón—. No debería llevarme más de diez minutos. No bebas demasiado. Esos clones vestidos de traje apenas te consideran civilizado cuando estás sobrio.

Tras lanzar el menú como si fuera un *frisbee* a una mesa cercana, tomo el libro que hay a mi lado y paso a la siguiente página. *Breves respuestas a las grandes preguntas,* de Hawking.

Como estamos alojados en el piso superior del resort, prácticamente tengo una vista directa de los balcones de la cara sur, con vistas al puerto.

Así es como los veo la primera vez.

Una pareja a dos terrazas bajo nosotros.

Son los únicos que están fuera, donde absorben los últimos rayos del sol poniente. Sus cabezas rubias se inclinan juntas. El pelo de él es amarillo como el maíz. El de ella es tiziano, una combinación de dorado y rojo, como arena del desierto quemada.

Él lleva un traje elegante y ella, un vestido burdeos. Algo simple, con aspecto de barato, casi de golfa. ¿Una chica de compañía? Nah. Los magnates de los fondos de inversión de Wall Street invierten en citas con apariencia de caras. De esas que tienen un armario empotrado de diseño, zapatos de suela roja y modales de colegio privado. Las niñas bonitas solo existen en los cuentos de hadas y en las películas de Julia Roberts.

Ni una sola alma en Manhattan valora el encanto, la honestidad y la extravagancia en una mujer.

No. Este es un país pueblerino. Tal vez una chica de la zona ambiciosa que ha logrado abrirse paso hasta su cama con la esperanza de llevarse una buena propina.

La pareja comparte un melocotón y besos pegajosos y jugosos. El néctar resbala por sus labios mientras él le da la fruta a ella. La chica sonríe mientras mordisquea la carne de la fruta sin dejar de mirarlo a los ojos. Él le da besos hambrientos y ella le muerde el labio inferior con fuerza antes de que él aparte la boca de la de ella para susurrarle algo a la oreja.

Ella echa la cabeza hacia atrás y se ríe, con lo que expone la pálida y larga columna de cuello. Me remuevo en el asiento y me cubro la creciente erección con el libro. No sé qué me pone más. El melocotón, la mujer o el hecho de que soy oficialmente un *voyeur*. Seguramente, las tres a la vez.

El hombre baja la cabeza y le lame un largo hilillo de jugo, sin dejar pasar una buena oportunidad. Están inclinados contra la barandilla y él presiona su cuerpo contra el de ella.

Algo ocurre entre ellos. Algo que hace que se me erice el vello de la nuca. Lo que sea de lo que están disfrutando estos dos es algo de lo que yo carezco ahora mismo.

No soy un hombre acostumbrado a las cosas inalcanzables.

—¿Ya has probado el blanco? —La puerta de cristal se abre de par en par. Miro de golpe a la persona a quien le pertenece la voz.

—Demasiado anís y trufa, ¿verdad? —Mi cita me mira con desdén y hace un puchero. Todavía lleva el albornoz. ¿Cuántas horas necesita una persona para ponerse un maldito vestido?

Tomo un trago de vino.

—A mí me parece que está bueno. Vamos a llegar tarde.

—¿Y desde cuándo te preocupa la puntualidad? —Arquea una ceja.

—Desde nunca. Pero tengo hambre —respondo simplemente.

—Juega bien tus cartas y puede que sea tu postre. —Me lanza una sonrisa pícara y acompaña el gesto con un guiño.

Muevo el vino en la copa prístina.

—Si no hay postre, no hay cita. Esto es un *quid pro quo,* y no se me conoce por mis tendencias filantrópicas.

Pone los ojos en blanco.

—¿Puedes al menos *fingir* que eres tolerable?

—¿Puedes fingir que te gusto? —replico.

Ella suelta un grito ahogado.

—*Claro* que me gustas. ¿Por qué estaría contigo si no?

—Podría darte treinta y tres millones de motivos. —Ese es mi valor neto *antes* de mi inminente herencia.

—Madre mía, qué bruto eres. Mi madre tenía razón contigo. —Me cierra la puerta del balcón en la cara.

Pongo el libro en la mesa y redirijo mi atención a la pareja en el balcón. Siguen en ello, enrollándose como si no hubiera un mañana. Le toma un puñado de pelo en un puño, tira de él, le alza el rostro y la besa con ganas. Sus lenguas bailan juntas de forma erótica. Ella le toma las mejillas entre las manos y sonríe, a la vez que le pasa los dientes superiores por el labio inferior. Se me estremece el pene de nuevo. Ella es completamente suya, lo veo, y esa convicción ciega de que ella le pertenece a él, lo cómoda que se siente al pertenecerle a otro ser humano, me hace querer destrozarle la cabeza para probar mi idea.

Nadie es tuyo y no le perteneces a nadie. Solo somos enemigos caídos que tratan de sobrevivir en este universo.

Saca la cabeza del cuello de ella, le toma los pechos y presiona la pequeña protuberancia hacia sus labios. La punta de un pezón rosado asoma por el vestido. Cuando su boca alcanza el valle entre sus pechos, ella se recompone.

Lo aparta entre jadeos. Tal vez es consciente de que tienen público. Si espera que me avergüence, ya puede acomodarse, porque eso no ocurrirá. Ellos son los que se están restregando a plena vista. Yo solo soy un hombre que disfruta de su pretenciosa copa de vino en un apacible día de verano.

La puerta de cristal se abre de nuevo y Gracelynn Langston emerge nuevamente, pero esta vez con un vestido negro de gasa y lentejuelas. Una prenda de Akris que le compré el día después de que se metiera en mi cama por millonésima vez en esta década.

Ese era el patrón de Gracelynn, o Grace, como yo la llamo. Me folla. Me ignora. Vuelve arrastrándose hacia mí. Siempre le sorprende acabar en mi umbral, con mirada pensativa, a veces borracha y siempre humillada.

Sin embargo, a mí nunca me toma por sorpresa.

He aceptado lo que somos. Una pareja disfuncional y jodida, como nuestros padres. Sin el abuso físico, tal vez.

Con el paso de los años he perfeccionado el arte de manejar a mi hermanastra. A utilizar su naturaleza explosiva a mi favor.

Ahora soy capaz de detectar el momento preciso en el que Grace va a dejarme. Siempre ocurre cuando nuestra relación empieza a parecer seria y formal. Cuando el lascivo brillo de tirarse a su hermanastro desaparece y se queda con las consecuencias. Con un hombre al que odia. Un paria social, expulsado de la educada sociedad de Wall Street con una prohibición de dos años bajo supervisión por haber comerciado con información privilegiada.

Y así, como un reloj suizo, en cuanto se aparta, me vuelvo distante e inaccesible. De forma estratégica, me fijo en las mujeres con las que me cruzo por la calle. El tipo de mujeres que ella no aprueba. De esas que llevan demasiado maquillaje y bolsos de diseño de segunda mano con el orgullo de una heredera de una cadena hotelera.

Funciona como un talismán. Grace siempre vuelve. No me soporta, pero odia todavía más que tenga a otra mujer colgada del brazo.

—Abróchame la cremallera —me pide, y contonea las caderas mientras se acerca. Se vuelve hacia mí y me da la espalda. Puede vérsele marcada cada vértebra. Se las ha apañado para mantener ese cuerpo de bailarina después de haber renunciado a su sueño.

Le subo la cremallera por la espalda.

—¿Cuánta gente nos deleitará con su mediocridad esta noche?

—Demasiada, como de costumbre —habla con horquillas en la boca mientras se coloca los mechones sueltos en un recogido—. Al menos solo han invitado a los veinte mejores empleados y a sus acompañantes. Nada de los mentecatos de los asistentes personales, gracias al cielo.

Grace no me presenta como su novio, sino como su hermanastro, aunque nuestros padres llevan divorciados desde que ambos íbamos a la universidad.

Pero me presenta de igual modo, pues soy bastante conocido en el mundo de las acciones. Me temen, me respetan, pero a pocos les gusto. Ella conoce mi influencia, mi tirón. Puede que sea la oveja negra del mundo de los fondos de cobertura, pero sé cómo ganarme la vida, y a la gente de Wall Street le gustan las personas que saben cómo hacerlo. Es su parte favorita de la fiesta.

Mis dedos se detienen en cuanto veo la cicatriz que tiene en la parte alta de la espalda. Esa que me recuerda lo que le ocurrió. Lo que me pasó hace veinticuatro años. Paso la yema del dedo por ella. Se le eriza la piel con un escalofrío y se aparta como si la hubiera golpeado.

—¿Se ve mucho? —Juguetea con una pulsera bien abrochada y se aclara la garganta.

—No —miento, y subo la cremallera hasta arriba. Me paro en seco. Algo me invade. La necesidad de pasarle los labios por la cicatriz. Me resisto a la tentación. En su lugar, digo:

—Listo, Venus.

—¿Venus?

—El planeta más caliente del sistema solar. —Le guiño un ojo y canalizo a mi Christian Miller interior, ese amigo mío que, de algún modo, se las ingenió para disfrutar de su relación en lugar de convertirla en un terrible juego de adultos como yo había hecho.

Casi puedo *oír* cómo Grace frunce la nariz en un gesto desdeñoso.

—Gracias al cielo que eres un bicho raro en el armario. ¿Te imaginas si otras personas descubrieran tu amor por la astronomía? —Resopla y se aleja más de mí—. Ahora solo necesito un par de pendientes. ¿Qué opinas, los aretes de diamantes y oro rosa, o los aguamarina?

El primer par se lo compré para su vigésimo octavo cumpleaños con la intención de superar con creces el regalo de su novio. Le dejó esa misma noche, horrorizada por la idea de acabar con un agente inmobiliario de clase media que solo podría permitirse comprarle los Louboutin de la temporada anterior. Más tarde me esperó en mi cama vestida solo con esos pendientes. El otro par fue un regalo que le hice tras haber terminado mi romance de tres meses con Lucinda —sí, su enemiga de la infancia—, cuando Grace tardó demasiado en volver conmigo después de una de nuestras muchas rupturas.

Pobre, pobre Lucinda. Fue una desagradable sorpresa para ella, cuando regresó de su gira como bailarina principal, encontrarse a Grace calentándome la cama.

Mis regalos siempre están impregnados de intención, propósito y veneno. Son como un beso sucio y violento. Una mezcla de pasión y dolor.

—Aguamarinas —respondo lentamente.

Se inclina hacia delante y me posa un beso en los labios. Quiero que avance para ver si la pareja que está dos terrazas más abajo está follando a plena vista. Su nivel de perversión es mejor que el nuestro. Echo un vistazo al balcón y Grace sigue mi mirada.

Estira los labios en una sonrisa maliciosa.

—Veo que has conocido a mi supervisor. En cierto modo.

—¿Conoces a ese tío? —Tomo un trago de vino.

—¿Paul Ashcroft? Es el nuevo jefe de operaciones de Silver Arrow Capital. Estoy segura de que lo he mencionado.

La empresa donde Grace trabaja como analista.

Paul y su compañera nos dan la espalda. Ahora parece que hablan y se guardan las manos para sí mismos.

—Estoy seguro de que no lo has hecho. No parece un personaje digno de recordar. —Señalo con la barbilla a la mujer de rojo—. Se está poniendo juguetón con la criada.

Grace suelta una risa de deleite. Nada la hace más feliz que ver cómo despellejan a otra mujer.

—Es una simple criatura, ¿verdad? Lo creas o no, le ha puesto un anillo. Uno muy caro.

Resoplo.

—Es un directivo de un fondo de cobertura. Vive de las apuestas arriesgadas.

—Es una graduada de Juilliard del sur profundo. Les doy seis meses —continúa Grace, que entrecierra los ojos para verlos mejor.

—Qué generoso por tu parte. —Me río.

Conozco a los hombres como Paul. Tiburones de Manhattan que se glorifican con bellezas sureñas de voz suave solo para descubrir que es posible que los polos opuestos se atraigan, pero que no encajan bien. Siempre acaba en divorcio, una campaña de desprestigio mutuo y, si la mujer es bastante rápida, un cheque de manutención infantil cada mes.

—Me conoces. Amabilidad es mi segundo nombre. Voy a ponerme los pendientes. Espera, ¿no llevas corbata? —Grace hace un puchero a la vez que baja la mirada hacia mí. Llevo un jersey negro de cachemira y unos pantalones de vestir de tartán.

—Lo último que deseo es causar una buena impresión. —Vuelvo a sumergirme en mi libro.

—Eres un rebelde sin causa.

—Al contrario. —Paso la página—. Tengo una causa. Quiero que todo el mundo me deje tranquilo. De momento, ha ido genial.

Niega con la cabeza.

—Tienes suerte de tenerme.

Desaparece en la habitación y se lleva consigo su inmensa actitud y su ego.

Le lanzo un último vistazo a la pareja. Paul ya no está en el balcón.

Pero su mujer sí, y me está mirando.

De un modo intencionado. Con una ferocidad acusatoria. Como si esperara que hiciera algo.

¿Se ha percatado de que los miraba?

Confuso, miro detrás de mí para asegurarme de que es a mí a quien observa. No hay nadie más a la vista. Sus ojos, grandes, azules e implacables, penetran con intensidad los míos.

¿Se trata de un secuestro? Es poco probable. Parecía bastante feliz de enrollarse con su marido hace unos minutos. ¿Trata de hacer que me avergüence por haberlos mirado? Buena suerte con ello. Mi conciencia fue vista por última vez cuando tenía diez años; salía de la habitación de un hospital con un gruñido fiero mientras agujereaba las paredes a puñetazos de camino a la salida.

Me topo con su mirada de frente, no muy seguro de qué está ocurriendo, pero siempre feliz de tomar parte en un enfrentamiento hostil. Arqueo una ceja.

Ella parpadea primero. Me río ligeramente, niego con la cabeza y me dispongo a volver a mi libro. Ella se limpia la mejilla con rapidez. Espera un momento…, está llorando.

Llorando. En unas vacaciones de lujo en la Riviera italiana. Qué criaturas tan volubles son las mujeres. Siempre resulta imposible complacerlas. Pobre Paul.

Nos quedamos atrapados en esa extraña mirada de nuevo. Parece poseída. Debería levantarme e irme. Pero parece deliciosamente vulnerable, tan fuera de lugar que una parte de mí desea ver qué hará después.

¿Y desde cuándo me importa lo que hace la gente?

Me levanto con frialdad, tomo mi ejemplar de tapa dura, me termino el poco vino que me queda, giro sobre los talones y me alejo.

La señora Ashcroft podría tener un problema entre manos. Pero no soy quién para solucionarlo.

Capítulo dos

Arsène

Una hora más tarde, Grace se mueve de aquí para allá con sus colegas sobre el suelo de mármol blanco y gris mientras sujeta una copa de *champagne*. Se ríe cuando es apropiado, frunce el ceño con empatía cuando es necesario y me presenta con diligencia como su hermanastro y extraordinario mago de las finanzas.

Yo le sigo el juego. Mi objetivo final siempre ha sido hacer a Grace mía para que todos la vean: mi padre, su madre y mis amigos. Esa mujer se ha metido bajo mi piel. Está grabada en cada uno de mis huesos, y no pararé hasta que la exhiba como mi posesión más preciada.

Por alguna razón, disfruto de la forma en que minimiza nuestra relación. Cuanto más recalca que somos hermanastros, más amarga será la victoria para ella cuando hagamos público lo nuestro.

En mis fantasías más oscuras y crudas, Gracelynn Langston tartamudea mientras trata de buscar una explicación a por qué acabó casándose con el hombre al que presentó como su hermano durante años.

Llevará mi anillo. Contra viento y marea.

El restaurante rebosa de gente. Grace y yo pasamos el tiempo hablando con Chip Breslin, el CEO de la empresa. Se queja de haberse pasado el último mes cancelando operaciones de último minuto a causa de las políticas de la Reserva federal, y no deja de mirar en mi dirección para ver si tengo algo que decir al respecto. No doy consejos gratuitos. Sobre todo ahora, cuando mi propia cartera de inversiones está parada debido a mi prohibición de dos años.

—Oh, venga ya, Corbin, lánzanos un hueso o dos. —Chip se ríe y va al grano—. ¿Cómo crees que irá el próximo trimestre? Mi amigo Jim, de Woodstock Trading, dice que has mencionado algo de «a corto plazo».

—Soy un pesimista profesional. —Miro alrededor en busca de una distracción—. A pesar de todo, me encuentro en un parón impuesto, y no tengo intención de romper mi restricción por una mera conversación.

—¡Oh, ni lo soñaría! —Se pone rojo y se ríe de forma extraña.

—Me has pedido que fuera directo —respondo sin gracia.

Breslin sonríe y dice que tiene que ir a buscar a su mujer a la barra.

—Ya sabes cómo es. —Me guiña un ojo y me da un golpe con el codo antes de irse.

De hecho, no lo sé. Grace posee un autocontrol impecable en todos los aspectos de su vida, a excepción de su relación conmigo. Es impasible, calculadora y despiadadamente egoísta, como yo.

—¿Ves?, este es el motivo por el que no le gustas a la gente. —Grace repiquetea sus uñas, cuadradas, pulidas y pintadas de color carne, en la copa—. Ha intentado hablar de negocios contigo y lo has desairado.

—Hay un puñado de personas a las que no les cobro por mi presencia, y ahora mismo estoy mirando al 33,3 por ciento de ellas. —Mi mirada baila hasta su canalillo. Creo que le follaré las tetas esta noche. A Grace no le gusta que me corra dentro de ella, ni aunque sea con condón, pero parece dispuesta a complacer prácticamente todo lo que mi corazón (y mi polla) desean.

—¿Intentas encandilarme para que me quite las bragas? —Se ríe.

—De hecho, esperaba que no llevaras nada.

La habitación se ha llenado hasta el punto de que está demasiado abarrotada y sudorosa, pero nuestra esquina junto a la barra sigue vacía.

—Los invitados están bloqueando la entrada. ¿A qué viene todo este alboroto? —Grace desvía su atención hacia la puerta.

Me vuelvo para ver qué está mirando. Paul y su paleta acaban de entrar en la sala. Todos corren hacia ellos. Incluidos Chip y su mujer, que avanza en zigzag inestable mientras se agarra al brazo del hombre. La mayor parte de la atención es para la atractiva y rubia mujer de Paul, la principal fuente de entretenimiento de la fiesta. Es vibrante y colorida, como un cuadro de Andy Warhol, y destaca en una sala llena de gente vestida de negro, gris y color carne. Una pequeña cosa curiosa. Su vestuario es demasiado llamativo, la sonrisa, demasiado amplia, y sus ojos exploran de un modo salvaje cada centímetro de la sala a la que acaba de entrar. La encuentro adorablemente infantil.

—¿Está repartiendo mamadas gratis? —pregunto de forma casual, consciente de que mi novia secreta no es una gran admiradora de que la ignore, sobre todo por otra mujer.

—Lo dudo mucho. —Grace se muerde el interior de la mejilla y se le hinchan las fosas nasales—. Winnie es el perrito faldero de todos. Manda a Paul al trabajo con galletas caseras, hechas con la receta de Laura Bush, y se presenta como voluntaria para organizaciones benéficas de niños y…

—¿Se llama Winnie? —Frunzo el ceño.

—*Winnifred.* —Pone los ojos en blanco—. Quaint, ¿no?

—Se ha casado con una caricatura —me burlo.

La chica camina y habla como un osito de peluche. Y asistió a Juilliard, la escuela que Grace escogió cuando aún pensaba que tenía opciones de ser bailarina. Me sorprende que se muestre más hostil hacia ella. Tal vez mi hermanastra, por fin, ha aprendido a manejar la competencia.

—Creo que deberíamos ir a saludar. —Grace parece querer vomitar en su propia boca antes que hacerlo.

No estoy deseoso por besarle el anillo a la Mary Sue que ha llorado en el balcón y me ha mirado mal, pero tampoco quiero que Grace se queje de que no soy un jugador de equipo.

Nos acercamos a los Ashcroft tanto como podemos. Las mujeres se juntan en masa alrededor de Winnifred y le piden la receta de las galletas mientras Paul la rodea con un brazo de forma posesiva. Grace se abre paso con los hombros hacia ellos y le da dos besos en el aire a Paul.

—Hola. Me alegro de veros. —Se acerca para besar a Winnie en las mejillas mientras le da un apretón en los brazos—. ¡Estás magnífica, Winnifred!

No piensa que la mujer esté magnífica, con ese vestido hortera de una tienda del centro y los tacones de tiras que seguramente habrá comprado en las rebajas de Walmart.

—Tú también, Grace. —La sonrisa de Winnie es genuina y sincera—. Pareces sacada de una película.

«Maléfica», tal vez.

—Este es mi hermanastro, Arsène Corbin. Trabajamos mucho juntos, así que nos hemos hecho bastante cercanos estos últimos años. —Grace hace un gesto hacia mí, como si fuera una pieza de una subasta benéfica. Sonrío. Hablar de más siempre la deja en evidencia. Es posible que, si se limitara a presentarme como su hermanastro, tal vez la mitad de Manhattan no cuchichearía a sus espaldas sobre que me acuesto con ella.

Extiendo una mano para estrechar la de Paul. Se le ilumina el rostro.

—Su reputación le precede, señor Corbin. ¿Cómo es la vida fuera de la oficina?

—Tan insatisfactoria como dentro de ella. —Aparto mi mano, seca y áspera, de la suya, sudorosa—. Aunque me mantengo ocupado invirtiendo en objetivos más tangibles.

—Sí, eso he oído. Has adquirido una empresa de transporte, ¿no? —Paul se acaricia la barbilla—. Muy inteligente en una era donde las compras por internet están en auge.

Es la representación humana de la avena. Privilegiado, insípido y aburrido. Me he comido a varios hombres como él a lo largo de la vida, de modo que conozco el regusto que dejan. Es el tipo de hombre que engaña a su mujer con la secretaria en cuanto pasa de los treinta. El tipo de hombre que está pendiente de tipos como yo para ver qué hacen y dónde invierten, para sacar ideas para sí mismo.

—Esta es mi mujer, Winnie. —Paul besa el hombro de la pequeña mujer. Ella se vuelve hacia mí de golpe y, por fin, lo veo. La razón por la que Paul ha decidido que vale más que una noche entre las sábanas. Objetivamente hablando, es radiante. Tiene la piel hidratada y brillante; los ojos, relucientes y curiosos; la sonrisa, contagiosa y reconfortante. Es la clase de mujer de la que la gente dice que ilumina la habitación. En cambio, Grace es de esas que hacen que la temperatura caiga a niveles árticos dondequiera que entra. Mi corazón incluido.

Por suerte, la actitud de la chica de al lado de Winnifred no me atrae.

—¡Hola! —Winnie me rodea con el brazo de una forma inadecuada. O bien no sabe cómo guardar rencor o no me reconoce del balcón.

Me alejo de su agarre de inmediato. Con suerte, no transmite ninguna enfermedad bovina.

Paul se ríe, pues encuentra la falta de protocolo de su mujer adorable.

—¿Dónde os sentáis los Langston-Corbin?

—Aquí dice quince y dieciséis. —Grace alza nuestras invitaciones.

—Nosotros estamos en la diecinueve y la veinte, así que supongo que tendréis que soportarnos un poco más —comenta Paul con alegría.

«Jodidamente maravilloso».

A medida que avanza la velada, también lo hacen mis sospechas de que Winnifred está embarazada. No toma una sola gota de alcohol y se decanta por agua con gas en su lugar. No

27

se come los embutidos del plato y prefiere mantenerse alejada de los humos de los vapeadores y de los cigarros. Sus viajes constantes al lavabo hacen que me pregunte si hay alguien durmiendo cómodamente sobre su vejiga.

Grace está ocupada metiendo la lengua en los culos adecuados. Por suerte, en sentido figurado. Habla de trabajo con Chip, Paul y un tipo llamado Pablo, que es el jefe de compraventa. Los tres hombres tratan de involucrarme en la conversación, pero los evito con educación. Como todas las criaturas exóticas, no quiero que me atosiguen a través de los barrotes de mi jaula con preguntas sobre las acusaciones de tráfico de información privilegiada. Y no tengo dudas de que todos aquí querrían escuchar lo que hice solo para llamarme la atención.

—No eres de los que presumen, ¿eh, Corbin? —Paul asiente de forma comprensiva tras otra respuesta lacónica por mi parte sobre mis acciones minoristas preferidas—. Winnie es igual. No le gusta hablar de trabajo en absoluto.

—Eso es porque, ahora mismo, no tengo *ninguno*. —Winnie toma un sorbo del agua con gas y sus mejillas se sonrojan.

Me vuelvo hacia ella. Un destello de interés surge en mi interior. ¿Es más que una mujer florero? Eso es nuevo.

—¿A qué te dedicas, Winnifred?

—Este año me he graduado en Juilliard. Ahora solo… estoy entre audiciones, supongo. —Deja escapar una risa nerviosa; su acento sureño es casi cómico—. No puedo decir que esté más ocupada que una polilla en un guante. Es difícil salir adelante en la Gran Manzana. Lo que no te mata te hace más fuerte, ¿no?

—O te debilita. —Me encojo de hombros—. Depende del factor, en realidad.

Esta poca cosa me mira con los ojos muy abiertos.

—La verdad es que ahí tienes razón.

—¿Crees que tienes lo que debes tener para triunfar en Nueva York? —le pregunto.

—¿Estaría aquí si no fuera así? —Y esa sonrisa de nuevo, repleta de toda la esperanza y la bondad del mundo.

—La gente viene a Nueva York por muchas razones. La mayoría no son *kosher*. ¿Cómo conociste a Paul?

Siento que la desvisto con cada pregunta. En público. A propósito. Y, como toda persona desnuda en un lugar público, empieza a revolverse en la silla.

—Bueno… —Se aclara la garganta—. Yo…

—¿Esperaste en su mesa en Delmonico's? —trato de adivinar. También podría haber sido Le Bernardin. Es un ocho. Puede que un nueve con el vestido adecuado.

—En realidad, hice de hada en el cuarto cumpleaños de su sobrina. —Forma una pequeña línea con los labios y frunce el ceño.

—¿De *qué?* —Escupiría el vino si valiera la pena—. Disculpa, no lo he entendido.

Sí que lo había hecho, pero era demasiado bueno para no repetirlo. El eterno entretenimiento estadounidense. La versión de libro de texto de «chica pobre conoce a capullo rico».

Paul está inmerso en una conversación con Pablo y Grace, ajeno al hecho de que me estoy metiendo con su mujer sin parar.

Winnifred se estira y me mira a los ojos en un intento por demostrar que no me teme.

—Fui un personaje de cuento de hadas en el cumpleaños de su sobrina. Le pinté a Paul la cara con purpurina. No dejaba de reírse y estaba totalmente de acuerdo, incluso cuando le dibujé a Campanilla en la mejilla. Comprendí que sería un buen padre. Así que le di mi número.

Me apuesto lo que sea a que el hecho de que se presentó en la fiesta con su coche clásico que vale más que la casa de su familia tampoco disminuyó sus probabilidades.

—Nadie más tuvo una oportunidad después de aquello.
—Paul desconecta de su conversación con Pablo y Grace, y hunde la nariz en la curva del cuello de ella para darle un beso

con la boca abierta—. Ahora es mía para toda la vida, ¿verdad, muñeca?

Estoy seguro de que cree que ha sonado romántico y no como un vendedor de novias por encargo.

—¿Detecto un tañido, Winnifred? —pregunta con inocencia.

Grace me lanza una mirada con la que me pide que me detenga. Tengo la costumbre de jugar con la comida; lo que ocurre ahora es que estoy jugando con la esposa sin cerebro de su jefe.

—Soy de Tennessee. —Winnie traga de forma visible—. Justo de las afueras de Nashville. De un pueblo llamado Mulberry Creek.

—¿El hogar del mejor pastel de manzana de los cincuenta estados? —Sonrío en la copa de vino.

—En realidad, se nos conoce más por nuestras galletas. ¡Oh! Y por las tendencias endogámicas, por supuesto. —Me dedica una sonrisa empalagosa.

Así que *sí* que se defiende. Esta no la he visto venir.

—Vamos, muñeca. No hace falta que seas sarcástica. —Paul le acaricia la barbilla.

Si la llama *muñeca* una vez más, romperé la copa y le apuñalaré en el cuello con una esquirla.

—¿Qué te trajo a Nueva York? —No me preguntéis por qué sigo chinchando a esta mujer porque no tengo ni idea. ¿Aburrimiento? ¿Tendencias sociópatas? Podéis intentar adivinarlo.

Me mira a los ojos y añade:

—Por las luces brillantes, por supuesto. Por *Sexo en Nueva York* también. Pensé: «Madre mía, vivir allí debe de ser como en esas pelis ostentosas». Oh, y no olvidemos la canción de Alicia Keys. Un gran factor. *Inmenso.*

Grace me pisa un pie por debajo de la mesa con la fuerza suficiente para romperme un hueso. Su rodilla choca contra la mesa y hace que los cubiertos se sacudan en el sitio. Paul

30

se sobresalta, ligeramente sorprendido. Demasiado tarde. Estoy demasiado involucrado para que me importe. Winnifred Ashcroft es lo único remotamente entretenido de este evento, y su autoestima es más sabrosa que cualquier cosa que coma hoy aquí.

—Winnie es un poco susceptible acerca del hecho de ser de fuera de la ciudad. —Paul le da unas palmaditas en la cabeza a su mujer, como si fuera un chihuahua adorable.

—Aunque *es* como *Sexo en Nueva York*, ¿verdad? —le pregunto con amabilidad mientras los tacones de Grace se hunden más en mis mocasines a modo de advertencia, hasta convertir mis dedos en polvo—. Has encontrado a tu Mr. Big.

—Por lo que he visto en el urinario, Paul es más un Mr. Medio —bromea Chip. Todos nos reímos. Todos menos Winnie, que me mira mientras se pregunta qué ha hecho para merecer esto.

«Me pediste que me preocupara. En el balcón. Ahora verás lo descuidado que soy con los sentimientos de los demás».

—Vale, Arsène, es hora de cambiar de tema. —Grace sonríe a modo de disculpa y me tira de la manga—. La gente ha venido a divertirse, no para que los interroguen.

Sé que Grace no está haciendo esto por bondad. Es una mujer inteligente que quiere seguir adelante. Ahora mismo estoy haciendo enfadar a su jefe y a su *muñeca*.

—En realidad, creo que es mi turno de hacer preguntas. —Winnie alza la barbilla.

Me recuesto en la silla y la observo complacido. Es como una mariquita que gira sobre su propio eje. Adorablemente desesperada. Es una pena que esté centrado en Grace, porque, si no, la cataría durante unos meses. Paul ni siquiera sería un obstáculo en el camino. Este tipo de mujeres van a por la mayor apuesta, y yo tengo el bolsillo más hondo.

—Dispara —digo.

—¿Qué haces tú? —pregunta

—Soy un todólogo.

31

—¿En qué?

Me encojo de hombros y respondo arrastrando las palabras:

—Cualquier cosa que me dé dinero.

—Estoy segura de que puedes ser más concreto que eso. Esto podría significar que traficas con armas. —Cruza los brazos por delante del pecho.

«Bien. Juguemos».

—Acciones, corporaciones, divisas, mercancías. Aunque ahora mismo me enfrento a una prohibición por tráfico de información privilegiada. Dos años.

Todos los ojos se vuelven hacia nosotros. Aún tengo que abordar el tema en la sala. He heredado de mi padre la desagradable característica de nunca darle a la gente lo que quiere.

—¿Por qué? —exige saber.

—Cargos de manipulación del mercado. —Antes de que pregunte qué significa eso, me explico—: Dicen que tergiversé información relevante para los inversores, entre otras malas praxis.

—¿Lo hiciste? —Winnifred me sostiene la mirada con un gesto inocente que roza lo infantil.

Con la sala entera pendiente de nosotros, me paso la lengua por el labio inferior y sonrío.

—Tengo un problema, Winnifred.

—¿Solo uno? —Parpadea con inocencia antes de transigir—. ¿Y cuál es ese problema?

—Nunca juego para perder.

Sus ojos, tan bonitos como dos acianos, siguen fijos en los míos. Un pensamiento cruel me atraviesa la mente. Posiblemente estaría diez veces más guapa con los pendientes aguamarina de Grace. Verla con nada más que eso me haría muy feliz. Oh, bueno. Quizá Grace se porte mal y me deje pronto para que pueda tener una breve aventura con esta muñeca para recordarle a mi hermanastra que aún soy un hombre con necesidades.

—¿Y la gente te acepta? —Winnifred mira a nuestro alrededor, sorprendida—. ¿A pesar de saber que hiciste algo malo y de socavar sus negocios?

—Los perros ladran, pero la caravana avanza. —Me recuesto en la silla—. Incluso a las personas a las que les importa deja de interesarles una vez que los sentimientos se convierten en acciones. Los humanos son criaturas tristemente egoístas, Winnifred. Ese es el motivo por el que los rusos invadieron Ucrania. El motivo por el cual se abandonó a los afganos para que se las arreglaran solos. La razón de que haya una crisis humanitaria en Yemen, Siria, Sudán, y de que ni siquiera les prestes atención. Porque la gente se olvida. Se enfadan y siguen adelante.

—A mí me importa. —Me enseña los dientes como un animal herido—. Me importan todas esas cosas, y que a ti no no significa que los demás sean tan malos. Eres un hombre peligroso.

—¡Peligroso! —chilla Grace, que fuerza una sonrisa—. Oh, no. Solo es un gatito. Todos lo somos en la familia. Una panda inofensiva de devoradores. —Se abanica con una mano sin dejar de parlotear—. Entiendo que no sea tan emocionante como el mundo del espectáculo. Ya sabes que mi padre es el dueño de un teatro. Pasaba allí todo el tiempo cuando era una cría. Lo encontraba muy encantador.

Aunque es cierto que Douglas tiene un teatro, Grace solo fingió que le gustaba para ganarse su aprobación. El teatro es un campo con poco margen de beneficio. A Gracelynn solo le gustan las cosas que dan dinero.

La misión de distracción surte su efecto. Winnifred se centra en Grace y le pregunta sobre el Calypso Hall. Grace responde con entusiasmo.

Mi móvil empieza a sonar. Me lo saco del bolsillo. El prefijo indica que proviene de Scarsdale, pero no reconozco el número, así que rechazo la llamada. Chip trata de preguntarme algo sobre Nordic Equities.

Vuelve a sonarme el teléfono. El mismo número. La rechazo de nuevo.

«Pilla la indirecta».

Malditos timadores y su capacidad para utilizar los números con el prefijo de tu zona.

La siguiente llamada llega desde un número diferente, pero también es de Nueva York. Me dispongo a rechazar de nuevo la llamada cuando Grace me posa una mano en el muslo y me habla entre dientes mientras escucha cómo Winnifred charla con efusividad sobre *Hamilton.*

—Podría ser el joyero. Para hablar del collar que me compraste en Botsuana. Responde.

El móvil suena una cuarta vez. Me levanto mientras me disculpo y me dirijo a la salida del restaurante, hacia el balcón con vistas al puerto. Deslizo el botón verde.

—*¿Qué?* —espeto.

—¿Arsène? —pregunta una voz. Es anciana, masculina y vagamente familiar.

—Por desgracia. ¿Quién es?

—Soy Bernard, el asistente de tu padre.

Compruebo la hora en mi reloj. Son las cuatro de la tarde en Nueva York. ¿Qué querrá mi padre de mí? Apenas hablamos. Viajo a Scarsdale unas cuantas veces al año para que me vea la cara y hablemos sobre el negocio familiar —supongo que es su idea de establecer un vínculo afectivo—, pero, aparte de eso, somos prácticamente desconocidos. No es que lo odie, pero tampoco me cae bien. Estoy seguro de que el sentimiento, o la falta de él, es mutuo.

—¿Sí, Bernard? —pregunto con impaciencia mientras apoyo los codos en la barandilla.

—No sé cómo decir esto… —Enmudece.

—Lo mejor sería rápido y sin rodeos —sugiero—. ¿Qué ocurre? ¿El viejo va a casarse de nuevo?

Desde que se divorció de Miranda, mi padre se ha asegurado de tener a una nueva mujer agarrada a su brazo cada dos años. Ya no hace promesas. No sienta la cabeza. Una aventura con una mujer de Langston es la cura más rápida para creer en la idea del amor.

—Arsène... —Bernard traga—. Tu padre... ha muerto.

El mundo empieza a darme vueltas. La gente a mi alrededor se ríe, fuma, bebe y disfruta de una templada noche de verano italiana. Un avión cruza el cielo y atraviesa una gruesa nube blanca. La humanidad no se inmuta ante la noticia de que Douglas Corbin, el quinto hombre más rico de los Estados Unidos, ha fallecido. ¿Y por qué debería ser así? La mortalidad es un insulto para la gente rica. La mayoría la acepta con triste resignación.

—¿De verdad? ¿Ahora? —Me oigo decir.

—Ha sufrido una apoplejía esta mañana. El ama de llaves lo ha encontrado inconsciente hacia las diez y media, después de haber llamado a su puerta varias veces. Sé que es mucho que procesar, y probablemente debería haber esperado a que regresaras para contártelo...

—Está bien —lo interrumpo, y me paso una mano por la cara. Intento descifrar qué siento ahora mismo. Pero la verdad es que no siento nada. Extrañeza, sí. La misma sensación que tienes cuando algo a lo que estás acostumbrado, como un mueble, desaparece y deja un espacio vacío. Sin embargo, no hay agonía ni una pena devastadora. Nada que indique que acabo de perder al único pariente vivo que me quedaba en el mundo—. Debería volver. —Me oigo decir—. Acortaré el viaje.

—Eso sería lo mejor. —Bernard exhala—. Sé que es muy repentino. De nuevo, lo siento.

Lo pongo en altavoz y alejo el teléfono de mi oreja para buscar el siguiente vuelo disponible. Hay uno que sale en dos horas. Me da tiempo a llegar.

—Te enviaré los detalles del vuelo. Manda a alguien para que venga a recogernos.

—Por supuesto —asegura—. ¿La señorita Langston te acompañará?

—Sí —respondo—. Querrá estar allí.

Se lleva mejor con papá que yo, la muy lameculos. Lo visita cada dos fines de semana. El hecho de que Bernard supiera que está aquí conmigo lo dice todo: papá era muy consciente de que me acuesto con mi hermanastra, y cotilleaba sobre ello con sus empleados. Es gracioso que jamás me lo mencionara. De nuevo, las mujeres Langston han sido un tema doloroso para nosotros desde que me echó de casa para llevarme a un internado.

Hago una parada rápida en el lavabo unisex antes de entrar de nuevo en el restaurante. Desabrochar y mear. Cuando salgo del cubículo, oigo una voz distante detrás de una de las puertas. Un llanto helador y salvaje. Como si hubiera alguien herido dentro.

«No es tu problema», me recuerdo a mí mismo.

Me arremango la camisa y me lavo las manos, mientras los sollozos se vuelven más fuertes y arrítmicos.

No puedo irme sin más. ¿Y si alguien ha dado a luz a un bebé y lo ha dejado en el retrete para que se ahogue? Aunque a nadie se le ocurriría acusarme de tener conciencia, dejar que un bebé se ahogue no es algo que quiera que quede en mi historial.

Cierro el grifo y me vuelvo hacia el cubículo.

—¿Hola? —Me inclino hasta apoyar un hombro en la puerta—. ¿Hay alguien ahí?

El llanto, que ahora se ha convertido en una serie de hipadas, no se detiene, pero tampoco recibo una respuesta.

—Eh —vuelvo a intentarlo con un tono más suave—. ¿Estás bien? ¿Llamo a alguien?

¿Tal vez a la policía? ¿O a alguien a quien le importe de verdad?

No hay respuesta.

Se me está acabando la paciencia y tengo los nervios a flor de piel. Mi cuerpo entero se tambalea con la noticia sobre mi padre.

—Mira, o me respondes o echo la puerta abajo.

Los sollozos suenan con más fuerza. Sin control. Doy un paso hacia atrás para tomar impulso y golpeo la puerta, que sale volando de las bisagras y golpea la gran pared del cubículo como la víctima de una película de acción sangrienta.

Pero no encuentro a ningún bebé ni a un animal herido.

Solo a Winnifred Ashcroft inclinada sobre el retrete, ataviada con el vestido rojo y con el rostro embadurnado de maquillaje bebiendo vino directamente de la botella. Tiene el pelo hecho un desastre y tiembla como una hoja.

¿No está embarazada?

Pobre del bueno de Paul. Ni siquiera puede hacerse con una esposa florero sensata.

Las lágrimas le recorren las mejillas. Le ha dado bien a la botella. Está medio vacía. Nos miramos en silencio, atrapados en una extraña competición. Pero ahora veo que no esperaba que le preguntara qué le ocurre.

—¿Tienes problemas? —escupo, pues le he preguntado por mera educación—. ¿Te está haciendo daño? ¿Abusa de ti?

Niega con la cabeza.

—¡Nunca serás ni la mitad de hombre que es él!

«Ahí va la misión de mi vida».

Miro a nuestro alrededor, a la espera de que se levante y salga del baño. Es la criatura más extraña que he conocido en mi vida.

—Mi marido es increíble —insiste, y se pone como loca, como si fuera yo el que está llorando con una botella de alcohol sobre una colonia de gérmenes.

—Tu marido es tan ordinario como el par de calcetines que menos me gustan, pero esa no es la conversación que quiero tener ahora —replico—. Así que, si hay algo que pueda hacer…

—Sí, no hay nada. Y, aunque necesitara ayuda, no te la pediría a ti. Eres un presuntuoso. —Se limpia la nariz con el dorso del brazo y resopla—. Pírate.

—Vale, vale, Winnifred. Creía que todas las bellezas sureñas eran dulces y buenas.

—¡Márchate! —Se pone de pie de un salto y me cierra la puerta en las narices, o lo que sea que quede de la puerta arrancada.

Por un breve momento, valoro la idea de darle mi número, por si Paul abusara de ella de verdad. Sin embargo, recuerdo que ya tengo el plato lleno de mi propia mierda, incluida la muerte de Doug, la actitud de niñata de Grace, mi carrera profesional y más.

Me vuelvo y me alejo.

Debo decirle a Gracelynn Langston que su queridísimo padrastro ha cruzado al otro barrio.

Capítulo tres

Arsène

Entonces

Como todas las historias con moraleja, mi historia comenzó en una mansión grande y extensa, con vitrales, arcos puntiagudos, bóvedas acanaladas y arbotantes.

Murales pintados, piezas de ajedrez de mármol talladas a mano y grandes escalinatas curvadas.

Con una madrastra malvada y una hermanastra arrogante.

La noche que lo cambió todo empezó con normalidad; todos los desastres lo hacen.

Papá y Miranda condujeron a la ciudad para ver el estreno de *La gaviota,* de Chéjov, en el teatro Calypso Hall, y nos dejaron en casa. Lo hacían a menudo. Miranda disfrutaba con el arte y papá disfrutaba de Miranda. Sin embargo, nosotros no le gustábamos a nadie, así que nuestro trabajo era entretenernos el uno al otro.

Mi hermanastra Gracelynn y yo aplastamos una caja de cartón que habíamos robado de la cocina y nos sentamos en ella por turnos para deslizarnos por las escaleras. Chocamos con los criados mientras corrían entre habitaciones, cargados con toallas mullidas y cálidas, ingredientes para la cena y trajes limpiados en seco. De haber podido, nos habrían aplastado como a los bichos. Pero no podían. Éramos Corbin. Titulados, privilegiados y poderosos. Los elegidos de Scarsdale. Destinados a aplastar, no a ser aplastados.

Nos deslizamos una y otra vez por las escaleras, hasta que nuestros traseros estuvieron rojos bajo las prendas de diseño. Sentía como si la espalda fuera de gelatina de tanto rebotar contra los escalones. Ninguno pensamos en parar. No había muchas cosas que hacer en ese castillo. Los videojuegos estaban prohibidos («vuelven la mente perezosa», decía papá), los juguetes estaban desordenados («y sois muy mayores, de todos modos», resopló Miranda) y nos habíamos quedado sin deberes que hacer.

Gracelynn estaba en el aire, descendiendo por las escaleras, cuando la puerta principal se abrió de golpe. Chocó con mi padre. Su rostro se estrelló contra los zapatos de él y dejó escapar un cómico «umf».

—¡Qué narices... Arsène! —Mi padre corrió hacia el final de las escaleras y pasó por su lado. Las marcas de unas uñas le adornaban las mejillas—. ¿Qué es este desastre?

—Solo estamos...

—¿Habéis decidido lesionaros? ¿Crees que tengo tiempo de ir a Urgencias con vosotros? —soltó—. A tu habitación. Ahora.

—Gracelynn. —Mi madrastra la siguió de forma brusca y cerró la puerta tras ella. No tuve que mirarle las uñas para saber que estaban llenas de la sangre de mi padre. Cuando se peleaban, ella siempre le hacía eso. Daño—. Ve a practicar *ballet*, cariño. Papi y yo tenemos que hablar de cosas de adultos.

«Papi».

Él no era su papi.

Joder, ni siquiera era *mi* verdadero papi.

Douglas Corbin no era una criatura paternal.

Y, aunque fuera extraño, no odiaba a Gracelynn, la hija de otro hombre, con el mismo fervor que reservaba para mí.

—Lo siento, mamá.

—Está bien, cariño.

Gracelynn se levantó y se sacudió el polvo de las rodillas. Corrió escaleras arriba con el cartón arrugado bajo la axila. Nos apresuramos por el pasillo oscuro. Nos conocíamos la historia. Ninguno de los dos queríamos estar en primera fila durante las discusiones de papá y Miranda.

Lo único que hacían era discutir y hacer las paces. No querían que estuviéramos presentes en ninguna de las dos situaciones. Así es como empezaron los juegos de lanzarnos por las escaleras y la cuerda floja. Por aburrimiento, porque siempre estábamos solos.

—¿Crees que nos castigarán? —me preguntó ella entonces.

Me encogí de hombros.

—No me importa.

—Sí... A mí tampoco. —Gracelynn me golpeó en las costillas con el codo puntiagudo—. Eh, ¿una carrera hasta mi habitación?

Negué con la cabeza.

—Nos vemos en el tejado.

Caminó rápido por el mármol dorado y desapareció en la habitación.

Siempre que nos mandaban a nuestros cuartos, subíamos por la escalera de incendios y nos quedábamos en el tejado. Era la forma de pasar el tiempo, y podíamos hablar de cualquier cosa sin que los sirvientes escucharan ni cotillearan.

Entré en la guarida de Gracelynn, que parecía diseñada por la mismísima Barbie. Tenía una cama *queen size* con un dosel rosa de tul, una chimenea blanca tallada y unas butacas reclinables tapizadas. Su uniforme de *ballet* estaba esparcido por la habitación.

A Gracelynn le encantaba el *ballet*. No sabía por qué. Pero era evidente que al ballet no le encantaba ella. Era una bailarina horrible. No porque no fuera bonita, sino porque *solo* era bonita. Apenas sabía mover los pies y, de forma irónica, carecía de gracia.

La ventana estaba abierta. El viento hacía bailar las cortinas. Hasta estas se movían mejor que Gracelynn.

Me até las zapatillas antes de sacar el cuerpo por la ventana. Subí con fuerza por la escalera de hierro empapada de lluvia.

41

Encontré a Gracelynn apoyada en una de las chimeneas con los tobillos cruzados mientras exhalaba aliento como un dragón.

—¿Lista para la *cuerda floja?* —Ella sonrió.

La cumbrera del tejado era tan estrecha que teníamos que caminar con un pie delante del otro. Para nuestro juego, caminábamos por ella, de chimenea en chimenea, lo más rápido que podíamos. Cada uno tenía su turno. Nos cronometrábamos el uno a la otra y, muchas veces, sospeché que ella hacía trampas, que era por lo que *nunca* la dejaba ganar.

—¿Me cronometras o qué? —Gracelynn movió la barbilla hacia mí.

Asentí y saqué el cronómetro del bolsillo.

—¿Lista para morder el polvo, *hermanita?*

Gracelynn tenía un problema. Su problema era yo. Era más listo que ella y sacaba notas más altas sin siquiera estudiar. Era más atlético que ella: Grace era una bailarina mediocre, mientras que yo era, en mi categoría, el segundo mejor jugador de tenis de todo el estado.

Naturalmente, era mucho más rápido que ella. Siempre ganaba. Jamás se me ocurrió dejar que disfrutara de una pequeña victoria. Era una niña mimada irritante y con título nobiliario.

Yo también, pero admitámoslo: llevaba mejor mis defectos.

—No voy a perder, eh… eh… ¡Aliento de perro! —espetó, y su rostro se volvió rosáceo.

Me reí.

—Tu tiempo empieza ya, caraculo. —Alcé el temporizador en el aire.

—Estoy cansada de hacer esto. —Se agarró el pelo de color ónice, como sus ojos, en un intento por recogérselo en un estirado y doloroso moño—. Fingir que soy invisible para ellos. Todos los padres de mis amigos…

—Miranda y Doug no son padres —la interrumpí, y entrecerré los ojos mientras alzaba la mirada para ver cómo unas nubes grises se acumulaban sobre nuestras cabezas como unos abusones de patio de colegio. Iba a llover pronto—. Solo son gente con hijos. Es diferente.

—Pero ¡no es justo! —Grace dio un pisotón en el suelo—. Mamá *me* castiga siempre que tu padre la hace enfadar.

Ese era el momento perfecto para señalar que yo era el saco de boxeo de su madre. El pasatiempo favorito de Miranda era quejarse a mi padre por lo tarado que yo estaba.

«No se ríe. No llora. No le interesa nada que no sean la astronomía o las matemáticas, lo cual, perdóname, Doug, no es normal para un niño de diez años. A lo mejor le pasa algo. No le estaremos haciendo ningún bien si no lo llevamos a que le hagan pruebas. Oh, ¡y no bosteza cuando otros lo hacen! ¿Te has dado cuenta de ello? Eso demuestra que carece de empatía. Podría ser un sociópata. ¡Un sociópata! Viviendo bajo nuestro techo».

No podía darle la oportunidad a Gracelynn de correr hacia su madre con la sensación de que todo me importaba una mierda, así que me mordí la lengua.

—¿Qué quieres decir? —pregunté.

—Por ejemplo, hace siglos que quiero el tutú que los padres de Lucinda le compraron en Moscú. Está hecho a medida. La semana pasada, mamá me dijo que lo pediría, pero hoy, antes de que se fuera con tu padre al teatro, me ha hablado mal de repente y me ha dicho que es muy caro y que creceré y me quedará muy pequeño enseguida. ¡Todo porque él la había hecho enfadar!

—¿Y te importa ese estúpido vestido porque…?

—No es un vestido, Ars. ¡Es un tutú!

—Si tú lo dices…

—¡Pues *sí!* ¡Te lo repetiré todo el día si hace falta!

—No quieres el tutú de Lucinda. Quieres su talento. Y eso no se puede comprar en Rusia, ni en ningún otro lugar —digo de forma realista.

Lucinda y Gracelynn iban un curso por debajo de mí. La primera era la chica que todas querían ser: guapa, simpática y, por tanto, odiada por Grace y sus pequeños clones.

—No me creo que hayas dicho eso. —Cerró una mano en un puño e hizo un gesto hacia mí—. Mamá tiene razón sobre ti, ¿sabes?

—Tu madre no tiene razón sobre nada. Ahora empieza a andar. No tengo todo el día —espeté, e inicié el cronómetro—. Está en marcha.

—¡Ugh! —gruñó—. ¡Te odio!

Empecé a contar los segundos en voz alta, consciente de que la pondría nerviosa.

—¡Aaah! ¡Te lo demostraré! ¡Voy a ganar!

Alzó los brazos en el aire y comenzó a correr rápido por el tejado. *Demasiado* rápido. Gracelynn se cernía sobre el borde y atravesaba el aire como un ave de presa. Entraba y salía de la niebla como un avión. Se tambaleó a la izquierda y a la derecha. Estaba casi en la chimenea, pero ¿qué narices? Podía caerse en cualquier momento.

—Señor —siseé—. Frena. ¿Qué estás hac…?

Antes de que terminara la frase, su pierna se deslizó por la superficie, afilada como una aguja. Se resbaló y se balanceó para recuperar el equilibro. Giró la pierna derecha de forma brusca. Dejó escapar un suspiro de sorpresa y echó los brazos hacia delante para agarrarse a la chimenea. Falló por pocos centímetros.

Gracelynn se cayó por el lateral del tejado con un grito feroz y desapareció de mi vista. «Mierda». Se me cerraron los pulmones, que rechazaron el oxígeno. Mi primer pensamiento fue: «¿En qué estaba pensando?», seguido de cerca por: «Papá me matará».

Esperé a que llegara el golpe. Tal vez sí que era el sociópata que Miranda decía. ¿Quién espera a que el cuerpo de su hermanastra impacte contra el suelo desde una altura de unos diez metros?

—¿Grace? —Mi voz se vio ahogada por la lluvia que empezó a caer sobre el tejado—. ¡Maldita sea, Gracelynn!

—¡Aquí! —respondió con un grito ahogado.

Una oleada de alivio me invadió. No había muerto. Me agaché para sentarme en la cumbrera y me deslicé despacio por el tejado hasta que llegué al canalón.

Sus dedos se enroscaban alrededor de la tubería. Su cuerpo colgaba en el aire.

«¿Debería ir a buscar a papá y a Miranda? ¿Debería intentar subirla?».

Mierda, no tenía ni idea. Jamás pensé que ninguno de los dos sería tan estúpido para *correr* por el tejado como un loco.

—Ayúdame —me pidió Gracelynn, mientras lágrimas y gotas de lluvia le corrían por las mejillas—. ¡Por favor!

Le agarré las muñecas y me incliné hacia atrás para tirar. Las afiladas gotas de lluvia me nublaban la vista. Tenía la piel fría, húmeda y resbaladiza. Sus muñecas eran tan delicadas que temía rompérselas. Me clavó los dedos en la piel y se agarró, al mismo tiempo que se contoneaba en un intento por utilizarme como una escalera humana. Me hizo sangrar del mismo modo que su madre había hecho con mi padre esa noche.

Decidí que no compartiría el destino de Douglas Corbin. Jamás volvería a sangrar por una Langston.

—¡Tira de mí más fuerte! —gimió—. ¡Me resbalo! ¿No lo ves?

Las suelas de los zapatos me ardían mientras trataba de subirla al tejado. Todo iba en mi contra. La física también. Tenía que subir hacia arriba por las tejas mojadas mientras tiraba de alguien de mi mismo peso.

—Agárrate al canalón. Necesito ir a por papá.

—¡No puedo!

—Nos caeremos los dos.

—¡No me dejes!

¿Creía que quería matarla? Yo también estaba a punto de caer.

—Mira, puedo sujetarte unos segundos más y darles un descanso a tus brazos, pero después tendrás que sujetar el canalón un minuto o dos hasta que lleguen.

Se resbaló unos centímetros de mi agarre. Se removió en el aire como una oruga.

—No. ¡No me dejes! No quiero morir.

—No mires abajo —rugí, y caí de rodillas mientras tiraba más fuerte, con toda la fuerza que tenía. Sentía como si me estuvieran arrancando las extremidades del cuerpo, pero ella pesaba demasiado, estaba muy mojada—. Solo… solo mírame.

La constante presión de su peso desapareció de golpe. La parte posterior de mi cabeza golpeó contra las tejas. Mi cuerpo cayó hacia atrás. Una salpicadura distante me invadió los oídos.

Ella cayó.

Cayó.

Agitado, me arrastré por el canalón y miré abajo con los ojos entrecerrados para intentar vislumbrar algo a través de la lluvia, el fango y los densos arbustos. Grace había aterrizado en la lona que cubría la piscina vacía. La parte de abajo se hundía y estaba rodeada de agua.

Gracelynn no se movía. Tenía las piernas en un ángulo extraño, y enseguida supe, incluso antes de que comenzara a gritar, que todo había terminado para ella.

No más vestidos de tul, tutús rusos ni campamentos de baile en Zúrich.

La carrera en el *ballet* de mi hermanastra había acabado.

Y también mi vida tal como la conocía.

* * *

Los rayos X llegaron unos minutos después de que papá y yo llegáramos al hospital.

No me había mirado ni una sola vez durante todo el trayecto hasta allí. Le había contado todo lo que había ocurrido, excepto, tal vez, la parte en la que la había provocado. Tampoco es que fuera un santo. Además, había sobrevivido, ¿no?

—A pesar de todo, estará bien, ¿verdad? —Lo perseguí por el pasillo de linóleo hacia la habitación de Grace. Tenía tanta adrenalina en las venas que no me sentía las piernas.

—Más vale que lo esté, por tu bien —gruñó, y miró hacia delante—. ¿Qué estabais haciendo ahí arriba, de todas formas?

—Jugábamos a un juego.

Soltó un bufido.

—Te gusta apostar fuerte. Típico de los hombres Corbin.

¿Qué tenía que ver la fuerza con todo eso?

—¿Eso es bueno o malo? —pregunté.

—Sinceramente, es un problema incurable que mana de tener demasiado dinero, ego y tiempo. —Empezó a quitarse los guantes de cuero por los dedos—. Los Corbin tendemos a ser rebeldes con una causa. Con un poco de suerte, la tuya no es matar a tu hermana. Controla tu personalidad, niño.

Era la frase más larga que me había dirigido en los últimos meses, tal vez años, así que lo disfruté. No es que me ignorara por sistema. Papá era bueno a la hora de asegurarse de que sacara unas notas excelentes, de que fuera a mis extraescolares y esas cosas. Tan solo no se le daba bien hablar demasiado.

El veredicto vino junto con las radiografías. Gracelynn se había roto las dos piernas y se había dislocado una vértebra, lo que requería cirugía.

También sufría de un caso grave de ser un saco de mierda.

Este último no era un diagnóstico médico, pero no por eso era menos cierto. En cuanto los analgésicos empezaron a hacer efecto y le escayolaron las piernas, me señaló con un dedo acusador y entrecerró los ojos oscuros.

—Es él. Él me ha hecho esto. Me *empujó,* mami.

Era la primera vez que me quedaba sin palabras. ¿Empujarla? Había intentado *salvarla,* y ella lo sabía bien.

—¡Y una mierda! Corriste por el borde del tejado y te caíste —aseguré de forma acalorada—. Intenté subirte. Casi me arrancas los brazos. Mira, puedo probarlo.

Me subí las mangas y me volví para mostrarles a papá y a Miranda las marcas que Gracelynn me había dejado en la piel. Eran rojas, profundas, estaban en carne viva y a medio camino de convertirse en cicatrices.

Gracelynn sacudió la cabeza de forma insistente.

—Intentaste empujarme, así que me enfrenté a ti. Querías deshacerte de mí. Tú mismo lo dijiste. Estabas harto de compartir la atención de mamá y papá.

Sonaba exactamente al tipo de cosa que *ella* habría hecho. Yo odiaba que nuestros padres me hicieran caso. Siempre tenía consecuencias negativas y me metía en problemas.

Me quedé boquiabierto.

—¿Por qué mientes?

—¿Por qué mientes *tú?* —Mostró los dientes—. Te han pillado. ¡Da la cara! Podría haberme matado.

—Oh, palomita. ¿Qué te ha hecho este monstruo? —Miranda enterró el rostro en el cuello de su hija y la rodeó con los brazos. Parecía que estaba llorando, pero estaba seguro de que sus ojos estaban secos.

Miré alrededor por la habitación, esperando a… ¿qué? ¿A que alguien atravesara la puerta para apoyarme? No había nadie en el mundo que me protegiera. Siempre lo había sabido, pero, de repente, el peso de mi soledad me cayó sobre el pecho y me quedé sin aliento.

—Mentir es la forma cobarde de librarse, hijo. —Papá me rodeó un hombro firmemente con los dedos para advertirme de que no defendiera mi caso—. Sé sincero y afronta las consecuencias como un hombre.

No me creía.

Jamás me creería.

Él solo quería que eso desapareciera para él y Miranda, para que todos los gritos, los chillidos y los golpes se acabaran.

A pesar de que Gracelynn no era buena en ninguna de las cosas en las que yo destacaba, era su favorita. La hija *normal*. La que se reía, lloraba y bostezaba cuando los demás lo hacían.

La dolorosa comprensión de que estaba solo en el mundo me golpeó de pronto.

Me encogí de hombros sin dejar de observar a Gracelynn con la mandíbula apretada y los ojos vacíos.

—Claro. La empujé. Solo me arrepiento de no haber acabado lo que empecé. Supongo que tendré más suerte la próxima vez.

Y entonces analicé a Gracelynn. Todo eso era real. No formaba parte de uno de nuestros estúpidos juegos. Lo veía en sus ojos. El destello del arrepentimiento seguido por el torrente de adrenalina. El reconocimiento de que lo que fuera que estuviera haciendo funcionaba, al menos, por ahora. De que por fin me estaba ganando en algo.

Pero no la dejaría ganar. No mientras siguiera respirando.

Me volví y salí de la habitación del hospital, y dejé atrás a la pobre imitación de lo que se suponía que era mi familia.

* * *

Más tarde esa noche, Miranda volvió del hospital sin Gracelynn. Papá y yo esperamos en el comedor mientras nos mirábamos las manos en silencio.

—Doug, ¿tienes un momento? —soltó Miranda, que convocó a mi padre arriba. Cerraron la puerta de la habitación tras ellos. Pegué la oreja a la puerta con la boca seca.

—… demasiado durante mucho tiempo. Esto es puro abandono. Sinceramente, no puedo permitir que mi hija se convierta en una presa de tu hijo descontrolado. He tenido suficiente, Doug.

Sabía lo que realmente le molestaba a Miranda de mí, y no tenía nada que ver con Grace.

Era igual que mi madre, la fallecida Patrice Chalamet.

Era un recordatorio constante de que había estado viva. De que una vez le había robado a Douglas Corbin. De que, de no haber sido por Patrice, yo jamás habría nacido.

Gracelynn tampoco lo habría hecho.

Existía una utopía alternativa para papá y Miranda. Una versión de la realidad que casi habían conseguido. Y yo había sido el que lo había destrozado todo.

Los sirvientes hablaban de ello todo el tiempo. Susurraban mientras ahuecaban cojines, preparaban platos nutritivos para nosotros y nos llevaban a Gracelynn y a mí a nuestras clases de tenis y *ballet*.

Según cuenta la historia, Miranda y papá habían salido de forma intermitente durante la universidad. Ella pasaba por alto las indiscreciones de Doug, fuera lo que fuera lo que significara esa palabra, y no le quitaba el ojo de encima. Cuando, hacía once años, papá había ido a la boda de un amigo en París, Miranda había querido acompañarle, pero era un evento privado, de cincuenta personas sin acompañantes.

Ahí fue donde conoció a Patrice. Una aspirante a actriz glamurosa de Rennes, y la dama de honor. Tuvieron una cita (de nuevo, no tenía ni idea de lo que eso significaba), después de la cual papá se volvió a los Estados Unidos.

Doug nunca pensó que Patrice llamaría a su puerta dos meses después con un test de embarazo positivo, pálida como una hoja. La leyenda dice que le vomitó en los zapatos para probarlo antes de que él siquiera terminara de preguntarle qué hacía allí. Y que Miranda estaba en su apartamento de entonces en «una condición menos que decente», según contó una criada de forma sarcástica.

El padre de papá, mi abuelo, lo forzó a hacer lo correcto, así que papá se casó con Patrice, una completa desconocida.

Los sirvientes siempre dijeron que mi abuelo no soportaba a Miranda.

«Muy cara de mantener. Una trepa».

La respuesta de Miranda a la humillación pública fue despiadada. Poco después, se quedó embarazada del mejor amigo de la infancia de papá. Un hombre llamado Leo Thayer. Un australiano heredero de un imperio de exportación de ternera. Su traición fue tan concienzuda que, cuando Gracelynn nació, se parecía tanto a Leo que el test de paternidad que Miranda le había mandado a papá para confirmarle que la niña no era suya no habría sido necesario.

Las versiones sobre lo ocurrido después diferían. Oí unas cuantas historias de algunos sirvientes, pero la más popular era sobre cómo mi padre y Miranda habían reavivado su aventura antes de que Gracelynn y yo dejáramos de mamar.

Pero en ese momento Miranda no era la codiciada novia, sino la amante. Hasta que Patrice falleció, y entonces ella ascendió a esposa.

Al igual que su hija, Miranda no soportaba perder ante nadie. Sobre todo frente a un niño de diez años.

—Hablaré con él —murmuró mi padre—. Le haré comprender que ha actuado mal.

—Eso *no* es suficiente. ¿Crees que podré dormir por las noches sabiendo que tu hijo está al otro lado de la habitación de mi hija después de lo que le ha hecho?

—No sabemos qué ha ocurrido exactamente, querida.

Me sorprendía que papá me defendiera, pero sabía que no permanecería firme durante mucho más tiempo. Ella lo desgastaría. Siempre lo hacía. Y él cedería, cegado por sus propios pecados y por la belleza de Miranda.

—Bueno, odio todo esto, pero es él o nosotros.

—¿Y dónde debería llevarlo? —escupió papá con impaciencia—. Es un crío, Miranda. ¡No un puto jarrón!

—Hay un internado no muy lejos de aquí. La Academia Andrew Dexter. El hijo de Elaine va ahí. ¿El que estaba en el programa de niños con talento? Tengo el folleto… —Oí el crujido del papel.

Por supuesto, tenía el folleto a mano.

—¿Quieres que lo meta en un colegio privado al otro lado del estado? —gruñó—. Dios mío, Miranda, escúchate.

—Oh, vamos, Doug —dijo ella con dulzura—. Es un buen sitio. Ambos sabemos que aquí está estancado académicamente. Le harías un favor. Podría aprovechar su potencial en lugar de pasar el tiempo aburrido y metiéndose en todo tipo de problemas. Estaremos encantados de recibirle en vacaciones y en verano. Será mucho más dócil.

Y así me volví *dócil*.

Desterrado de mi propia casa por una mentira que mi hermanastra se había inventado para deshacerse de mí.

Por sus celos. Por su avaricia.

Gracelynn consiguió su tutú ruso. Lo pusieron detrás de un cristal, como en la Armería del Kremlin. Preciado e inalcanzable. Como sus aspiraciones en el *ballet*.

También tenía la atención plena de nuestros padres.

Ahí es donde mi obsesión por Gracelynn Langston empezó. El hambre feroz por conquistarla a cualquier precio.

En el momento de la historia en el que consiguió la única cosa que importa: la atención pública.

Pero eso era una carrera de fondo, no un esprint final.

Gracelynn aprendería una lección por las malas.

Los Corbin, al final, siempre ganábamos.

Incluso aunque eso significara tener que jugar sucio.

Capítulo cuatro

Arsène

—Detente —pide Grace horas después de que hayamos aterrizado en Newark.

El chófer activa el intermitente, reduce y acerca el Cadillac al borde de la carretera. Ella abre la puerta, sale y vomita en los arbustos.

Ha llorado durante todo el viaje hasta aquí, mientras hablaba con su madre por teléfono. En ningún momento me ha preguntado cómo estaba yo. Quizá asume, igual que su madre, que soy un sociópata incapaz de sentir nada.

O tal vez no le importa.

Lo curioso es que no es una persona emocional. Derrumbarse no es su estilo.

Se tambalea de nuevo hasta su asiento y lleva una mano a la frente sudorosa.

—Duele mucho, Arsène. No lo entenderías.

«¿Ah, no?».

Su completo egoísmo me deja sin aliento. Los tuvo a ambos mientras crecía. A Miranda. A Douglas. Jamás se disculpó por lo que me hizo.

«Y este es el motivo por el que la deseas tanto. Porque es una obsesión. Una fantasía inalcanzable. Única en su especie».

—También era mi padre —señalo de un modo inexpresivo.

—Pero era más cercano a mí —protesta como una cría.

Vuelvo la mirada hacia la ventana y me muerdo la lengua hasta que el sabor metálico de la sangre me invade la boca.

—Mira, solo estoy cansada. —Sacude la cabeza mientras más lágrimas le manan de los ojos. Creo que es la primera vez que la veo llorar. Incluso cuando se cayó del tejado, se mostró muy fuerte—. Solo quiero llegar ya.

Chasqueo los dedos hacia el chófer a modo de respuesta.

—Písale a fondo.

* * *

Diez días más tarde, la mansión Corbin está repleta de gente. No de la misma forma en la que lo estaba cuando mi padre celebraba sus fiestas al estilo de *El gran Gatsby*, cuando Grace y yo éramos unos críos.

El funeral se ha organizado de forma elegante y se ha ejecutado sin fallos. Los camareros del *catering* flotan entre los invitados, cargados con bandejas llenas de canapés y alcohol. Un pianista acepta peticiones detrás del piano de cola dorado. Viejos clásicos que mi padre solía escuchar: *Bohemian Rhapsody*, *Imagine* o *Your Song*.

Me planto en una esquina de la habitación con mis amigos de la adolescencia (mis únicos amigos, en realidad): Christian y Riggs. El primero es un abogado propietario de un bufete de clase alta, mientras que el segundo es un fotógrafo profesional y, posiblemente, un prolífico creador de nuevas enfermedades de transmisión sexual. Christian ha traído a su mujer, Arya, con él.

—Sentimos mucho tu pérdida. —Arya me da un abrazo y se niega a dejarme marchar. Es más de lo que Grace ha hecho en los últimos diez días. De nuevo, Arya es un ser humano equilibrado capaz de sentir empatía. Grace es la versión femenina de mí, lo que hace la experiencia más peculiar, porque de pronto está destrozada por la muerte de Doug.

—No pasa nada. No nos llevábamos bien. ¿Dónde está el bebé? —Me aparto de ella y miro a mi alrededor. Hace unos meses, Arya dio a luz a una cosa rosa y gritona que parece un contable calvo. En silencio, y solo para mí, admito que quiero tener lo mismo que Christian con Arya, tal vez porque sé que jamás ocurrirá.

—El bebé tiene nombre. —Christian junta las cejas—. Se llama Louie. Y está en casa con la niñera. ¿Creías que lo traeríamos a un *funeral?*

—Ni siquiera había pensado en él —admito con frialdad—. Solo quería entablar conversación.

Christian me mira, exasperado.

—Socializar no es tu fuerte, tío. Céntrate en ganar dinero.

—¿Por qué no os llevabais bien? —Arya me pone una mano reconfortante en un brazo—. Tu padre y tú.

—Buena suerte intentando obtener una confesión de este tío —resopla Riggs, que se pasa una mano por el pelo dorado a cámara lenta—. Ars no es de los que hablan de su vida. Voy al bar. No es que no me interese tu historia lacrimógena, tío, pero... Oh, espera. Es eso. *No* estoy interesado. —Guiña un ojo y se pavonea hasta el otro lado de la habitación.

No me extrañaría que intentara ligar aquí. Riggs es un descarado en lo que respecta a las mujeres, como si hubiera descubierto su existencia el mes pasado.

—Es un cliente. —Christian alza el teléfono para indicar que le están llamando—. Y no uno contento. Vuelvo enseguida.

—¿Y bien? —Arya sigue mirándome con atención.

Alzo un hombro.

—Mi padre y yo no nos poníamos de acuerdo.

—¿Desde cuándo? —Ladea la cabeza.

—Desde mi concepción. —Dejo escapar una risa irónica—. Se aseguró de recordarme que solo se casó con mi madre porque estaba embarazada de mí. Como si mi yo espermatozoide se hubiera escapado de sus pelotas en medio de la noche y hubiera encontrado el camino entre las piernas de ella. No asumió ningún tipo de responsabilidad. Cuando mi llamada madre murió, él no tardó ni dos años en casarse con su exnovia. Supuestamente, habían tenido una aventura durante su breve matrimonio. Pero está bien, he oído que Patrice tampoco era nada del otro mundo en lo referente a la maternidad.

Sueno tan amargo como una pinta de Guinness. La verdad es que mis padres ausentes me importan una mierda. Solo quiero que cambie de tema y se centre en otros más seguros, como el tiempo.

Arya asiente.

—Suena a que era una buena pieza. Me siento identificada. Querer a alguien que no merece nuestro amor es el peor castigo que podríamos soportar.

Una sonrisa sardónica se me dibuja en el rostro.

—¿Me recuerdas por qué queremos a la gente por vínculos sanguíneos y no por sus méritos?

Arya piensa en mi pregunta.

—Porque la humanidad no sobreviviría de otra forma. La gente no suele ser muy simpática —responde—. Mira, sé que ahora mismo no estás de duelo. Las cosas son demasiado duras, demasiado intensas para procesarlas. Quizá nunca lo hagas. Y sé que, en gran parte, no nos conocemos, pero, como alguien que tuvo una relación muy compleja con su padre, solo quiero que sepas que, si alguna vez necesitas hablar con alguien…
—Me apoya una mano en el brazo—. Ese alguien podría ser yo. Lo entenderé y jamás te juzgaré.

—Lo agradezco. —De verdad. Me habría gustado enamorarme de una mujer como Arya. Decidida, inteligente y compasiva. Alguien que dirige una organización benéfica en su tiempo libre. Por desgracia, solo estoy en el mercado para una ninfa egocéntrica.

—¿Cómo va el negocio de las relaciones públicas? —Cambio de tema.

—Genial. —Arya sonríe—. Nunca me falta trabajo porque la gente siempre tiene problemas.

—¿Y la organización benéfica? —He olvidado de qué se trataba. Algo con niños. Christian no suele pedirnos favores, lo que significa que tendré que asistir a la estúpida gala benéfica que ella celebra cada año.

Arya abre la boca para contestarme justo cuando Riggs se acerca con unas copas de vinos que nos tiende a Arya y a mí antes de dar un trago a la suya.

—¿Es la hora de la charla de chicas? ¿Ars está listo para comprarse su primer sujetador deportivo?

Arya le da un empujón juguetón.

—Madura un poco, Riggs.

Él pone una mueca entre horrorizada y asqueada.

—Ni por un momento, señorita.

—¿Estamos apostando a ver si a Arsène le crece un corazón en ese pecho vacío? —Christian reaparece desde el porche mientras se desliza el móvil en el bolsillo.

—Casi. —Riggs se acaba el vino como si fuera un Gatorade—. Tu mujer acaba de decirme que madure.

Christian le planta un beso en la frente a Arya.

—Antes aterrizaremos en el Sol.

—Riggs sería el idiota que aceptaría ir allí solo para tomar unas fotos —señalo. Las risas inundan el aire.

Me alegro de que estén aquí. Mi principal grupo de apoyo. La gente en la que confío. Crecimos juntos. Nos enfrentamos a las adversidades juntos. Y ganamos juntos.

Por el rabillo del ojo, veo a Alice Gudinski, mi madrina espiritual, y también la de Christian y Riggs.

—He venido desde Florida lo más rápido que he podido. —Avanza hacia nosotros y me da un beso en ambas mejillas. Lleva un colorido vestido de flores y parece un pájaro exótico, todo lo contrario a alguien que asiste a un entierro. Me abraza con fuerza y me susurra al oído—: Para decirte que ¡ya era hora! Ese viejo insoportable no te merecía como hijo. Espero que lo sepas. —Me da una palmadita en la espalda, un gesto más maternal de lo que Miranda jamás me ofreció.

—Hola a ti también, Alice. —Christian se ríe a su lado—. ¿Has olvidado los modales?

Ella se vuelve para abrazarlo y besarlo también.

—Los superé en cuanto enviudé. La vida es demasiado corta para ser una señora educada.

«Un puto hombre».

El pianista empieza a tocar *Friends in Low Place*. A petición mía. No es solo que sea apropiada ahora que Douglas es pasto para los gusanos, sino que también sé lo mucho que mi padre odiaba la música *country*. Es mi despedida irónica.

—Christian, Riggs, Alice, muchas gracias por mostrar vuestros respetos. —Grace aparta los montones de gente mientras se acerca a nosotros. Lleva un vestido negro sin hombros y un perfilador de ojos exagerado. Está impecable hasta de luto.

En los diez días que han pasado desde que mi padre falleció, Grace ha sido como un fantasma de su antiguo yo. Se ha tomado días libres del trabajo, algo que creía que era físicamente incapaz de hacer. La mayoría de los días no salía de la cama antes de mediodía. Sé que su comportamiento se debe a algo más que a Douglas, y el único motivo por el que no la presiono para que me dé más información es porque quiero que las cosas sigan su curso para ver en qué piensa.

Grace se acerca para estrecharles la mano a mis amigos y se vuelve hacia Arya con sus tacones puntiagudos.

—Perdona, no recuerdo tu nombre. La nueva novia de Christian, ¿verdad?

Arya sonríe e ignora el insulto.

—Puedes llamarme Arya. O la *mujer* de Christian. No soy quisquillosa.

—Perdona. —Grace deja escapar una risita gutural—. Como comprenderás, estos días estoy muy angustiada para estar al día con vuestro pequeño grupito.

Me recuerdo a mí mismo que esta mujer es perfecta para mí. Por múltiples razones. Todas ellas prácticas y pragmáticas. Tenemos los mismos gustos, valores y deseos. Christian tiene a Arya, y mira, son felices. Tan felices como puede serlo su miserable culo, supongo. Mi hermanastra y yo también podemos tener eso. O, al menos, una versión de mierda de eso.

Sí, Grace puede ser odiosa, pero yo también. Conquistar su corazón siempre ha sido mi objetivo final. Unos cuantos comentarios vulgares a mis amigos no cambiarán eso.

—Siento tu pérdida —le dice Christian a Grace en un tono que indica que no podría estar más feliz por verla sufrir. Mis tres amigos saben lo que Grace me hizo cuando éramos unos críos. Ninguno de ellos ha encontrado una sola cualidad que la redima en su versión adulta.

—Gracias. Ha sido horrible para mí. —Grace se agarra las perlas.

—Para Arsène también, supongo —señala Arya.

—Por supuesto. —Grace hace un gesto frívolo—. Es solo que... bueno, Doug y yo éramos muy cercanos. Teníamos algo especial, ¿sabes?

—Si me dieran un centavo por cada vez que una mujer de piernas largas de las que hay en esta sala ha dicho eso... —Riggs se ríe detrás de la copa de vino—. Incluida tu madre, ahora que lo pienso.

Alice deja salir una risa escandalosa. Arya se le une.

—Porque eso es lo que necesitas. —Arya le echa una mirada juguetona a Riggs—. Una cuenta bancaria más llena.

Riggs es un multimillonario que necesita más dinero, del mismo modo que Grace necesita más diamantes. La mejor parte es que, a pesar de su riqueza, vive una vida tremendamente modesta. El hecho de que no necesita impresionar lo lleva a decir cosas que nadie más en la sala diría. Y por eso le acaba de dar su merecido a mi novia.

—Por favor, Riggs. No se puede bromear con todo. —Grace se retira de forma dramática.

—Bájate del pedestal, bonita. —Riggs se acaba la copa—. Ambos sabemos qué te atrajo de los Corbin, y no es su personalidad. Sin ánimo de ofender, Ars.

—No me ofendo, capullo. —Levanto mi copa hacia él.

—Esta conversación es de mal gusto e inapropiada. —Grace mira a Riggs. Quiere una disculpa, pero eso no ocurrirá jamás.

Riggs inclina la cabeza y finge sentir pena.

—Mis disculpas, Grace. Por favor, cuéntame más sobre lo que es apropiado. No hay nadie de quien me gustaría más recibir una lección que de una mujer que se tira a su hermanastro.

—Mmm. —Christian se bebe la copa y mira en su interior—. Definitivamente, he ido a funerales más tradicionales en mi vida, pero prefiero este. Hay mucha acción.

El rostro de Grace se tiñe de rojo. Se vuelve a mirarme, con la esperanza de que intervenga.

—¿Te quedarás ahí de pie y dejarás que me hable así? —exige.

Me aliso el traje con las manos.

—Puedo sentarme, si lo prefieres.

Arya deja escapar una risita estrangulada, y Alice la imita.

—Bueno, gracias por haber venido. Os lo agradezco. —Grace se da la vuelta echando humo y camina con rabia hacia su madre y un grupo de amigos suyos.

Christian me da un golpe con el codo y la señala con la copa.

—¿Me recuerdas qué ves en ella?

—Belleza. Elegancia. Falta de sumisión.

—¿Sabes quién encaja en esa descripción? —Alice bosteza—. Un guepardo, y yo no compartiría la cama con uno.

—Es la personificación de lo desagradable. —Riggs se pone poético mientras toma otra copa de una bandeja cercana.

Observo las pantorrillas torneadas de Grace mientras se contonea.

—Eso es una característica, tío. No un defecto.

—No me creo que vaya a decirte esto, pero te arrepentirás por revisarle el aceite a esa mujer. —Riggs silba por lo bajo.

—No hay mejor antídoto que el propio veneno. —Suelto un sonido de desaprobación.

—¿Debo recordarte que intentó arruinarte? —Christian y sus rasgos de Clark Kent de póster se oscurecen—. Casi lo logra, además. Y, aun así, sigues obsesionado con ella.

—Y la obsesión… —Arya se clava los dientes superiores en el labio inferior—… es un veneno potente. Tiene un sabor dulce y se puede confundir fácilmente con el amor.

Soy muy consciente de que muchas personas no definirían como amor lo que Grace y yo tenemos. Pero es grande, desinhibido y eterno. Esto es lo que Christian y Riggs no entienden: Grace y yo nunca nos conformaremos con una amistad con sexo, el estado por defecto de todas las parejas que llevan juntas más de dos o tres años.

En nuestro sexo siempre hay enfado; es caliente y hostil. Nuestro resentimiento es infinito.

Cambié la comodidad por la pasión. La seguridad por el deseo. Gracelynn Langston es mercancía peligrosa, pero siempre me ha gustado jugar en el lado peligroso de la vida.

—No estoy obsesionado con ella —aseguro con un tono de diversión seca en la boca—. Estoy obsesionado con tenerla. Las circunstancias son lo que conduce toda la operación.

—Te equivocas —insiste Arya—. Las circunstancias no son relevantes. Lo realmente importante es que acabarás con alguien que no se preocupa por ti. Noticia de última hora, Ars: el mundo está lleno de personas a las que no les importas. Así que, a la hora de escoger pareja, quieres asegurarte de encontrar a alguien que esté de tu lado.

Riggs se masajea la mandíbula.

—Perdona que interrumpa tu charla motivacional, pero tu triste hermanastra con el corazón roto parece bastante feliz ahora mismo.

Sigo la mirada de Riggs y veo a Grace de pie al lado de Chip, Paul y Pablo. Sus colegas han venido a darle el pésame. Grace se ríe de algo que dice Chip y le da una palmada juguetona en el pecho, como si nada más importara.

Sin pensarlo, y definitivamente sin *quererlo*, escaneo la sala en busca de Winnifred. Si Paul está aquí, tal vez ha traído a su mujer.

No es que esté interesado en ella. Quiero comprobar si tiene tripita. Si yo tenía razón. Quiero ver si sus ojos azules siguen tristes y atormentados.

Resulta que no está aquí. *Bien.* Maravilloso. Más alcohol para mí.

—Bueno, esto es aburrido —se lamenta Riggs, que toma un canapé de una bandeja que pasa y se lo lleva a la boca—. Voy a intentar ganarle a la hora punta de vuelta a la ciudad.

—¿Con qué coche? —pregunta Christian con un interés exagerado. Para lo rico que es, Riggs no tiene un solo objeto de valor. Ni un coche ni un apartamento, ni siquiera un mueble básico de IKEA. Siempre que viene a la ciudad, se aloja o en casa de Christian o en la mía.

Riggs le lanza una mirada medio aturdida.

—Bien. He venido en coche contigo. Bueno, pediré un Uber.

—No hace falta. He alquilado un coche. —Alice le da una palmada en la espalda—. Y, de todas formas, he venido a mostrarle mis respetos a Ars, no a su padre. Ya lo he hecho. Yo te llevo. Corbin, cariño, nos vemos pronto.

—Hasta pronto, y gracias por el *sashimi.* —Riggs nos saluda.

Salen de la habitación. Riggs se detiene a halagar a algunas amigas de Grace, cuyos vestidos podrían aparecer en un desfile de moda. Consigue un número y muchas risitas inapropiadas. El tío es tan descuidado como el envoltorio de un preservativo en la fiesta de una fraternidad. Aunque cronológicamente tiene treinta y cuatro años, solo por su comportamiento yo no le echaría más de diecisiete en un buen día. Le deseo toda la suerte del mundo a la mujer que intente atar a este cabrón.

—Tienes que ocuparte de toda la situación con Grace. —Christian se vuelve para mirarme en cuanto Riggs y Alice desaparecen de nuestra vista—. Cuando la mierda estalle, nadie te ayudará a limpiarla.

—Tienes razón, soy yo quien tiene que limpiar mi mierda. Así que hazme un favor y mantente alejado. —Le doy una palmada en la espalda y me inclino hacia su mujer—. Como siempre, me alegro de verte, Arya.

62

—¿No quería que lo incinerásemos? —Grace se quita los pendientes delante del espejo de mi cuarto de baño. Vivo en un rascacielos en Billionares' Row. Una torre de más de cuatrocientos metros de altura con vistas a Central Park.

Recostado en el banco tapizado a los pies de la cama, me desato los mocasines.

—Sí.

—Entonces, ¿por qué has decidido enterrarlo? —Sale del lavabo mientras se frota crema en las manos.

—*Precisamente* por ese motivo.

Camino hacia mi vestidor para guardar los zapatos. Grace se deja caer en la cama con un suspiro y mira el teléfono con una mueca de aburrimiento.

—Eres ruin.

—Y a ti te encanta —digo con suavidad.

—¿Crees que fue consciente de lo que le ocurría cuando sufrió el infarto cerebral? —Suena pensativa.

«Ojalá».

—No lo sé —respondo en su lugar, y me tumbo al otro lado de la cama. Empiezo a desabrocharme la camisa—. No me importa.

—¿Crees que pensó en nosotros los segundo previos a morir?

Aunque me entristece que Douglas haya muerto, pues nunca es una buena noticia cuando alguien cercano a ti estira la pata, no entiendo por qué Grace trata de humanizar a este hombre.

—Tal vez. —Me enfado—. ¿Qué importa?

—Oh, nada. Es solo que, ya sabes... —Suelta el teléfono en el colchón y gira la cabeza hacia mí—. Mamá me ha dicho que Douglas dejó algo para mí en su testamento.

Me quedo inmóvil, con los dedos paralizados alrededor de uno de los botones. El aire entre nosotros chisporrotea en una competición silenciosa. Pienso en mis próximas palabras, consciente de que hemos iniciado una nueva partida de ajedrez mental.

—No sabía que Miranda y Douglas seguían en contacto.

Se pega a mí. Sus manos se enroscan por mi espalda y me hace un masaje.

—Lo estaban. Estaban en proceso de reconciliarse. Doug dio muestras de que estaba cansado de sus novias sin sentido, y ya sabes que no hace mucho mamá cortó con Dane. —Me observa de cerca en busca de una reacción. Nuestras espadas imaginarias siguen envainadas y nuestros dedos arden por el deseo de blandirlas—. Pero no sé cómo de en serio iban.

—Eso es muy conveniente. —Sonrío.

—¿Qué insinúas? —Me frota la espalda.

—Nada. —La alejo de mí, dejo que la camisa se deslice por mis hombros y la lanzo a los pies de la cama—. Veremos si hizo cambios de última hora en el testamento.

El dinero de Douglas no me importa ni lo más mínimo. Yo ya gano bastante dinero por mí mismo. Lo que sí que me importa es que Miranda ponga sus zarpas sobre algo que no merece. Al igual que Grace. Llevan décadas merodeando alrededor de mi padre para recoger las sobras.

—Voy a servirme una copa. —Salgo de la habitación y me dirijo hacia el comedor. Me sirvo dos dedos de *whisky*. Le doy un trago con un hombro apoyado en la pared y observo las vistas hacia Central Park.

Que Douglas me haya fastidiado con un cambio de última hora en el testamento antes de estirar la pata es una posibilidad válida. Grace le caía muy bien. Y a saber qué sentía por Miranda. Tenía sus más y sus menos. Pero ¿yo? Yo siempre he sido como una espina atravesada en la garganta. Mi indiferencia hacia él, hacia su riqueza, junto con mi independencia, tanto económica como mental, siempre le hicieron sentir humillado e irrelevante.

Después de todo, *soy* su hijo biológico. Doug siempre se preocupó por mantener la fortuna dentro de la familia.

Las manos de Grace se deslizan por mi pecho desde atrás y las abre al llegar al pelo oscuro.

Su cuerpo desnudo se aprieta contra mi torso sin camiseta.

Sus pechos están calientes y los pezones, erectos. Me da un mordisquito en un lateral del cuello, lo lame y lo mordisquea con suavidad. Sus pechos se sienten pesados. ¿Por fin ha ganado algo de peso?

—Ven a la cama, gruñón —ronronea en mi oído antes de mordisquearme el lóbulo.

Miro el fondo del vaso de *whisky*.

—Véndemelo, *hermanita*.

Me agarra el paquete desde atrás y cierra el puño alrededor de mi polla.

—¿Te hago una paja?

Dejo el *whisky* sobre una mesa cercana, la agarro por la muñeca y tiro de ella para que quede de pie ante mí.

Le doy la vuelta como si fuera una muñeca de trapo, la inclino sobre la mesita, le agarro una de las caderas y utilizo la mano que me queda libre y los dientes para rasgar el envoltorio de un preservativo. Siempre llevo condones a mano en el bolsillo.

En cuestión de segundos, estoy dentro de ella. Está empapada.

La monto desde atrás, cierro los ojos y recuerdo todos esos momentos.

Cuando me apuñaló por la espalda.

Cuando me traicionó.

Cuando me arrebató lo que era mío y me atormentó con ello.

«Tanto para tener la maldita y maravillosa historia de amor que otros tienen».

Grace acaba primero. Siempre lo hace. Nada le pone más cachonda que saber que la está follando el hombre al que más odia.

Yo me corro unos minutos después. Mientras me quito el preservativo de camino al baño, paso frente a un espejo del techo al suelo y me detengo.

Soy extremadamente atlético. Juego al tenis seis veces a la semana. Soy relativamente joven, bastante atractivo y más rico que nadie en este negocio.

Puedo encontrar a una mujer decente. Parecida a Arya. Una compañera compasiva, inteligente y atractiva cuyo deseo de vida no sea verme arder en el infierno. Y, aun así, Christian y Riggs tienen razón. Solo tengo ojos para mi hermanastra venenosa y voluble.

—Ha estado bien, ¿no? —pregunta cuando salgo del baño.

Asiento.

—¿Quieres ver una peli?

Necesito relajarme después del velatorio.

—En realidad, trabajaré un rato en el balcón —Grace desenchufa el ordenador del cargador en la habitación—, mientras el tiempo siga agradable.

Nunca compartimos cama para nada que no sea dormir o practicar sexo. Jamás vemos películas juntos, ni vamos a museos, de pícnic o de vacaciones.

Nunca hacemos nada que se asemeje a lo que hacen las parejas.

—Está bien, tengo mis propios proyectos que atender. —Me dirijo a mi oficina y cierro la puerta.

Es hora de llamar al abogado de la herencia de papá para ver qué narices preparó para mí antes de morir.

Capítulo cinco

Arsène, quince años

Mi taxi se detuvo delante de la mansión Corbin. Salí con una bolsa de viaje colgando de cada hombro. Con los ojos entrecerrados, observé los arcos de la casa a la que una vez había llamado hogar. La puerta estaba cerrada. La entrada para los coches estaba vacía.

No sabía por qué había esperado que hubiera alguien esperándome ahí. ¿No había aprendido nada a lo largo de mis años en la Academia Andrew Dexter?

Las vacaciones de verano iban a ser largas, solitarias y tensas. Debería haberme quedado allí.

Arrastré los pies hasta la entrada y alcé el puño para llamar a la puerta antes de recordar algo. «A la mierda, este sitio será mío algún día».

Abrí la puerta. Los sirvientes iban de aquí para allá. No había signos de papá, tampoco de Miranda ni de Gracelynn.

—Bienvenido a casa, Arsène. Tu padre me ha pedido que te diga que él, tu hermanastra y tu madrastra se han ido al club de campo. Hay una competición de golf. —Bernard se detuvo delante de mí con un sobre de manila bajo el brazo—. Deberían regresar pronto. ¿Necesitas ayuda para instalarte? ¿Un refresco, tal vez?

Negué con la cabeza.

Subí las escaleras hasta mi dormitorio y dejé las bolsas en el suelo. Miré a mi alrededor; no hacía falta ser un genio para saber qué había ocurrido ahí. Gracelynn se había apropiado de mi habitación. No era todo rosa ni nada por el estilo, pero mi armario estaba lleno de zapatillas brillantes. El escritorio estaba repleto de sus libros de texto, de rotuladores de tonos pastel y pósits con forma de corazón. Había coleteros en la cama deshecha.

«¿Qué narices?». Ese lugar tenía docenas de habitaciones. Podría haber escogido cualquiera de ellas como habitación secundaria. Pero esto no había ocurrido por accidente. Quería enviar un mensaje: yo ya no formaba parte de ese hogar.

A modo de desafío, me dejé caer en la cama y restregué mi cuerpo sucio por las sábanas de lino, solo para ser un capullo. Entonces miré al techo. La cama aún olía a Gracelynn. A su champú, al perfume francés y al pintaúñas caro. ¿Por qué había dormido ahí? Todo era muy extraño.

En el piso de abajo, la puerta de la entrada se abrió y cerró. Unas risas llenaron el vestíbulo. Papá. Miranda. Gracelynn. Hablaban de forma animada. Se me retorcieron las tripas por la ira.

Jodidamente bonito: se las habían ingeniado para convertirse en una familia feliz en el momento en que me volví «dócil».

—Está aquí —anunció una de las empleadas del hogar, y supe que hablaba de mí. Pero, aunque esperé cinco, quince y hasta veinte minutos, ningún miembro de mi supuesta familia llamó a mi puerta.

Así permanecí las siguientes horas. En medio de una batalla entre lo que quería y mi orgullo. ¿Quién se acercaría primero? ¿Papá o yo? Solo que yo era un puñetero adolescente de quince años y él, el maldito adulto que había escogido a su mujer por encima de su hijo.

Saltarme la cena fue una decisión fácil. Me rugía el estómago por el hambre, pero prefería morir antes que perder una batalla de egos contra mi padre. Cuando todos se fueron a la cama, bajé de puntillas a la cocina y me comí los tres platos de sobras. Entonces, subí al tejado por la ventana del cuarto de la colada y miré las estrellas.

Identifiqué Mercurio, Saturno, Venus, Marte y Júpiter. Si entrecerraba los ojos con fuerza, podía incluso fingir que veía los anillos de Saturno. Las estrellas me relajaban. Su existencia. El hecho de saber que ahí afuera había universos mucho más grandes que mi horrible existencia.

«Proporciones». Sí, ese es el motivo por el que me gustaba tanto la astronomía. Lo ponía todo en perspectiva.

La mañana siguiente, no me presenté para desayunar. La conversación se volvió tensa, y sus voces llegaron hasta mi dormitorio. Doug se estaba rompiendo, pues sabía que su único heredero prefería beberse su propio meado que compartir mesa con él.

A mediodía, papá y Miranda mandaron a Gracelynn a llamar a mi puerta.

—Adelante —dije tras hacerla esperar fuera de mi habitación durante nueve minutos enteros, e incluso me tragué la frustración—. Entra ya, sé que estás ahí.

Ella abrió la puerta. Había crecido. Tenía espinillas en la barbilla y llevaba aparatos de colores. No tenía buen aspecto, y eso me hizo feliz.

Yo me había desarrollado durante nuestro tiempo separados. Sabía que era atractivo, porque trataban de ligar conmigo todo el tiempo. Y era consciente de que Gracelynn se percató de ello porque no dejaba de mirarme.

Se mordió el interior de la mejilla y agarró el pomo de la puerta con más fuerza.

—Vamos al cine. Mamá y papá me han dicho que te pregunte si quieres venir.

—No es mi madre, y él no es tu padre —respondí mientras hacía rebotar una pelota de tenis en el techo—. Y paso.

—Ni siquiera sabes qué vamos a ver. —Sonaba quejumbrosa y un poco agobiada. No quería decepcionar a Doug y Miranda. Después de todo, su trabajo a tiempo completo era ser su hija favorita.

—A no ser que sea un espectáculo en directo en el que cada persona que fue a clase contigo te tira de la ropa interior, no estoy interesado.

—Veo que no has cambiado nada. —Le tembló la barbilla llena de granos.

—Claro que sí. —Sonreí sin dejar de mirar la pelota que rebotaba—. Ya no me importas. Ni un poquito.

—¡Soy tu hermanastra!

—Eres una mentirosa.

Se volvió y cerró la puerta tras ella.

* * *

Los días pasaron despacio, pero, a medida que avanzaban, mi determinación creció.

Doug se rompió primero. Llamó a mi puerta al quinto día de nuestra guerra fría y me invitó a ir a jugar al golf con él y sus amigos. No me resultó difícil negarme, pues odiaba el golf y lo odiaba a él.

Las noches eran mucho mejores. Más silenciosas y menos cálidas. Subí al tejado con una linterna, un libro de astronomía y un telescopio que me había comprado tras haber hecho algunos trabajillos entre clases a lo largo del año. Doug me había dado una tarjeta de crédito, pero, por principios, nunca la toqué.

Había leído sobre las galaxias enanas, los agujeros negros y el bosón de Higgs. Ingerí la comida de un día entero en el tejado, sin molestarme en limpiar las sobras, consciente de que atraerían a todo tipo de animales. Me tumbé bocarriba, con las manos detrás de la cabeza, y reflexioné. Me pregunté qué aspecto tendría la chica con la que me casaría. Me gustaban las mujeres de pelo oscuro, así que supuse que sería morena. Imaginé que sería seria e inteligente. Una científica, tal vez. Y tendría unas tetas de infarto. Y me dejaría tocárselas todo el tiempo.

No se parecería en nada a Miranda o a Gracelynn, ni siquiera a Patrice.

Esa chica hipotética y yo nos casaríamos. Y mi «familia» asistiría a la ceremonia, donde sería frío y distante con ellos. Y sabrían que jamás volvería a necesitarlos. Que ahora tenía mi propia familia.

Esa chica, la mujer de mis sueños, provendría de una familia grande y feliz. Pasaríamos las vacaciones con ellos. Tendríamos tradiciones, llevaríamos jerséis navideños feos y compartiríamos vacaciones.

Los sueños eran lo que me hacía seguir adelante, porque, donde hubiera sueños, habría esperanza.

Tras tres semanas de soledad, Doug se las ingenió para arrastrarme a la pista de tenis. Sabía que me gustaba jugar y me sobornó con la promesa de que habría una barbacoa coreana y cerveza después.

Papá se esforzaba a su manera. En los días siguientes, me dejó tomar cerveza con sus amigos ricos en el club de campo después de las partidas de tenis (las gané todas). Y no me obligaba a pasar tiempo con Miranda y Gracelynn.

De hecho, conseguí evitar al dúo durante seis semanas enteras. Casi todas las vacaciones de verano. Hasta que una noche, mientras estaba en el tejado leyendo sobre mecánica cuántica, oí un ruido que venía del otro lado de la chimenea. Me incorporé y miré por encima del hombro. Gracelynn estaba de pie en la cumbrera, con su pijama amarillo pastel y las manos en las caderas.

Estaba a pocos metros de mí, y me miraba desde arriba.

—En caso de que te lo preguntes, todo es perfecto sin ti. —Trató de forzar una sonrisa engreída, pero supe que estaba nerviosa. Tenía los ojos muy abiertos y una mirada desesperada.

—No lo hacía, pero gracias por la actualización —respondí con indiferencia—. Puedes quedártelos a ambos y esta mansión horrenda. La vida aquí es aburrida. Me divierto en el colegio.

Mentiras, mentiras y más mentiras. La Academia Andrew Dexter era estricta y estaba llena de abusones, tanto entre el alumnado como entre el personal, pero no le daría la satisfacción de contárselo.

71

—Ya sabes. —Se dio unos toquecitos en la barbilla, pensativa—. Pienso en esa noche todos los días. ¿Cómo es posible que no trataras de contarle a tu padre la verdad? Solo… te rendiste.

Lo intenté. No me escuchó.

Doblé una esquina de la página que estaba leyendo y dejé el libro a un lado.

—¿Para qué? Conseguí lo que quería. Dejar de ver tu cara horrenda cada día.

—Lo que has dicho antes, ¿iba en serio? Lo de que ya no te importo. —Se le cayó la máscara y, con ella, su sonrisa burlona.

—Con cada fibra de mi cuerpo.

—Bueno, pues, para tu información, ¡yo también te odio!

—¿Estamos en los premios a los datos inútiles? —Miré a nuestro alrededor con curiosidad antes de alcanzar mi libro con un bostezo—. ¿Por qué crees que me importa?

La siguiente parte sucedió muy rápido. Gracelynn dejó salir un gruñido y se agachó en un intento por hacerme caer por las tejas. Me tropecé, todavía a un paso de ella, antes de lograr agarrarme a una cañería. Seguía a unos metros del borde. Gracelynn rugió por la frustración y usó las piernas para hacerme caer. Quería matarme. Estaba decidida a hacer que me rompiera el cuello. Esa chica era una psicópata.

—¡Cáete! ¡Oh, muérete ya! —Me pateó con desesperación en un intento por alcanzar mi cuerpo. Me agarré a la cañería con una mano y, con la otra, tiré de ella hacia mí. Soltó un grito ahogado, se tumbó bocabajo y trató de escalar hacia arriba de nuevo como un gato mojado en una bañera.

No le solté el tobillo, pero subí por el tejado con ella. Cuando llegamos a la cumbrera, le di la vuelta y me coloqué a horcajadas sobre su cintura. No podía arriesgarme a que intentara acabar conmigo de nuevo.

Alzó los puños en el aire con la intención de darme en la nariz, en la mejilla o en el cuello. Le agarré ambas manos y las coloqué de golpe a cada lado de su cabeza. Gimió por el dolor. Tuve que hacer acopio de toda mi voluntad para no pegarle.

—¿Cuál es tu problema? ¿Eh? —grité.

Ella jadeó debajo de mí. Su pecho subía y bajaba. No llevaba sujetador. Tragué. Me sentí raro, noté un cosquilleo y me percaté de que no estaba ni la mitad de furioso de lo que debería. Y era un asco, porque, aunque la odiaba, no odiaba su cuerpo.

—Bésame. —Se pasó la lengua por los labios y su mirada oscura bajó a mi boca.

—¿*Qué?* —pregunté, confuso.

Trató de escurrirse de debajo de mí entre risas.

—Bésame, idiota. Quiero que seas el primero.

¿Nunca la habían besado? Casi tenía mi edad. Yo aún era virgen, pero me había besado con bastantes chicas, me había enrollado con ellas e incluso había masturbado a un par de chicas en una competición de esquí el invierno pasado.

Además, y más importante, ¿por qué yo?

—Me odias —solté.

—«El odio y el amor son la misma amante con diferentes máscaras». Oí esta frase en algún lugar, y me hizo pensar en ti. —Me sonrió y parpadeó varias veces. Y ahí fue cuando me di cuenta de lo que ocurría. Le gustaba la lucha. Las discusiones. Los juegos. Había visto la relación de Doug y Miranda, y quería imitarla. Lo que yo interpretaba como abuso, ella lo veía como pasión.

Deslicé la mano de su muñeca a su cuello y presioné ligeramente. No tanto para hacerle daño, pero lo suficiente para indicarle que no estaba jugando. Acerqué mi rostro al suyo. Batió las pestañas y se le aceleró la respiración. Su estúpido cuerpo cedió, los músculos se volvieron lacios mientras se preparaba para el beso. Me incliné hacia delante. Mis labios estaban a milímetros de los suyos cuando dejé de moverme y permití que esa última distancia entre nosotros pareciera un kilómetro entero.

—Eres una cría idiota. Si vuelves a intentar matarme...
—Apreté el agarre en su cuello—. Te romperé tu bonito cuello, aunque me encierren por ello. La próxima vez no será una falsa alarma, te destrozaré. Huesos y todo.

Antes de que pudiera incorporarme y apartarme de ahí, se inclinó hacia delante y sus labios tocaron los míos. Me robó un beso. Fue chapucero, con mucha lengua y sabor metálico. Sabía a veneno. Como un enjuague bucal alcohólico, y una chica de la que no quería saber nada pero que, al mismo tiempo, deseaba.

—Sabes a veneno —murmuré en su boca.

Ella sonrió y me mordió el labio inferior con fuerza, hasta que el sabor metálico de la sangre estalló en ambas bocas.

—Tal vez así es como acabaré matándote. —Me lamió la sangre de la boca—. Con amabilidad.

Capítulo seis

Arsène

—Esto no quiere decir una mierda. —Christian se inclina frente a la mesa de billar mientras sujeta el taco como si fuera un rifle. Da un golpe perfecto—. Le das demasiada importancia.

Estoy sentado en la silla reclinable detrás de él en el New Amsterdam, un club privado para caballeros en la esquina de la calle Sesenta y Nueve. Es el club más exclusivo de Nueva York, por lo que está relativamente vacío.

Christian, Riggs y yo venimos aquí desde que Riggs nos informó de que ya no podíamos ir al Brewtherhood, nuestro *pub* favorito, porque se había liado a golpes con los dueños, los clientes e incluso con algunos proveedores.

—Apenas. —Paso una página del libro de astronomía que estoy leyendo con una pipa en el lateral de la boca—. Hoy he ido a ver a un abogado de bienes raíces. No ha podido darme detalles, pero ha dicho que Grace ha heredado algo de valor.

—Eso podría significar cualquier cosa. Podría referirse a la porcelana. ¿Cuándo podrás ver el testamento? —Christian deja el taco a un lado para tomar una cerveza y darle un trago.

—Debería recibir una copia física cualquier día de estos.

—Pero ¿por qué tu padre le dejaría algo a Grace? —Riggs frunce el ceño y camina alrededor de la mesa de billar para encontrar la mejor posición para hacer el tiro—. ¿No es la mancha de semen de su antiguo mejor amigo?

75

Bajo la pipa.

—Es típico de la familia Corbin ser un pieza chaquetero. Que le haya dado algo que creía que yo deseaba sería la última forma de fastidiarme. Creo que nunca me perdonó.

—¿Por qué? —Christian frunce el ceño.

—Por haber nacido. —Sonrío.

—Disculpa, pero tú no fuiste el que se la metió a tu madre. —Riggs toma un trago de su bebida.

—Los remordimientos, como la ropa interior con abertura en la entrepierna, no tienen sentido. —Christian me da una palmada en el hombro—. ¿Qué crees que le ha dejado?

¿El hotel de la Quinta Avenida? ¿El yate? ¿El *jet* privado compartido? Las opciones son ilimitadas. Los Corbin son una familia adinerada desde hace tanto tiempo que uno podría remontarse a la Francia del siglo XVIII. Mis ancestros comían pastel con María Antonieta.

—Es difícil de decir. —Dejo el libro en la mesa—. Douglas tenía muchos activos y ningún escrúpulo. Lo único de lo que estoy seguro es de que no puede haberle dejado mucho. No se nos conoce por nuestra generosidad.

—Sin embargo, hay un lado bueno en todo esto. —Riggs se apoya en el taco como si fuera un bastón, con los tobillos cruzados y una sonrisa triunfante en el rostro.

Arqueo una ceja a modo de pregunta.

—Ilumíname.

—Ahora está muerto, y tú puedes hacer el movimiento final. Para inclinar la balanza del testamento en tu favor.

—¿Y eso quiere decir…?

—Que podrás restregarle por la cara todo lo que ella *no* obtenga, como si fuera una zanahoria. —Riggs usa el taco para rascarse la espalda y arquea las cejas—. Querías conquistarla, ¿no? Así es como se da el golpe final. Así es como se gana.

Entrecierro los ojos.

—No creía que fueras de los astutos.

—Oh, puedo ser despiadado. —Riggs me despacha con una sonrisa—. Pero nunca me preocupa lo suficiente para mostrar esa parte de mí.

«Ah».

Sacaré el mayor provecho de la situación.

Aunque eso signifique hacer arder el legado de Douglas Corbin.

* * *

Tres días más tarde, por fin llega. Un sobre de manila que requiere de mi firma para ser entregado. Alfred, el portero, me llama para avisarme de que está aquí. Salgo de mi apartamento descalzo.

—¿Quién ha traído esto? ¿UPS? —Acepto el sobre de las manos del anciano, que niega con la cabeza.

—Lo ha entregado un tipo en traje con pinta de pez gordo. Espero que te vaya bien, hijo.

En el ascensor, hago acopio de todo mi autocontrol para no destrozar el sobre marrón. Eso sería exactamente lo que mi padre habría deseado. No puedo correr el riesgo infinitesimal de que exista un más allá y su fantasma me esté observando desde arriba.

Hago una peineta hacia arriba y luego hacia abajo, al suelo.

—Estoy seguro de que has acabado en el infierno, pero hay una posibilidad de que hayas chantajeado a un ángel para asegurarte un puesto en el cielo.

Cuando vuelvo a mi casa, lanzo el sobre encima del escritorio, voy a la cocina, me preparo una taza de café y vuelvo. Corto el sobre con el abrecartas y saco el montón de papeles sin dejar de recordarme a mí mismo, por millonésima vez, que no me importa para nada.

Pero sí que me importa. Me importa, y me está matando.

Sé que mi brillo se apagaría a los ojos de Grace si Doug la hiciera tan rica como a mí. Le restriego por la cara mi pedigrí, mi prestigio y los millones de mi familia para que se quede conmigo. Si eso desaparece, es posible que me deje para siempre.

Y, si me deja, pierdo. Pierdo definitivamente una guerra de tres décadas.

«Aquí no hay nada interesante».

Paso por alto las partes aburridas y voy directo al grano. Empiezo a leer cada punto.

La mayor parte del patrimonio, a excepción del edificio de oficinas en Scarsdale, que va para el socio de papá, ahora me pertenece.

El dinero, los bonos y las cuentas bancarias son míos en su totalidad. Su cartera de valores también me pertenece. Y el avión compartido. Incluso me ha dejado los coches, los muebles antiguos y las horrendas reliquias familiares.

Me toca todo lo que una vez fue suyo.

Miranda Langston no se lleva nada. Ni siquiera la comida enlatada de la despensa. Ni siquiera sus mejores putos saludos. Tampoco parece que Grace se lleve nada. ¿De qué narices hablaba el abogado de herencias? ¿Que le había dejado algo de valor?

Miro los documentos confuso. ¿Qué me he perdido?

Y entonces lo veo. Al final del testamento. Gracelynn Langston ha heredado el Calypso Hall. El pequeño teatro, a un tiro de piedra de Times Square, está en ruinas y necesita una remodelación con urgencia. Aunque funcione, debe de ser un pozo sin fondo de gastos. Sospecho que el único motivo por el que no ha cerrado antes es que muchos turistas no consiguen hacerse con entradas para Broadway a tiempo y acaban asistiendo a los espectáculos allí.

El lugar no vale el inmueble que ocupa. Y lo mejor es que es un edificio histórico, así que, quienquiera que lo compre, debe mantener el teatro. Por lo tanto, es invendible. Al menos, no por un buen precio.

Grace no es ni un céntimo más rica que antes del testamento.

Muy buenas noticias para mí.

Un golpe de efecto para ella.

Me recuesto mientras reflexiono sobre ello. ¿Cuál era la intención de Douglas? ¿Qué pensaba conseguir al privarme de este agujero de mierda glorificado?

Entonces me viene a la mente.

El Calypso Hall se adquirió cuando mi madre se mudó a los Estados Unidos. Oí decir al servicio que, durante el embarazo, se sentía sola y estaba tremendamente aburrida. Para tranquilizarla, mi padre decidió regalarle algo que la mantuviera ocupada y alejada de él. Ya que Patrice era una aspirante a actriz, le compró este teatro en quiebra. La nombró directora gerente y, fiel a la tendencia Corbin, le dijo que no escatimara en gastos para convertirlo en un éxito.

Se pasaba los días y las noches allí, revisando cada detalle, cada pieza de atrezo, cada espectáculo. Algunos dicen que, de hecho, consiguió darle la vuelta a la situación y hacerlo rentable durante unos meses. Mi padre nunca me habló mucho de ella, pero me contó que, en cuanto nací, me lanzó a los brazos de una nodriza, siguió trabajando en el teatro y se olvidó de mí por completo.

«Soy el único que te cuidaría, Ars. Somos tú y yo, niño. Para siempre».

Una de las pocas cosas por las que Douglas se salvaba era el hecho de que me había acogido cuando mi madre se había mudado a Manhattan a vivir una vida sin mí.

No estoy seguro de por qué papá pensó que darle a Grace algo que mi fallecida y disfuncional madre una vez amó me molestaría, pero ha fallado por mucho.

Si acaso, entregarle a Grace algo sentimental y sin valor fiscal solo demuestra lo poco que conocía a su hijastra.

Con una sonrisa, me doy la vuelta en la silla de oficina para encararme al ventanal. Si yo tengo una copia, significa que Grace también tiene una.

Está a punto de descubrir que acabo de convertirme en uno de los hombres más ricos del país. Con más dinero del que jamás ha soñado. Acabará con ella, pero eso solo la atraerá más.

Y, de nuevo, empieza otro juego entre nosotros. El juego de a ver quién es más valiente.

¿Quién cederá primero, tomará el teléfono y llamará? ¿Quién admitirá la derrota? ¿Quién aceptará su destino y, al fin, se someterá ante el sórdido arreglo y todo lo que eso implica?

Es un buen momento para recordarle a Grace algo que podría haber olvidado.

«Yo siempre gano».

Capítulo siete

Arsène

Dos semanas después

—Gracias por dejar que me quede aquí. —Riggs sale del taxi detrás de mí, borracho como una cuba.

Miro mi reloj.

—*Dejar* es una palabra importante. Me has seguido hasta casa, capullo. No he tenido demasiada elección.

—Vamos, Ars. Todos quieren tener a un acosador. Significa que lo has conseguido todo en la vida. —Me da una palmada bienintencionada en la espalda y los rizos rubios se mueven en su ancha frente mientras sacude la cabeza.

—Eres una criatura extraña —gruño.

—Le dijo la sartén al cazo.

Caminamos calle abajo, hacia mi apartamento. Le he pedido al taxista que nos deje antes de llegar a nuestro destino porque me preocupaba que mi amigo de la infancia vomitara en los asientos de cuero.

Riggs se mete las manos en los bolsillos y silba fuera de tono.

—¿Cuál es tu próximo destino? —pregunto, en un intento por tranquilizar mi mente. Grace no me ha contactado en las últimas semanas. Sé que aún está digiriendo la pérdida de su ventaja sobre mí. Tanto ella como yo sabemos que, con este testamento, me he vuelto demasiado importante para que siga jugando.

Sabe que pediré concesiones importantes. Y está esperando a que llegue el momento.

—El norte de Yakarta —responde Riggs.

Mmm.

—Está en Indonesia, cerdo inculto. —Se ríe.

—¿Cuándo te marchas?

—La semana que viene. —Le da una patada a una lata de refresco vacía en la acera y encesta en una papelera con un tiro curvado que haría que Beckham se avergonzara—. Durante tres semanas. Es una especie de gratificación, ya que gané el premio a Foto del Año el año pasado.

La imagen en cuestión era de un rayo que tocaba el ala de una grulla canadiense. Captó cómo la bandada alzaba el vuelo al mismo tiempo y volaba en la misma dirección. El fondo era morado y azul.

No tengo duda alguna de que Riggs está lleno de la materia oscura con la que se crean todos los artistas. Pero, sea cual sea la oscuridad que vive en su interior, se asegura de no permitir que nadie la vea. La versión que todo el mundo ve, incluidos sus mejores amigos, es la del hombre atractivo y despreocupado que corre detrás de las faldas y las aventuras. De algún modo, sospecho que está más jodido que Christian y yo juntos.

Abro la puerta de cristal que conduce a mi edificio con el hombro. Nos dirigimos hacia el ascensor.

—Alfred, buen hombre. —Riggs choca el puño con el portero de setenta años mientras lo arrastro hacia dentro—. ¿Cómo está Suzanne? ¿La operación de cadera ha ido bien?

—Más que bien, señor Riggs. Gracias por mandarle las flores, fue muy amable por su parte. Ya camina y todo. Me alegro de que haya vuelto, señor Corbin. Yo...

—Ahora no, Alfred —ladro, y camino hacia el ascensor. Puede que Riggs sea un buen tipo con los empleados, pero también es ochenta kilos de puro músculo que tengo que cargar ahora mismo, y está como una cuba.

—Pero, señor…

—He dicho que estoy ocupado.

Riggs se sabe el nombre de la mujer de Alfred. Increíble. Más vale que este capullo alquile un apartamento en la ciudad el año que viene. Mi casa no es un hostal, y está empezando a estar demasiado cómodo aquí.

Subimos en el ascensor. Riggs me mira con los ojos entrecerrados.

—¿Dónde están tus modales, caraculo? Alfred es un caballero anciano.

—Como si es el mismísimo papa. —Abro la puerta de mi casa.

—Ahora, sé útil por una vez y pide algo para comer. *Tú* invitas. —Estoy a medio camino del salón cuando me percato de que Riggs se ha quedado helado. Está de pie ante mi sofá, boquiabierto y con los ojos como platos.

Me detengo.

Observo el sofá.

Grace está despatarrada en él, desnuda por completo a excepción de un par de tacones con la suela roja. Está profundamente dormida. Tiene los pezones rosados erectos y me fijo en cómo los escalofríos le recorren el cuerpo.

«Qué. Cojo…».

—Madre del amor hermoso —silba Riggs—. Empiezo a entender el fetiche este de acostarte con tu hermana. No me va, pero puedo ampliar mis horizontes.

—Yo te ampliaré el culo como no salgas de aquí de inmediato. —Me vuelvo hacia él mientras tiemblo por la furia y el alborozo.

«Por fin. Joder, por fin. ¿Por qué ha tardado tanto?».

—Pero necesito un sitio donde dormir. —Me lanza una sonrisa provocativa que me demuestra que disfruta al ver cómo me retuerzo.

—Nueva York es el hogar de seiscientos setenta hoteles. Alójate en uno de ellos.

83

—Los hermanos antes que las tías. —Riggs hace ademán de agarrar la bolsa del suelo y colgársela del hombro. Chasquea los dedos y mira hacia abajo—. Ah, claro. Ella *es* tu hermana.

Mi amigo se dirige hacia la puerta y la cierra de un portazo tras gritar:

—¡Disfruta!

Me apoyo en el borde de la mesita de café y miro a Grace unos segundos. Tiene una expresión tranquila. Y así sé que finge. Grace suele dormir con el ceño fruncido. Como si usara ese tiempo de descanso para planear cómo dominar el mundo.

—Sé que estás despierta —digo.

Supongo que se ha dado cuenta de que no estaba solo cuando hemos llegado y no estaba de humor para explicar el motivo de su desnudez.

Su rostro no se inmuta.

Suspiro.

—Riggs se ha ido, tenemos una conversación importante pendiente y puede que no me sienta tan solidario por la mañana, cuando esté completamente sobrio.

Abre los ojos de golpe. Se sienta y hace pucheros como la princesa consentida que es.

—Puaj, odio a la mayoría de tus amigos, pero este se lleva la palma. Actúa como si fuera un universitario de fraternidad.

No digo nada. Han pasado dos semanas. Ahora mismo debería estar de rodillas, dispuesta a servirme.

—Te he preparado puré de patatas con extra de mantequilla y cebolla frita, como te gusta. —Se estira como un gato perezoso y me sonríe—. Y hay un filete especiado esperando a que lo meta en la sartén.

Me analiza, a la espera de mis palabras.

Inclino la cabeza hacia la cocina.

—¿Y bien? El filete no se hará solo.

Ella se levanta. Le doy un cachete en el culo cuando va de camino a la cocina y contemplo esas largas piernas sobre los tacones. Mientras saca el filete crudo de la nevera, echa los hombros hacia atrás, seguramente para aliviar la tensión que ha acumulado.

—Grace. —Mi voz es fría como una hoja afilada que desciende por su cuello.

—¿Mmm?

—Ven aquí cuando hayas terminado.

Mientras espero a que mi filete se haga, disfruto de una copa de Moët & Chandon y de una cordial mamada. De rodillas, mueve la cabeza hacia delante y atrás con entusiasmo, y toma más de mí de lo que suele hacer. Estoy de pie junto a la ventana, observo cómo la oscuridad engulle el parque lleno de árboles mientras Grace me agarra la polla, me succiona las pelotas y las masajea con la lengua.

He ganado. Lo sé. Ella lo sabe. Aun así, la satisfacción de tenerla en la palma de la mano no es tan tangible, tan gloriosa como había imaginado. La parte divertida de Grace siempre —*siempre*— ha sido la persecución.

La cena es agradable. Ella me sonríe a menudo, me acaricia una mano y me pregunta si todo está a mi gusto. Lo está.

—Enhorabuena por lo del testamento, por cierto. —Por fin va al grano, cuarenta y cinco minutos más tarde de haberla despertado.

—Es una extraña elección de palabras, pero gracias. Enhorabuena por lo del teatro. —Corto un pedazo jugoso de filete y me lo llevo a la boca—. ¿Qué harás con él?

—Oh, no lo sé. —Le da vueltas a la copa de champán por el tallo, perdida en sus pensamientos—. Tengo una llamada con mi asesor financiero la semana que viene. Sabré más entonces. No crees que sea posible convertirlo en una empresa rentable, ¿verdad, Ars?

«Creo que es un pozo sin fondo de dinero diseñado para calmar a las mujeres de quienes los Corbin están enamorados y que es un desperdicio de ladrillos y mortero».

—No.

—Entonces, creo que lo venderé.

—No esperes unos ingresos sustanciosos. Llevará mucho dinero y unos cuantos milagros convertir ese lugar en algo atractivo.

—Eres muy listo. —Grace suspira y me sonríe—. Volveremos a este tema una vez que le haya echado un buen vistazo. Estoy segura de que podrás ayudarme con ese cerebro tan grande que tienes.

Bajo el tenedor, cansado de esta pantomima tediosa.

—¿Por qué has tardado tanto?

Coloca los brazos sobre el pecho a modo de defensa.

—¿A qué te refieres?

—Me refiero a venir aquí. No te hagas la tonta.

—Nada. Yo… No lo sé. —Mueve una mano en el aire—. ¿Puedes culparme? Supongo que es difícil aceptar que estás enamorada de tu hermanastro. Un hermanastro, además, con el que no siempre has sido amable. Ha sido un mes complicado.

—¿*Enamorada* de mí? —espeto.

La elección del momento oportuno, lo conveniente que es, me lo deja todo claro. No está enamorada de mí. Del dinero, tal vez. Y, por mucho que quiera casarme con ella, sus mentiras son transparentes en el mejor de los casos y ofensivas en el peor.

—Por supuesto que estoy enamorada de ti, Arsène. ¿Si no, por qué otro motivo habría estado contigo tantos años?

«Porque eres una erinia que busca atención y no puedes dejar escapar a un buen partido con el que casarte».

Grace tiene treinta y tres años. Aún es joven, pero no tanto para no pensar en con quién le gustaría procrear algún día. Es una criatura calculadora, siempre cinco pasos por delante. En lo que respecta a empresas rentables, yo soy una.

—¿Me quieres? —vuelvo a preguntar, y me siento.

—Sí. —Estrecha los ojos y se remueve incómoda en el asiento—. ¿Por qué te resulta tan raro? ¿Tú no *me* quieres?

—No estoy seguro.

Pero sí que lo estoy. Estoy seguro. Estoy seguro y jodido como una prostituta diurna, porque quererla no me aporta felicidad. No me llena. Empiezo a pensar que el amor es como un guarda de prisiones. Algo con lo que estás resentido, no algo que valoras.

—Tu declaración repentina es extremadamente conveniente. Tendré que pedirte recibos por este supuesto amor —digo con desgana.

—Literalmente, no hace ni veinte minutos tenías la polla en mi boca. ¡Mientras escribías un mensaje en el móvil! —replica, con las mejillas rojas por la ira.

Le ofrezco una sonrisa helada.

—Te gusta sentirte un poco mangoneada. Te ayuda a soltarte tras haber sido una tocapelotas en el trabajo.

Pone los ojos en blanco.

—Quieres pruebas. Vale. ¿Qué tienes en mente?

Estamos teniendo esta conversación como si lleváramos un negocio. Me gusta. Lo mucho que nos parecemos mentalmente.

—Quiero que te mudes conmigo —digo en tono seco.

Asiente.

—Vale. Puedo hacerlo. ¿Qué más?

—También te casarás conmigo —continúo con naturalidad—. Aunque entiendo que esto puede ser delicado, considerando el momento y las circunstancias. Te daré unos meses para que lo digieras. Para que prepares el terreno para hablar.

—¿Casarnos? —Levanta las cejas y pone los ojos como platos con un placer descarado. Aunque mantiene su emoción fuera de la conversación, pues prefiere ignorar su desventaja en nuestras negociaciones—. No creía que fueras de los que se casan.

—El matrimonio es un esfuerzo perfectamente pragmático. —Tomo el tenedor y me meto un bocado de filete poco hecho en la boca; los jugos sangrientos me corren por la lengua—. Soy un admirador de las instituciones. Perduran en el tiempo porque son funcionales. El matrimonio es una buena inversión y de bajo riesgo. Necesito herederos, estabilidad y una casa a las afuera de la puñetera ciudad. Tampoco paso por alto las ventajas fiscales.

Aunque mi discurso no ganaría ningún premio de romanticismo, da en el clavo. Ahora que Grace sabe que Douglas no la ha hecho multimillonaria, la tengo agarrada del cuello.

—¿Esto es una propuesta de matrimonio? —Los ojos oscuros casi se le salen de las cuencas.

—Es una declaración de intenciones.

—Vale. —Se da una palmadita en el pelo reluciente—. Si me aseguras que tendré un anillo tan grande que se verá desde Marte. Quiero algo basto y de mal gusto. Algo que haga que todas las mujeres a las que conozco me odien.

No tengo el valor de decirle que la mayoría de las mujeres que conoce ya la odian.

O Grace es horrible a la hora de negociar y he confiado demasiado en ella o está muy desesperada por conseguir este chollo. En cualquier caso, se ha rendido con mucha facilidad, y me pregunto por qué. ¿Se ha pasado la última década rechazándome cada pocos meses y arrastrándome hacia todo su drama solo para decir que sí a una propuesta de matrimonio? ¿Qué intenciones tiene?

—Firmarás un contrato prenupcial —anuncio.

Se pone seria.

—¿Por qué? Como si alguna vez fuéramos a…

Alzo una mano.

—Me lo paso bien contigo, Grace. Más de lo que debería. Pero no te equivoques. No confío en ti más que en los titulares del *National Enquirer*.

Deja escapar una risotada.

—Eres horrible.

—No es nuevo para ti.

—Bien, pero me reservo el derecho de que tres abogados revisen el contrato prenupcial.

—Como si quieres que lo hagan cien, cariño. —No importa. Me saldré con la mía y me aseguraré de que mi fortuna esté a salvo de sus garras, como mi padre hizo con su madre.

—Ahora, ve a esperarme en la habitación mientras lavo los platos. —Me levanto.

Ella duda al principio y se queda merodeando, como si tuviera algo más que decir. Después, se pone de pie.

Le doy la espalda cuando empieza a caminar. La observo por el reflejo de la ventana de la cocina.

—¿He dicho *ve?* Quería decir *arrástrate.*

Vuelvo la cabeza y veo cómo se le tensa la espalda mientras piensa en lo que acabo de decir.

—Te gusta humillarme, ¿verdad?

No especialmente, pero sé que a ella le gusta, y sé jugar a nuestro juego muy bien.

—Me parece bien, Ars. El problema es que también me gusta que me humilles. Sé que no me quieres… —Deja salir un suspiro—. No, no trates de negarlo. Lo que sientes por mí no es amor. Es obsesión. Siempre ha sido una obsesión. Pero lo aceptaré.

Despacio, se agacha hasta quedar a cuatro patas y gatea hacia la habitación con su magnífico trasero a la vista. La quiero. *Claro* que la quiero. ¿Por qué otro motivo, sino, soportaría todo por lo que me ha hecho pasar a lo largo de los años?

Quiero decirle que se levante, pero algo me lo impide. Un dolor abrasador que me atraviesa el pecho cada vez que recuerdo cómo me arrancó de la única familia que conocía. La crueldad con la que me destrozó.

Lavo los platos y la sartén, y enjuago las copas de champán. Me seco las manos de camino al dormitorio y escucho el agua correr en el baño de la habitación.

Grace aparece en el umbral de la puerta un minuto más tarde con un picardías *sexy* de encaje negro.

«Muñeca». El apodo me hace estremecer. ¿Por qué de repente estoy pensando en esa pueblerina? No importa. Su rostro bobalicón ya ha desaparecido de mi cabeza.

Grace se acerca a mí y me pasa la uña del dedo por la garganta.

—Estaba pensando… —La punta de su lengua se mueve hacia su labio superior—. ¿Qué te parece si te doy acceso vip a la puerta de atrás?

La miro. ¿Acaba de ofrecerme tener sexo anal? ¿Como si fuéramos adolescentes? Nunca hemos hablado de ello. No tenía la impresión de que fuera algo que le interesara.

—¿Por qué? —pregunto.

—¿Qué quieres decir? —Su sonrisa se desmorona. No era la reacción que esperaba—. Quiero que todo sea especial para ti. Vamos a vivir juntos. Acabamos de hablar de *matrimonio*. —Traga de forma visible y retrocede un paso—. Además, siempre te ha gustado lo poco convencional. Creía que tal vez querrías ser un poco pervertido.

No quiero que acepte cosas que no quiere solo porque las cartas se han barajado y han cambiado a mi favor.

—¡Oh, vamos! —Pone los ojos en blanco—. No finjas que no te gusta que me apriete las tetas y te deje follarme el hueco entre ellas hasta que te corres en mi boca.

Definitivamente, tenemos margen de crecimiento en lo que respecta a las palabras bonitas.

Le lanzo una mirada aplastante.

—Esa idea se te ocurrió porque estabas aburrida y cachonda mientras tenías la menstruación, ¿recuerdas?

—Bueno, ¡ahora mi idea es practicar sexo anal! —Me está gritando, algo que nunca es bueno cuando se trata de seducir a alguien—. ¿Qué es tan difícil de entender?

—Dejemos esta generosa oferta para cuando te sientas menos agradecida y no tan ebria de poder. —Le agarro el pelo por detrás y dejo su cuello a la vista—. Ahora sé una buena chica y ponte a cuatro patas para mí en la cama. Es tu mejor ángulo, de todas formas.

Obedece y arrastra las rodillas por la ropa de cama de satén.

—Mira hacia el cabezal. No apartes la mirada. —La rodeo como un depredador, consciente de que eso hace que me desee más.

Cuando me pongo el preservativo y al final la penetro por detrás, descubro que está tan seca como un hueso. Confundido, la saco despacio, pues no quiero hacerle un daño innecesario.

—¿Quieres que te dé más tiempo? —Me aclaro la garganta, pues me siento de pronto sin aliento.

Se inclina y me agarra por el dobladillo de la camisa.

—No. Sigue. Es solo que… el estrés hace que me ocurra esto a veces. Me estoy divirtiendo.

—Sin ánimo de ofender, pero estás como el papel de lija —digo en un tono inexpresivo—. Practicar sexo no es obligatorio. —Se la saco y me dispongo a quitarme el preservativo del pene.

Ella se vuelve hacia mí y me agarra de la camisa con desesperación.

—No, no. Por favor. Tienes que follarme.

—¿Por qué? —pregunto, atónito. Nunca hemos tenido un problema como este antes, pero no veo la necesidad de acostarnos esta noche si no le apetece.

—¡Porque sí! —Está al borde del llanto—. Te he echado de menos y te quiero dentro de mí, ¿vale? Deja de hacer tantas preguntas.

Tengo la extraña sensación de que ocurre algo más esta noche aparte de que no está húmeda. Por lo general, salta sobre mi pene como si fuera una colchoneta. Le ocurre algo, pero nunca me lo confesará.

—*Por favor.* —Presiona su trasero contra mí, con urgencia en la voz—. Hazlo. Por favor. Por mí.

A regañadientes, la penetro despacio y con cuidado mientras la sujeto por la cintura y veo cómo su pelo, sedoso y oscuro, se le esparce por la espalda. Todavía está bastante seca, pero, cada vez que pone una mueca, le meto los dedos en la boca y uso su saliva como lubricante para masajearle el clítoris con la vana esperanza de conseguir que se humedezca un poco más.

—¿Estás segura de que estás bien? —pregunto con voz ronca. Me siento como un adolescente, y lo odio.

—Es increíble. Ohhh, así. Por favor.

—No parece que lo estés disfrutando.

—Los hombres sabéis muy poco sobre el cuerpo femenino —espeta—. No me digas qué siento. Me conozco a mí misma.

Cierro los ojos y trato de terminar lo más rápido que puedo. El sexo es tan bueno como un café de hace una semana. Tengo una media erección, me siento incómodo y nervioso. Así que, por primera vez en mi vida, gruño un poco, finjo que termino y se la saco lo antes posible.

Cuando ella se vuelve debajo de mí, me sonríe y me agarra ambas mejillas.

—Ha sido muy divertido, ¿verdad?

«Como si machacara mi pene con una lima de uñas».

—Épico —murmuro.

Se inclina hacia mí y me besa la comisura del labio.

Hundido, me quito el condón mientras me dirijo hacia el baño. Lo tiro a la papelera y me vuelvo hacia el retrete para hacer pis. Con el ceño fruncido, examino los restos rosados que hay alrededor de la goma. Otra primera vez inoportuna.

—¿Grace?

—¿Mmm? —ronronea desde el dormitorio mientras toma el mando del televisor y cambia de canal.

—Creo que has sangrado.

Su risa metálica me cala hasta los huesos mientras resuena por la habitación.

—¿Ah, sí? Oh, me ocurría mucho en la universidad.

—¿Qué significa? —pregunto.

—Ni idea. Debería hacerme una revisión. He estado muy estresada desde lo del testamento. Ni siquiera he usado mi vibrador una sola vez.

—Llama al médico mañana.

—Sí, señor.

Vuelvo al dormitorio y la observo tratando de desvestirla de todas las mentiras que la cubren para hallar la verdad. Pero es muy buena en esto. Con la pantomima. Siempre ha sido una mentirosa preciosa.

—Vale, futuro maridito. Ahora ven aquí. —Estira los brazos hacia mí y me arrastra hasta la cama con ella—. Abracémonos un poco.

¿Quién. Narices. Es. Esta. Mujer?

—¿Desde cuándo nos *abrazamos?*

—¡En algún momento tendremos que empezar! —exclama, y vuelve a su estado de felicidad fingida—. Estamos a punto de casarnos, ¿no?

Intentamos ver algo juntos, pero Grace es alérgica a los documentales y a mí no me importan los estúpidos *realities* en los que la gente bebe, cotillea y vende casas.

Al final, dejo que vea algo en Bravo y me duermo.

Capítulo ocho

Arsène

Tres meses más tarde, llevo a Grace a Martha's Vineyard. Una versión pintoresca y menos glamurosa del cabo Cod. Los Hamptons sin todo el brillo.

Me divierto en Martha's Vineyard casi tanto como en el baño público más cercano, pero sé que alquilar una casa allí hará que Grace se sienta como Michelle Obama.

—Por el amor del cielo, Arsène, me siento como un miembro de la *realeza*. ¿Qué he hecho para merecer esto? —exclama Grace, que se lleva ambas manos a las mejillas en un gesto de asombro mientras da vueltas en el amplio vestíbulo de una deslumbrante mansión en Oak Bluffs.

«Te las has ingeniado para volverte inalcanzable incluso bajo el mismo techo».

Fue estúpido pensar que mudarnos juntos haría que nos volviéramos más cercanos.

Lo cierto es que ha ocurrido casi lo contrario. Grace trabaja una cantidad ingente de horas, y la mayoría de los días no llega a casa antes de las nueve o las diez de la noche. Estos últimos dos meses ha pasado la mitad de los fines de semana en Zúrich, trabajando en una fusión complicada entre dos bancos pequeños.

Debo admitir que se esfuerza. Follamos como conejos. Me prepara el desayuno, me compra mis corbatas y mi colonia favoritas y se muestra diligente a la hora de agarrarse a mi brazo durante eventos formales.

94

El episodio de sequía solo sucedió aquella vez. Hemos tenido muy buen sexo desde entonces. Y no ha vuelto a sacar el tema del sexo anal, con lo que estoy más que agradecido.

Ha dejado de presentarme como su hermanastro y ha empezado a definirme como su *cómplice*. Un infeliz término medio entre llamarme su hermano y admitir en público que mi pene vive de forma gratuita entre sus piernas.

Los círculos financieros de Manhattan bullen con la noticia de que, mientras espero a que mi penalización expire, he decidido mudarme a vivir con mi hermanastra para mis propios placeres, y ella lo sabe. Además, después de que Grace haya pasado años metiéndoselo en la cabeza, mucha gente simplemente piensa que somos hermanos. Al fin y al cabo, nos parecemos. Con el pelo oscuro y los ojos.

Todo es increíblemente complicado y, por lo tanto, para mí también es extremadamente divertido.

—Te mereces una escapada. —Cierro los puños dentro de los bolsillos delanteros mientras observo cómo admira las imponentes columnas y las librerías de pared a pared—. Últimamente apenas nos vemos.

—Pero, cuando lo hacemos, es genial. ¿No crees? —Me rodea el cuello con los brazos y me besa.

Aparta su boca de la mía antes de que pueda besarla de vuelta.

—¿Te he dicho lo guapo que estás hoy? —Sonríe—. Como un rey brusco. Dios mío, Ars, no creo que jamás tenga suficiente de ti.

Me arrastra por el pasillo, me escala como si fuera un árbol y se arranca la ropa en el proceso, lista para su primer regalo de vacaciones.

—Me alegro mucho de que estemos haciendo esto. Te echo mucho de menos cuando no estamos juntos. No puedo esperar a dejar mi horrible trabajo tan pronto como nos casemos. —Su boca es cálida y la siento hambrienta en mi mandíbula, antes de descender por mi cuerpo—. Me comprarás un pequeño negocio para mantenerme ocupada, ¿verdad? Una bodega o algo parecido.

La agarro por la nuca y la estrello contra la pared antes de devorarle la boca en un beso castigador, y nuestros cuerpos se derriten al unísono. El calor se arremolina entre nosotros como si fuera fuego.

—Estás a punto de conseguir todo lo que tu corazón desea —murmuro en su piel cálida.

Todo lo que no merece, pues los hombres Corbin tenemos algo en común: sabemos cómo escoger a la mujer equivocada.

* * *

La pedida de mano es un calvario tranquilo y solemne. Me parece de mal gusto que la gente pida matrimonio a sus parejas en lugares públicos, donde a esta le resulta imposible rechazarlo.

Llevo a Grace a cenar a un lugar bonito, compro una botella de un buen vino y, cuando volvemos a la casa de alquiler, le muestro el anillo, con un diamante gigantesco.

—Madre mía. ¡Qué inesperado! ¿Es el Catherine? —suelta, acepta y me regala una mamada de veinte minutos que acaba con ella tomando dos paracetamoles para la mandíbula más tarde.

Está feliz. Lo bastante para tararear, reír e incluso tomar un pedazo de tarta de postre. Tan feliz que me besa cuando paseamos por la playa, se pega a mí y esconde el rostro en mi cuello al tiempo que no deja de hablar sobre que quiere empezar una sociedad benéfica en cuanto deje el trabajo.

Vamos a casarnos. Misión conseguida. Y aun así —*aun así*— no puedo decir que esté completamente satisfecho. He llegado a la cima del Everest solo para descubrir que apenas puedo respirar ahí arriba.

La noche antes de volver a Nueva York, llevo a Grace a un club en un yate. Se come una ensalada verde y mueve los delicados dedos de modo que el anillo de pedida reluzca con los últimos rayos de sol que atraviesan las ventanas.

Al mirarlo, decido que Christian tenía razón con lo que dijo cuando me lo llevé conmigo a comprar anillos a principios de mes. Alguien le cortará el dedo a esta mujer para hacerse con la joya. Tomo nota mental de comprarle un anillo menos llamativo para que lo lleve a diario. Preferiría que todas las extremidades de mi futura mujer permanecieran intactas.

Grace habla animadamente. Comenta algo sobre nuestros padres. Mis ojos no dejan de fijarse en el anillo. Es imposible apartar la mirada de él. Parece incómodo de llevar. Ocupa mucho sitio en su mano huesuda.

Es un hecho. Uno que la gente de familia rica no quiere admitir.

«Soy tan rico que me doy asco. Arrodíllate ante mí, plebeyo».

Este sería el tipo de joya que imaginaba que llevaría Cardi B. No una mujer de Scarsdale, criada en una buena familia y educada en una escuela privada. Pero Grace siempre se ha sentido inferior. Tal vez porque su padre se mudó a Australia antes de que ella naciera. Quizá porque fue concebida en el pecado, en secreto, por vergüenza, por el único propósito de hacerle daño a mi padre.

—Arsène, ¿has escuchado *algo* de lo que acabo de decir? —Grace frunce el ceño y me saca de mi ensimismamiento con un chasquido de los dedos.

Parpadeo y tomo un trago del agua con gas.

—Perdona, me he perdido en mis pensamientos. Por favor, repítelo.

Se sonroja; parece un poco avergonzada.

—Hablaba del testamento. —Se pasa la lengua por los labios mientras sus ojos analizan el entorno con aprensión.

—¿Qué ocurre?

—Bueno, ahora que estamos prometidos, puede que sea buena idea incluirnos en nuestros respectivos testamentos. Ya sabes, por si acaso.

—¿Por si acaso qué? —Se me tensa la mandíbula.

—Por si pasa algo.

—Define *algo*.

Grace ha intentado matarme al menos una vez a lo largo de nuestra vida (a propósito, y no como lo que yo le hice). Lo que, llamadme romántico empedernido, es una vez más de lo que tu pareja debería. Fue hace mucho tiempo, pero no creo que mi preciosa y astuta prometida perdiera la oportunidad de volver a intentarlo.

Es una mujer de muchos recursos, y yo soy un hombre muy rico.

Sacude la muñeca mientras se ríe, pensativa.

—Sé que estás recordando aquella vez. Fue un ataque de venganza adolescente. Era una *cría*. Llena de hormonas hasta las cejas. Con el lóbulo frontal poco desarrollado, etcétera.

—Tu lóbulo frontal subdesarrollado no me importa. Tu conciencia subdesarrollada, sí.

Hace un mohín.

—Esa no es una forma muy bonita de hablarle a tu prometida.

Sonrío y le acaricio una mejilla con el dorso de los dedos.

—La amabilidad no es una característica que busquemos el uno en el otro.

—¿Ni siquiera lo pensarás? ¿Por mí? —Sus ojos son dos diamantes de ónice—. Ya sabes lo mucho que significa para mí. La confianza, evidentemente. No el dinero. Solo la confianza.

De todos modos, no me quedan familiares vivos a quienes dejarles mis posesiones. Si muriera mañana, *es* muy probable que Grace se quedara con una buena parte de todo lo que me pertenece. Junto con Miranda, alguien a quien ni siquiera quiero cerca de mi mierda.

Aun así, no hay que ser un genio para saber que las intenciones de Grace son todo menos puras. Ambos estamos en la treintena, sanos, y no corremos peligro de sufrir una muerte inminente.

—No —respondo de un modo inexpresivo.

—¿No? —Parpadea, con aspecto de estar realmente sorprendida. No está acostumbrada a esa palabra, sobre todo de mí.

—No —repito—. Trato de no pensar en ello.

—Oh… bueno, lo entiendo. —Pero no lo hace. Y por eso se desinfla como un globo.

—Planeo dejárselo todo a la Sociedad Planetaria —continúo.

Se toca las perlas que lleva en el cuello y juguetea con ellas.

—Está bien. Yo… No debería haber preguntado.

Que alguien le dé un premio Razzie a esta mujer. Se le da fatal hacerse la inocente.

—Puedes cancelar el compromiso ya mismo —la apresuro, casi de forma burlona—. Si para ti esto es un motivo para romper.

Niega con la cabeza. Una risa estridente le burbujea en la garganta.

—No será necesario. De verdad, solo era una sugerencia. Me parece bien lo que decidas. No me caso contigo por el dinero.

Claro que sí. Y lo peor es que sé que no se lo negaré. Puedo ponerla a prueba, claro. Pero jamás lo llevaré a cabo. Conseguirá lo que quiere. La incluiré en mi testamento, y ella a mí.

—Grace.

—¿Sí, mi amor? —Trata de fingir una pequeña sonrisa. Fracasa.

—Veremos a mi abogado esta semana y haremos los cambios pertinentes.

Se le relajan los hombros con alivio. Sonríe, esta vez *de verdad,* y todos sus rasgos se iluminan, como una flor enfocada hacia el sol del primer día de primavera. Nunca la he hecho sonreír así.

Un ataque de posesividad y deseo me recorre el cuerpo.

«Es mía. Sus dedos huesudos. Sus ojos astutos. Su corazón negro. Toda mía».

—Gracias por confiar en mí. —Me alcanza desde el otro lado de la mesa, me agarra una mano y me da un apretón. Su mano está fría y seca—. Te quiero.

Me prometo a mí mismo no beber ni comer nada que ella prepare en un futuro a no ser que ella dé el primer bocado o sorbo.

—Yo también te quiero.

Y es cierto. La quiero. Estoy seguro de ello.

Pero también estoy seguro de una cosa: el zorro pierde el pelo, pero no las mañas.

Capítulo nueve

Arsène, diecisiete años

Fui a casa por Navidad. O, al menos, al lugar que técnicamente era mi hogar. Si de mí dependiera, me habría quedado en la Andrew Dexter. Con ese capullo de Riggs, quien probablemente estaría buscando formas creativas para prenderse fuego a sí mismo o saltar de tejado en tejado para pasar el rato. O con Nicky. Callado, reservado y triste como solía ser, no era, sin embargo, mala compañía. Tampoco era un completo idiota. Y eso siempre era un punto más en mi libro.

El quid de la cuestión era que esos dos huérfanos eran más como una familia para mí que las criaturas sin corazón que ocupaban esta mansión.

Estos seres estaban entrando en el comedor, totalmente ajenos al hecho de que estaba sentado y desayunando mientras disfrutaba de un libro sobre astronomía.

—¡Eres un bastardo egoísta, Doug! Eso es lo que eres. —Miranda clavó las uñas en el respaldo de una silla tapizada del comedor mientras escupía veneno a mi padre, que, por supuesto, iba detrás de ella.

—Piensa el ladrón que todos son de su condición, querida. ¿Qué te crees, que simplemente te permitiría entregarle esa propiedad a tu madre?

«Ajá». Miranda había cruzado una línea. Jamás se juega con la propiedad de un Corbin sin su consentimiento. Éramos un pelotón tacaño. Pasé una página del libro.

—¡No tenía dónde vivir! —trinó Miranda.

—Podríamos haberle alquilado un sitio. ¡Tengo la propiedad en alquiler! Clientes que pagan. ¿En qué estabas pensando?

Por otro lado, aún ignoraban mi presencia allí. No es que me sorprendiera. Me preguntaba dónde estaría Gracelynn. Había estado extrañamente callada desde que había llegado. Sin duda, pensando en nuevas formas de acabar conmigo sin dejar rastro.

—¡Creía que tendría el apoyo de mi marido! Demándame por suponer eso. —Miranda agarró un jarrón del centro de la mesa y se lo arrojó. Él lo esquivó con agilidad experta, lo que me recordó que lanzarse objetos el uno al otro era algo habitual en esta casa, como pasarse la mermelada a través de la mesa a la hora de desayunar.

—Bueno, ahora estás en lo correcto. Me *importaba*. Ya no. No eres ni la mitad de atractiva que cuando te conocí, y el doble de caprichosa y problemática. Estoy harto.

Sospechaba que Miranda y papá estaban al borde del divorcio. No porque ella fuera horrible con él. Siempre había sido así. Sino porque, para variar, él empezaba a darse cuenta y no parecía estar tan de acuerdo con sus cambios de humor y sus exigencias.

Miranda lo observó con una mezcla de pánico e incredulidad. Me recosté en la silla. Estaba disfrutando con el espectáculo. ¿Por qué no debería? Esa mujer había sido más que desagradable conmigo, y parecía que por fin le estaban dando su merecido. Mi padre tampoco era ningún santo, y verle hacerse mayor solo era una imagen que deseaba ver.

—¿Qué insinúas, Doug? —Miranda inhaló.

—Creo que deberías pasar la Navidad lejos. —Se apartó de la pared con un empujón y se encaminó hacia la puerta.

—¿Lo dices de verdad? —Corrió tras él.

—Sí. Los niños pueden quedarse conmigo. En la cocina están preparando bastante comida, y no quiero que se desperdicie.

«Jo, jo, jo. Feliz puta Navidad». De parte de mi familia disfuncional.

—Uno de ellos está aquí sentado —dije con indiferencia mientras subrayaba una frase del libro. Ninguno me hizo caso—. Hablando de comida, me estáis quitando el apetito.

—La preguntaré a Gracelynn qué quiere hacer. ¡Estoy segura de que no querrá pasar la Navidad contigo! —respondió Miranda con maldad.

—Yo no estaría tan segura —replicó Doug, que ya estaba a medio camino de la puerta—. Me tiene afecto y sé que te odia con toda su alma.

Oh, mira qué tenemos aquí. ¿Problemas en el paraíso?

Resultaba reconfortante saber que la infancia de Gracelynn había acabado tan destrozada como la mía. Miranda se quedó en la sala de estar, jadeando, mientras yo tomaba una cucharada de mis gachas de avena y pasaba otra página.

—Estoy segura de que estás encantado con todo lo que ha ocurrido. —Miranda se volvió hacia mí con actitud sarcástica en un esfuerzo por provocarme.

Pasé la mirada de mi libro a ella con una sonrisa.

—Estoy más entretenido que encantado. La felicidad es un sentimiento tan fino que no creo que fueras capaz de decir o hacer nada que me provocara tal sensación.

—Ah, tú y tus malditas adivinanzas. Nunca sé qué quieres decir. —Mostró los dientes—. Siempre has sido muy raro, como tu madre.

Respondo a este golpe con una carcajada.

—Era rara, torpe, y la primera mujer legítima de Douglas Corbin. La madre de su primogénito. Su único heredero. Y puede que esté muerta, pero ¿estos hechos? Te *matan,* Miranda.

—Dime. —Se inclinó hacia delante, hacia mí, con los ojos bailando en las cuencas—. ¿Por qué te alegras con todo esto? Tampoco es que lo estés pasando mal en la Andrew Dexter.

Me recosté y tamborileé los dedos en la contracubierta de mi libro de tapa dura mientras pensaba.

—Supongo que me divierte ver al karma en acción. Convenciste a este hombre de que echara a su hijo, su propia san-

103

gre, a la calle. ¿Y esperabas que se quedara contigo? La lealtad no es un árbol. No crece con el tiempo. O le eres leal a una persona o no. Douglas no es leal. Además, te apuesto lo que quieras a que tampoco es fiel.

Aún me miraba cuando recogí el bol vacío de gachas y mi libro y me marché a mi habitación, consciente de que quería hacerme daño, pero que ya no tenía el poder para hacerlo.

* * *

Resultó que papá tenía razón. Gracelynn decidió quedarse en la mansión para Navidad mientras su madre salió corriendo hacia la casa de los Hamptons, donde se rodearía de sus amigas divorciadas de Nueva York.

Lo bueno de todo esto era que, a lo largo de los años, había reubicado mi dormitorio cada vez que venía de vacaciones, y ahora vivía en otra ala de la casa, alejado de ella. Era del todo capaz de no verla en absoluto si quería.

Y quería, porque era un grano en el culo.

Me las ingenié para evitarla durante todas las vacaciones a excepción del día de Navidad, cuando los tres intercambiamos regalos.

Papá me había comprado un Shelby 427 Cobra de 1966 y a mi hermanastra, una tiara *vintage,* algo auténtico, repleto de diamantes. Gracelynn me había regalado unos calcetines divertidos y un jersey. Yo le había dado a papá una caja grabada para los puros y a Gracelynn, unos ratones congelados, la comida de las serpientes de PetSmart. El regalo hizo que ella soltara una risita y él un murmullo, pero estaba demasiado preocupado por el derrumbe de su matrimonio para reprenderme.

Sobreviví a ese día, hora a hora, minuto a minuto, hasta que se evaporó en la noche y fui capaz de respirar de nuevo.

Otro día pasó, y otro. Era precioso mirar el calendario y ver que al día siguiente volvía a la Andrew Dexter, que Miranda aún no había regresado y que Gracelynn, quien estaba por ahí, en alguna parte, estaba tan triste y perdida como yo me había sentido en mis dos primeros años en el internado.

La ocasión pedía una celebración, y decidí bajar a la cocina en medio de la noche para saquear la nevera de vinos. No había planeado beber esa noche, pero llevaría algunas botellas a la academia. Riggs y Nicky lo agradecerían, y tendríamos bastante alcohol para aguantar hasta Pascua.

Bajé las escaleras descalzo, abrí una bolsa de basura y comencé a llenarla con botellas caras. Entonces, entré en la despensa oscura y lancé comida basura en otra bolsa. A continuación, oí un suave suspiro detrás de mí. Más bien un sollozo, en realidad. Me volví, pensando que sería un miembro del servicio, y me topé con mi hermanastra de pie frente a mí, como un fantasma de su antiguo yo.

Permanecimos de pie en la despensa, observándonos, con la tenue luz de la campana extractora iluminando nuestros rostros desde fuera.

—¿Estás llorando? —me burlé. Le brillaban los ojos y tenía el rostro húmedo.

Se limpió las mejillas a toda prisa y soltó una risa.

—No digas tonterías. ¿Por qué estaría llorando?

—¿Porque tu vida familiar no existe, no tienes amigos de verdad, no tienes ningún talento y, una vez que tu belleza media desaparezca, estarás prácticamente acabada? —ofrecí de forma educada.

Dejó escapar una carcajada, que sonó como una uña cuando la pasas por una pizarra, antes de derrumbarse con un lamento primitivo. No lo entendía. Nada de nada. Ella había ganado. Estaba aquí, y yo no. No la había perdonado, no. En el sentido de que aún quería vengarme, siempre y cuando la oportunidad lo requiriera. Pero, a lo largo de los años, había aceptado la situación como lo que era. Y jamás le había dejado ver lo mucho que me afectaba. Permitir que alguien sepa que tienes una reacción emocional hacia él es lo peor que puedes hacerte a ti mismo. Sobre todo, si no te fías de lo que pueda hacer con esos sentimientos.

—Eres un capullo, Arsène. ¡No me extraña que le caiga mejor a tu padre que tú! —Me dio un empujón en el pecho, pero no dejó de llorar, casi de forma histérica, y ambos sabíamos que eso era un débil intento por su parte por salvar las apariencias.

Me lancé las bolsas de comida basura y de bebidas alcohólicas por encima de un hombro antes de encogerme de hombros.

—Bueno, disfruta de tu crisis, hermanita. Nos vemos el año que viene. A no ser que Doug decida que se ha cansado de vosotras, las Langston.

Intenté esquivarla, pero ella se metió entre la puerta y yo.

—¡No! ¡No te vayas!

Esa puta amenaza… Miré el reloj. Era tarde, pero, aunque no lo fuera, ningún momento era bueno para escuchar a Grace protestar y lloriquear.

—¿Quieres hablar de ello? —gruñí.

—En realidad… —Una sonrisa lenta apareció en su rostro. Era una cara agradable, debo admitirlo. Había pasado esa fase extraña y ahora no solo estaba buena, sino que también estaba fuera de mi alcance, lo que, por supuesto, le habló directamente a mi polla adolescente— creo que podríamos darles un mejor uso a nuestras bocas, ya que te irás en unas cuantas horas.

Tragué mientras observaba sus ojos entrecerrados. El hombre con amor propio que había en mí quería decirle que fuera a montarse en sus propios dedos en la ducha. El adolescente hormonal que era no podía esperar a descubrir si le había dado buen uso a su lengua virginal desde la última vez que nos habíamos besado.

Arqueé una ceja y le resté importancia a mi interés.

—Necesito que seas más específica que eso.

Ella sonrió y ocultó el dolor.

—¿Como decirte lo que quiero hacerte?

—Una demostración sería lo mejor.

—Vale, vaquero.

Cerró la puerta detrás de ella. Yo encendí la luz. Quería verlo todo cuando ocurriera. Una parte de mí no se creía lo que estaba pasando (el adolescente hormonal). La otra pensaba que estaba loco por permitir que sus dientes se acercaran a mi pene (el hombre con amor propio).

Pero, mientras mi hermanastra me empujaba hacia atrás y mi espalda chocaba contra las botellas altas de agua con gas importada, decidí aprovechar la oportunidad. Gracelynn se dejó caer de rodillas y se movió rápido para bajarme los pantalones. Ni siquiera quiso que nos besáramos. Mi polla se liberó de los pantalones de chándal. Era larga y estaba dura y confusa después de haber escuchado la conversación que habíamos mantenido y saber cuál era el resultado.

Me la agarró por la base, ligeramente dubitativa. Estaba bastante seguro de que era la primera vez que estaba cara a cara con una polla. Alzó la mirada hacia mí bajo sus gruesas pestañas.

—¿A veces piensas en mí? Cuando estás allí, en el internado.

«Siempre. Y no cosas bonitas».

—Si me estás preguntando si quiero follarte, la respuesta es esta. —Muevo las caderas hacia delante y mi polla le da en una mejilla.

—No, no hablo de follar. ¿Quieres algo más? ¿Te… gusto? —Sus ojos eran suplicantes, pero la conocía demasiado para saber que era verdad. Estaba herida. Trastornada por lo de nuestros padres. Si le mostraba compasión, la usaría como un arma contra mí.

Le pasé los dedos por el pelo y se lo coloqué detrás de la oreja con una sonrisa.

—Gracelynn, no he venido a decirte que eres bonita. Si quieres comérmela, sírvete. Si no, apártate y déjame salir de aquí. Esto llega un poco demasiado tarde.

Irónicamente, eso hizo que se pusiera manos a la obra. Ardía en deseo por mí. Le ponía la idea de ganarme. Me cubrió la punta con los labios y se la tragó entera. Eché la cabeza hacia atrás y se me escapó un gruñido. Había disfrutado de unas cuantas mamadas en el pasado, pero nunca con nadie a quien conocía. Eso era diferente. Como la sumisión. Decidí que ver a Grace sometida a mí era incluso mejor que hacerla llorar sobre la almohada tras haber sido cruel con ella. Porque, cuando le hacía daño, solo me odiaba. Si la utilizaba, ella también se odiaría después.

En algún lugar de mi mente, sabía que lo que estábamos haciendo era muy turbio. Desear que sufriera. Ponerme en peligro. Todo eso.

—¿Te gusta? —preguntó alrededor de mi pene.

—Más profundo. —La agarré del pelo y la eché ligeramente hacia atrás antes de introducirme más en su interior. Se atragantó. Me reí.

Ella lo dio todo, y, cuando sentí que iba a correrme, dije:

—Si no quieres que me corra en tu garganta, es un buen momento para apartarte.

Pero negó con la cabeza, me dio el visto bueno y luz verde para echar la casa por la ventana. Era algo precioso ver a Gracelynn arrodillada para mí, y decidí que me gustaba mucho más que verla llorar.

No sabía por qué ella lo hacía. Lo único de lo que estaba seguro era de que, cuando me corrí en su boca, cuando sus labios se envolvieron alrededor de mi polla, húmedos y seductores, dejé de pensar, dejé de sufrir y dejé de estar enfadado.

El mejor antídoto para el amor debe de ser el placer.

Se apartó, y entonces se abalanzó sobre mí y pasó sus manos por mi pecho, y se aseguró de dejar marcas. Mi polla seguía medio erecta, húmeda por su boca y mi corrida. Me besó con fuerza, y se lo permití.

—Tu turno, hermanito. —Sonrió en medio del beso.

—Me parece justo. —La empujé contra la encimera de mármol. La parte de atrás de su cabeza tiró unas cuantas cajas de cereales, que llovieron sobre nosotros. Al momento estaba entre sus piernas. Había visto porno suficiente para saber lo que debía hacer, y, por los muslos temblorosos alrededor de mis orejas, supe que había hecho que se corriera.

—Acabo de recordar que no me va eso de los sentimientos. —Me apretó la cabeza entre las piernas.

—Voy muy por delante de ti en la sección sociopática. —Le mordí la parte interna del muslo—. Recuerda mis palabras, Grace. No importa lo que ocurra, una parte de mí siempre querrá acabar contigo.

Capítulo diez

Arsène

Cuatro meses más tarde

—Cariño, no te olvides de enviarle el correo a Makayla sobre la lista de invitados. —Grace está de pie frente a la puerta del apartamento, donde se mira en el espejo de bolsillo en busca de manchas invisibles de pintalabios.

Jamás pensé que acabaría discutiendo las ventajas del beis y el gris como paleta de colores para un evento de tres horas, pero supongo que a la vida se le da bien lanzar bolas curvas.

—¿Olvidarme? Será el plato fuerte de mi día. —Salgo de la habitación mientras me abrocho la camisa.

Grace se marcha a Zúrich para otro fin de semana de trabajo intenso. Apenas enciende el teléfono cuando está allí. No soporto cuando no puedo contactar con ella. Y es el motivo por el que esta noche saldré con Christian y Riggs al New Amsterdam. El tiempo pasa más rápido cuando tragas el alcohol suficiente para llenar una piscina olímpica.

—Le escribiré esta noche.

—Dile que no quiero trabajar con la floristería que recomendó. ¿La que dice que contrataron Catherine y Michael? —Menciona a Catherine Zeta-Jones y Michael Douglas como si vivieran en el piso de abajo—. He leído en Yelp que un envío llegó al evento con las flores completamente congeladas. Oh, y se supone que tenía que enviarme las opciones para las velas. Odio pensar que podría meter la pata. De verdad, ¿tan difícil es pedir un poco de profesionalidad en esta ciudad? —Arruga la nariz.

—No lo olvidaré. —Me inclino y le doy un beso largo y apasionado. Mientras mi boca se mueve sobre la suya, añado—: Y, si tarda en contestar otra vez, le mostraré la ira de los hombres Corbin.

Me pasa los brazos por encima de los hombros y me da un beso descuidado.

Mis manos se deslizan por su espalda hasta que le agarro el trasero.

—¿Qué te parece si echamos uno rapidito antes de salir?

—Puf. Ojalá tuviera tiempo. —Se aparta de mí y me enseña el teléfono para que vea la pantalla. Hay una notificación que la avisa de que un conductor de Uber la espera abajo—. ¿Lo dejamos para otro momento? —Sonríe.

—Te tomo la palabra. —Vuelvo a besarla—. Que tengas un buen vuelo.

Desde donde está, me sonríe con algo que casi parece nostalgia.

—¿Sabes…? —Se queda callada, con los hombros caídos. Es una imagen extraña. Grace suele ser muy exigente con la buena postura—. De verdad que te quiero, Arsène. Sé que no lo crees. Al menos, no todo el tiempo. Pero es cierto. Me alegro de que nos eligiéramos el uno al otro. Me alegra que hayas *ganado.*

Mi cuerpo entero resplandece. Es patético lo mucho que anhelo su aprobación. Debe ser la forma más penosa de problemas de mamá que haya visto.

—Eh, Grace. —Le agarro la coleta oscura y le guiño un ojo—. Te creo.

—¿En serio? —Se le ilumina el rostro.

Asiento.

—Siempre tuya. —Me besa la comisura de los labios.

—Siempre tuyo. —Le beso la punta de la nariz—. ¿Qué te gustaría que hubiera para tu cena de bienvenida? ¿Comida tailandesa o birmana?

A Grace le gusta volver a casa y encontrarse la mesa preparada y un baño caliente listo para sumergirse en él.

Se da la vuelta, lleva la maleta al vestíbulo y se detiene para dedicarme una sonrisa de dientes blancos y rectos.

—Sorpréndeme.

* * *

Los golpes en mi puerta son persistentes, pero extrañamente pesarosos.

Como si la persona tras ella no quisiera que abriera. Y para bien. No mucha gente vive para contar cómo me despertaron a horas intempestivas sin avisar.

¿Qué hora es, a todo esto?

En medio de la oscuridad, tanteo la mesita de noche en busca del reloj y lo golpeo en la parte de arriba. Indica que son las 3:18 de la madrugada. *Señor.* ¿Quién narices decide que las tres de la madrugada es una buena hora para socializar?

Espera un minuto. En realidad, *conozco* a alguien tan descuidado e imprudente. Y no me importará golpearle en la cara de vuelta a la Antártida por las molestias.

Nuevos golpes vienen de la puerta.

«¿Quién le ha dejado entrar?». Este es el motivo por el que pago una cantidad ofensiva de dinero cada mes por tener seguridad las veinticuatro horas del día. Para que la gente no llame a mi puerta en mitad de la noche. Voy a darle la patada a quienquiera que esté a cargo de la recepción esta noche.

Suena el timbre. Una vez. Dos. Tres veces.

—Ya voy. —Nunca he pronunciado estas palabras con tan poco entusiasmo—. Más vale que haya muerto alguien... —murmuro mientras meto los pies en las zapatillas y arrastro mi cuerpo hasta la puerta, vestido con nada más que unos pantalones de chándal grises y con el ceño fruncido.

Abro la puerta de golpe y suelto:

—Escúchame, desperdicio de recursos mundiales. No me importa si sales para África el lunes ni tampoco que Christian no quiera que lleves a tu ligue a su casa como si fuera un Airbnb barato…

El resto de las palabras mueren en mi garganta. No es Riggs. De hecho, no es nadie que conozca.

En el umbral de mi casa hay dos personas, un hombre y una mujer, vestidos con el uniforme azul oscuro del departamento de policía de Nueva York y con profundos ceños fruncidos. Ambos tienen aspecto de haberse tragado un erizo entero.

He tenido mis roces con las fuerzas de la ley antes, pero suelen ser Hacienda y la Seguridad Social quienes me provocan problemas, no agentes de policía honestos. Soy un hombre de guante blanco con problemas de guante blanco. Tal vez alguien ha decidido suicidarse en la casa de al lado y quieren saber si he oído algo. Malditas celebridades y sus caóticos estilos de vida.

Entrecierro los ojos y pregunto:

—¿Quién ha muerto?

—Lo siento, señor Corbin. —La mujer baja la cabeza.

Bueno, entonces, alguien ha muerto, y es alguien que conozco.

No tengo padres, y mi círculo social se limita a aquellos a quienes tolero. Supongo que ha sido… ¿Riggs? Parece bastante idiota para hallar una muerte prematura. Tal vez una cita de Tinder que no salió bien.

No puede ser Christian. Es demasiado responsable para meterse en problemas.

El hombre se presenta:

—Soy el agente Damien López, y esta es mi colega, la agente Hannah del Gallo.

—Gracias por las presentaciones. Ahora vaya directo al remate final —suelto, pues no estoy de humor para cháchara.

—¿Es el prometido de Gracelynn Langston? —pregunta él.

Mi corazón, que era intocable hace unos segundos, está atrapado entre sus puños. «Ella no».

—Sí, ¿por qué?

—Lo sentimos mucho. —La mujer se muerde el labio. Le tiembla la barbilla—. Pero su prometida ha fallecido en un accidente de avión. Murió en el acto.

* * *

No es cierto.

No puedo explicar por qué no es cierto; solo sé que no lo es. Y ese es el motivo por el que no he llamado a nadie.

Parece una locura, estúpido e innecesario. No lo creeré hasta que no me enseñen alguna prueba.

Me dirijo hacia la morgue del hospital en mi propio coche para identificar el cuerpo. Me encontraré ahí con los agentes.

Uno de ellos, Hannah, me ha dicho que ha llamado a Miranda Langston, la siguiente allegada de Grace. Me ha explicado que Miranda está de camino desde Connecticut hacia la morgue, pero es posible que no llegue hasta mañana por la mañana. Llevaba más de una década sin hablar con ella, a excepción del taciturno intercambio de condolencia en el funeral de Douglas. Pero puede ser que ni siquiera sepa que su hija y yo estamos comprometidos. Con la intención de tener la relación más turbia de la historia, Grace y yo nunca hablamos sobre su madre de ninguna forma.

Pero eso realmente no importa, porque Grace está viva, y esto es un horrible malentendido que acabará con alguien siendo demandado.

Grace no puede haberse ido. Acabamos de empezar nuestra vida juntos. Tenemos planes. Una boda que organizar. Una luna de miel reservada. Aún no se ha rendido, ni ha dado a luz a nuestros bebés ni ha contraído las nupcias de sus sueños. Su lista de deseos sigue llena, repleta de planes e ideas.

Cada vez que me paro en un semáforo, reviso las noticias locales en el móvil en busca de artículos sobre un accidente de avión de United Airlines. No hay ninguno. Con cada segundo que pasa, mi sospecha de que es un mero error humano se intensifica.

Es un simple caso de mezcla de identidades. Estoy seguro. Grace vuela con United Airlines dos veces al mes. El vuelo en el que está se encuentra sobrevolando el Atlántico ahora mismo, de camino a Zúrich.

Imaginarla dormida, con una mejilla pegada a la ventanilla helada en primera clase, ajena a este desastre, me llena de una cálida satisfacción. Trato de llamarla de nuevo, pero la llamada va directa a al buzón de voz.

«Tampoco es raro —me recuerdo a mí mismo—. Siempre apaga el teléfono cuando viaja a Zúrich».

Quizá es todo una gran broma.

Llego al hospital a toda prisa. Aparco. Salgo del coche a trompicones.

«Relájate, idiota. Ella está bien. No es ella».

Aunque no sea ella, no me hace especial ilusión ver el cadáver de nadie esta noche, ni ninguna otra.

Me dirijo al sótano, donde se encuentra la morgue, y paso por delante de la zona de carga. El hedor de los productos de limpieza del hospital me asalta la nariz. Se intensifica con cada paso que doy, hasta que me arden los pulmones. Necesito salir de aquí.

Los agentes me esperan en la zona de recepción. Es una pequeña sala azul y verde con una sola fila de banquetas. El aire acondicionado está en marcha. Las paredes están cubiertas con fundas de plástico que contienen folletos sobre terapia de grupo, funerarias y fabricantes de ataúdes. Cero puntos en sutileza.

—¿Ha conducido bien hasta aquí? —pregunta la agente Hannah de forma compasiva.

—Una puta maravilla. —Me guardo las llaves del coche en el bolsillo—. Acabemos con esto. Se han equivocado de persona y no tengo tiempo para esta mierda.

Su ceño fruncido, preocupado y compasivo, no se inmuta.

115

—Bueno, esto es lo que sabemos hasta ahora. El avión privado de la señorita Langston ha salido del aeropuerto de Teterboro a las doce y cuarto de este viernes…

—¿Ve? —suelto—. Los hechos son incorrectos. Grace ha embarcado en un vuelo de United Airlines con destino Zúrich. UA2988. Ha salido de Newark. Por el amor del cielo, no me creo que el dinero que tanto me cuesta ganar y con el que pago mis impuestos se desperdicie en usted y sus compañeros.

La agente Hannah pone una mueca, como si le estuviera grabando cada palabra a fuego en la piel. El agente Damien permanece en silencio, con una expresión ilegible, pero no escribe nada en esa absurda libretita.

«Bonita libreta la que tiene ahí, Gossip Girl».

—Comprendo que esa sea la información que tiene usted… —dice ella.

—Esto no es un tema de *opiniones* —respondo con tono afilado. Estoy perdiendo todo rastro de decoro—. Es la verdad. Debe de haber un error informático o algo parecido. Grace ha salido en un vuelo comercial desde Newark. Vuelva a revisarlo.

—Hemos recuperado su pasaporte. —La agente Hannah se aclara la garganta y me mira a los ojos por primera vez.

Me quedo sin palabras. No puede ser. ¿Por qué Grace me habría mentido con lo de volar en un avión privado?

¿Es posible que hayan conseguido un beneficio adicional esta vez y que olvidara decírmelo? Es poco probable, pero no totalmente imposible.

Niego con la cabeza.

—¿Qué pasa con Chip Breslin? ¿Paul Ashcroft? ¿Pablo Villegas? ¿También estaban en el avión?

Ambos agentes intercambian una mirada. Quiero agarrarlos por el cuello de la camisa y sacudirlos hasta que me den toda la información.

De pronto, estoy a punto de echarme a reír. Esto es absurdo. Es el tipo de cosa que le ocurre a otra gente. Personas sobre las que lees en el periódico. Gente que asiste a programas de entrevistas. Los que escriben autobiografías descorazonadoras. No a mí. *A. Mí. No.*

—Mire, señor Corbin, entiendo que esté afectado. Sin embargo, nosotros... —empieza el agente Damien.

La puerta automática se abre detrás de nosotros. Una mujer menuda entra. Lleva una peluca castaña, un vestido acampanado amarillo con cancán, unos guantes de satén hasta los codos y mucho maquillaje.

Porque mi vida no es lo bastante rara esta noche.

—¡Madre mía! ¡Dígame que no es cierto! —se lamenta la desconocida con acento sureño.

«Winnifred».

O viene directa del teatro o ha desarrollado un sentido de la moda muy cuestionable entre Italia y ahora.

La esbelta cintura no clama a los cuatro vientos que esté embarazada. Se me olvidó preguntarle a Grace si estaba preñada. No parecía tener importancia entonces, cuando estábamos hasta el cuello con los preparativos de la boda.

Ahora nunca tendría la oportunidad de preguntarle nada sobre la extraña pareja Ashcroft.

Ya no podría hacer muchas cosas con ella.

—¿Dónde está? —exige Winnifred, que mira a la derecha y a la izquierda de forma frenética—. ¡No lo veo!

Dos agentes corren hacia ella e intentan tranquilizarla.

Grace había ido a Zúrich con Paul. Bueno, tenía sentido. Es su jefe.

—Voy a preguntar si puede entrar ya. —La agente Hannah me apoya una mano en el brazo—. No encuentro a la recepcionista, pero alguien debería venir a ayudarnos. El agente Damien ha ido a ver si nos entregan los registros dentales de los pasajeros del avión. Volveremos enseguida, señor Corbin. Por favor, espere aquí.

Las palabras me pasan de largo. Estoy más pendiente de Winnifred, que parece la representación humana de un basurero en llamas, con lágrimas que le corren por el rostro y dejan surcos mientras se abren paso por el maquillaje. Está hablando con dos agentes. Tal vez ellos tengan más información que los otros dos payasos que han llamado a mi puerta. Aguzo el oído y capto dos fragmentos de la conversación.

—… avión privado… Piloto certificado… Un profesional experimentado…

—… inspección previa al vuelo… Malas condiciones de los neumáticos… No tienen ninguna responsabilidad legal, pero un abogado le dirá más…

—… nadie lo sabe con certeza… Por desgracia, estas cosas pasan… ¿Hay alguien a quien quiera llamar?

Unos agónicos cortes, profundos e intensos, me atraviesan por primera vez desde que esta pantomima ha empezado. La idea se está volviendo real y, con ella, las consecuencias de perder a la única persona del mundo que realmente me importa.

Todo lo que no sentí con la muerte de Douglas —la pena, el dolor, la impotencia— me está cortando los órganos por dentro. Quiero acercarme y escucharlo todo. Al mismo tiempo, quiero que todos se callen de una maldita vez. Quiero que esta pesadilla acabe.

Aunque es encantadora, Grace no es la persona más confiable del planeta.

Mintió a nuestros padres sobre mí.

Durante años, mintió al mundo sobre nuestra relación.

Nada la detuvo cuando me mintió sobre los detalles de su vuelo.

En algún momento, los dos agentes que están hablando con Winnifred salen y nos quedamos solos. Alza la mirada del suelo con los ojos enrojecidos e inyectados en sangre. Una vez que me ha analizado, me reconoce de golpe. Me mira con aspecto de no desear nada más en el mundo que golpearme con una de las banquetas vacías de la sala de espera.

—Deja de mirarme como un cervatillo. No son ellos —espeto, y muestro los dientes como una bestia abominable—. Se han equivocado de personas. Saldremos de aquí antes del amanecer.

118

—No hablas en serio. —Deja escapar un gemido de dolor—. ¿De verdad piensas que han confundido sus identidades?

—Sí —respondo lacónicamente—. Y no tengo intención de dejarme convencer de lo contrario por una mujer adulta disfrazada con un vestido de princesa Disney.

Vuelve la cabeza hacia el lado contrario y cierra los ojos a la vez que frunce los labios. Dejaré que me odie. Solo me importa Grace.

Empiezo a deambular. ¿Qué les está llevando tanto tiempo? No puedes llamar a la alguien para que venga a reconocer un cadáver en mitad de la noche y tenerlo esperando durante horas. En cuanto me saco el móvil del bolsillo, busco en internet «accidente de avión privado en el aeropuerto de Teterboro» y hago clic en el apartado de noticias. Hay un único artículo sobre ello que explica vagamente que hubo un accidente durante el despegue y que los detalles se están investigando.

Los agentes vuelven con una recepcionista con rostro soñoliento y los dos policías que acompañaban a Winnifred.

Los cuatro agentes nos piden que los ayudemos a reconstruir la línea temporal.

—¿Conocían el destino del avión? —pregunta el agente Damien.

—Zúrich —digo al mismo tiempo que Winnifred responde:
—París.

Le lanzo una mirada lastimera.

—No todas las capitales europeas son iguales, pueblerina.

Me produce un placer enfermizo ser cruel con ella. Necesito descargar la rabia contenida, y ella es la víctima perfecta.

—Puedo confirmar que el avión se dirigía a París. —La agente Hannah anota algo en la libreta que sujeta sin levantar la mirada de ella.

Relajo la mandíbula. ¿París? ¿Grace se iba a París? ¿Por qué?

—Por lo que sabe, ¿cuánta gente había en el avión? —continúa el agente Damien, que se vuelve hacia Winnifred, quien, evidentemente, tiene más información que yo.

—Tres como mínimo. —Se frota la barbilla con los ojos muy abiertos y la mirada perdida, como una adolescente sorprendida—. Paul, Gracelynn y el piloto. Aunque supongo que habría una azafata o dos. ¿Y el copiloto? Señor, no sé nada de estas cosas.

Madre mía. Ahora mismo, mi fuente de información lleva unos pendientes amarillos de plástico.

—¿Tiene más información que pueda compartir con nosotros? —pregunta la agente Hannah.

Me quedo en silencio. Sea lo que sea lo que está ocurriendo, no me entero de una jodida mierda. Ahora estoy esperando a que los agentes se alejen para poder interrogar a Dolly Parton Jr.

Ella duda antes de negar con la cabeza.

—No. Es todo lo que me contó, lo lamento.

La agente Hannah pone una mueca de dolor cuando pregunta:

—¿No sabrá por casualidad, señora Ashcroft… si viajaban por negocios o… hum, *ocio?*

Cierro los ojos cuando siento cómo todo mi interior se derrumba, ladrillo a ladrillo. Todo lo que he construido a lo largo de los años convertido en cenizas. Los recuerdos. Los besos robados. Los juegos. Las apuestas. La victoria. Todo desaparecido.

La voz de Winnifred suena lejana.

—No… no lo sé.

—¿No sabe si viajaban por negocios o por placer? —repite el agente Damien estúpidamente.

—No.

—Supongo que eso significa que tampoco sabía que viajaban juntos, ¿no?

—Para ya —lo reprende la agente Hannah en voz baja.

—No —responde Winnifred, que alza la barbilla, orgullosa a pesar del ridículo atuendo, la situación y la pregunta—. No me dijo que viajaba con la señorita Langston.

—Vale. —El agente Damien se muerde el interior de la mejilla, frustrado—. Gracias, señorita Ashcroft. La buena noticia, si se puede llamar así, es que el piloto trató de aterrizar de forma segura en el Hudson, así que los cuerpos están, eh, en condiciones presentables.

—Qué noticias tan fantásticas —digo arrastrando las palabras, incapaz de refrenarme—. Así que se ahogaron, no ardieron entre las llamas. Menuda diferencia. Pueblerina, ¿no estás orgullosa de que el funeral de tu marido sea un evento de ataúd abierto? —Le dedico una sonrisa deplorable.

Winnifred suelta un grito ahogado, como si acabara de abofetearla.

La agente Hannah le pone una mano en el hombro.

—La gente dice cosas terribles cuando sufre —asegura para reconfortarla.

—Oh, decir cosas terribles es su as bajo la manga. No tiene nada que ver con lo que ocurre aquí. —La campesina me mira mal.

Al final, el agente Damien recibe una llamada y los policías asienten entre ellos.

—Volvemos enseguida.

Todos se marchan fuera, murmurando entre ellos, y nos dejan a la mujer de Paul Ashcroft y a mí solos.

Me vuelvo hacia ella.

—Tienes que contármelo todo.

—¡Por qué! ¿Me estás hablando a mí? —Se clava el índice en el pecho y habla con el acento de Tennessee más marcado que he oído nunca—. Porque no sé diferenciar Roma de Reikiavik. Así que, ¿por qué no coges ese cerebro tuyo, tan grande e inteligente, esa actitud intolerable y te los metes por el cu...?

—Tregua. —Alzo las manos en el aire—. Sé que sabes más que yo. Es evidente para cualquiera que esté a más de cien metros a la redonda. Y, aunque no empezamos con buen pie, también es evidente que ambos estamos en medio de una tormenta de mierda, así que ahora sería un buen momento para perdonar mi comportamiento y descifrar qué ha ocurrido aquí.

—No —contesta ella de forma decisiva.

La miro, paralizado.

—¿Disculpa?

—No lo haré. —Se cruza de brazos por encima del pecho—. No puedes ir por ahí tratando a la gente como si fueran basura, señor Corbin. No importa cuánto dinero tengas en la cuenta bancaria. Discúlpate primero.

«Pequeña mierd…».

—Mis más sinceras disculpas. —Hago una reverencia exagerada—. Soy un hombre controvertido, acostumbrado a salirme con la mía con mi desagradable comportamiento. A partir de ahora, pensaré dos veces antes de abrir mi bocaza y descargar mi rabia en la gente. ¿Podemos seguir?

Toma aliento y asiente.

—Bien. Ahora cuéntamelo todo.

—Paul compró dos billetes para ir a París a principios de mes. Se suponía que eran para una escapada romántica. Un reinicio… —Duda, pues no quiere revelar demasiado—. Una oportunidad para tener tiempo de calidad los dos juntos.

Ante la palabra «París», todo el peso de la traición cae sobre mí. Grace se había ido con Paul a la ciudad más romántica del mundo. Solos. No hay que ser un genio para saber que pretendían disfrutar de algo más que de la pastelería local y el *champagne*.

Asiento enérgicamente.

—¿Y?

—Le dije que no podía ir. Acababa de conseguir mi primer papel en una obra de teatro. Era importante para mí. Esta noche era la primera representación. Soy Bella de *La bella y la bestia*. —Se alisa el estúpido vestido con una mano, como si fuera su posesión más preciada. Una lágrima se desliza por su mejilla, hacia su cuello, y se estrella contra el vestido.

El vestido estará mancillado para siempre con sus lágrimas. El papel quedará manchado por este momento, este lugar y esta escena. Del mismo modo en que yo ya no seré capaz de pasar por delante de este hospital sin pensar en Grace. Nuestras vidas están a punto de cambiar para siempre.

No digo nada y dejo que continúe.

—Paul no podía cancelar la reserva, así que me preguntó si me importaba que se llevara a Phil, uno de sus amigos de la universidad. Conozco a Phil. Fue su padrino en la boda y siempre viene a casa a ver los partidos de béisbol. Le dije que adelante… —Se queda callada.

No hace falta que lo diga en voz alta. El resto ha quedado bastante claro. Paul no se llevó a Phil, sino a Grace. Y los pillamos con las manos en la masa. Pero ahora no están aquí para enfrentarse a las consecuencias de sus actos. Mis sentimientos viran entre «bien, que les den» y «¿por qué tuviste que montarte en ese avión, Grace? ¿Yo no era suficiente?».

—¿Por qué no les has contado eso? —exijo saber, y trato de canalizar mi ira hacia alguien que esté aquí, presente y *vivo*—. A los agentes.

Nuevas lágrimas le brotan de los ojos, y las fosas nasales se le ensanchan.

—No quiero sacar conclusiones precipitadas. Confiaba en Paul.

—Está claro que abusó de esa confianza para pasar el fin de semana tirándose a mi mujer.

—A lo mejor ella aprovechó el viaje y tenía otras cosas que hacer en París. No sabemos qué ha ocurrido, y no mancillaré su nombre de ese modo. —Alza la barbilla.

Aún se muestra leal hacia él, y eso me vuelve loco, porque el muy capullo no solo la engañaba, sino que lo hacía con mi puñetera futura mujer.

Quiero sacudirla como una hucha de cerdito para deshacerme de su ingenuidad.

Entonces me doy cuenta. Tiene un papel que interpretar. El de la esposa devota y enamorada. La que más tarde obtendrá un gran cheque por el seguro de vida y la compasión. No es que Winnifred no crea que Paul y Grace tenían una aventura, es que no le importa.

123

Tal vez le daba igual a quien se tiraba el hombre de clase media, siempre y cuando ella tuviera acceso a sus tarjetas de crédito mientras vivía.

—Piensa lo que quieras. —Me clavo las palmas de las manos en las cuencas de los ojos—. No es mi labor sacarte a rastras hacia los terrenos de la realidad mientras pataleas y lloriqueas, *Bella*.

—Tu versión de la realidad es retorcida, *Bestia*. —Se acurruca al otro lado de la sala y pega la frente a la pared.

Dejo escapar una carcajada.

—¿Acabas de llamarme «Bestia»?

—Sí, pero lo retiro —espeta—. La Bestia se redime al final. ¡Tú jamás lo harías!

—¿Cómo es posible que no detuvieran a Paul por casarse contigo? —me pregunto en voz alta—. Tienes doce años mentales.

—Bueno, ¡nadie te ha obligado a hablarme! —contraataca. Cuando se enfada, se le marca el acento más que nunca—. Quédate en tu lado de la sala y déjame en paz de una maldita vez.

Ambos somos fantasmas de nuestros antiguos yos. Soy consciente de por qué estoy roto: acabo de perder al amor de vida, o lo más cercano a uno que jamás conoceré. Pero ¿cuál es su excusa?

En lugar de procesar la posible muerte de mi prometida, mi mente da vueltas sin control hacia un agujero sin fondo.

¿Grace amaba a Paul?

¿Quería dejarme por él?

¿Cuál era el objetivo de esta aventura sin sentido con él si iba a casarse conmigo? ¿Si quería dejar el trabajo? Paul no era especialmente atractivo ni tenía una abundante materia gris.

¿Desde cuándo me engañaba? ¿Ya estaban liados, ocultando ese secreto, cuando estuvimos en Italia?

¿Grace había ido a trabajar a Zúrich durante esos días, semanas y meses? ¿O había estado con él?

¿Y dónde se veían cuando estaban solos? ¿En un hotel? ¿En un Airbnb? ¿En el apartamento que Grace se había negado a seguir alquilando, «por si acaso»?

Quiero saber cada detalle escabroso. Para hundirme en mi propia tristeza hasta ahogarme en ella.

—¿Señora Ashcroft? —Una mujer con una bata blanca aparece por una puerta plateada. Se quita las gruesas gafas y limpia las lentes con el borde de la manga.

La pueblerina se alisa el ridículo vestido y cuadra los hombros. La mujer se aparta a un lado y le hace un gesto para que la acompañe. Winnifred me lanza una última mirada de odio. Quiero decirle que deje estar la pantomima de la viuda afectada. Ha conseguido lo que deseaba. Es una viuda preciosa con millones de dólares en el banco, y nadie puede acusarla de haber jugado sucio. El sueño de cualquier cazafortunas.

Nos aguantamos la mirada mutuamente por un momento. Espero que mis ojos expresen lo que cada hueso en mi cuerpo está gritando.

«Deberías haber sido tú la que fuera en ese avión».

«Tú eres la que debería haber muerto. Tú».

«Ordinaria. Insignificante. Olvidable. Pueblerina».

«No mi preciosa y sofisticada prometida, reina de las matemáticas».

«No la astuta, seductora Gracelynn Langston. La espectacular mujer a la que solo yo comprendía».

—Por favor, sígame —le pide la mujer de la bata blanca. Winnifred obedece a toda prisa y vuelve diez minutos más tarde, con aspecto ceniciento y pálido. Su hombro choca contra mi brazo al abandonar la sala, pero ni siquiera se percata de ello. Giro la cabeza para seguir sus pasos. En el pasillo, Winnifred se derrumba contra el suelo a medio camino, con la espalda encorvada, y solloza, solloza y solloza sin parar.

No necesito preguntar. Lo sé. Ha visto a Paul ahí dentro.

La mujer de la bata reaparece por la puerta.

—¿Señor Corbin?

Cierro los ojos y apoyo la parte de atrás de la cabeza contra la pared.

De algún modo, Grace se las ha ingeniado para escapárseme de entre los dedos. Otra vez.

No la sujeté lo bastante fuerte, lo bastante cerca ni bien.

¿Y esta vez? El agua no la ha salvado.

PARTE DOS

Capítulo once

Winnie

Ocho meses después

Mamá siempre me dice que lo más adorable que hacía cuando era pequeña era echarme a llorar desconsoladamente cada vez que «Space Oddity», de David Bowie, sonaba en la radio.

Estoy hablando de un colapso total, pincelado con pequeñas hipadas y emociones incontrolables.

—Te conmovía muchísimo, sin importar las veces que la escucharas. Te llegaba al alma. Así fue cómo supe que serías una artista. Dejabas que el arte te emocionara. Se me hizo evidente que algún día tú emocionarías a los demás del mismo modo.

Estos días, no podría soltar una lágrima ni para salvar mi vida. Los anuncios de la Super Bowl. Las películas ñoñas de Hallmark. Mujeres empujando carritos en la calle. Gente sin hogar. Guerras, hambrunas y crisis humanitarias. Los yogures caducados de Paul en la nevera. «Mad World», de Michael Andrews. La lista de cosas que suelen hacerme llorar es larga y tediosa, pero mi cuerpo está seco. En un coma emocional, y se niega a producir lágrimas.

«Llora. ¡Siente algo, por el amor del cielo! Solo algo», me reprendo a mí misma mientras salgo del teatro y una ráfaga de calor húmedo me golpea en la cara.

Nueva York emplea el tiempo como un arma. Los veranos son largos y pegajosos, y los inviernos, blancos e implacables.

Estos días parece como si la ciudad entera se derritiera sobre el suelo como el helado. Pero, por primera vez en años, no siento el calor. Lo único que noto es un ligero escalofrío, gracias a los siete kilos que he perdido desde lo de Paul.

Mis ojos siguen secos.

—No, no deberías llorar. Eres feliz —murmuro para mí misma en voz alta—. Vale. Tal vez «feliz» no sea la palabra adecuada… «Satisfecha». Sí. Estás satisfecha con tu pequeño logro, Winnie Ashcroft.

Una cosa buena de Nueva York es que nadie te mira dos veces cuando te hablas a ti misma.

Camino por Times Square ajena a las vistas, los aromas, la fiesta en el aire. Poner una pierna delante de la otra ya me supone un esfuerzo estos días.

El móvil me baila en el bolsillo. Lo saco y deslizo el dedo por la pantalla para responderle a mi agente, Chrissy.

—No te preocupes. —Pongo los ojos en blanco—. Esta vez no he olvidado asistir a la audición.

He estado muy despistada estos últimos meses. Es comprensible, todo el mundo sigue reconfortándome, pero creo que algunas personas ya están perdiendo la paciencia. Estos días apenas me presento a las audiciones, las reuniones y los eventos sociales. Me he olvidado de comer, de hacer deporte y de devolverles las llamadas a mi familia y amigos. El cumpleaños de mi sobrina llegó y pasó y, por primera vez desde que nació, no hubo regalos fastuosos, ni globos, ni una visita sorpresa de la tía Winnie. La mayor parte de los días la paso tirada en el sofá, mirando a la puerta, esperando a que Paul vuelva.

Mamá y papá dicen que debería cortar por lo sano. Recoger mis cosas y mudarme de nuevo a Mulberry Creek.

Hay un trabajo con mi nombre de vuelta en casa. Profesora de teatro en mi antiguo instituto.

Mamá dice que mi amor de la infancia, Rhys Hartnett, trabaja allí ahora como entrenador de fútbol americano y que puede tirar de todo tipo de hilos. Dice que está hecho. Un empleo genial y cómodo que me ocupe mientras me aclaro. Pero la idea de dejar el apartamento que Paul y yo compartíamos me pone la piel de gallina.

Además, aceptar favores de Rhys Hartnett después de nuestra desastrosa despedida me parece… mal.

—Sí, ya sé que has decidido bendecirlos con tu presencia, muy amable por tu parte, por cierto. —Chrissy se ríe al otro lado de la línea.

Me abro paso con los hombros entre un montón de turistas que se toman selfis delante de carteles mientras ríen y chillan sin preocuparse por el resto del mundo.

—¿Cómo sabes que me he presentado? —Meto mis últimos dólares en la funda abierta del violín de un artista callejero sin detenerme—. ¿Ahora me estás espiando, señorita?

—No, aunque a veces me siento tentada a hacerlo para asegurarme de que estás bien. Sabes que soy una guerrera fiera.

Maldita Chrissy y su corazón de oro. Lo sé. Y la verdad es que es una de las pocas personas en Nueva York que se preocupan por mí. Ella y Arya, la mujer que dirige la asociación benéfica en la que soy voluntaria. La mayor parte de mi red social está en Mulberry Creek. Chrissy me acogió bajo su ala cuando la contraté. Creo que vio en mí a alguien como ella había sido un día. Joven, impresionable y recién llegada. Una presa fácil para los tiburones sedientos de sangre de Nueva York. Una chica de pueblecito que intentaba conquistar la Gran Manzana.

—Bueno, señorita, para su información, estoy bien y medio —anuncio—. Me he comido las verduras y practicado el autocuidado.

—Si crees que me lo voy a creer, te vas a llevar un chasco. Pero ya volveremos a ese tema más tarde. Ahora hablemos de la audición —dice ella con decisión.

Es la primera audición que hago desde el accidente de avión y el único papel que me había importado desde la muerte de Paul.

Quiero este papel. Lo necesito.

—¿Qué ocurre con mi audición? —pregunto.

—Tengo noticias.

Oh, no. Han sido rápidos. ¿Tan mala soy que no han podido esperar para tomar el teléfono y llamar a mi agente? «Esta mujer no debería subirse a un escenario».

—Escúchame, Chrissy. Lo he intentado. De verdad. He entrado ahí y lo he dado todo. Tal vez...

—¡Te han dado el papel, nena! —anuncia mi agente.

Me quedo paralizada en medio de la calle. Un par de personas se chocan con mi espalda y murmuran obscenidades. Detenerse sin avisar en una acera de Manhattan es una falta de tráfico grave.

Espera... ¿Me han dado el papel?

Trato de reunir todo el placer que la noticia debería provocarme. Un poco de alegría o algo que lo simule. Pero mi cuerpo está entumecido por fuera y vacío por dentro. Me siento como si fuera papel de fumar. Tan ligera, tan ingrávida que una ráfaga de viento podría arrastrarme.

«Suelta una lágrima, Winnie».

Siempre he sido una llorona. Cualquier ocasión, buena o mala, podía provocarme lagrimones.

¡Voy a trabajar! ¡A dejar la casa! ¡Ir a los ensayos! ¡Memorizar frases!

Tendré que comportarme como un ser humano funcional. Pero, de algún modo, la única sensación que soy capaz de mostrar es miedo.

—Serás Nina —gime Chrissy ante mi silencio—. ¿Puedes creerlo? Es el sueño húmedo de cualquier actriz.

No se equivoca. El papel de Nina ha sido el sueño de mis compañeras desde mis días en Juilliard como aspirante a actriz. La chica preciosa, trágica y hambrienta de fama de la obra de Chéjov, *La gaviota*.

La mujer que representa la pérdida de la inocencia, el daño emocional, y cuyos sueños se vieron reducidos a polvo.

«Tan adecuado. Por supuesto que he conseguido el papel. Yo soy el papel».

—Nina —suelto, y cierro los ojos mientras hordas de oficinistas caminan apresurados a mi alrededor, junto a mí, *a través de* mí. Me veo atrapada en una oleada de cuerpos—. Voy a interpretar a Nina.

A sentir el escenario bajo mis pies, la brillante luz de los focos golpeándome los ojos, y su calor. A oler el sudor de otras personas de nuevo. A tomar bocados de barritas energéticas entre ensayos. Todo con lo que soñaba cuando hice mi pequeña maleta y dejé Mulberry Creek.

—Sé que las cosas han sido difíciles, cielo. —Chrissy baja la voz—. Pero creo que es el principio del fin. La oruga pronto será una mariposa. Te lo has ganado, nena. Extiende las alas. Vuela alto.

Asiento como si me viera. Necesito un abrazo. Ojalá hubiera alguien conmigo para envolverme con sus brazos. También necesito galletas de suero de leche. Muchas, muchas galletas de suero de leche de mamá.

—Dime que al menos estás un poquito contenta. —No puedo pasar por alto la súplica en su voz—. Suenas como si estuvieras yendo a tu propio funeral.

—¿Estás de broma? ¡Estoy más feliz que una perdiz! —miento entre dientes mientras viro con agilidad para evitar tropezarme con un chihuahua que corretea por la acera con su dueña.

—Lucas, el director, ha quedado muy impresionado con tu interpretación. La ha descrito como *electrizante*. Deberían volver a ponerse en contacto conmigo en los próximos días para hacerme llegar los horarios y el contrato. —Se hace un silencio—. Lo siento, cielo. No hago más que hablar de trabajo hoy. ¿Quieres que me pase esta noche? Podemos ver Hallmark y relajarnos.

A Chrissy y a mí nos gustan las películas igual que la *pizza:* con extra de queso y una copa de vino para acompañar. Por lo general, estaría encantada con la oferta. Pero hoy me gustaría estar sola. Este nuevo trabajo simboliza mi regreso al mundo exterior. Necesito digerirlo todo.

—Creo que esta noche prefiero estar sola, si no te importa.
—Por costumbre, le sonrío a la gente con la que me cruzo en la calle de camino a mi apartamento. Nunca me devuelven el gesto, al menos en este barrio, pero es una costumbre que me cuesta romper.

—Claro, Win. Solo quería poner la oferta sobre la mesa. Disfruta de tu noche.

Cuelgo la llamada y muevo el dedo por la pantalla para mantener la mente ocupada. Tengo mensajes sin leer de Pablo.

Eh, perdona que no haya respondido tu llamada. Estoy disponible si quieres hablar.

Lo ha enviado a las cuatro y media de la madrugada.

Durante los últimos ocho meses, Pablo me ha estado evitando. Igual que el resto de los empleados de Silver Arrow Capital. Chip, Dahlia de Recursos Humanos y Phil, el mejor amigo de Paul. Todos se han mostrado cautelosos con respecto a lo que saben, o no, sobre la relación entre Paul y Grace. Aún no tengo ni idea de por qué mi marido y esa mujer estaban juntos ese día cuando sus vidas terminaron.

Es fácil especular con que Paul y Grace tenían una aventura, pero algo en mi interior se niega a creer que me traicionaría de una forma tan despiadada.

Paul no era un santo, pero tampoco era un villano. Además, me quería, sé que lo hacía. Y jamás dio a entender que Grace pudiera atraerle. Al contrario, en muchas ocasiones, cuando él volvía a casa del trabajo, me vi en la situación de tener que reprenderlo cuando la acusaba de ser egocéntrica y cara de mantener.

«No he conocido un mayor dolor de cabeza en mi vida. Ese Corbin debe de ser un masoquista. Lo único que ella hace es lloriquear y hacer exigencias».

En los últimos meses, he intentado darle sentido al motivo por el que Paul se subió en ese avión con Grace. ¿De verdad la estaba llevando? ¿O era lascivo? Vuelvo a pensar en nuestras conversaciones y reviso sus cosas en el apartamento en busca de pistas.

De momento no he encontrado nada que demuestre que tenía un lío. Nada que me haga sospechar. Todo lo que le pertenecía y guardaba es inocente. Álbumes de fotos, chucherías, su colección de sellos, las camisetas de béisbol firmadas.

A veces juego con la idea de llamar al engreído de Arsène Corbin. Estoy segura de que tiene las respuestas a mis preguntas. A pesar de todos sus deslumbrantes defectos, parece un hombre de recursos. El tipo que sabe ponerse al día con rapidez.

No tengo dudas de que habrá dado con todo lo que hay que saber sobre las circunstancias que llevaron a Grace y Paul a estar en el mismo avión que se llevó sus vidas por delante.

Pero no puedo rebajarme a pedirle un favor. Ahora, si él fuera quien viniera a verme a mí, eso sería un juego totalmente distinto. ¿No sería algo curioso?

Un dolor sordo me late detrás de la frente. Dejo de deslizar el dedo por la pantalla y llamo a mamá. Rita Towles siempre se las ingenia para levantarme el ánimo, incluso en mi peor momento.

—¡Pastelito! —exclama encantada—. Tu padre y yo justo estábamos hablando de ti. Está aquí a mi lado. ¿Te pitaban los oídos? Me ha preguntado si recordaba aquella vez que intentaste caminar con mis tacones cuando eras una niña y te rompiste el tobillo. Claro que lo recuerdo. Fui la que te llevó en coche al hospital mientras gritabas sin parar.

Todavía tengo una pequeña cicatriz en el tobillo como muestra de ello.

—Aprendí la lección. No he vuelto a ponerme tacones —respondo con una sonrisa melancólica.

—Aparte del día de tu boda —me recuerda. Mis ánimos se marchitan de nuevo. Todos los caminos conducen a Paul.

—Eran plataformas, no tacones, mamá. Y solo las llevé para la ceremonia.

Paul y yo nos casamos en la iglesia de Mulberry Creek. Enterramos una botella de *bourbon* bocabajo en el lugar de la boda y bailamos descalzos hasta el anochecer. Cuando me llevó a la luna de miel de mis sueños a Tailandia, me subí al avión en un pijama que él había comprado y llevado para mí con antelación, con los pies todavía embarrados de la boda. Me los masajeó sobre el regazo hasta que me dormí durante el largo vuelo. Otra de las cosas que lo hacía increíble. Siempre era considerado y atento.

«Menos cuando no lo era».

—Lizzy viene a cenar esta noche. Y ya sabes que Georgie siempre está aquí. Así que estoy preparando pastel de melocotón —habla de mis hermanas.

—Mierda, ojalá pudiera estar allí.

—Oh, ¡podrías! Súbete a un avión y ven a vernos.

—Sobre eso… —Me quedo callada—. Tengo noticias que daros.

—¿Qué ocurre, pastelito?

Acumulo todo el oxígeno que puedo en los pulmones antes de anunciar:

—¡He conseguido el trabajo! Un nuevo papel. Interpretaré a Nina, de *La gaviota.*

La línea se queda en silencio. Por un momento, creo que he perdido la conexión.

Papá es el primero en recuperarse.

—¿Ah, sí? ¿En Broadway y todo eso?

Me estremezco.

—Bueno, no es Broadway exactamente, pero es en un teatro conocido de Manhattan.

—¿Cuánto tiempo durarán las representaciones? —continúa.

—Un año.

—Qué bien. —Mamá se aclara la garganta; la decepción le cubre la voz—. Es… Quiero decir… es lo que querías. Me alegro por ti.

Por el rabillo del ojo, veo la piedra rojiza de mi casa en la Cocina del Infierno. Los pies me pesan como el plomo. Sé que he entristecido a mis padres, que creían que me estaba reconciliando con la idea de volver a casa. Aún hay una parte de mí que quiere volver ahí. Y no es pequeña. Pero este papel es importante por muchas razones. Una de ellas ni siquiera puedo pronunciarla en voz alta.

—Por favor, para. Harás que me sonroje con toda tu emoción —murmuro, pero no hay maldad en mi voz. Por mucho que me duela admitirlo, los entiendo. Quieren cuidarme, ayudarme a recomponerme. Vigilarme mientras estoy cerca.

—No creo que sea buena idea que estés allí sola —comenta mamá con un suspiro pesado—. ¿Tal vez debería ir yo? ¿Solo un par de semanas? ¿Prepararte un pastel de melocotón? No me interpondré en tu camino. No te preocupes. Esta anciana puede entretenerse sola.

—No, mamá —le ruego mientras me invade el pánico—. Estoy bien. Lo prometo.

* * *

Nuestro apartamento —bueno, supongo que ahora es *mío*— es moderno, con dos habitaciones. Cuenta con una cocina abierta, vistas al este de Manhattan y lo que los agentes inmobiliarios llaman *personalidad*. Me encanta todo de él. Los taburetes de cuero acolchados junto a la isla de granito negro de la cocina, las obras de arte que Paul y yo compramos en pequeños mercadillos en nuestra luna de miel y, sobre todo, la forma en que el lugar sigue impregnado con su presencia. Lleno con la promesa y la expectación de que él volverá en cualquier momento.

Que abrirá la puerta como el presentador de un programa diurno para exclamar: «¡Cariño, ya estoy en casa!».

Me alzará en el aire, me besará con ganas y me preguntará cómo está su chica favorita.

Sus zapatillas de correr aún están al lado de la puerta. El cepillo de dientes, metido en un vaso junto a los lavamanos del baño, con las cerdas deformadas como un diente de león maduro. Paul se lavaba los dientes hasta el punto de sangrar.

Me produce un extraño consuelo que sus yogures sigan en la nevera, organizados por fechas, ahora pasadas, aunque sé que no deberían estar ahí. Que sus gafas de repuesto sigan posadas junto al grifo de su lavamanos, a la espera de que se las ponga.

Es el motivo por el que no quiero que mis padres me visiten. No debería quedarme estas cosas. Estos objetos del día a día que no volverá a usar. Las pastillas recetadas en un bote naranja; las gafas de leer en la mesita de noche, acompañadas por el periódico abierto que había estado leyendo esa mañana, y el artículo que jamás acabó y que me mira directamente desde ahí: «Minería en el fondo del mar».

El *New Yorker* es el culpable de la desagradable forma en la que nos despedimos.

La última vez que lo vi, discutimos.

Le había insistido en cancelar la suscripción al periódico. Él no lo tocaba y yo soy alérgica a las noticias mundiales y a la ansiedad que provocan. Crecí en la austeridad y no me gusta, como sí a él, malgastar el dinero sin otro motivo que el hecho de tenerlo. Esa noche fingió abrir el periódico, leyó medio artículo, lo dejó y juró que leería el resto en cuanto volviera de su viaje a París.

«No cierres el periódico. Volveré a ello —me advirtió—. Por Dios que lo haré. El único motivo por el que no me lo llevo es que Phil siempre quiere hablar sobre béisbol cuando volamos juntos».

Nunca lo hice. Se quedó ahí. Cada nuevo periódico que recibo a diario está enrollado en un montón en la despensa, a la espera de que Paul llegue y los lea. Como si fuera a materializarse un día, entrar aquí y preguntarme qué se ha perdido estos últimos ocho meses.

Mientras me paseo por el apartamento, paso los dedos por los libros en las estanterías, una mezcla de mis clásicos favoritos y sus ejemplares de *Jack Reacher,* y los electrodomésticos de acero inoxidable que escogimos juntos.

La realidad se abre paso por mis entrañas. No puedo permitirme mantener este lugar. Aunque Paul había pagado la hipoteca antes de casarnos (lo había llamado «una mala inversión», pero yo quería vivir en un lugar que fuera completamente mío), y que yo he heredado el apartamento como su mujer, demasiadas facturas se acumulan cada mes.

El impuesto de propiedad, el aparcamiento, la comida, el seguro de salud y el transporte me obligan a meter la mano en el dinero del seguro de vida que recibo mensualmente desde que falleció.

Paul y yo habíamos firmado un contrato prenupcial blindado por petición de sus padres, lo que significa que no he salido tan bien parada como algunas personas podrían sospechar. Entonces, no pensé demasiado en ello porque la idea de separarme alguna vez de Paul me resultaba una locura.

Será una mierda tener que venderlo, mudarme y dejar atrás todos estos recuerdos.

Quizá el nuevo papel como Nina en *La gaviota* me ayude a mantenerme a flote, pero lo dudo. Solo es un contrato de un año, y no es una obra de Broadway. No ganaré un montón de dinero.

Suena el timbre y me sobresalto por la sorpresa antes de recordar que he pedido el plato favorito de Paul. *Banh xeo* y *cha ca*. Me apresuro hacia la puerta, le doy propina al repartidor y abro una botella de vino tinto barato. Coloco dos platos en la mesita de café, ante el televisor. Le sirvo a Paul una copa de vino y a mí otra, y le sirvo la comida en el plato. Le quito todos los trozos de maíz porque lo odiaba. Aunque me muero de hambre, espero a que Netflix cargue antes de tomar el primer bocado. Era una manía suya.

«Al menos ten la educación de saltarte la introducción, muñeca. La comida no saldrá corriendo».

¿Servirle un plato de comida al fantasma de mi marido muerto me convierte en inestable? Por supuesto. ¿Me importa?

Para nada. Es una de las extrañas ventajas de vivir sola. No debo disimular mi locura.

—Esta noche, cariño, veremos *The Witcher*. Sé que no eres muy fan, pero Henry Cavill es mío y no hay nada que puedas hacer para remediarlo —bromeo, y empiezo a reproducir el primer episodio mientras tomo un bocado de una esponjosa tortilla de arroz rellena—. Es una decisión ejecutiva. Deberías haber tenido más cuidado. De ese modo, ahora tendrías algo que decir al respecto.

Los miércoles eran nuestra noche de comida vietnamita para cenar y televisión. Paul recogía la comida de camino del trabajo mientras yo limpiaba el apartamento, hacía la compra y le planchaba la ropa. Mantengo la tradición viva, aunque ya no está aquí. Bueno, menos lo de plancharle la ropa. Esa parte ni siquiera finjo echarla de menos.

Parloteo con el lado del sofá de Paul mientras ceno.

—¿Qué tal el día? El mío ha ido bastante bien, la verdad. ¡Me he presentado a una audición y me han dado el papel! Gracias por creer siempre en mí. Por decirme que lo conseguiría.

Mi papel como Bella sufrió una muerte rápida la noche en que Paul falleció. A la mañana siguiente, Chrissy llamó al teatro y les explicó mi situación antes de decirles que dejaba la obra. La pérdida resultaba minúscula en el marco general de las cosas, pero, meses más tarde, a veces me preguntaba si habría podido sacarlo adelante. Tal vez, si hubiera tenido algo con lo que mantenerme ocupada, ahora no sería tan insensible.

Cuando el episodio termina, despejo la mesa de café y lavo los platos. Cierro la puerta y paso el cerrojo.

En la cocina, me lleno tres vasos de agua y me los bebo todos. Me gusta levantarme, al menos, un par de veces cada noche. Reviso el apartamento para asegurarme de que estoy realmente sola. Siempre me ha dado miedo dormir solar. En Juilliard, tenía un montón de compañeras de dormitorio y, antes de eso, compartía habitación con mis dos hermanas. No hay duda de que no se me da bien estar sola.

140

Apago las luces de camino al dormitorio y me detengo delante de una puerta cuando llego al pasillo.

El despacho de Paul. La puerta está cerrada. Sé dónde está la llave, pero no la he usado desde que se fue.

En vida, Paul pasaba incontables horas en la oficina de casa. La he visto cientos de veces desde dentro, cuando entraba para llevarle café o agua, o simplemente para recordarle que era hora de tomarse un descanso. Es un despacho más, con pilas de documentos, una pantalla de la marca Apple y una ingente cantidad de archivos.

Me había pedido que no abriera la puerta siempre que la cerraba con llave.

«Secretos comerciales, muñeca. Además, me gusta la idea de tener una isla para mí mismo. Un lugar privado que solo me pertenece a mí».

Y yo, ciegamente leal, incondicionalmente fiel, decidí no romper esta regla. Incluso ahora, tras todos estos meses, el despacho sigue cerrado.

Esperando a que lo traicione como se supone que él me traicionó a mí.

Capítulo doce

Winnie

—¡Es Elsa! ¡Elsa está aquí! —La pequeña Sienna, de solo seis años y residente en la unidad de rehabilitación pediátrica del Saint John, me llama desde su cama. Extiende los brazos y menea los dedos cuando entro en su habitación. Me inclino para abrazarla, y la peluca falsa, rubia platino y sintética, le hace cosquillas en la cara y se ríe.

—Hueles a plástico —dice.

No importa lo triste que esté, hay una cosa que nunca me pierdo: mi voluntariado en el hospital infantil Saint John.

Más que ayudar a los pequeños guerreros a salir adelante, me tranquiliza. No hay nada como ver a un niño inocente luchando una batalla de adulto para poner tus propios problemas en perspectiva. Cada día agradezco al cielo haber conocido a Arya Roth-Miller y haberme subido a bordo de su organización benéfica. Hablamos en una fiesta hace tres años y, cuando me dijo que me llamaría para darme los detalles de la organización benéfica, lo hizo. No solo gané perspectiva y algo para nutrir el alma, también gané a una amiga.

—Pero si es mi soldado favorita. —Me dejo caer en la silla para visitas a su lado y dejo el kit de maquillaje en la mesita. Sobe ella hay una caja de plástico, dividida en doce pequeños cuadrados con pastillas dentro, unas botellas de agua medio vacías y algunos dulces—. ¿Dónde están tu mamá y tu papá?

—Es el cumpleaños de mi hermano pequeño, Cade. Lo han llevado a Chuck E. Cheese a celebrarlo con sus compañeros de clase. Pero ¡no te preocupes! Han dicho que me traerán algo rico. —Me lanza una sonrisa mellada y el corazón se me derrite en el pecho.

«Oh, Sienna».

—Genial. Te tendré solo para mí. ¿Quién quieres ser hoy? —Muevo las cejas—. ¿Minnie Mouse? ¿Una mariposa? ¿Un dragón? ¡Ya lo sé! ¿Tal vez un arcoíris?

Sienna se pasa la lengua por los labios y se sube las gafas por la nariz. Se remueve en la cama e intenta rascarse por debajo de la sábana que le cubre las piernas. O, mejor dicho, la *pierna*. Hace tres semanas perdió la izquierda en un accidente de coche. Sufre un caso de miembro fantasma y aún siente la pierna que ya no está.

—¡Quiero ser Mirabel, de *Encanto*! —anuncia—. Porque no debes tener superpoderes para ser una heroína.

—¡Ese es el espíritu, sí! —Ya he sacado el teléfono para buscar tutoriales de cómo dibujar a Mirabel—. Los superpoderes son aburridos. No tienen mérito. Es el poder que encontramos en nuestro interior el que importa.

Ojalá hiciera caso a mis propios consejos.

Es maravilloso maquillar a Sienna. Por lo general, hablo con los niños mientras les pinto las caras. Sienna me cuenta que es posible que le den el alta a finales de mes y que vuelva a clase.

—Al principio, me darán una silla de ruedas, pero, después, me pondrán una pierna biónica superguay ¡y podré caminar como antes del accidente! —me explica emocionada—. Solo tendré que ponérmela cada mañana cuando me despierte.

Me aparto cuando termino y le sonrío de vuelta.

—¡Suena a lo más guay *del mundo*!

—¿Verdad? —Se le ilumina la mirada.

—Sí. Podrás caminar, bailar, nadar… ¡Hacer de todo!

Después de Sienna, le toca a Tom (cirugía de columna) y, tras este, llega el turno de Mallory (fibrosis quística). Hago la ronda y el tiempo pasa sin el habitual dolor que me acompaña cuando respiro y vivo en un mundo sin Paul.

Cuando termino, llamo al ascensor. La puerta se abre y aparece Arya Roth-Miller, la directora de la fundación con la que colaboro en este proyecto y la única otra amiga, aparte de Chrissy, que se molesta en verme una vez al mes.

—Winnie. —Sonríe y vuelve a entrar en el ascensor—. Justo a quien esperaba encontrarme. Salgamos de aquí.

La sigo y pulso el botón de la planta baja mientras le sonrío. Me encanta que tenga su propio negocio de relaciones públicas, una familia, *¡un bebé!* y que, aun así, encuentre tiempo para trabajar en esto.

—¿Me he metido en problemas? —Me río—. ¿Por qué querrías hablar conmigo?

—¿Problemas? —pregunta con el ceño fruncido—. ¿Ya tengo cara de madre malhumorada? ¿Por qué piensas eso?

Me encojo de hombros.

—Por lo general, te gusta ponerte al día tomando un café, no en el ascensor.

—Bueno, primero, quiero felicitarte por haber conseguido el papel de Nina. Me lo ha contado Chrissy. ¡Estoy muy orgullosa de ti!

Me sonrojo y asiento.

—En segundo lugar, celebraré una gala benéfica en unas semanas y me encantaría que vinieras. Es un evento de tres mil dólares el plato.

Bendito sea su corazón. ¿Qué servirán para cenar? ¿Filetes hechos de oro?

—Muchas gracias por la oferta. No estoy… Quiero decir, ya sabes que me gusta estar sola…

«Traducción: soy tan pobre que podría tener una planta rodadora como mascota».

—Señor, ¡no tendrías que pagar! —Arya sacude una mano. Siento que se me sonrojan las orejas de la vergüenza—. Pero quiero que estés allí. Eres una de nuestras voluntarias más entregadas. Nadie se preocupa por estos niños como tú, Winnie. Y siempre preguntan por ti. Algunos de los padres asistirán y, bueno, no puedo permitirme que no vengas.

—Entonces, allí estaré.

Será el primer evento público al que asista desde que Paul falleció, pero al menos tendré una buena excusa. Caridad. Además… echo de menos ver a otra gente. Bailar. Ponerme un vestido bonito.

—¡Genial! —Arya da una palmada justo cuando las puertas del ascensor se abren y salgo a trompicones—. Se lo diré a Christian. ¡Estará encantado con volver a verte!

Seguro que sí. Christian, su marido, aprueba todo lo que su mujer adora, incluidas sus amigas. Me vuelvo y le dedico una sonrisa débil.

—Bueno… nos vemos más tarde.

—¡De ningún modo! —Niega con la cabeza mientras las puertas se cierran—. No más tarde. *Pronto*. Saldremos pronto. Te llamo esta noche. Eh, y ¿Winnie?

Me giro para mirarla.

—Te queremos. No lo olvides.

* * *

Cuatro semanas después

—¿Pensarás en mí de vez en cuando? —Llevo una mano al rostro de Rahim y le miro a los ojos oscuros.

Él me acaricia una mano. Dejo escapar un grito ahogado ante su contacto. Una sonrisa le curva los labios.

—Por supuesto que sí. Pensaré en tu aspecto bajo la luz del sol, ¿recuerdas? Con ese maravilloso vestido…

Acerca más los labios. Siento el calor. El chicle de canela en su aliento. Los rayos del atardecer le adornan las mejillas. ¿Puedo hacer esto? ¿Puedo besar a otro hombre? ¿Tan pronto?

145

Con cada centímetro que acorta entre nosotros, se me hunde el corazón. Siento que se desliza por mi cuerpo. Hacia el suelo, sangrando por las grietas de la madera desgastada. No puedo respirar. No puedo hacer esto. Sus labios se acercan, más calientes.

«Que alguien me saque de aquí».

Quiero correr. No *puedo* correr. Estoy paralizada. Los labios de Rahim casi rozan los míos…

—Yyyyyyyy, ¡corten! —Lucas hace estallar un chicle y se deja caer en un asiento burdeos de la primera fila del teatro.

—Salvados por la campana —susurra Rahim en mi boca, y se inclina para besarme en la mejilla con suavidad.

Me echo hacia atrás como si acabara de abofetearme. Me agarra por los hombros y me endereza.

Se le sonrojan las mejillas.

—Lo siento, Winnie. No pretendía tomármelo a la ligera. Quiero decir… No te besaré durante los ensayos si puedo evitarlo. Estoy seguro de que Lucas lo entenderá.

—¡Por favor, no! Solo… me he quedado en blanco. —Avergonzada por que me hayan sorprendido al perder la cabeza en el escenario por un beso en los labios, bajo la cabeza y finjo que los últimos minutos no han ocurrido.

—Vale, ensayemos la escena una vez más, esta vez con un beso. —Lucas hojea las páginas del guion, se inclina hacia un lado y le dice algo al oído a su asistente.

—Eh, Winnie, ¿recuerdas esas galletas que trajiste el primer día de ensayo? —pregunta Rahim.

—Las galletas de mi abuela, sí. —Sonrío. Siempre que voy a un lugar nuevo, llevo una hornada de galletas recién hechas. Una tradición de las mujeres Towles para endulzar cualquier relación.

—Había un ingrediente secreto, estoy seguro de ello. —Rahim chasquea los dedos—. ¿Qué es? La textura era increíble.

—Añadir otra yema de huevo y azúcar moreno adicional para darle humedad. —Le guiño un ojo—. Te enviaré la receta si me prometes no enseñársela a nadie.

—Las mujeres de mi club de costura se sentirán decepcionadas, pero estoy seguro de que lo comprenderán —bromea.

Por lo demás, el Calypso Hall está vacío. Hay más gente entre bastidores, pero aquí solo estamos Rahim, que interpreta a Trigorin, Lucas, su asistente, y yo. Y, por supuesto, el escenario con su arco dorado, el mar de asientos color burdeos, los entresuelos y los palcos como público. Es un teatro antiguo. Pequeño, acogedor y necesitado de una reforma. Pero me siento como en casa.

—Misma escena. Desde el principio. —Lucas se da unos golpecitos en la boina—. En realidad, no. Vayamos a la escena de la resolución de nuevo. Necesitamos concluirla, y ahora mismo no estáis brillando. ¡Brillad, unicornios! ¡Brillad!

He memorizado cada una de las frases de *La gaviota*. Cada palabra está grabada en mi cerebro. Todos los días, sueño despierta con las aspiraciones de Nina. Siento su desesperación al anochecer, cuando doy vueltas en la cama. Es liberador colarse en la mente de un personaje ficticio. Experimentar el mundo a través de los ojos de una chica rusa con problemas del siglo XIX.

Hacemos lo que nos piden y nos sumergimos en la escena final. Rahim suelta sus frases a toda prisa mientras florece bajo los fuertes focos. Su carisma es adictivo. Yo le sigo, y cobro vida en el escenario, mágico y cuadrado, que me ofrece total libertad para ser otra persona. A pesar de que estamos en la etapa de los cambios, las puntuaciones y el bloqueo de los ensayos, ya me siento como esta chica, ingenua y superficial, que cree estar enamorada de un novelista. Le doy un empujón en el pecho a Rahim, sacudo las manos en el aire, sonrío como una loca y doy vueltas como una tormenta.

Nina. La chica de pueblo desesperada y atrevida.

La puerta del teatro se abre de par en par. Por el rabillo del ojo veo a una criatura parecida a un demonio. Alta y oscura, llena el marco como un agujero negro y abierto.

La energía en la habitación cambia. Se me ponen los pelos de los brazos de punta.

Me fuerzo a prestarle atención a Rahim.

«Céntrate. Céntrate. Céntrate».

Trigorin y Nina están discutiendo. Escupo mis líneas, pero ya no brillo bajo los focos. Un sudor frío me recorre la nuca. ¿Quién es esta persona que acaba de entrar? Esto es un ensayo general, cerrado al público.

Lucas y su asistente aún no han visto al intruso. Pero parece que estoy en sintonía con él mientras desciende por las escaleras hacia el escenario. No está solo. Hay alguien detrás de él. Sus movimientos son elegantes y suaves, como los de un tigre.

Trigorin está al borde de un colapso. Nina se adelanta.

Le digo a Rahim que lo quería. Que le di un hijo. Me escuecen los ojos por las lágrimas no derramadas. En esta parte me siento como si cavara en mis entrañas con una cuchara oxidada. Es la escena en la que Nina acepta su existencia, superficial y falsa.

Estoy en medio de mi monólogo, *ese* monólogo que cualquier aspirante a actriz recita frente al espejo de su dormitorio con un cepillo para el pelo como micrófono, cuando, por el rabillo del ojo, veo que Lucas se pone de pie de un salto. Se quita la boina de la cabeza y la aprieta como un mendigo, a la espera de que la figura alta se acerque.

—¡Corten… *corten!* —tose a gritos—. Tomaos diez minutos, chicos.

Rahim y yo paramos. Dirijo la mirada hacia los dos hombres que acaban de entrar en el teatro.

Cuando veo su rostro, los afilados rasgos de su mandíbula, los iris negros… no me sorprendo en absoluto.

Es la única persona que ha conseguido que se me erice la piel y se me seque la boca con una simple mirada. Su mera existencia me vuelve loca.

Arsène Corbin.

Destaca como un coyote en un gallinero, con unos pantalones negros ajustados, unos zapatos con correas de cuero y un jersey de cachemira. Tal vez está demasiado lejos para verlo, pero no parece muy desconsolado desde donde estoy. No hay signos reveladores de ojos inyectados en sangre, el pelo despeinado o una barba de varios días.

Este hombre viste de punta en blanco, ha visitado a su peluquero hace poco, va bien afeitado y podría asistir a una gala elegante.

Quiero arremeter contra él. Gritarle en la cara. Decirle que es un ser humano horrible por su comportamiento durante la noche en que descubrimos que nuestros seres queridos se habían ido.

—¿Winnie? —Lucas alza una ceja con impaciencia—. ¿Has oído lo que he dicho?

Quiere que me marche. Lo que sea que está ocurriendo aquí es privado. Pero no puedo moverme. Tengo los pies congelados en el escenario desgastado.

—Te ha oído. Debe de tener calambres en las piernas de pasar tanto tiempo de pie. —Oigo que Rahim se ríe. Enlaza un brazo con el mío y me lleva a la parte trasera del escenario. Arrastro los pies por la madera.

Rahim sisea a través de una sonrisa llena de dientes.

—Por favor, dime que estás bien. Me salté el tutorial de primeros auxilios que nos obligaron a hacer cuando trabajé como socorrista en los Hamptons. No es que me enorgullezca admitirlo, pero no tengo ni idea de qué hacer si sufres un derrame cerebral.

—No estoy sufriendo un derrame —consigo pronunciar.

—Gracias al cielo. Ahora nos irían bien más galletas de la abuela.

En la parte de atrás, Renee, que interpreta a Irina, me tiende un vaso de plástico con agua. Sloan, que da vida a Konstantin, me hace un gesto para que me siente en una silla plegable junto a un estante lleno de disfraces.

Sloan me pone las manos sobre los hombros.

—Respira hondo. ¿Es asmática? ¿Alérgica a algo? ¿Necesitamos una inyección de epinefrina? —Se vuelve hacia Rahim.

Rahim se encoge de hombros con impotencia.

—Nada de eso —respondo, aún temblorosa, aunque creo que Arsène ni siquiera me ha visto—. Solo estoy un poco conmocionada. Perdón.

—¿A qué ha venido todo eso? —Renee alza una ceja.

—Acabo de sufrir un calambre horrible en el pie. Ni siquiera podía moverlo —miento descaradamente, y levanto el vaso de plástico a modo de agradecimiento antes de darle un trago al agua—. Ya me encuentro mejor.

—A veces me pasa por las noches. —Sloan asiente con empatía—. Deberías tomar suplementos de magnesio. Te cambian la vida.

—¿Quién es ese tío? —Rahim, joven, llamativo y con un espectáculo de Broadway fallido a sus espaldas, señala al escenario—. Ha entrado como si fuera el dueño del lugar.

—Es porque lo es —responde en tono seco Sloan, que se parece a los atractivos rubios que salen en las películas—. Arsène Corbin. Pez gordo de Wall Street de día y dueño de media ciudad de noche. Aunque no estoy muy seguro de qué lo ha traído hasta aquí. No suele importarle demasiado este pequeño teatro. No es del tipo artístico. Probablemente, solo ha venido a recordarle a Lucas quién tira de los hilos.

—¿Quién tira de los hilos? —espeta Renee con amargura—. Este sitio es un basurero, y no piensa gastarse un centavo.

—¿Cómo sabes todo eso? —le pregunto a Sloan.

Él se encoge de hombros.

—La gente habla.

—Bueno, ¿dicen que es un tremendo y total imbécil? —espeto, incapaz de detenerme.

—Sí, de hecho, pero, ahora que lo mencionas, me *encantaría* tomar un té. —Los ojos de Sloan brillan—. Todavía no te he oído soltar una sola palabra soez, pequeña Winnie. Debe de ser horrible. ¿Qué ha hecho? Y, lo que es más importante, *¿a quién?* Este hombre está para chuparse los dedos.

Mis compañeros saben que soy una viuda joven, pero no saben mucho sobre Paul. No saben nada de su posible aventura

150

con Grace. Ni que Arsène y yo estamos ligados para siempre por una terrible tragedia.

Mi corazón sigue fuera de control cuando Renee, Rahim y Sloan alzan la mirada para observar algo detrás de mí. Abren las bocas al mismo tiempo.

—¿Qué? —suspiro, y me vuelvo. Y ahí está otra vez. Arsène Corbin, esta vez de cerca. Hermoso, sí. De la misma forma que un volcán activo. Fascinante desde una distancia segura, pero algo que no querría tocar. Y ahora lo veo. El único signo de desconsuelo. Lo mismo que veo cada día en el espejo. Sus ojos, antes agudos, sensuales y llenos de una risa sardónica, ahora están apagados y tenues. Parece el ángel de la muerte.

—¡Hola! —Sloan lo saluda alegremente, como si no acabara de pedirme que se lo contara todo sobre él—. Señor Corbin, es un placer conocer…

—Señora Ashcroft. —La voz de Arsène es aterciopelada—. Sígame.

No tengo intención alguna de darle el drama que anhela. Ya vi la sonrisa engreída de este hombre cuando se metió conmigo en Italia. Me levanto, camino detrás de él y me encojo ligeramente de hombros de camino a la salida. No es necesario levantar las sospechas de los actores.

—¿Adónde? —pregunto mientras atravesamos el escenario hacia los vestuarios—. ¿Al infierno?

Su espalda es musculosa y esbelta. Es evidente que se ha mantenido activo, entrenando. Desconsolado, y un cuerno. Seguro que se lo ha pasado en grande.

—Claro que no. Ese es mi hábitat natural, y tú no estás invitada a entrar en mi casa.

—En ese caso, déjame en paz —contraataco.

—Me temo que tampoco puedo hacer eso.

Se detiene en uno de los camerinos y abre la puerta. Me hace un gesto para que entre primero. Vacilo. Arsène no parece el tipo que abusaría físicamente de una mujer, no parece de esos que se mancharía sus preciosas manos millonarias tocando

151

a una simplona como yo, pero sé que sus palabras pueden ser más letales que los puños.

Me mira con una mezcla de impaciencia y curiosidad. Ahora que estamos cerca y solos, la máscara de indiferencia se le cae unos centímetros. Tiene la mandíbula apretada y la boca hacia abajo. Me doy cuenta de que los últimos meses tampoco han sido fáciles para él. Mantiene sus emociones excepcionalmente cerca. Es la primera vez que considero que estamos en el mismo barco destrozado. ¿Y si ambos estamos igual de desconsolados y él es mejor que yo a la hora de ocultarlo?

—¿Quieres una invitación especial? —pregunta Arsène con sequedad cuando no hago ningún movimiento para entrar en la habitación.

—¿Me darías una? —pregunto alegremente, sabiendo lo nervioso que le pone mi acento.

Se burla.

—Sugiero que terminemos cuanto antes. Ninguno de los dos quiere alargar esto y, al menos, uno de nosotros tiene mejores sitios en los que estar ahora mismo.

Entro en el camerino y él cierra la puerta. El espacio es pequeño y está a rebosar. Tengo la espalda apoyada contra un tocador lleno de maquillaje. Hay botes abiertos de polvos fijadores, sombra de ojos y brochas. Pintalabios rotos tirados por ahí como ceras y, enterrados bajo ellos, lotes de cartas de fans y tarjetas de felicitación.

Arsène se aprieta contra mí. No sé si lo hace a propósito o si es demasiado imponente físicamente para esta caja de zapatos en la que estamos. Sin embargo, está lo bastante cerca de mí para que huela su loción de después del afeitado, la menta de su aliento y el producto para el pelo que le da ese aspecto tan elegante y brillante como un titán.

—Debes irte —dice con decisión.

—Tú me has pedido que venga aquí. —Cruzo los brazos sobre el pecho y me hago la tonta adrede.

—Buen intento, pueblerina. —Se quita una mota de polvo invisible del jersey de cachemira, como si se hubiera ensuciado al venir aquí—. Estás despedida, con efecto inmediato. Se te compensará por tu tiem…

—No eres ni el director ni el productor —suelto con un chillido mientras la ira me sube por el pecho—. No puedes despedirme.

—Lo soy y puedo.

Extiendo las manos hacia delante y le doy un empujón. No se mueve. Se limita a observarme con una mueca de lástima y aburrimiento.

Madre mía. Le he *tocado*. Esto no es agresión, ¿verdad? Procedo de un lugar donde un bofetón en la cara, en el contexto adecuado, es comprensible, e incluso justificado. Sin embargo, los neoyorquinos se rigen por reglas distintas.

Pero Arsène no parece estar a punto de desmayarse ni de llamar a la policía. Se limpia una pelusa donde mis manos le han tocado.

—Permítame recordarle, señora Ashcroft, que soy el dueño del Calypso Hall. Yo decido quién se queda y quién se va.

—Permita que le recuerde, señor Corbin, que su director, Lucas Morton, me contrató. Firmamos un contrato. No he hecho nada malo. La obra se estrena en dos semanas. La actriz suplente ni siquiera se ha aprendido el guion completo todavía. No será capaz de encontrar a una sustituta capaz a tiempo.

—Todo el mundo es reemplazable.

—¿Ah, sí? —Arqueo una ceja, consciente de que ambos pensamos en las mismas personas. Aquellas que han dejado unos profundos agujeros en nuestros corazones.

—Sí. —Se le ensanchan las fosas nasales—. *Todo* el mundo.

Tengo muchas razones por las que no puedo perder este trabajo.

—Aunque Nina no. —Bajo la voz cuando me encuentro con su mirada de frente—. Nina es una criatura única en la vida. Sé que es posible que no hayas leído *La gaviota*…

—¿Una chica de campo enamorada e ignorante, desesperada por formar parte de un mundo al que no pertenece? —pregunta con suavidad con una voz tan seca como el desierto del Sáhara.

Bueno, entonces supongo que *sí* que lo ha leído.

Estira una mano para agarrarme la barbilla y me cierra la boca con un movimiento tan suave que no puedo confiar en que me haya tocado de verdad.

—No te sorprendas tanto, pueblerina. Mi antiguo internado es el proveedor no oficial de Harvard y Yale. Los he leído a todos. A los británicos, a los rusos, a los griegos. Incluso a los pocos americanos que se las ingeniaron para abrirse camino en la literatura mundial famosa.

Casi olvido lo horrible que es. Altivo, condescendiente y, lo peor de todo, se regocija con ello. Entonces recuerdo lo último que me dijo cuando estuvimos en la morgue. Que era una cazafortunas que se alegraría de haberse deshecho de su marido rico.

He decidido usar su amargura en su contra.

—Bien. —Le aparto la mano—. Despídeme. A ver cómo te va.

Me lanza una mirada en un intento por leer entre líneas.

—Bien, deja que te lo deletree en el caso de que tu gran cerebro no lo entienda. —Pongo mi acento más marcado y me clavo un dedo en el pecho—. La pueblerina va a correr al tabloide más cercano para venderle la historia. ¿No conoces a las actrices? Somos una raza hambrienta de fama, señor Corbin. Y ¿qué fue lo que dijo Andy Warhol? No existe la mala publicidad. —Le guiño un ojo—. Además, mi historia encaja en la narrativa cultural actual como un guante. Un hombre rico, blanco y multimillonario que persigue a viuda indefensa que solo intenta sobrevivir en la cruel Gran Manzana. —Junto las palmas de las manos en una postura angelical—. Piénsalo. Nuestra historia es muy jugosa. ¡La gente hablará durante semanas! A mi querido marido lo sorprendieron con tu preciosa prometida con las manos en la masa, de camino a pasar unas vacaciones en París. Apuesto a que ninguno de los dos seremos capaces de salir de nuestros apartamentos sin que los *paparazzi* nos acosen.

No hay forma de que haga algo así, pero él no lo sabe. Piensa lo peor de mí.

Me cree. También es una persona extremadamente celosa de su intimidad. Lo sé porque, cuando se hizo pública la noticia de Paul y Grace, alguien —del bando de Arsène, supuse— les vendió la misma historia a los periódicos. Algo sobre un viaje de trabajo que salió mal. Un terrible accidente que se llevó la vida de dos compañeros de trabajo, totalmente entregados a sus parejas, que habían salido para firmar con urgencia un contrato de fusión empresarial. Hubo un artículo en TMI, una página web de cotilleos, que especuló sobre que Paul y Grace eran algo más que compañeros de trabajo, pero se eliminó en cuestión de minutos.

El brazo de Corbin es largo, poderoso y está al alcance de la mayoría de las cosas de esta ciudad. Pero no puede encargarse de cada tabloide, cada periódico y cada canal de televisión. Alguien querrá comprar lo que estoy dispuesta a vender, y ambos lo sabemos.

Se inclina hacia delante. El ceño fruncido en el rostro le hace parecer un dios pagano. Este hombre está acostumbrado a asustar a la gente. Bueno, conmigo no lo conseguirá.

—Que asumas que cualquier cosa, sobre todo tú, puede tocarme, por no decir humillarme, es adorable. —Su mirada desciende por mis facciones como una cuchilla y una sonrisa sardónica aparece en la comisura de sus labios—. Tienes suerte de que sea un fan de los oportunistas. Son mi tipo favorito de persona. ¿Tienes otro plan con el que evitar que te ponga de patitas en la calle? Y deja ese acento exagerado. No engañas a nadie, pueblerina.

Tengo el estómago lleno de serpientes venenosas. Odio a Arsène por obligarme a luchar por un trabajo que me ha costado mucho esfuerzo conseguir.

De repente, recuerdo cuál es el idioma del amor de este hombre: el dinero.

—Claro. Aparte del cotilleo, está el tema legal. Puedo hacer estallar lo que queda de este sitio y otorgarle mucho más valor para ti. Imagina los titulares, señor Corbin. —Dibujo un marco con los dedos en el aire—. «La actriz Winnifred Ashcroft demanda por rescisión indebida».

—No está mal querer alejar de mí a la mujer del tío que se *follaba* a mi prometida muerta.

—Nueva York es muy grande y, por lo que tengo entendido, no has pisado el Calypso Hall en décadas antes de hoy. —Enrosco un rizo que se me ha escapado de la cola de caballo con el dedo—. Nadie le prestó atención a este sitio durante las décadas que le perteneció a tu familia. No invertisteis un centavo en restaurarlo. Solo cuando te he visto aquí he recordado lo que Grace dijo en Italia…

—¡Ni se te ocurra pronunciar su nombre! —estalla, y enseña los dientes como un monstruo.

El cuello de Arsène enrojece. Me sorprende, y entonces me doy cuenta de que nunca he pensado en él como un ser humano completo. Es tan impresionante que lo único que lo hace parecer remotamente mortal es que, por lo visto, se preocupaba por su prometida.

Bajar a este hombre un peldaño o dos es reconfortante. He estado en desventaja las dos veces que nos hemos encontrado. Aunque técnicamente aún es mi jefe, al menos esta vez no tengo que lidiar con un desastre inmediato como el que sufrí en Italia y en la morgue.

—Dime, Arsène. —Suavizo el tono de voz—. ¿Tu prohibición sigue vigente?

—No —responde secamente.

—Ya veo. —Hago un puchero y me toqueteo los labios—. No creo que quieras volver a agitar las aguas de la legalidad de nuevo, ¿verdad?

—No hay ninguna conexión entre el Calypso Hall y mi prohibición de la Comisión de Bolsa y Valores.

—No —afirmo—, pero ya sabes lo lento que giran los engranajes de la ley. Por no mencionar todas esas tasas legales que tendrás que pagar cuando este teatro se vaya a pique. —Miro a mi alrededor y me abanico con las manos—. Acabarás en números rojos si te demando. Y lo haré. Porque ambos sabemos que no tienes un buen motivo para despedirme.

—Si te quedas… —Escoge las palabras con cuidado. Mi corazón oxidado late desbocado en mi pecho, lo que me recuerda, para variar, que está aquí y que aún funciona—. Te haré la vida tan imposible que te arrepentirás del día en que naciste.

Me inclino hacia delante y me acerco tanto a él que nuestras narices casi se tocan. Huele a sándalo, musgo y especias. Como un bosque oscuro. Nada parecido a Rahim. Nada parecido a Paul. Nada parecido a nadie que haya conocido.

—Entiendo, señor Corbin, que estás acostumbrado a salirte con la tuya, porque la gente te teme, te odia o está en deuda contigo. Bueno, en el sur tenemos un dicho: Te ves como un caballo al que hubieran montado y guardado en el establo sudado.

Frunce el ceño.

—Suena a frase sucia para ligar.

—Los caballos sudan mucho cuando galopan. Sobre todo bajo la silla. Un buen jinete siempre se preocupa de pasear a su caballo y dejar que se enfríe antes de llevarlo al establo. Luego lo cepilla para secarlo. Tú… —Ahora me toca *a mí* darle un repaso. No sé qué me pasa. Suelo ser la simpática, la confiable, la más votada para dirigir una organización benéfica en el instituto. Pero Arsène me obliga a deshacerme de mis ataduras. Es salvaje y apenas civilizado. Así que decido dejar mi personalidad de chica temerosa en la puerta—. Estás demacrado. Claro, sigues vistiendo bien y tu corte de pelo costará más que toda mi vestimenta, pero no hay luz detrás de esos ojos. No hay nadie en casa. Puedo derribarte, señor Corbin. Y puedes apostar hasta tu último dólar a que puedo defenderme.

Consciente de que este es el mejor monólogo que he pronunciado en mi vida que no haya sido escrito por un dramaturgo, decido retirarme mientras tengo ventaja. Paso a su lado, le golpeo con un hombro y, al salir, tiro una pila de partituras y un jarrón de flores. Me tiemblan las manos, y las rodillas me chocan entre sí.

Abro la puerta de un empujón y me digo que ya casi ha terminado. Casi estoy fuera de peligro.

Pero entonces él abre la boca, y cada una de sus palabras son como una bala que me atraviesa la espalda.

—Deberías haber sido tú.

Me detengo. Mis pies se convierten en mármol.

«Moveos —les ordena desesperadamente mi cerebro—. No escuchéis a este horrible hombre».

—Pienso en ello todos los días. —Su voz recorre la habitación y me envuelve, como humo—. Si no te hubieran dado ese estúpido papel, ella seguiría aquí. Todo iría bien.

¿De verdad?

¿Grace seguiría siendo suya, aunque se hubiera ido a París con otro hombre?

¿Paul aún sería mío? ¿Aunque resultara que yo no era la mujer que él quería cuando se casó conmigo? ¿Realmente conocíamos a las personas que amábamos?

—Oh, señor Corbin. —Dejo escapar una sonrisa amarga y miro por encima de mi hombro—. Tal vez habrías sido feliz, pero no puedes decir lo mismo de tu prometida. Por eso estaba en ese avión a París. —Le doy la estocada final—. Para que la quisiera alguien que sabía amar.

Por fin consigo mover las piernas. Me alejo antes de que caiga la primera lágrima.

Pero entonces recuerdo que ya no tengo el simple placer de llorar.

Capítulo trece

Arsène

No sé qué me sorprende más. Ver a Winnifred Ashcroft en mis dominios, o toda la ira fresca que se ha prendido en mi interior cuando sus ojos azules se han encontrado con los míos al otro lado del teatro.

El dolor, la rabia, la agonía carnal han vuelto a golpearme con toda su fuerza. Como si los últimos nueve meses no hubieran existido.

Parece una actriz decente. Esto, por supuesto, no tiene nada que ver con la razón por la que he decidido que se quede. Tampoco sus pequeños trucos sobre demandarme o filtrar nuestra historia a la prensa. Han sido como mordiscos de cachorro, pretendían hacer daño, pero solo me ha resultado divertido.

—Volvamos a mi despacho. —Ralph, el abogado que me ha acompañado al Calypso Hall para darme una estimación aproximada de lo que podría valer esta pocilga, hace un gesto hacia la calle.

Estamos en la acera, fuera del lugar que he heredado de Grace. He ignorado este agujero negro financiero durante la mayor parte del año, mientras trabajaba horas extra para volver a inflar mi lista de clientes y desarrollar diferentes modelos matemáticos para tomar decisiones de inversión con beneficios apetitosos. El negocio va viento en popa, lo que me ayuda a no pensar en que Grace ya no está aquí, al menos hasta que llega la noche y, con ella, los recuerdos.

—Dame un segundo para pensar. —Levanto la palma de la mano hacia Ralph y me masajeo la sien con la que me queda libre.

No me gustan las obras de teatro, ni ninguna forma de arte no lucrativo, y no soy un sentimental. No hay razón para que conserve este teatro. La única persona a la que le gustaba era a mi difunta madre, y, en lo que respecta a los humanos, tenía fama de ser terrible.

Por eso he venido hoy aquí. Para conseguir una cifra que luego pueda dar a posibles compradores y deshacerme de él. Atribuírselo a mi difunta madre es solo un extra.

—Claro. ¿Un café mientras pones a trabajar tu materia gris? —Ralph coloca un pulgar detrás de su hombro para señalar un Krispy Kreme.

—Solo, sin azúcar.

«Como tu corazón», añade en mi cabeza la molesta voz de Winnie. ¿Está aquí?

—Recibido. —Hace un saludo militar y desaparece dentro.

Ralph sale del local y me entrega un vaso blanco.

—¿Listo para hablar de números? —Me dedica una sonrisa jovial—. Caminemos. Mi oficina está al final de la manzana, y Becky siempre me insiste en que haga mis diez mil pasos diarios.

—En realidad, he decidido pensármelo.

Se atraganta con el café y tose entre dientes.

—¿Pensar qué?

—Lo de vender.

—¿Qué? ¿Por qué?

—No sabía que tenía que justificarte mis decisiones, Ralphy.

—¡No! —Agita una mano y pone una mueca—. Parecías muy seguro…

—De lo único de lo que estoy seguro ahora mismo es de que no me importa tu opinión.

—Está bien, está bien. Mantenme al tanto, ¿vale?

160

Giro sobre los talones y me dirijo a mi apartamento.

La razón por la que he decidido no echar a Winnifred es sencilla. Aún tengo preguntas sobre la noche que cambió mi vida.

¿Y Winnie? Puede que ella tenga las respuestas.

Capítulo catorce

Winnie

Chrissy desliza un trozo de su *focaccia* de romero en mi plato mientras termino de sorber mi pasta napolitana.

—Gracias. ¿Quieres un poco de mi pasta?

—¿Que si quiero? Siempre. ¿Debería? No en esta vida. —Chrissy gime y toma un sorbo de su té quemagrasas—. Tienes que comer, y bien. Si no, tu familia me echará la culpa.

—Mamá es perro ladrador, pero no muerde. No le hagas caso. —Sé que mi desvergonzada familia le envía correos electrónicos a Chrissy para pedirle actualizaciones semanales sobre mi vida. También sé que ella lo disfruta. Le encanta ser mi mejor amiga y salvadora.

—Pero no se equivoca. Eres todo piel y huesos. —Mi agente me lanza una mirada preocupada—. ¿No has oído que el estilo *heroin chic* está pasado de moda? Esta es nuestra era, chica. Las curvas abundantes y el apetito están *de moda*.

—Como si fuera a dejar que la gente de *Vogue* me diga cuánto debo pesar —resoplo.

Decidimos tomar un *brunch* rápido antes de mi ensayo. Hemos invitado a Arya, pero está muy ocupada con el trabajo para venir. Ha pasado una semana desde que Arsène entró en el teatro y me dejó atónita. No ha vuelto a venir desde entonces, pero tampoco me ha despedido. Cuando Rahim, Sloan y Renee me preguntaron por qué quiso hablar a solas conmigo, mentí y dije que quería asegurarse de que estaba bien después del calambre en la pierna.

162

«Ya sabéis, por la responsabilidad de salud y seguridad. Lo último que necesita es que nos lesionemos y nos quejemos de la madera hundida del escenario».

Odio mentir. No solo por las implicaciones morales, sino porque se me da *fatal.* Viene con eso de tener muy mala memoria. Pero nadie puede descubrir qué nos une a Arsène y a mí. No quiero que me compadezcan, que me susurren, que me juzguen; sobre todo, no quiero que piensen lo peor de Paul. No cuando ni siquiera yo puedo hacerme a la idea de que me fuera infiel.

Chrissy deja el tenedor y me mira fijamente con esa mirada que mamá perfeccionó cuando estaba en el instituto y me escapaba para enrollarme con Rhys justo después de la misa de los domingos.

—Winnie, tenemos que hablar.

—Oh, conozco esa frase. —Rompo otro trozo de pan, lo mojo en el aceite de oliva y vinagre, y me lo meto en la boca—. No puedes dejarme, Chris. Eres la única amiga que tengo en este infierno de ciudad.

—Tienes que pasar página. —Se pone seria.

—¿Seguir adelante? —Me ahogo, realmente horrorizada por la idea—. ¡Ha pasado menos de un año!

No puede decir en serio que debería volver a salir con alguien. Quizá piensa que debería adoptar una mascota o salir más. No es que estas ideas me parezcan más atractivas que salir con alguien, porque *nada* me ha resultado atractivo desde que Paul se fue, pero al menos no son descabelladas.

—No me vengas con esas. —Chrissy da un sorbo a su apestoso té quemagrasas—. Paul no era un mártir. Era un cabrón infiel.

—Eso son meras especulaciones. No lo sabemos —contradigo.

—*Nosotros* lo sabemos. —Chrissy vuelve a dejar el vaso sobre la mesa—. *Tú* eres la única que no. Todos los que te rodean lo saben, pero no dicen nada porque ya has sufrido bastante.

¿Mis padres y hermanas piensan lo mismo? ¿Que Paul tenía una aventura?

—No tienes motivos para quedarte sentada y echarle de menos. Pedirle comida, hacer todo el ritual previo al accidente —añade convencida, y se gira en la silla para indicarle a la camarera que traiga la cuenta. No me quita los ojos de encima.

Sí. Es posible, o no, que Chrissy me haya pillado en medio de mi tradición de pedir comida a domicilio con Paul.

—Mira —me quejo—. Aunque me hubiera engañado, que no estoy diciendo que lo hiciera, compartimos una historia. Pasamos por muchas cosas. No puedo olvidarme de él. No es tan sencillo.

—¡Exacto! Otra razón por la que deberías seguir adelante. Si te hizo eso *después* de todo lo que habías pasado, lo siento, pero no se merece ni tus lágrimas ni tu perdón. Nadie te juzgará si sigues adelante.

La deliciosa comida me sabe terrosa en la boca. La camarera desliza la cuenta entre nosotras. Intento cogerla, pero Chrissy es más rápida. Sonríe y mueve las cejas mientras deja caer la tarjeta de crédito en la bandeja para billetes de cuero negro antes de devolvérsela a la camarera.

—La cuestión es que es hora de que sigas adelante, antes de que el mundo lo haga sin ti. Los tiempos difíciles nunca duran, cariño. Las personas fuertes, sin embargo… —Chrissy me da una palmadita en una mano mientras la camarera se apresura a cobrarle—. La vida es bella y salvaje, y no espera a que decidas participar en ella. Tienes que lanzarte al agua de cabeza. Y, cuando lo hagas, asegúrate de chapotear.

* * *

Una hora más tarde, entro en el Calypso Hall para ensayar. Como el local está cerrado hasta que empiezan las funciones de la tarde, Jeremy, el guardia de seguridad diurno, me abre la puerta.

—Señorita Ashcroft. Bonito día, ¿verdad? —me saluda.

Le devuelvo la sonrisa y le doy una galleta y un café que he comprado en el restaurante italiano antes de venir aquí.

—Maravilloso, Jeremy. Toma. Espero que esto te endulce el día.

—Es demasiado amable para esta ciudad, Winnifred —suspira.

Me dirijo hacia la parte trasera del escenario. Jeremy agita una mano para detenerme.

—¡Eh, espere, señorita Ashcroft! ¿Ha visto esto? Impresionante, ¿no cree?

Me doy la vuelta y me encuentro cara a cara con algo que no sé cómo no he visto al entrar. Es un póster del suelo al techo de *La gaviota*. En lugar de mostrar a todos los actores, es un primer plano de Rahim y mío.

La gaviota, de Antón Chéjov
Protagonizada por: Rahim Fallaha,
Winnifred Ashcroft, Renne Hinds
y Sloan Baranski

En la foto aparezco mirando fijamente a la cámara con Rahim de pie detrás de mí, susurrándome al oído. Es bonita, tierna y erótica. Pero soy incapaz de sentir emoción o placer. Ni se me para el corazón ni se me acelera. Es el punto álgido de mi carrera, algo que habría hecho que mi antigua yo saltara de emoción, abrazara a Jeremy, besara el póster, hiciera fotos y se las enviara a todos mis contactos.

Me siento tan vacía que quiero gritar solo para llenar mi cuerpo con algo.

«Derrama una lágrima. Solo una. Para demostrarte que puedes. ¡Eres actriz, por el amor de Dios!».

—Bien por usted, señorita Ashcroft. —Jeremy inclina su sombrero en mi dirección—. Se lo merece.

De alguna manera, consigo sobrevivir al ensayo sin sufrir una crisis por *no* haberme desmoronado al ver el póster. ¿Volveré a sentir algo alguna vez? ¿Alegría? ¿Placer? ¿Celos? *¿Odio?* Ahora mismo, acepto cualquier cosa.

Rahim está de buen humor. Se apresura a admirar nuestro cartel cuando llega la hora del descanso.

—¿Cómo de triste es que este lugar sea tan terrible que nos emocionemos por un *cartel?* —Rahim chasquea la lengua y se examina en el póster, que va del suelo al techo—. ¿Sabes cuánto dinero han invertido en el *marketing* de *Hamilton?*

Lucas se pasea como un pavo real entre ensayo y ensayo. Al parecer, por primera vez en veinte años, críticos de verdad asistirán a un estreno en el Calypso Hall. Sonríe y se ríe con el equipo técnico, no se queja cuando dos de los técnicos de sonido se van a casa antes de tiempo y *abraza* a la escenógrafa cuando rompe un objeto de la decoración por accidente.

Cuando el ensayo termina, Renee y Sloan se apresuran a asistir a una producción de aficionados de un amigo en común que se estrena esta noche.

—Nos vemos mañana, Win. Ah, y mi novia te da las gracias por los consejos para las galletas. —Rahim me besa una mejilla al salir—. ¿La yema y el azúcar moreno? Una maravilla.

—Dile que me llame cuando quiera. Esto está lleno de trucos de cocina. —Me doy un toquecito en la sien—. Pero, recuerda, ¡nada de compartir secretos comerciales con tu club de costura!

Se ríe, se da la vuelta y sale por la puerta. Entro en mi camerino.

Es un pequeño espacio entre bastidores, pero es todo mío. Cierro la puerta detrás de mí, pego la frente a la fría madera de la puerta y respiro hondo.

—Estás bien. Todo va bien —me digo en voz alta.

—No estoy de acuerdo —murmura alguien detrás de mí, y doy un respingo—. No hay mucha gente que hable sola a la que se la considere sana.

La voz, irónica y divertida, pertenece al único hombre por el que siento algo estos días. Puro odio, para ser más específica. Encuentro a Arsène sentado en un andrajoso sofá amarillo, con una pierna cruzada sobre la otra, como el imponente emperador que es.

—Señor Corbin, qué sorpresa. —El corazón me da un vuelco en el pecho. Es la primera vez que lo siento en meses, y no me gusta que este hombre byroniano y torturado sea la razón de ello—. ¿Qué te trae a mi pequeña guarida?

—Ahora mismo, estoy entre reuniones. Estoy pensando en adquirir una *escape room* en Bryant Park. Con temática de mazmorras medievales. Parece que están de moda.

—Gracias por compartirlo. Significa mucho. Ahora, deja que sea más concreta. ¿Qué haces en *mi* camerino? —Me recojo el pelo en una coleta.

—¿*Tu* camerino? —Arquea una ceja, escéptico—. No me había dado cuenta de que eras tan posesiva. Creciste con hermanos, ¿eh?

Sí, pero no le daré la satisfacción de compartir esa información con él. Además, odio cómo su tono es siempre amistoso y burlón, como si me soportara más a mí que yo a él.

—Tú también creciste con una hermana, aunque no puedo decir que tu amor hacia ella fuera completamente fraternal. —Cruzo los brazos sobre el pecho y me apoyo en la puerta—. Ve al grano. Hoy tengo cosas que hacer.

—No sabía que se estudiara el sarcasmo en el País de Dios, pueblerina. —Se pasa una mano por el muslo atlético y resisto el impulso de seguir el movimiento con la mirada—. Creo que es hora de que intercambiemos notas sobre lo que ocurrió aquella noche. —Pasa un brazo por el respaldo del sofá—. Todo lo que descubrimos después. Te enseñaré las mías y tú me enseñarás las tuyas, por así decirlo.

—No me gusta la idea de que me enseñes nada. —Arrugo la nariz.

La verdad es que quiero hacerlo. Muchísimo. Incontables veces he pensado en acercarme a este hombre para preguntarle qué sabe. Pero tampoco confío en sus intenciones, teniendo en cuenta nuestra breve historia.

Sus labios se tuercen en una sonrisa.

—¿Cuántos avemarías tienes que rezar por mentir, Winnifred?

—No miento.

—Sí que mientes. —Su sonrisa se ensancha—. Lo sé porque se te mueven los labios.

—Aunque quiera intercambiar notas... —Pongo los ojos en blanco—. ¿Cómo sé que dirás la verdad? Podrías mentir solo para fastidiarme. ¿Y si yo cumplo mi parte del trato y tú me mientes para librarte?

—No tengo ningún interés en hacerte daño —me asegura tranquilo—. Ni en evitarte ningún dolor. Simplemente quiero armar el cuadro más exacto de lo que pasó.

—¿Y quieres obtener esa información de una, y cito, *zorra cazafortunas* como yo? —No puedo evitar soltar palabras hirientes.

—¡Winnifred, querida! —Ladea la cabeza y suelta una carcajada. De verdad quiero apuñalarle. Justo en la garganta—. No me digas que te has ofendido. Cariño, que seas una cazafortunas solo hace que ganes puntos conmigo. No olvides que trabajo en Wall Street, donde la codicia es bienvenida, incluso celebrada.

—Eres una persona horrible. —Sacudo la cabeza.

—Vaya, gracias. En cualquier caso, como te decía, tengo unos minutos libres y una información que seguro que te interesa. He deducido que el ensayo de Lucas ha terminado, así que, si te apetece intercambiar notas, no hay mejor momento que este.

Me acaricio la barbilla, pues ahora tengo curiosidad. La necesidad de saber qué ha pasado es mayor que el deseo de castigarlo. Además, no tengo ningún otro sitio adonde ir ahora mismo. Mi agenda está abierta de par en par, y consiste principalmente en mirar las paredes de mi apartamento.

—De acuerdo. —Cruzo el pequeño espacio entre la puerta y mi tocador para dejarme caer en una silla frente a él—. Pero date prisa.

Sacude la cabeza.

—Aquí no.

—¿Por qué?

—Podrían vernos.

—¿Y? —Entrecierro los ojos.

—Y no quiero que me relacionen contigo por muchas razones, todas ellas muy lógicas —me explica—. La principal es que, técnicamente hablando, soy tu jefe. No deberíamos estar juntos en una habitación cerrada.

—Madre mía, *jefe*. Es una palabra muy grande para alguien que apenas nos paga el salario mínimo.

Vuelve a sonreír, satisfecho con los problemas que le estoy causando.

—Es un país libre. Si quieres trabajar en otro sitio, yo seré la última persona que te lo impida.

—No iré a tu apartamento. —Devuelvo la conversación al tema original.

—Me has herido, pueblerina. —Se levanta y se abotona la americana—. Nunca me insinuaría a una empleada. Es de mal gusto y de dudosa ética.

—¿No son esos los rasgos que te definen? —Arqueo una ceja.

Se ríe a carcajadas.

—Llamaré a dos taxis distintos. ¿Cuál es tu talla de pantalones?

—Hmmm, déjame ver. —Me retuerzo en el asiento y tiro de la etiqueta de la talla de mis tejanos—. Aquí dice que no es asunto tuyo.

Se le escapa otra risa sincera.

—Mis disculpas por alterar tus ideas sureñas. Verás, aquí, en Nueva York, las mujeres no dejan que la talla de sus vestidos las defina.

—Mi talla no me define. Mi derecho a no responder a tus preguntas personales, sí.

—Sígueme la corriente, solo por diversión. —Su sonrisa, cuando es buena, haría que a una mujer le temblaran las rodillas. Con hoyuelos, juvenil y con la cantidad justa de sarcasmo. La pobre Grace no tenía ninguna oportunidad. Me pregunto si lo hicieron estando bajo el mismo techo. *Por supuesto* que sí. Bueno, eso es *sexy*.

«¿Desde cuándo pienso en cosas *sexys?*».

—Pequeña o mediana. —Frunzo los labios—. Ahora me toca a mí hacer una pregunta: ¿cuántos años tienes exactamente?

—¿Exactamente? Treinta y cinco, siete meses, tres días y…

—Mira el reloj—. Once horas, más o menos.

Me parece mucho mayor, y yo tengo veintiocho. Tal vez porque tiene un aura más grande que la vida.

—En ocho minutos llegará un taxi. Pero, antes, ponte ropa de hombre —me ordena Arsène mientras se levanta.

—¿Qué tiene de malo la ropa que llevo? —Miro hacia abajo. Llevo una camiseta rosa de tirantes y unos vaqueros informales de GAP. Las sandalias me las regaló Lizzy.

—Nada —me asegura en tono suave—. De todas formas, necesito que tengas un aspecto un poco más masculino.

—¿Masculino?

—Sí. Tienes que vestirte como un hombre.

—¿Adónde diablos me llevas?

Ya ha salido por la puerta y me da la espalda.

—Ya lo verás.

* * *

El taxi se detiene frente a un edificio blanco de estilo *beaux arts*. Es enorme, impresionante y parece antiguo. ¿Qué es? ¿Un hotel? ¿Un edificio de oficinas? Mis sentidos se agudizan. No me había corrido tanta adrenalina por las venas desde… desde…

«Nunca. Nadie te había empujado tan lejos de tu zona de confort».

—Aquí es, señor —anuncia el taxista.

«Señor». Después de mi extraña conversación con Arsène, fui a por algo de ropa de un montón de extras para un musical de la época victoriana. Llevo una camisa de algodón color marfil, un chaleco cruzado, un esmoquin y unos pantalones de vestir. Me he recogido el pelo dentro de un sombrero de copa marrón, oculto a la vista. Estoy segura de que parezco Oliver Twist.

Abro la puerta del taxi y subo los escalones del edificio de dos en dos. No tengo el número de Arsène, así que no sé si ya está dentro o no. Cuando llego a la gran puerta negra, veo un cartelito dorado en ella.

New Amsterdam

Un club de caballeros

Solo para socios

No tenía ni idea de que aún existieran los clubs de caballeros. Levanto un puño y me dispongo a llamar a la puerta cuando una voz retumba detrás de mí.

—Yo que tú no haría eso.

Me doy la vuelta y, por supuesto, es Arsène, que tiene la costumbre de materializarse de la nada como un demonio, narrando todos mis movimientos. Aquí fuera, en la jungla de cemento de Manhattan, a plena luz del día, me veo obligada a comprobar que no solo es un hombre, sino uno impresionante. El espeso pelo negro azabache, la mandíbula cuadrada, el mentón prominente y los pómulos altos le confieren el atractivo de un caballero de una época anterior.

—Qué aspecto tan peculiar, pueblerina. —Su voz complacida es extrañamente adictiva. Me pregunto si ya habrá superado a Grace. Si ve a alguien más. De alguna manera, creo que no. Arsène es un hombre con un gusto muy particular.

—Dijiste que me vistiera como un hombre. —Frunzo el ceño.

—Uno nacido en este siglo.

—Lo siento, nos hemos quedado sin hípsters de Brooklyn con camisas de cuadros, barbas enceradas y gafas Warby Parker —me excuso.

Me adelanta con los hombros para teclear un código secreto en la cerradura eléctrica de la puerta.

—Me diviertes, Winnifred. Aún no has renunciado a tu extraña individualidad para encajar. ¿Este aire desinhibido e inocente? Me gusta cada vez más.

—Estoy segura de que había un cumplido bajo toda esa palabrería paternalista, pero, si te parece bien, me gustaría que las cosas entre nosotros se limitaran a lo profesional. —Me alejo de él para demostrarme a mí misma que no me siento halagada. Y la verdad es que no lo estoy.

—Bueno, es hora de que pongas en práctica tus dotes de actriz, porque, si descubren que eres una mujer, hay una pequeñísima posibilidad de que te arresten por allanamiento.

—¿Perdona? —suelto, y vuelvo a sentir cómo este hombre insoportable me irrita—. ¿Qué demonios estabas…?

Abre la puerta con un hombro y me da un ligero empujón. Me meto de lleno en el local. Es un gran vestíbulo, lleno de pilares y columnas de piedra caliza y ricas alfombras beis. Pasan unos hombres trajeados y con ropa de golf cara. Algunos saludan a Arsène con la cabeza. Todos parecen versiones de los amigos de Paul en Wall Street.

Sigo los pasos de Arsène mientras trato de contener el pánico. El sudor se me acumula bajo las axilas y en la nuca.

—¿Y si me pillan? —le susurro con fuerza.

—Di que eres Júpiter.

—¿Júpiter? —pregunto, confusa.

—Que eres el limpiador. ¿Sabes que Júpiter aspira y absorbe cometas y meteoritos? He leído una estimación que sugiere que, si Júpiter no succionara los objetos en su esfera, el número de proyectiles masivos que chocarían contra la Tierra sería diez mil veces mayor.

—Es bueno saberlo.

Arsène se acerca a una amplia zona de recepción.

—Cory, necesito un espacio privado para mi sobrino y para mí. ¿Qué hay disponible? —Chasquea los dedos al hombre detrás del mostrador de recepción.

—Señor Corbin. —Cory sonríe y escribe en su teclado—. No sabía que tuviera sobrinos. ¿Es de por aquí?

—Del quinto pino. —Arsène agita una mano—. Es la primera vez que viene a Nueva York. Está un poco asombrado.

«Está a punto de golpearte en la espalda si no tienes cuidado».

—Tenemos la sala de billar número dos, o la pista de tenis.

Arsène dirige su mirada de halcón hacia mí.

—Sala de billar. —Bajo la voz. Soy muy buena al billar. Rhys me enseñó cuando éramos novios. Incluso ganamos algunos torneos para aficionados juntos.

Cory, que me oye, hace un gesto a la derecha del vestíbulo.

—Caballeros, espero que disfruten de este establecimiento, y de Manhattan.

Cinco minutos después, estamos en una sala de billar vacía, llena de estanterías repletas de libros antiguos y una barra de licores completamente surtida. A nuestro alrededor hay sillas tapizadas de cuero.

Arsène se pone detrás de la barra, claramente en su hábitat natural.

—¿Qué puedo ofrecerte por las molestias, querido sobrino?

Miro a mi alrededor, aún hipnotizada. No me había adentrado en el mundo de los ricos y corruptos desde la muerte de Paul. No lo he echado de menos, pero había olvidado cómo me hacía sentir. Como si llevara la piel de otra persona.

—Cualquier cosa que no pueda permitirme. —Me encojo de hombros.

—No incluyen las cosas exclusivas en la barra libre. A ver. —Pasa un dedo por una hilera de botellas—. ¿Servirá un Bowmore?

Lo fulmino con la mirada.

Otra sonrisa devastadora.

—Escocés. De malta. Más o menos de tu edad.

—¿Y cuántos años crees que tengo?

—Veinte.

—Ocho —le corrijo. Veintiocho.

—¿Tienes *ocho* años? Bueno, ¿puedo sugerirte una visita al dermatólogo? Tienes aspecto de haber pasado la pubertad, y ahora me siento culpable por haber tenido pensamientos impropios contigo en Italia.

¿De verdad? Alejo ese pequeño dato de mi mente, pues no puedo confiar en que sea cierto, y me doy una vuelta por el gran salón.

Arsène sirve una copa para cada uno, se acerca y me da la mía. Bebo un sorbo lentamente. Al principio, el líquido ámbar está caliente y me abrasa la garganta. Luego me invade una sensación de calma, como si acabara de entrar en un baño relajante.

Me señala las sillas con la mano con que sostiene el *whisky*.

—Siéntate.

—Quiero jugar.

No he hecho nada divertido desde que Paul falleció. Ahora que estoy aquí, pienso: «¿Por qué no?». Todo lo demás en esta situación es extraño. No creo que echar una partida de billar sea una terrible traición hacia mi difunto marido.

—No quiero.

—¿Por qué? —pregunto, y bebo más líquido.

—Nunca juego para perder.

Me parece refrescante que no asuma que soy una mala jugadora, como hicieron muchos hombres antes que él.

—Puede que no pierdas. —Me lamo los restos de *whisky* del labio inferior.

—Perderé. —Parece muy tranquilo con respecto a sus debilidades, lo cual también es interesante.

—¿Cómo lo sabes?

—Hasta ahora no te has arrinconado. —Atraviesa la habitación de espaldas a mí y examina las estanterías—. Si quieres jugar, significa que se te da bien.

174

Quizá sea el *whisky*, o tal vez el hecho de que hace tiempo que no interactúo con nadie más que con Chrissy, Arya y mis compañeros, pero, en lugar de dejarlo pasar, tomo un taco de billar. Me acerco a la mesa verde y mullida, y coloco el triángulo sobre ella.

—Pequeña rebelde —comenta Arsène, que coge su propio taco—. Vale, jugaré.

—Hace tiempo que no me divierto. —Me ajusto de nuevo el sombrero e introduzco un mechón de pelo rubio fresa por dentro.

—¿Por qué jugamos? —pregunta.

Me lo pienso.

—Si gano, quiero que pagues un cartel enorme y anuncies *La gaviota*. Ya sabes, uno de esos anuncios elegantes de Times Square. Tres días como mínimo.

—Te daré algo mejor. Una semana entera, el mejor bloque disponible. Y, si yo gano, tú renuncias —me responde, de pie en el lado opuesto de la mesa de billar.

Me estalla la acidez en la boca. Aún quiere que me vaya.

—Y yo que creía que eras medianamente humano —resoplo—. Debería haber…

—Winnifred. —Sonríe, encantado.

—¿Qué?

—No ganaré.

—Pero tú…

—Y, para que conste, me encanta que, de todas las cosas que podría haber hecho por el Calypso Hall (reparar los suelos, los asientos, una mano de pintura fresca en las paredes), hayas elegido algo para ti. Muy revelador. El altruismo me parece un rasgo muy aburrido.

Me sonrojo por la rabia, porque tiene razón. Podría haberle pedido que arreglara el teatro. Nunca me he considerado egoísta, pero algo en este hombre me inspira a querer conseguir cosas para mí. Tal vez porque es descaradamente interesado.

Me toma una mano, me la estrecha y empieza a jugar.

Para mi sorpresa, Arsène es excepcionalmente malo en esto. No pone excusas ni se frustra como Paul cada vez que demostraba ser menos que adecuado en el lanzamiento de hachas o en el baloncesto. Al contrario. Cada vez que meto otra bola en una tronera, suelta una carcajada encantada. Nunca sé si se ríe conmigo, por mí o de mí. Pero, por primera vez en meses, me divierto de verdad, así que prefiero no preguntar.

Los primeros minutos los jugamos en silencio. Casi me pilla desprevenida cuando empieza a hablar.

—Supongo que nuestro punto de partida es que ambos estamos de acuerdo en que tenían una aventura.

Mi taco tropieza en la superficie y forma un tren de calvas cuando pierdo el control sobre él. Me enderezo.

—No. No lo sabemos.

—Ellos sí. —Arsène se aparta, con voz firme y grave.

—¿Por qué? ¿Por qué siempre eliges creer lo peor de la gente? —Me apoyo en el taco.

—Durante al menos nueve meses. —Ignora mi pregunta.

—¿*Nueve* meses? —Algo dentro de mí se afloja. No puede ser.

—Sí. —Es el turno de Arsène, que golpea la bola roja a rayas y la mete directamente en una tronera.

—¿Cómo lo sabes? —Intento inclinar el taco sobre la mesa y, de nuevo, se me resbala.

Si eso es cierto… Si Arsène dice la verdad… Eso significa…

Por primera vez en meses, *siento* algo. Oh, claro que siento algo. Rabia. Ira. Dolor. Quiero la sangre de Paul. Quiero resucitarlo y matarlo de nuevo. ¿Cómo pudo hacerme esto? ¿Cómo?

No es que no lo haya sospechado. Es que, hasta ahora, me había dicho que podía haber otras explicaciones. Y seguía pensando que, incluso aunque hubieran tenido una aventura, era reciente. No algo continuo. Algo de hacía un mes, tal vez.

—Contraté a un investigador privado. —Cruza los tobillos—. Grace y Paul frecuentaban un hotel no muy lejos de la oficina. Todos los recibos son de los nueve meses anteriores al accidente de avión. Todos pagados en efectivo.

Dejo caer el taco ruidosamente. Me tambaleo hasta la barra para llenarme el vaso de *whisky* vacío hasta el borde, como si fuera té dulce. Doy un trago.

—¿De cuándo es el primer recibo?

El rostro de Arsène es ilegible, una máscara en blanco.

—Del trece de septiembre.

—¿El trece, dices?

Asiente. Cierro los ojos, la bilis me recubre la garganta.

—Me falta contexto. —La voz de Arsène se filtra en mi cuerpo—. ¿Qué tiene la fecha de importante?

Sacudo la cabeza. Es demasiado personal. Además, no tiene nada que ver con el motivo por el que estamos aquí.

—Necesito un minuto. —Dejo el vaso en el suelo y la bebida salpica por todas partes—. ¿Dónde está el baño?

En silencio, me indica la dirección. Voy hacia allí aturdida. Me encierro en uno de los cubículos, me arranco el chaleco del pecho, me lo meto en la boca y grito hasta que mis cuerdas vocales quedan en carne viva. Muerdo la tela hasta que me sangran las encías.

Quiero incendiar toda la ciudad de Nueva York. Retroceder en el tiempo. Quedarme en Tennessee, entre la comodidad de mi familia. Podría haber tenido una buena vida. Sí, no sería una actriz de Broadway, pero tampoco lo soy ahora. Al menos tendría a Rhys, el dulce, fiable y caballeroso Rhys, un trabajo asegurado en un instituto y gente en quien apoyarme cuando las cosas se pusieran difíciles.

A pesar de todo este dolor, de la angustia, no encuentro lágrimas. Parpadeo con rapidez, en un intento por humedecer los ojos, pero es en vano.

—¡Oh, Paul! —aúllo en el cubículo, y golpeo la pared—. ¡Cabrón!

Me tomo unos minutos para recomponerme y vuelvo a la sala de billar. Arsène espera donde lo he dejado, junto a la mesa de billar, con una postura señorial.

177

Cuando entro, me mira con el ceño fruncido.

—¿Qué miras? —arremeto—. ¿Nunca has visto a nadie sufrir un ataque de nervios?

—He visto muchos. Y, lo creas o no, el tuyo ni siquiera me produce especial alegría —contesta secamente—. Pero te has quitado el sombrero y también el chaleco. Supongo que quieres pasar la noche en la comisaría.

Bajo la mirada y me doy cuenta de que tiene razón. He tirado el chaleco a la basura después de haberlo manchado de sangre en el baño, y ahora se aprecia que bajo la camisa de algodón tengo pechos. El pelo rubio me cae por los hombros.

Aun así, no puedo reunir la energía suficiente para preocuparme.

Vuelvo a mi vaso de *whisky*, bebo otro sorbo y me dejo caer en un sillón de cuero.

—Dime algo bonito sobre el espacio.

—¿Cómo? —Levanta una ceja. Le he pillado con la guardia baja.

—¡Distráeme! —rujo.

—De acuerdo. Cierra los ojos.

Para mi sorpresa, lo hago. Necesito un segundo para respirar, aunque mi terapeuta designado ahora mismo sea el mismísimo Satán.

—Hace unos tres mil millones de años, es probable que Marte pareciera un tranquilo complejo vacacional junto al océano. Hay algunos fósiles y cráteres interesantes que sugieren que existió un río que lo atravesaba. Esto significaría que es posible que *hubiera* vida en Marte. Tal vez no como la conocemos, pero vida al fin y al cabo.

—¿Crees en los extraterrestres? —murmuro, con los ojos aún cerrados.

—¿*Creer* en ellos? —pregunta sorprendido—. No conozco a ninguno, así que es difícil decir que tenga fe en ellos. ¿Creo en su existencia? Por supuesto. La pregunta es: ¿están lo bas-

178

tante cerca para que los descubramos y, lo que es más importante, *queremos* encontrarlos?

—Sí —suspiro—. Puede que no. Los humanos nos han defraudado. ¿Por qué probar suerte con otras especies?

Se ríe y me doy cuenta de que le divierte mi humor.

—Creo que es cuestión de tiempo que encontremos biología en algún lugar que no sea el planeta Tierra. Es extremadamente vanidoso pensar que estamos solos en un espacio repleto de mil millones de galaxias, formado por más estrellas que granos de arena, y miles de millones de planetas.

—No quiero conocerlos —aseguro.

—No creo que lo hagas. Al menos, no en vida.

—Gracias —añado.

—¿Por qué? —pregunta.

—Por alejar de mi mente lo que he pensado cuando has mencionado el trece de septiembre.

Hay un breve silencio entre nosotros. Soy la primera en volver a hablar.

—Paul tenía un apartamento en París.

—¿Cómo? —Arsène toma asiento frente a mí, atento y vivo de repente.

—Después de su muerte, empecé a ocuparme de las facturas. Era bueno con los números, así que solía encargarse de ellas. Una de las facturas pendientes era el alquiler de un piso en el distrito VIII. —Miro fijamente el fondo del vaso.

—La zona de los Campos Elíseos —comenta.

Asiento.

—Buenas nociones de geografía. He tenido que buscarlo en Google Maps.

Arsène considera mis palabras. Veo que está digiriendo la información, encajándola en una especie de rompecabezas en su cabeza.

—No me mires así —espeto a la defensiva—. Sus padres se están construyendo una casa en la Provenza. Creía que los ayudaba con el alojamiento, con todo el ir y venir.

179

Ahora que lo digo en voz alta, parece una excusa absurda. ¿Por qué me habría ocultado algo así? Por no mencionar que la Provenza ni siquiera está cerca de París.

—¿No te dijo que había reservado un hotel en París? —pregunta—. ¿Aquella vez que se suponía que ibas a ir con él a un viaje romántico?

—Bueno, sí. —Me muerdo el labio inferior.

—¿Alguna vez has visto esas reservas de hotel?

—Ahora que lo pienso... —Bebo otro sorbo. No las he visto. Confié en su palabra.

Arsène me mira fijamente, pero no dice nada. No hace falta. Ya me siento bastante estúpida.

—Nunca tuvo intención de llevarme con él. —Dejo caer la cabeza entre los hombros.

—Es posible que supiera que conseguirías el trabajo. Era una producción pequeña, ¿no? A lo mejor movió algunos hilos para conseguirlo. Silver Arrow Capital tiene una amplia gama de clientes. Algunos de ellos están en carteleras fuera de Broadway.

Me inclino hacia delante y entierro la cara entre las manos. Mi pelo se desparrama a ambos lados. Arsène no dice nada. No espero que lo haga. En cierto modo, incluso lo prefiero. Estoy harta de palabras vacías. La cantidad de tópicos que me lanzan es agotadora.

«Todo mejora, niña».

«Esto también pasará».

«¿Has probado la terapia? A mi sobrina le fue de maravilla...».

—¿Señor Corbin? —Oigo la voz de Cory—. Solo quería asegurarme de que todo está a su gus...

Las palabras mueren en su boca. Levanto la cabeza. Sé que me han pillado. Por mi pelo y mi delgada figura, puede ver que soy una mujer. Miro a Cory a los ojos. Arsène se levanta. Está a punto de decir algo. No quiero quedarme para saber en qué lío me he metido. Y, *definitivamente*, no pasaré una noche en la cárcel. Recojo la bandolera y salgo corriendo por la puerta, empujando a Cory al salir, que se golpea de espaldas contra la pared.

—Lo siento, lo siento —murmuro—. Lo siento mucho.

No miro atrás.

No vacilo cuando oigo a Arsène gritar mi nombre.

Sigo corriendo, atravieso puertas, pasillos, el aire, empujo a clientes, camareros y empleados. Salgo a la calle y apoyo las manos sobre las rodillas. El sol me da en la espalda.

Paul me engañó.

Chrissy tenía razón. Nunca me quiso.

* * *

Cuando llego a casa, el contestador parpadea en rojo. Aunque estoy hecha polvo, decido escuchar los mensajes. Siempre puedo devolverle la llamada a mamá mañana, pero me vendría bien escuchar una voz amiga.

Pulso el botón mientras me dirijo al lavavajillas, saco un vaso limpio y lo lleno de agua del grifo.

La voz que llena la habitación no pertenece a ninguno de los miembros de mi familia, pero es una que reconocería en sueños.

—¿Winnie? Um, sí. Hola. Soy Rhys. —Pausa. Risa incómoda. Algo se retuerce en mi corazón, lo abre y deja que la nostalgia se cuele dentro—. No hemos hablado desde el funeral de Paul. No sé por qué te llamo. —Otra pausa—. En realidad, sí. Sí que lo sé. Quería preguntarte cómo te va. Sé que acabas de conseguir un gran papel. Enhorabuena, por cierto. ¿No te dije que eras demasiado grande para esta ciudad? —Su risa suave resuena en el apartamento como las campanas de una iglesia y me devuelve a lo cómodo, a lo familiar—. En fin. Solo quería saber cómo estabas. Tu madre me dio este número. No hay prisa por que me devuelvas la llamada. Imagino que estarás muy ocupada. Las cosas en casa van bien. Normal. Aburridas. —Otra risita—. Supongo que siempre he sido un poco aburrido. Ese era mi problema, ¿eh? Así que, sí. Llámame. Te echo de menos. Adiós.

El mensaje termina. La copa se me escurre entre los dedos y se hace añicos en el suelo de forma ruidosa.

Rhys Hartnett se equivoca. Nunca fue aburrido. Siempre fue perfecto a mis ojos. Pero la perfección es algo de lo que es fácil alejarse cuando tienes dieciocho años, acabas de recibir una carta de ingreso en Juilliard y los sueños en tu cabeza crecen salvajes, largos y libres como las malas hierbas.

Me llega otro mensaje. Esta vez de Lizzy, mi hermana.

—¡Hola, Win! Ha pasado mucho tiempo y quería saber cómo estás. Te queremos. Te echamos de menos. Kenny quiere saludar a su tía favorita, ¿verdad, Kenny? —La risa de un niño llena la casa y hace que se me retuerza el estómago vacío.

—¡Hola, tía Winnie! Me encantas. Pero también quiero a la tía Georgie —arrulla Kenny.

—Bueno —interviene Lizzy—. Llámanos. Adiós.

Hay un último mensaje. Esta vez de Chrissy.

—Oh, y otra cosa —comienza directamente por donde hemos dejado la conversación de hoy—. Paul no solo era un ser humano detestable (no ante ti, sino a tus espaldas), sino que también era terrible en la cama, ¿recuerdas?

Se me escapa una risita. No era *terrible,* pero había tenido mejor sexo con otros. Eso es todo lo que le conté una noche de borrachera mientras, irónicamente, Paul estaba en Europa, probablemente follándose a Grace.

—Me dijiste que la mejor parte de tu vida sexual eran los preliminares. ¡Eso es como disfrutar más del pan de cortesía que del plato principal! Ya lo dejo. Ahora ábrete una cuenta en Tinder y vive tu mejor vida. Orden del médico.

Me levanto y decido que los cristales rotos pueden esperar hasta mañana a que los limpie. Camino por el pasillo y me detengo frente al despacho de Paul.

Traicionarlo y abrir la puerta ya no me parece un acto tan pecaminoso después de lo que he descubierto tras mi conversación con Arsène.

Paul nunca me quiso.

Ahora sé que es cierto. Pero, como una parte de mí aún lo quiere, paso junto a la puerta y no a través de ella.

«Algún día —me prometo—. Pero no hoy».

Capítulo quince

Arsène

Esta noche se espera que sea lo último que quiero ser: una parte respetada y civilizada de la sociedad educada.

Arya Roth-Miller organiza su gala benéfica anual. Es por una buena causa: el hospital infantil Saint John, algo que, en sí mismo, no me haría salir de casa ni en un millón de años.

No. Estoy aquí porque el grano en el culo al que ella se refiere como su marido utilizó todas las herramientas de su arsenal para asegurarse de que asistiría.

La idea principal es hacer una donación inmensa, tomarme unas cuantas fotos con gente cuyos nombres olvidaré antes incluso de que se presenten, y volver a mi apartamento a leer un libro de astronomía y a comer restos de comida para llevar.

Me he pasado la tarde dándole a la botella, preparándome para la gala. No hay nada que me guste menos que tener que tolerar a gente que no conozco sobrio durante un largo rato.

—¡Arsène, estás increíble con este esmoquin! —Arya se abalanza sobre mí en cuanto atravieso la puerta del gran salón de baile del hotel Pierre. Es un espacio precioso, con lámparas de araña que gotean y suficientes cortinas para cubrir toda Nueva Zelanda. A Grace le habría encantado.

—Lo sé. —Le beso las dos mejillas.

Christian aparece a su lado y rodea a su mujer por la cintura con un brazo.

—Devuélvele el cumplido, cerdo.

—Arya. —Le tomo una mano a la mujer de mi mejor amigo y me llevo los nudillos a los labios—. Tú también estarías increíble con mi esmoquin.

Arya, que lleva un vestido de tonos pastel, se ríe y me da un manotazo en el pecho.

—Ni siquiera sé por qué me caes bien.

—Porque soy directo, divertido y mantengo a tu marido alerta —sugiero.

—No te olvides de la humildad. Una de las cosas que más me gustan de ti. Bueno, disfruta.

—Nunca disfrutaría de algo tan puro e inspirador como una gala benéfica. —Christian niega con la cabeza, pero su mujer ya se aleja contoneándose para acercarse a los invitados que van entrando en la sala.

Me tiende una copa de champán.

—Sé que los humanos no son lo tuyo. ¿Sobrevivirás?

Me la bebo entera, como si fuera agua, y dejo la copa en una bandeja que sostiene un camarero que pasa por allí.

—Apenas. Pero estaré mejor después de cinco más de estas.

—Beber para olvidar tus problemas es un puto cliché.

—¿Olvidar? —Ya tengo otro vaso en la mano. Sonrío con ironía—. Te aseguro, Christian, que mis problemas superarían a Usain Bolt. Ninguna parte de mí es tan tonta para pensar que puedo escapar de ellos.

—Entonces, ¿por qué coño bebes? —Noto una palmada en la espalda. Es Riggs. Me doy la vuelta para mirarlo. Lleva un esmoquin que no sugiere que lo haya robado del Ejército de Salvación, una bienvenida mejora a su atuendo habitual, y un bronceado que debe haber conseguido en la Antártida. Lleva a una guapa pelirroja del brazo.

—Caballeros, es un placer presentarles a... —Riggs está a punto de decirnos el nombre de su cita, si es que lo recuerda, pero le hago un gesto para que se vaya.

—Ahórratelo. Si dejara espacio en mi mente para todas las mujeres que nos presentas, necesitaría más almacenamiento en la nube.

Christian pone una mueca de dolor y se ríe.

—Mis disculpas. —Se vuelve hacia la belleza de pelo escarlata—. Nuestro amigo Arsène es brusco, pero rara vez se equivoca.

Riggs me da un puñetazo en el brazo.

—¿Qué mosca te ha picado, Corbin?

—Grace —responde Christian en mi nombre—. ¿Quién más sería tan asqueroso para morderle?

«Ah, Grace». Hasta muerta es su enemigo público número uno. Y eso que no saben nada del mierda de Paul. No les he contado una palabra sobre la aventura de mi difunta prometida. No necesitaba parecer patético, además de ser un desgraciado de luto.

—Solo para mantenerte informado. —Riggs se vuelve hacia ella—. Christian acaba de lanzar una pulla sobre la prometida fallecida de este imbécil. Aquí no conocemos los límites.

Ella ahoga un suspiro y mira a Christian con cara de asco.

—No finjas que tú estarías mejor si a Arya le pasara algo —murmuro en mi bebida.

Christian me lanza una mirada lastimera.

—No, me moriría con ella. Con una diferencia: Arya nunca intentó matar a su hermanastro.

—Insisto en que conozcas a mi encantadora cita. —Riggs le da la vuelta a la conversación antes de que se produzca una pelea a puñetazos.

Christian se presenta a la cita de Riggs. Los dos se enfrascan en una conversación cortés después de que él le explique que a nadie le gustaba demasiado mi prometida. Desvío la mirada sin entusiasmo hacia las demás personas de la sala. Me acabo la segunda copa de champán y pido una tercera. Las galas y los bailes eran lo que más le gustaba a Grace. Es la primera vez que asisto a un acto oficial como soltero.

La novedad de volver a arrastrarme por el mundo sin ella del brazo es como cargar con un miembro fantasma de tres toneladas. Más específicamente, la idea de que Grace ya no sea el objetivo final. El trofeo. El premio final.

En el mar de peinados de peluquería y caras pintadas, encuentro una que reconozco.

Una melena rubia fresa recogida en una coleta alta y pasada de moda. Sé que es ella aunque me dé la espalda. Lleva un vestido de flores con tirantes en una maldita *gala* y, aun así, se las arregla para acaparar toda la atención. Su cuello largo y elegante, como el de un cisne, parece igual de frágil.

Se da la vuelta, como si percibiera mi mirada. Su rostro es amplio, alegre y sonriente. Está radiante. Recuerdo la última vez que nos vimos, cuando casi le provocó un infarto a Cory y casi me aniquiló en el billar. También bebió como un marinero irlandés, defendió al idiota de su difunto marido y exhibió una actitud tan adorable que no me decidí entre si me repugnaba o me divertía.

También se interesó por mi obsesión por la astronomía. Nadie más lo hace. Es la *única* razón por la que no me asquea verla aquí.

Me recuesto contra la pared y la observo mientras ríe y habla animadamente con una multitud de hombres de aspecto ansioso. Va bastante mal vestida, pero una sonrisa sincera es una joya más valiosa que cualquier collar de diamantes que pueda comprarse.

Riggs, que por naturaleza está en sintonía con cualquier cosa que tenga un par de tetas, sigue mi mirada y emite un gemido de aprobación.

—Nuestro chico está dando señales de vida. Aunque no puedo culparle. —Riggs sonríe en la copa—. Esas piernas quedarían genial enrolladas alrededor de mi cuello.

—Winnifred Ashcroft —informa la cita de Riggs, contenta de resultar de utilidad—. Es actriz. Ha venido con su agente. Bueno, *nuestra* agente —se corrige, con una mordacidad quebradiza en la voz—. Chrissy tiene sus preferencias, como es obvio.

No me disgusta especialmente ver a Winnifred aquí. Sin embargo, estoy bastante borracho, lo que significa que no es el momento de hablar con ella. No es tan fácil de manejar como parece, y todavía no le he sacado toda la información que necesito.

Me vuelvo hacia mi grupo de amigos y digo:

—Me voy a casa.

—No antes del discurso de Arya. —Christian se mueve delante de mí para bloquearme el paso—. Se ha esforzado mucho por organizar este evento.

—Creo que no lo entiendes. —Me aliso el esmoquin—. No ha sido una petición, sino un hecho constatado.

—Vaya, pero si es mi jefe favorito —me saluda por detrás un dulce acento sureño.

—¿Jefe? —pregunta Christian sorprendido, que se asoma por detrás de mi hombro—. A Arya no le gustará *eso*.

—Te equivocas de persona, cariño. —Riggs le sonríe a Winnifred y me da una palmada en el hombro—. Este hombre no puede ser el favorito de nadie. Es tan adorable como un jugoso grano lleno de pus.

—Gracias por la imagen. —Me sacudo su mano de encima y me giro para mirarla.

—Hola, Winnie. —La pelirroja le da un beso a Winnifred.

—¡Hola, Tiff! He oído que lo has hecho genial en el piloto de la comedia romántica. —Mi empleada le da un cálido abrazo. Su necesidad de ser amable y desinteresada me pone de los nervios. Vuelve a centrar su atención en mí—. No sabía que eras del tipo filantrópico.

—No lo es. —Christian se mete una mano en el bolsillo delantero—. Lo he arrastrado hasta aquí pataleando y gritando.

—No te olvides de los lloros —le digo—. No había forma de consolarme.

A pesar de ser una irritante hermana de la caridad, no tiene mal aspecto con ese vestido sencillo y la coleta. Me resulta desagradable y alarmante percatarme de ello. Ni siquiera me gustan las rubias. Debe de ser la forma que tiene la madre naturaleza de decirme que es hora de meter la polla en algún sitio húmedo y caliente. Después de todo, ha pasado casi un año.

—¿Arsène? —Winnifred frunce el ceño—. ¿Va todo bien?

No he reconocido su existencia en los dos minutos que lleva aquí. «Ups».

Le pongo una mano en la parte baja de la espalda y le rozo la mejilla con los labios sin ningún compromiso.

—Winnifred, ¿sería inapropiado decirte que estás preciosa?

—No, y por eso no lo harás.

Me río. Lo más sorprendente de esta rubia aburrida, unidimensional y cocinera de galletas es que es ingeniosa. O algo que se le parece.

Me estudia con atención, como un padre preocupado.

—¿Estás... bien?

—Mejor que nunca.

Espero a que se vaya. Estoy borracho, cansado y no estoy de humor para sacarle información.

—¿Seguro que no quieres que te pida un taxi? —Frunce el ceño.

Y lo haría. Miss Alegría.

—Seguro, pero gracias.

—Bueno... —Se queda un momento con nosotros—. Disfruta de la noche.

—Eso pretendo.

Cuando se aleja, tanto Christian como Riggs me miran totalmente horrorizados.

—Nunca te había visto así. —La sonrisa de Riggs es lenta y burlona.

—¿Así cómo?

—Como un adolescente que ha acabado en urgencias con el escroto atrapado entre los aparatos de su novia —articula Christian en tono poético—. Parece que te has sonrojado. Que estabas incómodo. Me atrevería a decir que hasta *avergonzado*.

—Muerto de vergüenza. —Riggs se acaba la copa—. Se ha sonrojado. Lo he visto. ¿Tú también, Tiff?

189

—¡Sí! —Tiff, agradecida de ser algo más que un adorno a estas alturas, se une a mis dos amigos con impaciencia—. Tenía toda la cara roja. Qué tierno. Winnie es una gran chica.

He conseguido sobrevivir una semana sin arrinconar a Winnifred en el Calypso Hall para pedirle más información. El apartamento alquilado en París fue una gran revelación. ¿Qué más sabe? ¿Qué más pasó por alto?

Es evidente que no la llevaré de vuelta al New Amsterdam. Agredió a Cory. El hombre recibió dos puntos de sutura, que pagué generosamente para que mantuviera la boca cerrada. Apuesto a que fue la primera vez que hacía algo menos que perfecto, y me complace saber que la corrompí, aunque solo sea un poco.

—No me he sonrojado —digo en pocas palabras.

—Sí que lo has hecho. Tendrás que explicarnos qué ha ocurrido en estos últimos cinco minutos —anuncia Christian.

—No hay nada que explicar. Trabaja en el Calypso Hall —les digo.

Por el rabillo del ojo, veo que Arya se mueve en nuestra dirección a gran velocidad. Es hora de acabar con esta charla de chicas.

—Y, para tu información, aunque no estuviera de luto por la prematura muerte de mi prometida, ir detrás de una empleada es de mal gusto y poco ético.

—Recibo extrañas vibraciones. —Riggs se chupa la punta del dedo índice y lo levanta en el aire con los ojos cerrados—. Sí, ahí está. Hay vientos calientes procedentes del este.

Yo estoy al este de este imbécil.

—Aunque haya *huracanes* calientes, te pido que no actúes en consecuencia. —La voz pertenece a Arya.

Me doy la vuelta y la estudio.

—No me gusta que me den órdenes. ¿Adónde quieres llegar?

—Esa chica es un ángel en la Tierra. Visita a los niños del hospital Saint John una vez a la semana. Se viste de hada y les pinta la cara. Les encanta. La *adoran* —dice desesperada—. ¡Y yo la quiero! Es viuda. Sabe lo que es el dolor. No quiero que sufra más.

Así que se ha enterado, pero no sabe cómo sucedió. Buen trabajo, Winnifred, por mantener nuestra mierda en privado y no dejar que la gente sume dos y dos.

Christian observa a Winnifred, que se dirige a quien supongo que es su agente.

—La he visto antes. Parece amable, con talento y atractiva. No te preocupes, mi amor. Arsène no tendría ninguna posibilidad aunque lo intentara.

—El dinero influye —señala Riggs—. Y nuestro chico tiene mucho.

—No le importa el dinero. —Tiff, su cita, nos recuerda su decepcionante existencia—. Estaba casada con un multimillonario y firmó un acuerdo prenupcial *de mierda* o algo así. Luego, cuando él murió, no le dejó prácticamente nada. Ha estado haciendo trabajillos para llegar a fin de mes.

El aire se llena de murmullos. Sigo a Winnifred con la mirada. ¿Será cierto? ¿De verdad no le ha dejado nada? Sabiendo lo que sé de su difunto marido, no me extraña. Y ella fue tan ingenua como para no protegerse a sí misma.

—De todos modos, ella está fuera de tu alcance. —Arya chasquea los dedos delante de mis ojos, en un intento por captar mi atención—. ¿Entendido?

—Mis disculpas, Arya. Debo de haberte dado la falsa impresión de que me importa un bledo lo que piense la gente. —Le dirijo una sonrisa sincera—. Una vez que me decido por una mujer, nadie puede salvarla. Ni siquiera Dios.

Me voy y dejo atrás a mi grupo de amigos. Me dirijo hacia el balcón exterior. La sala está demasiado llena, hace demasiado calor y es muy pretenciosa. La brisa nocturna me golpea la cara. Extiendo los dedos sobre la amplia barandilla de ladrillo dorado. Cuando miro hacia la Quinta Avenida, las personas parecen hormigas. Lo último que debería hacer mi yo borracho es equilibrismos sobre la barandilla.

Pero ¿qué tengo que perder?

No tengo madre, ni padre, ni prometida. Como Riggs ha señalado con mucha generosidad, no soy precisamente la persona más amable de la zona. No hay nada que me ate a este universo, y empiezo a sospechar que esa es la razón por la que la gente se hipoteca, tiene hijos y se compromete: para descartar el suicidio como una opción válida cuando las cosas van mal.

No es que esté contemplando el suicidio. Esta barandilla es ancha y no muy larga. Puedo hacerlo.

«Solo una vez, por los viejos tiempos». La voz de Grace es gutural y tentadora en mi cabeza. Incluso desde la tumba, me incita a hacer lo incorrecto.

Miro detrás de mi hombro y me aseguro de que no haya moros en la costa. Estoy solo aquí fuera. Me subo a la barandilla y me enderezo hasta ponerme de pie sobre la superficie. No miro abajo.

El primer paso es firme. El segundo me hace sentir vivo. Extiendo los brazos en el aire, como hacíamos Grace y yo cuando éramos niños. Cierro los ojos.

—Cronométrame —digo.

Y la oigo responderme en mi mente: «Tres. Dos. Uno. ¡Adelante!».

Doy otro paso, y luego otro. Casi he llegado al final. Un paso más... pero esta vez mi pie no aterriza en la superficie. Lo único que hay debajo de mí es aire. Me balanceo. Pierdo el equilibrio. Me inclino hacia la izquierda. Todo sucede deprisa. El recuerdo de Grace cayendo me golpea de nuevo.

Las lágrimas. Las súplicas. El silencio.

Aterrizaré en la calle en unos segundos.

«No deberías haber hecho eso, idiota».

Estoy cayendo.

De la nada, unas uñas afiladas y desesperadas se hunden en mi brazo derecho. Me rasgan el traje y tiran de mí hacia un lugar seguro.

Mi cuerpo se estrella contra una superficie dura. El suelo del balcón. Soy un amasijo de miembros. No todos míos. Algunos son pequeños, delgados, cálidos y completamente extraños.

«Da gracias, imbécil. No estás muerto».

Abro los ojos y ruedo sobre la espalda. Me apoyo en los codos para ver quién me ha salvado.

Un rostro angelical se interpone en mi campo de visión. Familiar, cándido y, más que cualquier cosa, enfadado.

—¡Ahora sí que lo has conseguido, imbécil engreído! —gruñe Winnifred, que me aprieta la corbata con la mano y sacude el puño delante de mi cara—. ¿En qué demonios estabas pensando? ¿Qué habría pasado si no llego a aparecer? No tengo palabras para describirte.

Está de pie encima de mí, con la cara roja como un tomate maduro y los ojos tan grandes que veo mi reflejo en ellos.

—¿No? —pregunto despreocupado, tumbado en el suelo como si fuera el lugar más cómodo del edificio—. Bueno, aquí van algunas sugerencias útiles: tonto, imbécil, borracho, idiota, capullo imprudente... Técnicamente, son dos palabras, pero...

Intenta abofetearme y se lo impido agarrándole la muñeca sin esfuerzo. Borracho o no, mi instinto rara vez falla. Me levanto, con su delicada mano aún entre mis dedos. Me mira fijamente con un odio absoluto que refulge en sus ojos de zafiro. Me resulta inquietante no poder odiarla con toda la propiedad y profundidad que debería. Es una simplona. Una anécdota en mi vida. Nada más.

—Estoy seguro de que encontrarás una buena razón para abofetearme a su debido tiempo, pero ese momento aún no ha llegado. ¿Qué decías? —Sonrío cordialmente cuando ambos estamos frente a frente.

Ella se zafa de mi agarre y echa la mano hacia atrás.

—¡Eres un cabrón! —me escupe a la cara—. Dime en qué estabas pensando. ¿Hace mucho que piensas en esto? Nadie se sube así a una barandilla. ¡Y a oscuras! Cuando te he visto por la ventana, he pensado…

Sus palabras están llenas de veneno y rabia. Su voz me entra por un oído y me sale por el otro. No soy un suicida. ¿Un borracho? Sí, pero nunca me he autolesionado. Sin embargo, Winnifred me ha salvado, mientras que yo fracasé al intentar rescatar a Grace. *Dos veces.*

Mis ojos siguen fijos en sus labios. Rosados, finos y deliciosos. Es tremendamente dulce. Esa combinación entre virtud y rabia es francamente pecaminosa. Ya no las hacen así. Sobre todo en Manhattan. Puede que la mente me vaya despacio ahora, pero mis sentidos son agudos, y reconozco una oportunidad cuando la veo.

Mis labios chocan con torpeza contra los suyos. La agarro por la nuca y la atraigo hacia mí. La advertencia de Arya es un recuerdo lejano. También lo es el Calypso Hall, y el hecho de que ambos estamos enamorados de otras personas, las cuales están muertas. La realidad deja de existir y lo único en lo que me centro es en la persona que tengo delante.

Es suave, azucarada y diferente. Tan distinta que no puedo cerrar los ojos e imaginar que es Grace, como quisiera. No hay ni una pizca de alcohol en su aliento. No encuentro el picazón amargo de un perfume abrumador. Solo hay manzanas de caramelo y perezosas noches de verano en Tennessee. Campanas de iglesia, té dulce y galletas rellenas.

Precisamente lo que a mí no me gusta.

Nuestras lenguas bailan juntas. Se agarra a las solapas de mi esmoquin como si fuera a salir corriendo. No me voy a ninguna parte. Quiero agarrarla, llevarla a mi apartamento y follármela hasta dejarla sin sentido. Quiero a esa chica que se comió un melocotón como si fuera una Lolita prohibida bajo el sol de la Riviera italiana, rezumando una sexualidad temeraria.

«Sexualidad temeraria». Por Dios. ¿Quién soy? Necesito sacarme a esta mujer de mi sistema lo antes posible.

Coloco los pulgares en sus mejillas y bajo las pestañas mientras profundizo el beso y la empujo hasta que su espalda queda apoyada contra la pared.

Winnifred separa su boca de la mía en cuanto toca el cemento. Sin aliento, levanta una mano y me abofetea. Esta vez, mi mejilla derecha vuela hacia un lado. Me escuece muchísimo. Me la froto con la palma de la mano y sonrío.

—Te lo has ganado —sisea.

Inclino la cabeza.

—Cuando tienes razón, tienes razón, pueblerina. Volviendo a lo que has dicho hace unos minutos, no soy un suicida. Sin embargo, estoy como una cuba, lo que podría explicar por qué me he pasado de la raya.

—¿Te has pasado? —escupe enfadada—. Se te ha ido la puta cabeza.

Me río, pero retrocedo un paso. Depredador sexual no es una etiqueta que me apetezca probar.

—Me has devuelto el beso.

—¡No es verdad! —Se sonroja. Uy. Es la segunda vez que saco a Winnifred de su zona de confort de mujer perfecta.

—¿Qué te ha molestado de mi existencia esta vez? —pregunto en tono amable—. Y, por favor, ahórrate cualquier afirmación de que no lo has disfrutado. Has doblado los dedos de los pies dentro de las sandalias y he notado cómo se te ponía la piel de gallina.

Entrecierra los ojos mientras intenta averiguar dónde y cómo dirigir su siguiente golpe verbal. Estamos jugando. Pero, a diferencia de mis juegos con Grace, este es competitivo sin ser hostil. Los dos queremos ganar, pero a ninguna parte de mí le preocupa que sea capaz de envenenarme o matarme en el proceso. Lo más importante de todo es que compartimos el mismo objetivo: ambos queremos saber más sobre los amantes que nos dejaron.

—Por cierto. —Sonríe con dulzura y me quita el polvo de la americana—. En el New Amsterdam olvidé mencionar que tengo una habitación llena de cosas de Paul que aún no he abierto. Antes de fallecer, me pidió que nunca pusiera un pie en ella. Me pregunto cuántas cosas relacionadas con Grace podríamos encontrar allí.

—Me mira con esos ojos azules—. Las opciones son ilimitadas.

Me agarro con fuerza a su cintura sin pararme a pensar por qué narices estoy abrazado a esta mujer tan molesta.

—¿Y me lo dices ahora?

—Culpa mía. ¿Se suponía que debía seguir tu línea temporal, señor Gran Cerebro? —Me agarra las manos, se las arranca de la cintura, se da la vuelta y se aleja en medio de la conversación. La sigo. Abre la puerta y vuelve a entrar en la ruidosa sala. La sigo, traspuesto. Se desliza con elegancia entre las bailarinas. Me abro paso detrás de ella a empujones y codazos. Somos un gato hambriento y un ratón muy listo.

Quince segundos después, salimos del salón. Winnifred llama al ascensor y se vuelve en mi dirección.

—¿Por qué astronomía? —me pregunta.

—¿Por qué ast…? —Confuso, me interpongo entre ella y las puertas cerradas del ascensor—. *No* cambies de tema. Háblame más de la habitación.

Ella se encoge de hombros.

—Haré lo que quiera. El que está en desventaja aquí eres tú.

—¿Cómo has llegado a esa conclusión?

—Porque tú quieres saber más sobre lo que pasó con Grace y Paul, mientras que a mí me aterra descubrir la verdad.

En realidad, no la creo. Creo que está igual de fascinada con lo que pasó entre nuestras parejas como yo, pero echárselo en cara no cambiará su postura.

—¿Cómo sabes que me gusta la astronomía? —Vuelvo la conversación hacia ella. Olvidé preguntárselo en el New Amsterdam.

—Siempre llevas un libro de astronomía bajo el brazo. Había uno en Italia, cuando estabas en el balcón, y otro la primera vez que viniste al Calypso Hall. Es casi como tu ancla. Te sirve de base, ¿no?

—No es una manta de seguridad —me burlo.

—Yo creo que sí. —Arquea una ceja.

—Por suerte, no te pagan por pensar, sino por recitar frases escritas por pensadores mejores.

—Ahórratelo. —Levanta una mano—. Si pensaras que soy tan estúpida, no te reirías como un colegial cada vez que hago un chiste. Ahora háblame de tu fascinación por la astronomía.

No lo dejará pasar. Mejor le tiro un hueso.

—La astronomía es física, y la física es absoluta. Es objetiva y, por tanto, real. Hay quien busca respuestas en Dios. Yo recurro a la ciencia. Me gusta el misterio del cosmos. Y me gusta desentrañarlo. Piénsalo así: la Tierra explotará dentro de unos siete mil millones de años. Para entonces, la mayor parte de la vida en ella probablemente se habrá extinguido. Quien tenga la mala suerte de sobrevivir tendrá que asistir a su propia desaparición cuando el Sol absorba la Tierra, después de que entremos en la fase de gigante roja y nos expandamos más allá de nuestra órbita actual. Llegados a este punto, sería bueno tener un plan B en marcha. Sin duda, ninguno de los dos estaremos aquí para llevarlo a cabo, pero pensar que tú y yo podríamos formar parte de la solución… Eso me entusiasma.

Y entonces me doy cuenta de que nadie me había preguntado nunca por mi amor a la astronomía. Grace trataba mis libros, mi título y mi pasión como si no fueran más que plantas de interior de plástico. Riggs y Christian básicamente lo ignoran. Papá nunca entendió la fascinación, nunca comprendió nada que no le hiciera ganar más dinero.

A Winnifred le importa de verdad.

El ascensor se abre y entramos. No tengo ni idea de adónde vamos. En realidad, no tengo ni idea de adónde va *ella*. Esta mujer no dejará que la acompañe, vaya donde vaya.

—¿Por qué optaste por los fondos de cobertura? ¿Por qué no la NASA? —Me estudia.

—Desde muy pequeño supe que heredaría la fortuna y la cartera Corbin. Para no acabar con el legado familiar, necesitaba trabajar en el mundo de las finanzas.

—¿Te importa el legado familiar?

—No especialmente —admito—. Verás, los Corbin tenemos una maldición. Dos maldiciones, para ser exactos. Una es que siempre intentamos superar a la última persona de la que heredamos el imperio.

—Así que quieres ser mejor que tu padre, aunque no esté aquí para presenciarlo. Entendido. Tiene mucho sentido. ¿Y cuál es la otra? —Ladea la cabeza.

Con una sonrisa, me apoyo contra el espejo.

—Siempre nos enamoramos de la chica equivocada. De hecho, las últimas siete generaciones de hombres de mi familia acabaron divorciándose de sus mujeres.

—Eso es muy triste.

—Podría pensar en cosas más tristes con las que torturarte.

—Seguro que sí. —Sonríe con desgana—. Te gusta torturar a la gente, ¿verdad?

—La verdad es que no me importa lo suficiente —digo con indiferencia—. A diferencia de ti, que te preocupas demasiado. Las obras de caridad, el trabajo como voluntaria, las galletas, las sonrisas. Necesitas vivir un poco más para ti y un poco menos para los demás.

Me mira fijamente, pero no dice nada. Le he tocado la fibra sensible y sé que pensará en ello cuando nos despidamos. No obstante, aún nos quedan unos minutos que pasar juntos.

—Dime, ¿qué es lo que te apasiona, Winnifred?

Se frota la barbilla, un tic que no puede disimular.

—Sobre todo, el teatro. Desde que era pequeña, el escenario ha sido mi vía de escape.

—¿De qué escapabas?

—De lo mismo que escapamos todos. —Pasa un dedo por el borde del espejo del ascensor, solo para hacer algo con las manos—. De la realidad, sobre todo.

El ascensor se abre y ella se apresura a salir.

—¿Qué había de malo en la realidad de la infancia de Winnifred? —Soy un perro con un hueso. La persigo por el vestíbulo y no me importa estar haciendo el ridículo. Tampoco me importará mañana. Siempre me ha dado igual lo que la gente piensa de mí. Era a Grace a quien le importaba.

—Bueno, si de verdad quieres saberlo, odiaba ser la chica de pueblo con grandes aspiraciones, que sabía que la gente como tú siempre se interpondría en mi camino, me ridiculizaría y menospreciaría en cualquier ocasión. Quería creer que podía ser algo increíble, y el mundo no siempre me lo permitía.

Me detengo en la acera, justo cuando un Uber negro, un Toyota Camry, se detiene delante de nosotros. Ahora lo entiendo. Por eso Winnie me odia con tanta intensidad. Represento todo lo que ella teme y que le provoca inseguridades. Y me he burlado de ella desde el momento en que nos conocimos.

Tal vez porque a mí también me molesta lo que ella representa. Una vida fácil y relajada, donde correr tras el dinero y el prestigio hasta quedarse sin aliento es de mal gusto, no respetable.

Abre la puerta trasera del Camry.

Quiero perseguirla. Robarle otro beso mientras pueda. Quizá incluso decirle que lo único que me llevó a burlarme de ella en Italia fue que me pareció seductora, muy *sexy*, y que la odiaba por ello.

Pero ¿qué sentido tiene? Winnifred está demasiado absorta en su amor por su marido muerto. Incluso aunque no lo estuviera, yo solo he querido a una mujer. Querer a otra parece extraño. A diferencia de montar en bicicleta, no es una habilidad que puedas dejar y retomar.

—Ah, por cierto. —Me lanza una última mirada, sin soltar la puerta—. ¿Ese beso? Un cuatro. Tal vez por eso Grace te engañó. Besas muy mal.

Agacha la cabeza y desaparece dentro del vehículo antes de cerrar la puerta. El coche se desliza por el tráfico y me deja en medio de una nube de humo de tubo de escape.

Me río para mis adentros mientras sacudo la cabeza.

La pueblerina es un entretenimiento de diez.

Capítulo dieciséis

Winnie

Entonces

Era la primera vez que visitaba Italia —en realidad, que salía de los Estados Unidos—, así que hasta lo antiguo me parecía nuevo. Los antiguos edificios de colores pastel apilados como si fueran helados de colores. El sol amarillo de agosto pintaba el paisaje con un pincel antiguo.

Todo en Italia era más pequeño: las habitaciones, las carreteras, los coches, las tiendas. La comida también sabía diferente. El queso, las hierbas y los embutidos tenían un sabor más pronunciado e intenso.

Paul, con la nariz roja y pecosa por el calor, me pegó a la barandilla del balcón del hotel. Me rodeó la cintura con las manos y su erección se clavó en mi estómago. Le di un jugoso mordisco al melocotón que sostenía mientras él me mordisqueaba la garganta y chupaba los restos de néctar.

—Qué sabroso… Qué adictivo… —murmuró, y bajó más la cabeza, hasta colocarla entre mis pechos. Llevaba el mismo vestido burdeos con el que había asistido al baile de graduación. Aunque ya no era aquella chica que tenía que contar cada centavo que tenía, utilizar el dinero de Paul para pagar vestidos caros tampoco me parecía bien, a pesar de que, a menudo, él me rogara que lo hiciera.

—*Es* un melocotón maravilloso. —Le besé la oreja, haciéndome la inocente.

Paul se apartó con esa sonrisa de infarto que tanto me gustaba, fresca, tímida y buena.

—Estoy hablando de la mujer con la que me he casado. Todavía me pellizco cada mañana al verte a mi lado. ¿Cómo puedo haber tenido tanta suerte?

En algún lugar no muy lejano, la música sonaba desde una de las casas que besaban el paseo marítimo. Una pieza clásica de piano. Rodeé a mi marido con los brazos. El melocotón se me cayó de la mano. Lo besé profundamente, y fue perfecto. Dulce y necesitado, con una promesa de futuro. En un minuto, subiríamos al restaurante y Paul se metería de lleno en su papel. Un miembro del club de hombres. Indiferente a las bromas sexistas, engreído y distante.

Paul fue el primero en apartarse. Sus ojos azules buscaron los míos.

—Sigamos en el dormitorio. Aún tenemos unos minutos antes de cenar.

Se me formó un nudo en el estómago.

«Escúpelo, Winnie. No hay nada de lo que avergonzarse».

Le besé la punta de la nariz.

—No puede ser, vaquero. La tía Roja está de visita, y ha traído a sus primas lejanas, Tetas Doloridas y Barbilla Acneica.

—¿Te ha bajado la regla? —Su sonrisa desapareció. Sus manos se volvieron rígidas y frías a mi alrededor. Me dije que no debía ofenderme ni enfadarme. Estaba tan decepcionado como yo. Eso era bueno. ¿Cómo me sentiría si Paul fuera como Brian, el marido de Lizzy? Antes de tener a Kennedy, mi sobrina, lo habían intentado durante tres años. Brian siempre se mostraba apático cuando a Lizzy le venía el periodo. Se limitaba a acariciarle la cabeza y decirle que todo iría bien.

—Sí. —Me rasqué un grano de la barbilla—. En el vuelo hacia aquí. No quería…

«Decírtelo».

«Decepcionarte».

«Que me miraras como lo estás haciendo ahora, como si hubiera suspendido un examen».

No expresó su frustración. Paul era demasiado digno para decir algo insensible. Aun así, lo sentía en la forma en que me tocaba los días y semanas posteriores a que le hubiera dicho que tenía la regla. La distancia que ponía entre nosotros. Entre nuestros corazones.

—¿Sabes? —Se acercó a una mesita del balcón y desenroscó una botella de agua con gas—. Si no puedes quedarte embarazada de forma natural, deberías poner al corriente a tu médico. No me importa masturbarme en una taza. Ya sabes que soy un tipo moderno. —Me lanzó una sonrisa encantadora por encima del hombro—. Pero tenemos que ponernos en marcha, muñeca. Mamá no es sutil en cuanto a querer convertirse en abuela, y Dios sabe que Robert no hará que lo sea.

Robert era su hermano, y se autoproclamaba soltero eterno. Tenía un nudo en la garganta del tamaño de Misisipi. Intenté tragármelo y parpadear para deshacerme del escozor en los ojos.

—Mi médico dice que aún soy joven, que debería intentarlo de forma natural durante al menos cuatro meses más antes de considerar otras alternativas.

—Bueno, entonces, ¿quizá sea hora de cambiar de médico? —Paul sonrió de forma alentadora y le dio un sorbo a su bebida. No era lo que decía, ni siquiera la forma en que lo decía. Pero algo fallaba cada vez que abordábamos el tema de la reproducción. Después de todo, había sido yo quien le había dicho en nuestra tercera cita que no quería perder el tiempo. Que quería una familia numerosa y que me gustaría empezar a trabajar en ella de inmediato. La idea le entusiasmó. Nuestra época de coqueteo fue rápida e intensa. Me pidió que me casara con él incluso antes de que nos fuéramos a vivir juntos oficialmente, y se mostró encantado cuando le pregunté si la boda podía celebrarse en Mulberry Creek.

Era perfecto. Todo lo contrario a los fóbicos a las relaciones con los que había salido desde que había aterrizado en Nueva

York. Paul no era un niño, era un hombre. Sabía exactamente lo que quería: cuatro hijos, tal vez cinco. Una valla blanca. Una casa en Westchester. Una grande, con columnas blancas, contraventanas negras y un jardín de rosas. Quería chicos. Ojalá deportistas. Aún recordaba cómo se había emocionado cuando descubrió que papá había conseguido una beca completa de béisbol en la universidad y que Lizzy era una gimnasta aclamada a nivel nacional.

—Me encantan tus genes, Winnie. Vamos a tener unos hijos superdotados.

Paul y yo empezamos a intentar engendrar hijos la primera noche de nuestra luna de miel. Y cada semana a partir de entonces. Habían pasado meses, pero, aun así, no había habido suerte.

—Lo pensaré. —Le di la espalda y me quedé mirando el Mediterráneo. A decir verdad, no iba a pensármelo. El doctor Nam me caía bien, y también confiaba en él. No quería medicarme y empezar con la fecundación *in vitro* antes de que fuera absolutamente necesario. Y odiaba la asfixiante presión de meterme en la cama con mi marido sabiendo que solo tenía en mente dejarme embarazada.

Además, siempre había tenido menstruaciones irregulares. Fuertes, a veces dolorosas. Lo atribuía al estrés de los estudios, el trabajo y las audiciones. Tal vez Paul tenía razón. Quizá *había* algo más.

—Genial. —La voz de Paul sonó decisiva a mis espaldas—. Ah, y recuerda lo que dijo mi amigo Chuck.

Su amigo Chuck, con quien jugaba al golf, era médico especialista en medicina materno-fetal. Al parecer, durante el almuerzo en nuestro club de campo local, Paul consideró oportuno contarle nuestros problemas para concebir.

Después de todo, yo no había entregado la mercancía. Teníamos un trato tácito. Matrimonio. Bebés. Hasta ahora no había cumplido mi parte.

—Dijo... —Paul habló por encima de la melodía del piano desde uno de los balcones—, y cito: «Deberías mantenerte alejada del alcohol, las bebidas energéticas, el tabaco y la cafeína». Ahora que lo pienso, tomas mucho café, ¿no crees?

Tragué saliva.

—Dos tazas al día no está mal. Tú te tomas cuatro cafés medianos. En un día tranquilo.

—Winnie, por favor. Sabes que no soporto que te enfades conmigo. —Paul me besó la parte posterior del hombro—. Solo estoy preocupado por nosotros. Por el futuro de nuestra familia. —Me abrazó por detrás y extendió los dedos sobre mi vientre plano. Me entraron ganas de vomitar.

—Te quiero, ¿vale? —Me rozó una oreja con los labios.

—Yo también te quiero. Solo necesito un minuto.

—Está bien. Esperaré dentro y me masturbaré. Verte con este vestido ha sido demasiado.

En cuanto oí que la puerta de cristal se cerraba detrás de mí, dejé caer la cabeza y empecé a llorar. Las lágrimas estaban calientes y llenas de rabia. Eran imparables. Sentía cómo el peso del mundo descansaba sobre mis hombros. Quería dejar de luchar por cargarlo. Quería hundirme y que me enterrara bajo tierra. De repente, estaba cansada. Demasiado exhausta para esa cena, para socializar, para todo a lo que me había comprometido al casarme con él.

Incliné la cara hacia el sol para que me secara las lágrimas y alcé la mirada. Unos pisos más arriba, vi a otra persona sentada en el balcón de su hotel. Un hombre. Alto, bronceado y quizá mayor.

Mis manos se crisparon. Me sentí tentada a limpiarme la cara para que no me viera llorar.

Pero entonces me di cuenta de que me estaba mirando tan abiertamente, con tanto interés, que no tenía sentido. Me había pillado.

Busqué su mirada y lo desafié a que dijera algo, a que hiciera algo.

Parecía el ángel de la muerte. No era atractivo. Ni feo. Simplemente... diferente a los demás. De una forma impresionante y aterradora. Sostenía un libro de tapa dura con una foto del espacio exterior en la cubierta.

«¿Por qué estás aquí, en el momento más importante de mi vida? ¿Por qué te importa?».

Se levantó, se dio la vuelta y se marchó.

Capítulo diecisiete

Winnie

El telón rojo vino cae sobre el escenario. Rahim, Sloan, Renee y yo nos agarramos las manos sudorosas con fuerza. Estamos temblando. Oigo los latidos de mi corazón a través del sonido de los vítores y los aplausos.

«Has sobrevivido a una experiencia humana. Te felicito».

—Eh, Nina. —Rahim se agacha y me susurra al oído—. Lo has bordado. Estoy orgulloso de ti.

Suelto una risa nerviosa y me pongo de puntillas para abrazarle a él y luego a los demás. Acabamos de representar la primera función de *La gaviota* ante un público.

No es que todo haya ido bien —la interpretación, la iluminación, el diseño, la música—, sino que había cuatro críticos importantes entre el público.

—¿A quién has visto ahí fuera? —Sloan le da un codazo a Renee mientras corremos entre bastidores, con las mejillas sonrojadas y exultantes.

—Al *New York Times,* al *New Yorker,* a *Vulture.* —Renee se arranca la peluca de la cabeza y se seca el sudor de la frente—. Los grandes, Sloan. No recuerdo la última vez que el Calypso Hall se llenó por completo, ¡y mucho menos que asistieran críticos!

—¿Y has visto el cartel de Times Square? —Sloan se da una palmada en las mejillas y chilla—. Mi novio me ha enviado una foto entre acto y acto. Casi me *muero* al verlo. No me creo que Corbin desembolsara la pasta para promocionarnos. Le importa un bledo este sitio.

—¿El cartel de Times Square? —Giro la cabeza en su dirección—. ¿Lo ha puesto?

—Sí, tía. —Sloan me envuelve en un abrazo y me hace girar en el sitio—. Y es grande y precioso. Solo aparece tu cara, pero están todos nuestros nombres. Deberías hacerle una foto de camino al bar.

Arsène ha cumplido mi único deseo egoísta. Me ha dado la satisfacción de tener un cartel con mi cara en él. A pesar de que nos fuimos del New Amsterdam sin terminar la partida. ¿Por qué?

«Porque quiere que le des toda la información que tengas sobre Paul y Grace. No le importas lo más mínimo».

Pero hay algo más. Tengo la sensación de que Arsène está decidido a descubrir mi lado egoísta. Para mostrarme que yo, como él, también me preocupo por mí misma. Me hace sentir incómoda. Sobre todo porque creo que tiene razón. Creo que, en el fondo, una parte de mí es egoísta, pero nunca la he dejado salir.

¿Ha venido esta noche? ¿Asistirá a la fiesta de después? Nunca se sabe con este hombre. Va y viene a su antojo. Es un rebelde con traje.

No dejo de pensar en nuestro beso. No estoy segura de si me emocionó, me ofendió, me encantó, o las tres cosas a la vez. Fue tan urgente, tan oscuro, tan desesperado que me sentí como si sorbiera una poción mágica. No he sabido nada de él desde la noche de la gala, lo cual, me recuerdo, es buena señal. Ya tendremos tiempo para averiguar qué pasó entre nuestras parejas. No hay necesidad de entablar una relación con ese hombre horrible.

El reparto se pone la ropa de fiesta. Yo me visto con unos vaqueros, un top negro sin tirantes y me pongo un poco de brillo de labios. No dejo de recordarme que odio a Arsène Corbin y, aunque quiera verle esta noche, es solo porque es la principal fuente de entretenimiento de mi vida estos días. Nada más.

Renee y Sloan comparten un taxi hasta el local. Rahim y yo hacemos lo mismo y nos detenemos frente al letrero de neón de Times Square para que yo pose delante del cartel.

Llegamos al Brewtherhood y lo encontramos a rebosar con todo el reparto y el equipo, sus amigos y familiares, y algunas personas de la industria. Avanzamos hacia la barra. Rahim ve a su novia pidiendo una copa. Me da un apretón en el brazo.

—Voy a buscar a Bree y te traigo una copa. ¿Cuál es tu veneno?

Mi corazón de Tennessee quiere *whisky*, pero, después del incidente del New Amsterdam, empiezo a pensar que las bebidas espirituosas no son mis amigas.

—Vino blanco. Asegúrate de que no esté muy bueno. No puedo permitirme emborracharme.

—Marchando un asqueroso *chardonnay*.

Escudriño la sala, aunque soy plenamente consciente de a quién estoy buscando. Me doy un tirón de orejas mental.

«¿Qué te pasa? Eres exactamente como Nina. Te sientes atraída por un héroe tremendamente trágico. Un Trigorin. Un rebelde incomprendido con una causa. Un enemigo caído».

Una fuerza magnética me empuja a mirar a la derecha. Lo encuentro. Está apoyado en la pared, con una botella de cerveza en la mano y una expresión insondable en el rostro. Viste muy elegante. *Todo* le queda bien. ¿Incluso la depresión? No puedo evitar preguntarme si tenía intención de lanzarse al vacío aquella noche en el Pierre o si solo fue un error de borracho, como dijo él.

Quizá también se arrepienta del beso que vino después.

Tal vez ni siquiera *recuerde* haberme besado. ¿Y a mí qué me importa? Soy una viuda que sigue muy dolida por la pérdida de su marido. No debería importarme lo que él piense.

Entonces me doy cuenta de que no está solo.

¿Ha traído una cita?

«Sí, ha venido con alguien. ¿Y qué? De nuevo, no te importa, ¿recuerdas?».

Ella está de pie junto a él, y comparten una agradable conversación. Es guapa. Alta, muy delgada, con el pelo largo y negro y ojos de medianoche. A diferencia de mí, viste para impresionar, con un vestido blanco con corpiño ajustado y la espalda descubierta.

Se me revuelve el estómago. No pueden ser celos. ¿Yo? ¿Celosa? Ja. No me puse celosa cuando Paul invitó a mis mejores amigas, incluida Georgie, mi hermana, a bailar lento en nuestra boda. *Dos veces.* Incluso cuando dejó de ser apropiado y empezó a parecer un poco raro («¡gente de la gran ciudad!», comentó mamá entre risas).

Pero esta chica… Es preciosa, y muy del tipo de Arsène. De pelo oscuro y misteriosa, como Grace.

—¡Sorpresa! —Un par de manos me agarran por los hombros desde atrás. Jadeo y me doy la vuelta. Mamá (¡sí, *mamá!)* está de pie frente a mí, con los brazos abiertos.

Mi madre en persona. Con su gran sonrisa, los ojos muy abiertos, el peinado corto y sencillo, y el collar de cuentas de piedras preciosas que la hace sentirse una auténtica primera dama.

—¡Pastelito! ¡Mi estrella reluciente!

Me arrojo a sus brazos y me aferro a ella como si la vida me fuera en ello.

—¡Mamá! ¿Qué haces aquí?

Me rodea.

—¿Qué quieres decir? No me habría perdido tu estreno por nada del mundo. Oh, Winnie, mírate. ¡Eres todo piel y huesos! Tu padre tenía razón. Debería haber comprado un billete hace seis meses y haberte arrastrado a casa conmigo.

Me despego de ella y la miro a la cara. Está igual que siempre. La misma ropa, el mismo pelo, la misma sonrisa. Me reconforta saber que mis padres siguen tal como los dejé.

—¿Te quedas? —pregunto cuando me doy cuenta de que entrará en mi piso y verá que los zapatos, los yogures y los periódicos de Paul siguen ahí, esperando ansiosos su regreso.

—Oh, pastelito, ojalá pudiera. Pero Kenny tiene un recital mañana y Lizzy me matará si me lo pierdo. Por no mencionar que Georgie tiene alergia otra vez, y papá… ¡Ya conoces a papá! No puede hacer nada sin mí. Solo quería estar aquí para ti hoy.

—¿Cuándo has llegado? —Le tomo las manos como si fuera una alucinación y fuera a desaparecer de mi vista en cualquier momento.

—Esta mañana —responde Chrissy, que se interpone entre nosotras con una taza de cerámica de viaje llena de su té quemagrasas en la mano—. Me he pasado el día enseñándole la ciudad. No queríamos que lo supieras antes del espectáculo. Pensamos que ya estabas hecha un manojo de nervios.

No necesito preguntarle a Chrissy para saber que ella fue quien le compró los billetes a mamá. Mis padres no son pobres, pero nunca derrocharían el dinero en un viaje de unas horas. Estoy tan agradecida que podría llorar.

—Oh, Chrissy. —Pongo una mueca y la abrazo—. Gracias —le susurro al oído—. Gracias, gracias, gracias.

—Vuelvo al aeropuerto en un par de horas —anuncia mi madre, que está asimilando la escena con ojos atormentados. Nunca le ha gustado Manhattan—. Lo único que quería era asegurarme de que estás bien.

—Estoy bien. Mejor que bien. —Sonrío alegremente con la esperanza de que se lo crea. Si consigo convencerla, estaré lista para mi interpretación en los Óscar.

Mamá me mira con los ojos empañados y escépticos. Su mano sigue sobre mi brazo, como si ella tampoco soportara la idea de que vaya a evaporarme en el aire.

—No creo que Nueva York sea buena para ti —dice al final con los labios fruncidos—. Es cruel y frenética. No entiende tu alma, pastelito.

—No podría estar más de acuerdo, señora Towles. —Chrissy se mete en la conversación con mucha gracia—. De hecho, iba a abordar este tema con su hija esta noche.

—¿Ibas a hacerlo? —Frunzo el ceño. Esto es nuevo para mí. Chrissy siempre me dice que no hay nada esperándome en Mulberry Creek. Que mi futuro me espera en algún lugar grande, contaminado y lleno de oportunidades.

—Sí. —Chrissy da un sorbo a su té—. Deberías irte a Hollywood en cuanto termine *La gaviota*. Si llegas antes de junio del año que viene, podremos reservarte un montón de audiciones para la temporada de capítulos piloto.

—¿*Hollywood*? —Mamá echa la cabeza hacia atrás, como si Chrissy la hubiera abofeteado con la palabra—. ¡Vaya, eso es incluso peor que Nueva York!

—¿Cómo? —pregunta Chrissy, que parpadea con inocencia—. Allí se está bien. Es soleado. Hay espacios abiertos. Todo el mundo es fanático de la salud. Y yo la acompañaré unos meses, señora Towles. Para asegurarme de que nuestra chica se instala bien.

—Parece que lo tienes todo planeado. —Miro a mi superagente. Ojalá hubiera hecho una parada en la barra. Me habría venido bien un vaso de algo fuerte y preferiblemente venenoso para esta conversación—. Pero no estoy segura. ¿Y el apartamento?

—Puedes alquilarlo —me interrumpe Chrissy y, por el brillo de sus ojos, deduzco que sacarme del hogar que compartía con Paul forma parte de su elaborado plan maestro. Quiere que me deshaga de sus cosas. Que siga adelante.

«Que me las arregle sola y deje de disculparme por quien soy».

—Lo pensaré —miento.

—¿Pensar qué? —Lucas se acerca a nuestro rincón del bar y me da una copa de vino—. Un caballero de brillante armadura ha pensado que necesitabas una y me ha enviado para salvar el día.

—¿Un caballero, dices? —El corazón me da un vuelco y siento que se me sonroja el cuello—. ¿Quién?

—Rahim, por supuesto. ¿Quién si no? —Lucas se ríe y me pregunta si estoy bien con la mirada—. No quería interrumpir esta pequeña reunión. ¿No es un encanto?

La decepción me golpea. Soy una estúpida. ¿De verdad esperaba que Arsène se diera cuenta? ¿Que me enviara vino? El hombre ha traído una *cita* después de nuestro estúpido beso minutos después de que le salvara la vida. Es un desastre y la última persona por la que debería sentirme atraída.

—Rahim es genial —murmuro, y tomo un sorbo generoso. Madre mía, *es* un vino horrible.

—¡Señora Towles, su hija es una joya! —estalla Lucas—. La mejor Nina que he visto en mi vida, y eso incluye a Saoirse Ronan y, Dios me ayude, al amor de mi vida, excluyendo a mi querido marido, Carey Mulligan. No puedo esperar a que lleguen las críticas. Ha estado impresionante, *increíble.* Aunque no haya llorado.

«Porque no puedo —quiero gritar—. Las lágrimas están fuera de mi alcance».

—Siempre ha sido así —presume mamá—. ¿Alguna vez te he contado cómo lloró a moco tendido la primera vez que escuchó *Space Oddity?*

Se produce una conversación alegre y ruidosa entre Lucas, Chrissy y mamá. En algún momento, Rahim, Renee y Sloan se unen a nosotros, junto con sus parejas. El ambiente feliz y victorioso es adictivo, y me olvido de mí misma durante una hora, hasta que cada uno se va a su rincón del bar y mi madre y yo nos quedamos solas. Ella ladea la cabeza; la sonrisa soñadora ha desaparecido de su rostro.

—Ahora que todo el mundo se ha ido, dime, ¿cómo estás de verdad?

—Sinceramente, mamá, mejor de lo que crees. Trabajando duro en la obra, por supuesto, pero ha sido una distracción bienvenida. Y el sueldo —desvarío—. Ahora podría mantener el apartamento. Las cosas están mejorando, mamá. Te lo prometo.

—¿Y lo de ir al médico? —insiste, con las cejas fruncidas—. Por favor, dime que tienes cita. Llevas meses ignorándolo.

Las palabras son como un jarro de agua helada. Había hecho todo lo posible por ignorar este tema, este *problema,* desde que Paul falleció. Todo pasó a un segundo plano después del funeral, incluida mi salud.

—No lo he olvidado —murmuro.

—¿A qué esperas? —Intenta encontrar mi mirada, pero es en vano. Mis ojos están firmemente clavados en un punto invisible detrás de ella.

—Lo haré la semana que viene.

—No, no lo harás. No lo has hecho hasta ahora.

—Ahora mismo tampoco importa. —Pongo los ojos en blanco, y me siento otra vez como una adolescente—. Estoy bien. Sana. Bien.

—¿*Quién* lo dice? —La súplica en su voz me destroza—. Ay, Señor, pastelito…

—Mamá, aquí no. —Doy un pisotón, desesperada—. ¡Por favor, déjalo!

Mis últimas palabras son más duras y fuertes de lo que pretendía, lo que atrae algunas miradas curiosas de la gente que nos rodea. Mamá mira a su alrededor con impotencia, como si esperara a que alguien interviniera para hacerme entrar en razón. Por lo general, esa persona sería Georgie. Le encanta golpearme con la vara de la verdad, pero mi hermana no está aquí para apoyarme.

—Esta conversación no ha terminado. —Mueve un dedo delante de mi cara—. No si tengo que llevarte al médico yo misma. Hablemos de otra cosa antes de que te despidas de tu madre. Algo agradable. ¿Sabías que Jackie O'Neill ha tenido un bebé? Uno muy guapo. Tengo una foto en el móvil, en alguna parte…

Hablamos de otras cosas, pero el daño ya está hecho.

No dejo de pensar en lo que ha dicho. Porque tiene razón.

No estoy bien.

Necesito ir al médico.

Más pronto que tarde.

* * *

Mamá se va entre un torbellino de besos, lágrimas y abrazos. Estamos en la acera de la puerta del bar. Insisto en acompañarla al aeropuerto, pero ella se niega. El tira y daca sigue y sigue hasta que el taxista interviene:

—¡Señoras! Por favor, despídanse para que pueda seguir con mi turno.

—No puedes venir, pastelito. Es tu gran noche. Quédate con tus amigos. Te llamaré mañana. Te quiero.

Me besa la mejilla, entra en el taxi y se marcha. Me quedo en la acera, desde donde observo cómo desaparecen las luces traseras del taxi. Me viene a la mente la idea de que podría pasarle algo en el avión, pero la aplasto tan rápido como aparece. «No. No tiraré por ahí». Tengo más problemas que un número de *Harper's,* y no hay ninguna razón para desarrollar un miedo atroz a volar, aparte de todo lo demás.

No quiero volver a la fiesta. Ahora que la adrenalina del espectáculo ha desaparecido, no estoy de humor para fingir estar alegre. Por lo general, Paul era quien me ayudaba en momentos como este. Era mi muleta.

Pero marcharme sin despedirme es de mala educación. A regañadientes, me arrastro de nuevo al interior. Veo el sombrero estilo *trilby* de Lucas a lo lejos. Mueve la cabeza y habla animadamente con algunas personas del mundo de Broadway. Me acerco a él y siento unos dedos que me rodean la muñeca. Me detengo y, al levantar la vista, veo los ojos oscuros y caídos de Arsène clavados en los míos. Sus labios esbozan una sonrisa sagaz.

—Pueblerina, ¿era tu madre?

Al recordar que ha traído una cita, me zafo de su agarre con el ceño fruncido.

—¿Qué te importa?

—Es una mujer impresionante. —Ignora mi actitud, y lleva su encanto al máximo—. Lo cual son muy buenas noticias para cuando seas una sesentona.

—Pues mi yo veinteañero quiere que te vayas a paseo. ¿Qué tal si te comportas como un caballero y me satisfaces por una vez?

El canalla me *besó* y ni siquiera ha abordado el tema.

—Winnifred, no te amargues. Es tu gran noche.

—Ha empeorado ahora que has aparecido —murmuro.

Echa la cabeza hacia atrás y se ríe.

—¿Conoces a Gwendolyn? —Señala a su acompañante con la botella de cerveza. Ella se adelanta, me sonríe y me ofrece una mano para que se la estreche—. Gwen, esta es Winnifred. Interpreta a Nina, como ya has visto en la obra.

Así que *ha venido* a verla.

«Con una cita, Winnie».

Le estrecho la mano a Gwen.

—Encantada de conocerte. Espero que hayas disfrutado del espectáculo.

—Ha sido fantástico. Trigorin y tú lo habéis hecho genial. —Gwen parece encantada y realmente impresionada—. Y he visto muchas versiones de *La gaviota,* si me permites añadir.

Es espectacular, inteligente y elocuente. No hay nada que no me guste de ella, aparte de su existencia. Por alguna razón, prefería pensar que Arsène nunca superaría lo de Grace, igual que a mí me ha ocurrido con Paul.

—Eres muy amable. —Agacho la cabeza, avergonzada—. Bueno, no quiero entreteneros. Debería ir a despedirme…

—¿Tan pronto? —Arsène me mira como si le hubiera ofendido—. La noche acaba de empezar.

—Para ti, tal vez. Me voy a dormir.

—Antes de que corten la tarta y den los discursos. Vaya, vaya, ni siquiera lo estás intentando, ¿verdad? —Arsène se interpone entre mí y la puerta, un obstáculo fácil, aunque intencional—. Sobre todo, cuando el futuro del Calypso Hall pende de un hilo. Winnifred, ya sabes que no me gustan mucho los teatros, y menos aún los empleados holgazanes.

—Sí, soy consciente de ello. —Cruzo los brazos sobre el pecho. Gwen sonríe con disimulo, entretenida con nuestro intercambio—. Me arriesgaré. ¿Unas palabras de despedida?

215

—Pareces preocupada. ¿Qué ocurre en esa mente tuya tan simple? —Ladea la cabeza, más divertido que angustiado.

—No es asunto tuyo. —Le esquivo y me dirijo directamente a la puerta, sin despedirme. Apenas lo soporto en un día bueno, mucho menos cuando me han recordado mis problemas de salud.

Estoy casi en la puerta de madera cuando algo me viene a la mente. Me detengo, me maldigo en voz baja, me doy la vuelta de forma brusca y voy hacia donde está él. Exactamente donde lo he dejado. Tiene una sonrisa arrogante en la cara. Se apoya de forma despreocupada en la barra de madera. El muy imbécil *sabía* que daría media vuelta. Lo lleva escrito en la cara.

—Una cosa más. —Levanto un dedo entre nosotros.

—Adelante.

—El cartel.

Sus ojos pasan de burlones a alerta, pero no dice nada.

—¿Por qué lo has hecho? —le pregunto—. No tenías por qué. No llegamos a terminar esa partida de billar.

—Caballerosidad, por supuesto. —Abre las manos de forma dramática—. Me dijiste que empezara por algún sitio, ¿no?

Sí, pero eso ha sido hace un segundo.

—Dudo que sepas deletrear la palabra, y mucho menos ponerla en práctica.

Se ríe, complacido.

—Tienes razón. Lo hice por razones puramente egoístas. Quería asegurarme de que mi inversión daba beneficios, y parecía que *La gaviota* podría generar unos cuantos dólares.

—Tampoco es eso. —Cierro las manos a los costados. Estoy perdiendo la paciencia. Estoy harta de que se burle de mí. De que me saque de mi zona de confort—. Hay muchas formas de anunciar una obra que no incluyen apelar a mi ego.

—Ah, así que admites que tienes ego.

—Uno pequeño. —Junto dos dedos.

—Sí, sí, lo sé. Estoy intentando cambiarlo. A nadie le gusta el altruismo, Winnifred. Es un rasgo muy aburrido.

—¿Por eso pagaste el cartel? ¿Para demostrarme que soy vanidosa? —le presiono.

Se adelanta, con la boca a un suspiro de mi oreja. Se me pone la piel de gallina y respiro con dificultad.

—Quizá solo necesitaba un cebo para atraerte y seguir con la conversación de la que huiste aquella noche en el Pierre. ¿Lo he conseguido?

Por supuesto que sí. Después de todo, estoy aquí. Atraída por él como una polilla a la luz. Rezando como una colegiala desesperada para que sus labios me rocen el lóbulo de la oreja.

Me alejo de él cuando me doy cuenta de que me tiene exactamente donde quería.

—¿De qué quieres hablar?

—Solo tenemos un interés en común, y nos quita el sueño a los dos.

Grace y Paul.

—En realidad, a juzgar por lo de esta noche, lo que a ti te quita el sueño no tiene nada que ver con tu difunta prometida. —Lanzo una mirada fría detrás de él, en busca de Gwen.

—¿Celosa? —Levanta una ceja inquisitiva.

—No te hagas ilusiones —balbuceo.

—Debería sentirme afortunado. Una admiradora joven y guapa. Recién salida del Cinturón bíblico, además.

Me río incrédula y lo aparto de mí.

—No soy la granjera tonta que crees que soy.

—Oh, sí. Eres muy observadora. Me asombra tu capacidad de observación. —Mira despreocupadamente a su alrededor, y lo imito. Entonces me doy cuenta.

—Espera, ¿dónde está Gwen?

Le relucen los dientes blancos. Está disfrutando mucho de esta conversación.

—¿Quién?

—¡Tu cita! —Lo mataré. Estoy segura.

Mira a su alrededor, como si acabara de percatarse de que se ha ido.

—Debe de haberse ido. No sé por qué.

—Me has prestado más atención a mí que a ella —digo acalorada, consciente de que estoy cayendo en su trampa—, lo cual es de muy mala educación.

—¿Mala educación? —Parece realmente sorprendido—. A Grace le encantaba que trajera citas y las descuidara en su favor en mitad de la velada. Me atrevería a decir que era su pasatiempo favorito.

Grace era una joyita.

—Supongo que esto ocurría con frecuencia.

Se encoge de hombros y mete las manos en los bolsillos delanteros.

—Le gustaba que le recordaran lo atractiva que era a menudo, preferiblemente menospreciando a los demás.

—Bueno, algunas chicas son lo bastante seguras de sí mismas para no menospreciar a los demás. Teníais una relación muy tóxica.

—Aunque secundo la afirmación, creo que ambos estamos de acuerdo en que Paul tampoco estaba hecho del material del que están hechos los sueños.

Abro la boca para discutírselo, para defender a Paul, pero no encuentro las palabras correctas. Tiene razón. Paul me engañó con Grace. Tiene los recibos que lo demuestran. Es una tontería fingir que nuestra relación era a prueba de balas.

Al ver la expresión en mi cara, sonríe.

—¿No te devuelves? Muy bien, Winnifred. Estoy viendo progresos, y me gusta.

—¿Y? —pregunto sin emoción—. ¿Adónde quieres llegar con esta conversación?

—Como es evidente que este lugar te interesa tan poco como a mí, he pensado que podríamos ir al apartamento de Grace y revisar sus cosas. A ver si reconoces algo que le perteneciera a Paul.

Una mujer inteligente denegaría la oferta. Ya hemos establecido que Paul y Grace se acostaban a nuestras espaldas, y a menudo. ¿Qué sentido tiene hurgar en la herida abierta?

218

Mi sospecha es que seguimos haciéndolo porque nos hace sentir algo. Por lo demás, seguimos totalmente adormecidos. El dolor es un gran sustituto del placer. Ambos son sentimientos radicales, aunque uno sea positivo y el otro negativo. Y tal vez, solo tal vez, Arsène se sienta tan solo como yo, y este proyecto le recuerde que una vez le perteneció a alguien.

¿No es eso lo que todos anhelamos, al fin y al cabo? Pertenecer. ¿A una familia, a unos padres, a una pareja, a una comunidad?

—¿Y bien? —pregunta—. ¿Qué me dices?

«No».

«Mañana tengo que madrugar».

«Solo nos estamos perjudicando a nosotros mismos».

«Nos va a salir el tiro por la culata».

Sin embargo, al final soy como Arsène. Adicta a esa sensación que acompaña al dolor.

—Llama a un taxi.

Capítulo dieciocho

Winnie

El apartamento de Grace es lujoso y elegante. Todo es blanco o negro. Hay mantas caras por todas partes y jarrones que antes estaban llenos de flores frescas, estoy segura. Me doy una vuelta por el lugar mientras Arsène enciende las luces.

—¿Y sigues pagando el alquiler de este sitio? —Echo un vistazo a la chimenea de cristal y a las cortinas hechas a medida. Seguro que le cuesta unos quince mil dólares al mes como mínimo, sin contar las facturas de los servicios.

—Sí —responde brevemente. Va a la cocina y trae una botella de agua para cada uno. Me tranquiliza ver que su apartamento sigue equipado con bebidas. Hace que mi obsesión con Paul parezca casi normal. Arsène también mantiene este lugar habitable.

—¿Por qué? —Me doy la vuelta para mirarlo—. Siempre sermoneas a todo el mundo sobre las inversiones inteligentes. ¿Qué lógica tiene pagar el alquiler del piso de tu prometida muerta?

—No la tiene. —Apoya la cadera en la isla de la cocina y bebe un sorbo de agua—. No suelo derrochar el dinero. Esto es un capricho poco frecuente, y espero que, cuando acabemos, me resulte más fácil rescindir el contrato.

Sus palabras me calan hondo, porque muchas veces yo también desearía odiar a Paul. Sería la forma más fácil de olvidarle.

Me acerco a Arsène, tomo la botella de agua que me ha dado y la desenrosco.

220

—¿Y cuándo esperas que acabemos el uno con el otro?

—Eso depende de cuánto cooperes, pueblerina.

—Deja de llamarme pueblerina.

—Deja de ofenderte con ello —me responde—. No debería importarte lo que piensen de ti. Nunca hace ningún bien. Y, en todo caso, lo que la gente opine sobre ti solo es un reflejo de ellos mismos. No de ti.

—Siempre tengo la sensación de que esperas que me avergüence de mi procedencia.

—¿Y qué pasa si lo hago? —Se detiene—. ¿Por qué deberías sucumbir a los deseos y expectativas de los demás? Tienes libre albedrío y una mente admirable. Sigue haciéndome callar. Defiéndete. Nunca te avergüences de dónde vienes. Una persona no puede tener futuro si antes no asume su pasado.

—¿Y tú? —Inclino la cabeza hacia un lado—. ¿Ya has asumido tu pasado?

Sus ojos se topan con los míos. Parece pensativo.

—Siguiente pregunta.

Sonrío. Lo he pillado. Es una pequeña victoria, pero una victoria al fin y al cabo.

—Ocultas algo.

—Todos ocultamos algo. —Pone los ojos en blanco—. Algunos de nosotros somos mejores guardando secretos.

Tiene razón.

—Entonces, ¿por dónde empezamos? —Miro a nuestro alrededor.

—Su habitación. —Arsène se levanta de la isla y avanza hacia el pasillo—. Donde probablemente pasaban la mayor parte del tiempo juntos. Los muy cabrones.

* * *

No es que me sorprenda, pero sí que encuentro cosas que sitúan a Paul y Grace juntos en la escena del crimen.

En el joyero de Grace hay un reloj de acero inoxidable con esfera de nácar rosa, idéntico al que me regaló por Navidad. Ambos están grabados con el mismo tipo de letra. También hay una sudadera con capucha que Paul solía llevar y que desapareció de forma misteriosa en uno de sus viajes de negocios cuidadosamente guardada en su armario, y, en su cocina, un tarro de un tipo muy particular de pasteles de luna con los que Paul estaba obsesionado, y que yo tenía que encontrar incluso cuando no era el Año Nuevo Lunar.

Su ADN está por todas partes. Y ni siquiera venían aquí a menudo. Arsène tenía llaves de este apartamento, lo que significa que Grace solo podía traer a Paul aquí cuando su prometido estaba fuera de la ciudad.

—¿Sabes qué? En realidad, esperaba encontrar más —murmuro cuando Arsène y yo nos desplomamos en el sofá de Grace—. Considerando que habían tenido una aventura durante al menos nueve meses.

—Pero piensa en esto —replica—. Ella sabía que yo entraba aquí cuando quería. Las galletas son reveladoras, pueblerina. Muestran un nivel de intimidad. Si fuera una aventura pasajera, no conocerían sus preferencias culinarias.

Apoyo la cabeza en el sofá y cierro los ojos.

—¿Por qué no nos dejaron? —suelto, y abro los ojos. Arsène me mira de un modo extraño. Algo entre la irritación y la sorpresa.

—Bueno. —Sonríe de forma irónica—. Porque yo era muy rico y tú eras muy buen partido para renunciar a nosotros. No creo que Paul y Grace planearan dejarnos por el otro. Simplemente, querían herirnos. Para Grace, significaba que no me pertenecía. Era su forma de asegurarse de que no se había rendido completamente a mí. Con Paul… —Se detiene y me mira de reojo—. Hmmm, me pregunto qué hiciste para cabrearlo. ¿Quemaste tu famosa tarta de manzana?

Ojalá…

Sé exactamente en qué le fallé a Paul.

Por supuesto, prefiero morir antes que compartirlo con Arsène.

—No hace falta que lo digas. —Me da unas palmaditas en una rodilla—. Por tu rostro, la respuesta es evidente. Pobre Winnifred.

Siento que me sonrojo, y estoy a punto de arremeter contra él, de decirle lo que pienso. Entonces se me ocurre algo.

—¿Sabes? Creo que Paul estaba loco por quién era yo. Creo que le gustaba la idea de mí, no la persona. La mujercita rubia con el acento bonito que preparaba galletas, trabajaba de voluntaria en hospitales y sabía lanzar un hacha. Pero luego vio cómo me miraban sus colegas, Chip y Pablo, e incluso Grace, y se sintió… No lo sé, *decepcionado*.

—¿Decepcionado por qué?

—Porque no me veían como a su igual. Como a una oponente digna. Oh. —Agito una mano, y suelto una risita llena de dolor—. No es que no les gustara. Les caía bien. Pero del mismo modo que un perro que uno tiene como mascota. Me veían adorable y desechable. Y, después del accidente de avión, llamé a Chip y Pablo una y otra vez para pedirles y *suplicarles* respuestas, que me aclararan por qué Paul y Grace estaban juntos, pero ninguno de los dos me contestó. Al principio, se disculpaban por ello, pero pronto dejé de recibir sus incómodos mensajes de texto y empecé a recibir los de sus asistentes personales.

—Te trataban como si fueras basura —dice sin rodeos.

Sacudo la cabeza.

—Me trataban como si estuviera desamparada, porque lo estaba.

—Para *ellos* —subraya—. Nunca vuelvas a ponerte en una situación en la que permitas que la gente piense que estás desamparada, Winnifred. Siempre se aprovecharán de ello. Sé que yo lo hice.

Sé que está hablando de nuestra conversación en Italia y se me revuelve el estómago.

Se levanta y se dirige hacia la puerta.

—Vamos a comer algo. Toda esta charla sobre infidelidad y traición me está dando hambre.

Miro el móvil.

—Es la una de la madrugada.

—Sí, y ninguno de los dos ha cenado. Lo sé porque hace seis horas que no aparto la mirada de ti.

Me invade una extraña sensación, como si floreciera bajo la inesperada luz del sol. ¿De verdad? ¿Me ha mirado? ¿Se ha percatado de mi presencia? Es tentador fingir que le gusto, aunque sé que no es verdad.

—No creo que tengamos las mismas preferencias culinarias. —Intento esquivar la oferta.

—Te sorprenderías.

—¿Adónde quieres ir? —Me pongo en pie antes de darme cuenta de ello y le sigo.

Me hace señas para que salga.

—Ya lo verás.

* * *

Diez minutos más tarde, estamos en un restaurante escondido en la parte trasera de una charcutería cubana que abre toda la noche. Atravesamos la bodega antes de bajar los pocos escalones que conducen al sótano, donde hay un puñado de mesas redondas, música cubana a todo volumen, y camareros y comensales que ríen y hablan alegremente. Una espesa nube de humo de puro se cierne sobre la sala. Me sorprende que Arsène frecuente este lugar. No está bañado en oro ni tiene estrellas Michelin.

Nos atienden en una mesa pequeña. Yo pido los calamares al ajillo y él, el lechón asado. La comida llega en tiempo récord, servida en platos que encontrarías en la cocina de tu tía. Ni siquiera coinciden, cosa que me encanta. Por primera vez en meses, quizá años, me siento a gusto en Manhattan. Este lugar parece la casa de alguien. Carece del glamur y las pretensiones que tiene todo lo que se encuentra en este barrio.

—Me gusta este sitio —admito.

—Lo imaginaba. —Se concentra en su comida.

Debería estar cansada, pero no lo estoy. Tal vez sea la adrenalina del espectáculo, o ver a mamá o tal vez haber ido al apartamento de Grace y toparme cara a cara con las fechorías de Paul. Sea lo que sea, estoy muy despierta mientras comemos.

—Entonces, ¿has salido con gente desde que Grace…? —Abordo el tema mientras me como un trozo de calamar.

—No he salido con nadie desde que Grace murió. Ni quiero hacerlo. Nunca me han gustado las relaciones.

—Has estado *comprometido.* —Pincho otro calamar con el tenedor y le señalo con él.

—Grace era una mujer única en la vida. —Toma un generoso bocado de su asado—. Yo solo tengo una vida. Por lo tanto, no espero encontrar a alguien como ella.

—¿Así que no planeas pasar página? —pregunto, extrañamente triste, aunque no debería importarme.

—¿Y tú? —Levanta la vista del plato.

Me muerdo el labio y me lo pienso.

—Espero que sí. La lógica dicta que lo haré, en algún momento. Y, para ser sincera, desde que descubrí que me *engañó* de verdad…

—Debería facilitar las cosas —acaba por mí Arsène—. Enfatizo la parte del «debería».

Lo entiende. Que no merezcan nuestro amor no significa que podamos dejar de quererlos.

—Entonces, ¿de qué iba lo de Gwen? —insisto.

Hace un gesto despectivo con una mano.

—Gwen es una vieja amiga. A veces nos hacemos favores el uno al otro. No quería que el reparto del Calypso Hall me molestara esta noche, y ella era una buena defensa entre la gente común y yo.

La forma en que pronuncia «gente común», como si no fuera mortal, me recuerda que, a pesar de su sorprendente ternura hacia mí, aún es una criatura peligrosa.

Me reclino en mi asiento.

—Y mírate ahora. Sentado aquí con una pueblerina sureña, nada menos. Oh, cómo han caído los valientes.

—Ambos sabemos por qué estamos aquí. Sin pretensiones. Sin ilusiones sobre quiénes somos y qué queremos. —Termina su último bocado y, antes incluso de tragar, un camarero aparece entre nosotros, le entrega un puro liado a mano y se lo enciende.

—¿Quieres uno? —Arsène me señala con el puro encendido.

Niego con la cabeza y pone una mueca, como si me leyera el pensamiento.

—Vamos, pueblerina. Inténtalo. Romper el molde debería ser una de nuestras prioridades ahora mismo.

El camarero me mira con curiosidad. Decido hacerle caso, sobre todo porque nunca he fumado un puro y porque Arsène, a pesar de sus muchos y evidentes defectos, empieza a perfilarse como un enemigo agradable.

Tomo uno y dejo que el camarero me lo encienda.

—No inhales —me explica, y me estudia atentamente con la mirada—. Absorbes la nicotina a través de las mucosas de la boca.

Hago lo que me dice, aunque toso un poco.

—Dios mío, huele a calcetines ardiendo.

—Aceite y alquitrán. —Se ríe—. Se supone que el cuerpo humano no debe consumir ninguno de los dos.

—Eres una mala influencia. —Le miro de reojo y me aparto el puro de la cara. Ya he acabado. He venido, he visto, he tosido un pulmón. Se acabó.

Arsène se inclina hacia delante y me mira.

—Ojalá alguien te hubiera corrompido hace tiempo, y lo suficiente para que olfatearas a una comadreja como Paul Ashcroft y no le dieras una oportunidad. Podría haberte ahorrado muchos disgustos, ¿sabes? Si te hubiera conocido primero…

—Estabas con Grace.

—Sí y no. —Encoge un hombro. Me confunde el motivo por el que estamos hablando de un escenario hipotético en el que podríamos haber salido—. Advertirte de los lobos de Wall Street te habría salvado de ese cabrón.

—Nadie podría haberlo sabido. —Apago el puro en un cenicero.

—Oh, yo sí. —Vuelve a sentarse—. En Italia, cuando te destrocé en público, él hizo la vista gorda.

—Bueno, ¿en qué te convierte eso? —Saco los dientes con rabia—. Si no en un cabrón aún mayor que Paul.

Él asiente, imperturbable.

—Cierto, pero mi prometida lo supo desde el principio. Nunca necesitó a un príncipe. Solo a un enemigo interesante con el que pasar el tiempo.

Cada vez que pienso en la relación de estos dos, me dan ganas de llorar. Parecía haber mucha hostilidad y tristeza entre ellos. Luego me recuerdo que no debería juzgarlos. Al menos, Arsène y Grace se conocían de verdad. Yo nunca llegué a conocer al hombre con quien compartí piso, vida y *cama*.

Cuando terminamos, salimos a la noche. Empiezo a caminar en dirección a mi apartamento, y él me sigue. Nuestro tiempo está llegando a su fin, y me siento aliviada y decepcionada a la vez. No estoy segura de lo que siento por este hombre. En un momento, su presencia me reconforta y me levanta el ánimo, y al siguiente quiero apuñalarle en el cuello.

—¿De verdad venderás el teatro de tu familia? —le pregunto mientras vamos calle abajo.

—Sí.

Me rodeo con los brazos y siento el frío de la noche.

—Bien. Quizá el próximo propietario se esfuerce un poco. Arreglará todo lo que haya que reparar.

—No cuentes con ello —dice—. No te ofendas, pero el teatro es un auténtico pozo negro. Ahora, ¿qué tal si volvemos al asunto que nos ocupa? Nuestra transacción. Más concretamente: el despacho de Paul. —Se detiene con brusquedad en medio de la acera, lo que hace que yo también me pare. Nos quedamos uno frente al otro. Por primera vez en mucho tiempo, su rostro está serio. Me dan ganas de alisarle las arrugas del entrecejo—. Quiero que me dejes entrar.

—¿Por eso me dejaste ir al apartamento de Grace?

Aunque no somos amigos, me resulta decepcionante que todo lo que hace, por mí, para mí o *conmigo,* sea siempre a consecuencia de su obsesión por Grace.

—Sí —responde en tono sincero—. Y no tengo ningún inconveniente en que vengas a mi apartamento y lo revises. Aunque, debo advertirte, hay cámaras por todas partes en mi edificio, y las posibilidades de que Paul estuviera allí son similares a que yo pariera espontáneamente una anguila.

—No puedo dejarte entrar en su despacho. Eso sería quebrantar la confianza que Paul depositó en mí —digo despacio—. A pesar de que era un pedazo de capullo, yo estoy por encima de eso.

—Pero ¿no quieres saberlo? —Le brillan los ojos con picardía.

—¿Saber qué?

—Qué más cartas me guardo en la manga. Aún tengo más información sobre él —insinúa—. Mucho más para que explores, para que aprendas, para que odies.

—Primero quiero ver el documento —le digo—. Del investigador privado.

—Haz lo que quieras. —Se ríe entre dientes.

—Y hay una regla básica que quiero establecer aquí y ahora, antes de continuar con este viaje para hacer saltar por los aires la privacidad de nuestros seres queridos y nuestra lealtad hacia ellos.

—Dímelo a mí, pueblerina.

Me muerdo el labio inferior.

—Nunca *jamás* vuelvas a besarme.

Se hace un silencio antes de que Arsène eche la cabeza hacia atrás y suelte una carcajada amarga.

—Te doy mi palabra. Mantendré mis labios, y el resto de mis órganos, pegados a mi cuerpo.

—No te resultó fácil hacerlo en la gala. —Reinicio la marcha e intento no escupir un insulto. Él me alcanza y suelta una risa gutural muy *sexy*.

—Sí, bueno, quedó claro que estaba muy borracho y me sentía muy solo. No es una buena combinación. Estoy seguro de que lo entenderás.

—Deja las excusas. No vuelvas a tocarme nunca más.

—¿Por qué? —pregunta él, genuinamente interesado—. Disculpa mi sinceridad, no mucha gente hace gala de ella estos días, pero no has traicionado a Paul. Ahora mismo está a dos metros bajo tierra, en un avanzado estado de descomposición...

—¡Arsène! —grito, y me detengo en el sitio.

—... después de haberte engañado, durante la mayoría de vuestro breve matrimonio. —Ignora mi ataque de rabia y continúa—. Mientras que yo estoy aquí, muy vivo, y me atrevo a decir que soy más atractivo que el tipo aburrido con un corte de pelo militar. Y tú no puedes afirmar que no te parezco atractivo porque puede que yo estuviera borracho cuando nos besamos, pero mis oídos funcionaban a la perfección. Y recuerdo, Winnifred, cómo te latía el corazón contra mi pecho. Cómo gemiste y te estremeciste...

—¡Para! —Lo empujo con desesperación y lo alejo de mí con el rostro ardiendo por la vergüenza y algo más. Algo oscuro y depravado. ¿Necesidad?—. ¡Ya basta! No me importa que me engañara. Me da igual que fuera un pedazo de mierda. No deja de ser mi marido.

Arsène me mira de forma despreocupada, a la espera de que pase la tormenta.

—Ahora, por favor, déjame sola. Puedo caminar hasta casa por mí misma.

—No —responde de un modo inexpresivo—. Quiero asegurarme de que llegas sana y salva.

Empiezo a moverme en dirección a mi apartamento.

—Oh. Suenas como un buen chico sureño.

—No hace falta que me insultes. —Vuelve a caminar—. Volviendo a nuestra conversación original, eres bienvenida a consultar el archivo del investigador privado cuando quieras si me das acceso al despacho de Paul después. Además, te prometo que no te besaré cada vez que nos veamos.

—Gracias —agradezco con delicadeza.

Él sonríe.

—Serás *tú* la que me bese por gusto.

—¡Sigue soñando! —chillo como una niña.

Casi hemos llegado a mi casa, y el sol está empezando a asomar entre los tejados. ¿Qué ha ocurrido con la noche? He pasado diez horas con este hombre y no me he dado cuenta.

Me detengo ante la puerta principal y alzo la barbilla.

—Me pondré en contacto contigo cuando esté lista para ver el archivo.

—Una última pregunta. —Arsène estira un brazo junto a mi oreja para apoyarse en la pared. Está tan tranquilo, tan atractivo, que parece una locura pensar que es, era, hombre de una sola mujer.

—¿Qué?

—He oído a tu madre decir que deberías ir al médico. ¿Estás bien?

«Sí. No. No lo sé. Estoy demasiado asustada para averiguarlo».

Me río sin pensarlo y digo:

—Adiós, Arsène.

Abro la puerta principal y se la cierro en las narices.

Al fin y al cabo, para él solo será otra anécdota exótica de la que reírse de camino a casa.

Para mí, es mi vida. Mi destino. Mi corazón roto.

* * *

Me levanto con el sonido del móvil, de la alarma y del timbre al mismo tiempo. Gruño contra la almohada de Paul —aún la huelo por las noches y finjo que su esencia sigue ahí— y me despego de las sábanas cálidas.

Paro la alarma con un golpe desde arriba. Para cuando alcanzo el teléfono, quien fuera ha colgado. Lo miro con los ojos entrecerrados, pues la pantalla brilla demasiado para mis ojos somnolientos. Una cadena de mensajes se sucede:

> **Lucas:** DIME QUE HAS LEÍDO EL TIMES. DIME QUE LO HAS HECHO. OH, DIOS MÍO. DIOS MÍO. ERES FAMOSA, NENA.
> **Rahim:** Tenemos que pedir un aumento de los grandes después de esto. Ja, ja, ja.
> **Rahim:** Por cierto, ¿llegaste bien a casa?
> **Mamá:** Eh, pastelito. He llegado bien a casa. El vuelo ha sido perfectamente tranquilo. Todos te mandan saludos. ¡Te queremos y estamos muy orgullosos de ti!
> **Chrissy:** ¿Estás segura de que no quieres pensarte lo de Hollywood? Tiene pinta de que va a ser el año de Winnie Ashcroft. Estás de moda ahora misma, nena.

El timbre vuelve a sonar, salto fuera de la cama y me golpeo el dedo del pie contra la pata.

—Hijo de fruta… —murmuro mientras abro la puerta. Espero ver a Chrissy al otro lado, pero, en su lugar, hay un repartidor con un uniforme morado y amarillo. Me coloca un iPad con un lápiz táctil entre las manos—. ¿Winnifred Ashcroft? Firme aquí, por favor.

Lo hago. Cuando termino, me entrega un montón de periódicos y revistas.

—Espera, ¿quién me manda esto?

El chico se encoge de hombros.

—Yo solo soy el repartidor, señora.

Se da la vuelta y se aleja.

Dispongo todas las revistas en la mesa del comedor y las abro por el sector del teatro. Hay cuatro reseñas nuevas de *La gaviota*.

«Entre un reparto lleno de actores relativamente experimentados, Ashcroft brilla como la heroína trágica de la obra, con su aspecto delicado y soñador, y una fragilidad coqueta».

«Broadway tiene que dar muchas explicaciones. Resulta inaudito, casi criminal, que Winnifred Ashcroft todavía no haya pisado ninguno de sus escenarios».

Incluso las reseñas menos entusiastas son de algún modo positivas.

«Si bien no se puede acusar al Calypso Hall de haber producido obras de gran calidad que inciten a pensar en los últimos años (o nunca), puede que la versión de Lucas Morton de una de las obras de teatro más famosas de Chéjov no sea una reinvención de la rueda, pero ofrece un escape de la realidad sólido y cautivador».

Dejo los periódicos y me cubro los ojos con las palmas de las manos. Por supuesto que parecía trágica sobre el escenario. Porque *soy* trágica.

Los primeros brotes de auténtico resentimiento crecen en mi interior cada vez que veo el apellido Ashcroft al lado de mi nombre. Todo me parece mal. No soy una Ashcroft. Los padres de Paul apenas me responden el teléfono cada vez que intento contactarles para saber cómo están. Soy una Towles. Siempre lo he sido.

Y no solo eso. Por fin empiezo a entender el verdadero significado de lo que Paul hizo. Me cargó con su apellido cuando siempre tuve que haber sido *Winnifred Towles*. La chica de mirada romántica de Mulberry Creek que soñaba a lo grande y, por fin, ha cumplido sus sueños.

Arsène tiene razón. Paul y Grace no se merecen nuestra empatía, lealtad o devoción. Tiene razón con respecto a muchas cosas. No debería sentirme indefensa. Y está bien tener un poco de ego. Es mejor que anularte para limitarte a ser «la mujer de».

Y hay una cosa más en la que tiene razón...

«Llama a tu médico».

Tomo el móvil y hago una llamada.

—Clínica de obstetricia y ginecología Sullivan, ¿en qué puedo ayudarle? —responde una voz alegre. Abro la boca para pedir cita, pero no me salen las palabras.

«Necesito ver a mi médico».

«Tengo que hacerme unas pruebas».

«No estoy bien. Puede que jamás vuelva a estarlo, y me aterra lo que eso podría significar».

—¿Hola? ¿Hola? —pregunta la recepcionista en la línea.

Cuelgo, me levanto y corro al baño. Me agarró al borde de la pila y me miro en el espejo.

—Eres una cobarde, Winnie Ashcroft. Una puñetera cobarde. Quiero que vuelva Winnie Towles.

Por primera vez en mucho tiempo, reconozco el rostro que me devuelve la mirada. Veo a la chica de Mulberry Creek. Sus pecas. Desafío. Esperanzas. Sueños. La risa en sus ojos.

—¡Winnie! —Agarro el espejo con las manos. El asombro y el alivio se remueven en mi interior. Veo a la chica que visita a los niños en el hospital para hacerlos felices. A la chica que se escapó con Rhys Hartnett; a la capitana del equipo de fútbol americano que, durante la noche del baile de fin de curso, perdió su virginidad en el vestuario de los chicos mientras él silenciaba sus gemidos con besos. La misma chica que se plantó en el aeropuerto de Nashville con medio pueblo tras ella dispuesta a despedirse de Tennessee para mudarse a Nueva York.

La chica que enseñó a los hijos de sus vecinos a hacer volteretas laterales en su jardín delantero cubierto de rocío. La que disfrutaba en secreto de ir cada domingo a la iglesia porque le daba una noción de comunidad y de arraigo. La que leía clásicos y soñaba a lo grande, imaginándose en los zapatos de Jane Eyre o Elizabeth Bennet.

Me encanta esta chica. Sigue aquí, y ha sido la que me ha salvado en el escenario esta noche.

—Me alegro de tenerte de vuelta. —Señalo al espejo con una sonrisa—. Ahora, ¿podrías decirle a tu nuevo yo que necesitas hacerte una revisión?

Parpadeo y, de repente, todo desaparece. Vuelvo a ser yo. Winnie Ashcroft. Con las mejillas hundidas y molida a palos por la vida. Traicionada e insegura.

Pero, esta vez, sé exactamente quién necesito ser para poner mi vida en orden.

Winnie Towles.

Capítulo diecinueve

Arsène

Dos semanas después, estoy sentado ante Archie Caldwell en un restaurante. Archie es un viejo conocido de la Academia Andrew Dexter. Vive en Londres y, siempre que visita Nueva York, me arrastra a los establecimientos más horribles. Con estrellas Michelin, con manteles blanquísimos, diseños minimalistas y comida que parece muestras del Costco servida en una vajilla sobredimensionada.

—Cómo llevas lo de… ya sabes. —Archie esboza una mueca.

—¿La muerte de mi prometida? —respondo con indiferencia mientras tomo una cucharada de caviar de un cuenco de hielo—. La vida sigue adelante —añado.

—Ese es el espíritu, amigo. —Estira un brazo por la mesa para darme una torpe palmada en el mío—. No es el fin del mundo. Supongo que para ella sí. De todos modos, ¿pido otro rosado de pomelo y algo de postre?

—Pídelo, si quieres seducirme, pero seré sincero, Archie. Tú estás muy casado y yo soy muy heterosexual. No parece que tengas muchas posibilidades.

Aunque somos amigos, hace años que Archie y yo no nos juntamos. Lo que significa que hay un motivo por el que me ha llamado. Huelo las intenciones de la gente a kilómetros de distancia. Archie ha venido a hacerme una oferta de negocio. Me interesa más que su cháchara sin sentido sobre bonos de clase I y dividendos de acciones.

Archie se ríe entre dientes y se rasca la nuca, pues no está acostumbrado a que le llamen la atención.

—Me parece justo. Al menos, agradezco tu maldita since-ridad. La verdad es que... bueno, empecemos por el principio. —Se aclara la garganta e indica al camarero que traiga la cuenta—. Sadie y yo nos mudaremos a Nueva York en enero.

—¿En serio? —pregunto sin interés. Sadie es su mujer. La tercera, para ser exactos. Cambia más de esposa que de calcetines.

—Sí. Verás... Hemos sufrido nuestra propia pequeña tra-gedia. —Está alicaído.

—Oh. —Me recuesto en la silla.

—Hemos perdido a nuestra queridísima Daisy demasiado pronto...

—Lo siento —digo—. No sabía que Sadie y tú estabais esperando un hijo.

—¿Esper...? —Archie pone una mueca de confusión antes de agitar las manos en el aire—. No, no, lo has entendido mal. Daisy era el Cavalier King Charles *spaniel* de Sadie. Un perro encantador. Se la regalé por Navidad, pero el pobre cachorro murió del virus del moquillo poco después. Sadie no lo llevó muy bien. Ha estado destrozada durante mucho tiempo.

Un perro.

Está comparando la muerte de Grace con la de un *perro.*

Me muestro inexpresivo, lo sé. He practicado el arte de aparentar que todo me importa una mierda durante muchos años, pero por dentro ardo de rabia.

—Por favor. —Levanto una mano—. La historia es de-masiado profunda. No digas nada más. ¿Así que os mudáis a Nueva York?

Tras captar el sarcasmo, Archie parece nervioso.

—Bueno, sí, y... Sadie estará muy aburrida aquí mientras yo ayudo a mi padre con ese horrible edificio que está inten-tando comprar.

—Al grano, Archie. —Miro el reloj.

—… Y he oído rumores, de compañeros de la Andrew Dexter que frecuentan el New Amsterdam, de que estás pensando vender ese pintoresco teatrito tuyo. El Calypso Hall, ¿no? A Sadie siempre le ha apasionado el teatro, le encanta el West End, y, con el éxito de *La gaviota,* creo que la mantendría ocupada mientras estemos aquí. Un propósito, por así decirlo.

Lo miro fijamente mientras me pregunto qué le hace ser como es: ¿un exceso de estupidez o de privilegios? Tal vez una combinación de ambos. No me cabe duda de que el nombre de su familia figura en la biblioteca de Cambridge, donde cursó estudios superiores. Es imposible que este imbécil entrara por méritos propios.

Abro la boca para contestarle, pero se me adelanta.

—Antes de que digas nada, tengo una oferta que no podrás rechazar.

—Parece un reto. —Sonrío.

—Dicen que el Calypso Hall vale 6,2.

—Dicen muchas cosas. —Juego con la servilleta sobre la mesa. Ese rumor lo empecé yo. Ralph me dijo que en realidad su valor es muy inferior.

—Te ofrezco ocho millones de dólares si firmas esta semana.

Nos quedamos en silencio mientras asimilo la oferta. Es poco ortodoxo, tal vez incluso un poco extremo, hacer una oferta tan alta por un negocio tan lamentable. No tiene ninguna lógica, solo la necesidad de apaciguar a su mujer.

Cada hueso de mi cuerpo me pide que lo acepte. No me harán una oferta mejor, con o sin el éxito de *La gaviota.*

Quizá sea porque Archie ha comparado la muerte de Grace con la de un perro endogámico, o porque ni siquiera se molestó en asistir al funeral de mi prometida. Maldición, puede que incluso se deba al repentino e inesperado éxito del Calypso Hall de estas dos últimas semanas, pero no tengo mucha prisa por venderlo, no importa cuál sea la suma.

—Es una cifra obscena, desde luego. —Levanto la vista y me encuentro con su mirada ansiosa fija en mi cara.

—Ya te lo he dicho. —Archie chasquea la lengua, satisfecho—. ¿Hablo con mi abogado, entonces?

—Si lo deseas, y disfrutas de las conversaciones caras. —Me levanto y me aliso el jersey de cachemira—. Por desgracia, el Calypso Hall no está en venta ahora mismo. No hay trato.

Rebusco unos cuantos billetes en la cartera y se los lanzo a Archie antes de salir del restaurante. El aire ya no es mordazmente cálido, lo que marca los primeros signos del otoño. Dejo que las piernas me lleven sin rumbo por las calles. No tengo adónde ir ni a quién ver.

Hay algo en mi conversación con Archie que me inquieta. Por lo general, no dejo que mis sentimientos dicten mis acciones. Soy práctico. Normalmente, que Archie comparara a Grace con su perro no sería una razón para rechazar una oferta tan buena. Siempre he sido capaz de separar los sentimientos de las decisiones profesionales.

Hasta ahora.

¿Por qué?

No es que mi amor por Grace se haya intensificado en las últimas semanas.

Me detengo frente al Calypso Hall, sorprendido de encontrarme aquí. Ni siquiera está de camino a mi apartamento.

Han pasado dos semanas desde que Winnifred me dijo que se pondría en contacto conmigo sobre nuestro intercambio de información y, hasta ahora, no he sabido nada de ella. Aunque no me sorprende, porque no tiene mi número ni mi dirección. Estar constantemente a su disposición es de mala educación, pero un empujoncito en la dirección correcta no vendría mal.

«Siempre y cuando recuerdes que no es un encaprichamiento, sino negocios. Es un rollazo de mujer. Ingenua, dulce e inferior a ti. No lo olvides».

Entro en el teatro y paso por delante de la taquilla. En un mal día, que son la mayoría de la sala Calypso, el lugar está vacío, salvo por unos pocos estudiantes de arte y turistas poco entusiastas. Ahora está lleno de familias, parejas y turistas.

Después de abrir la puerta con el hombro, entro en el teatro a media función y me apoyo en la pared. Espero ver a Winnifred, pero, en su lugar, está su sustituta, que trabaja dos veces a la semana, cuando Winnifred libra. Una chica llamada Penny.

«Que te den, Penny».

Corre por el escenario, llora, gimotea y se lanza sobre Trigorin. Pero carece de esa cosa especial que tiene Winnifred que hace que Nina pase de ser una heroína trágica a una criatura peligrosa. La Nina de Penny es simplemente trágica. Ni más ni menos.

Pero ¿la de Winnifred? Es una fuerza que gana poder y velocidad.

«Muy bien, idiota. No estás nada encaprichado».

Me voy con un resoplido. En el fondo, sé que debería vender este maldito teatro, y para ayer.

* * *

Pasa otra semana.

Riggs está en la ciudad, recién llegado de Finlandia. Arya ha llevado a Louie a visitar a un amigo en Omaha, lo que significa que Christian no está fuera de servicio, para variar. Nos encontramos en el Brewtherhood. Riggs lleva una gorra de béisbol y mantiene la cabeza gacha en un esfuerzo por ir de incógnito. Nunca he entendido su fascinación por las mujeres. Tolerar a una persona me parece demasiado, no digamos a varias cada semana.

Me tomo una cerveza japonesa tras otra y hojeo mi libro de astronomía cada vez que la conversación toma un cariz aburrido, lo que ocurre a menudo.

En algún momento, la conversación se adentra en el terreno de los padres. Los tres somos huérfanos. De hecho, yo soy el único que tuvo un padre hasta no hace mucho. Christian y Riggs han estado solos desde una adolescencia temprana. No es que se pueda considerar a Doug como el padre de nadie.

—Sabemos que tu padre no era el mejor ejemplo de padre, pero ¿y tu madre? —Riggs me da un codazo para llamar mi atención.

Hojeo una página y le dirijo una mirada contrariada.

—¿Qué pasa con ella?

—Nunca nos has hablado de ella.

—Murió cuando yo tenía seis años. Apenas recuerdo su aspecto, por no hablar de su personalidad.

Y no me fío de lo que sí que recuerdo. Crecí con la idea de que Patrice Corbin era un auténtico monstruo, una imagen creada por Douglas. Lo esencial es que se preocupaba más por el Calypso Hall que por mí y trataba de pasar la mayor cantidad de tiempo alejada del clan Corbin.

Sabía que tenía un apartamento en Manhattan y que se quedaba allí con regularidad cuando yo era un niño. Douglas se quejó de que ella también tenía a un amante, seguramente para suavizar sus propios deslices. Por los pocos recuerdos que tengo de ella, Patrice era apacible y preciosa. Pero, de nuevo, ¿qué sé yo? No era más que un niño estúpido.

—¿Teníais una buena relación? —pregunta Christian.

—Tenía *seis* años —repito—. Por aquel entonces, tenía una relación agradable con todo menos con el brócoli.

—Solo intentamos averiguar qué te hizo ser como eres —explica Riggs con una sonrisa de oreja a oreja. Me pasa un brazo por el hombro—. Ya sabes, el loco que pensó que salir con Gracelynn Langston era una buena idea.

—Ah, sí. Porque soy el único que tiene una relación desastrosa con el sexo débil. —Devuelvo la atención a mi libro.

—No es solo eso —añade Christian—. Que no recuerdes a tu madre no es nada fuera de lo común. El hecho de que no hayas dedicado ningún esfuerzo ni recursos a descubrir más de ella… Eso sí que es preocupante.

Bajo la cerveza, recojo el libro y me despido de ellos.

—Gracias por la evaluación psicológica, caballeros. Limitaos a vuestros trabajos.

Y me voy.

En casa, saco un viejo álbum de fotos, el único que tengo, y ojeo las fotos de mi madre y mías antes de su accidente de barco. Christian y Riggs no se equivocan del todo: hace décadas que no le dedico un solo pensamiento.

No tiene mucho sentido. Era una persona terrible, posiblemente peor que mi padre.

En la primera, ella me sostiene cuando era un recién nacido y me mira con orgullo. Parece agotada, así que supongo que fui tan complicado de bebé como de adulto. En la segunda, está encima de mí y me agarra las manos mientras doy mis primeros pasos, tambaleándome, llevando solo un pañal. En la tercera, los dos lanzamos hojas amarillas y anaranjadas al aire, vestidos con ropa de otoño. La cuarta es de Patrice y yo haciendo una tarta juntos, manchados y felices.

No parece el demonio en el que la convirtió mi padre. De hecho, podría haber sido una santa. Nunca lo sabré, ya que ambos están bajo tierra.

Por desgracia, la verdad fue enterrada con ellos.

Capítulo veinte

Winnie

—¿A qué te refieres con que no está? —le pregunto a Jeremy cuatro semanas después del estreno de *La gaviota.*

—Ha desaparecido. Ya no está aquí. Se ha esfumado. Puf. —Jeremy chasquea los dedos como si hiciera un truco de magia.

—¿Cómo puede haber desaparecido un cartel? —Miro a nuestro alrededor en el vestíbulo, aún con la esperanza de encontrarlo enrollado y metido en un rincón—. Ocupaba todo el vestíbulo.

Jeremy agita los brazos con impotencia.

—Lo siento, señora Ashcroft. Cuando he llegado esta mañana, ya no estaba.

El gran cartel, en el que aparecemos Rahim y yo, ya no está. Supongo que se lo habrán llevado unos gamberros. Robar recuerdos de Broadway estaba muy de moda en mi época de Juilliard. Pero la gente robaba cosas pequeñas, como llaveros y accesorios de escenario. No un cartel entero.

—Llegaremos al fondo de esto. —Lucas mueve un dedo en el aire; ya ha sacado el móvil. Está tan afectado que se le ha caído el sombrero y no se ha molestado en recogerlo—. Hablaré con los de mantenimiento y pediré ver las cintas de seguridad de anoche. A lo mejor han sido los de la limpieza, que intentaban ganar dinero rápido en eBay.

—Vamos. —Rahim me pone una mano en el hombro—. Tenemos una obra que representar. No te preocupes por el cartel. Lo recuperaremos.

242

—Pero ¿y si no lo hacemos? —pregunto—. Es un cartel caro. Y era bueno para el negocio. La gente lo veía desde fuera. Ha venido mucha gente gracias a él.

Con un presupuesto tan bajo, ya estábamos en desventaja antes de perder el póster.

—No pienses en ello ahora —me pide Rahim—. Lo único que podemos hacer es lucirnos en el escenario.

Y eso hacemos. El espectáculo es explosivo. Me siento una persona diferente en el escenario. Tal vez porque me convierto en otra cuando las luces brillantes me golpean en el rostro. Soy la antigua Winnie. La que dejé atrás en Mulberry Creek. Es ella la que toma el control cada noche y salva el día.

En cuanto me bajo del escenario, vuelvo a la realidad y me siento agotada. Las dos últimas semanas han sido duras. Aún me estoy haciendo a la idea de que Paul tenía una vida secreta, y no una de la que se sintiera orgulloso. Hace cuatro días, por fin lavé sus fundas de almohada y guardé sus zapatillas en el zapatero. Después de lo que he descubierto, recordar cada segundo del día al hombre que tuvo una aventura con su compañera de trabajo ya no me reconforta como antes.

Salgo por la puerta trasera del teatro. Todavía hay algunos espectadores que esperan conseguir un autógrafo. Sonrío, me hago fotos y firmo entradas y postales.

Cuando la multitud se dispersa, me dirijo al final del callejón para pedir un taxi. Casi estoy en la acera cuando una mano me agarra del brazo y me empuja hacia un pequeño tramo de escaleras que conduce a la parte trasera de un restaurante.

Jadeando, me zafo y salgo a la calle. Unas manos firmes me rodean la cintura antes de que pueda alejarme. Tira de mí hacia atrás y mi espalda choca contra un torso firme y musculoso.

—*Pueblerina* —se burla Arsène en mi oído. Se me eriza el vello de la nuca, pero no es miedo lo que siento, sino *emoción*.

Lo reconozco como a una vieja nana. Su olor. Su altura. La firmeza de su cuerpo. Dios, estoy en un lío.

—Eres una mujer difícil de localizar.

—Localizarme no debería estar en tu lista de tareas —protesto—. Esto es acoso sexual.

—Perdona. —Da un generoso paso atrás y me da espacio para girarme y mirarle mal—. He estado esperando recibir noticias tuyas sobre nuestro pequeño intercambio de información.

«Cierto». ¿Por qué, si no, me buscaría? ¿Para preguntarme cómo he estado? ¿Para dedicarle un momento de su tiempo al Calypso Hall, por el amor de Dios?

—En realidad, me alegro de que estés aquí. —Me enderezo—. Tengo algo que decirte.

Ladea la cabeza. Ahora tengo toda su atención.

—Alguien ha robado el cartel de *La gaviota* del vestíbulo. —Me llevo las manos a la cintura—. No está.

—Para eso están las cámaras de seguridad. ¿Habéis accedido a los vídeos de vigilancia?

—Lucas está en ello ahora mismo. Mientras tanto, sé que no te gusta gastarte dinero en el teatro, pero necesitamos uno nuevo.

—Habla con contabilidad. —Se apoya en una barandilla metálica, con cara de aburrimiento y desanimado—. No tengo una relación directa con el teatro, y, ahora que quiero venderlo, tienes suerte de que siga pagando la factura de la luz.

—Nos marearán. —Sacudo la cabeza—. Sin cartel no hay trato.

Su risita burlona reverbera en mi interior, oscura y humillante.

—Vaya, Winnifred, esto parece una extorsión. ¿Te ha brotado otro centímetro de esa fuerza mental que te he recomendado que desarrolles?

¿Cómo sigue vivo? ¿Cómo es posible que nadie lo haya matado todavía?

—Ahórrate las burlas de niño de primaria. —Levanto una mano—. Ambos sabemos que quieres entrar en el despacho de Paul más de lo que yo quiero tener ese expediente entre mis manos.

Sus ojos oscuros brillan en la oscuridad.

—Esto es muy decadente e impropio. ¿Alguna vez te pusiste así con Paul?

No. Nunca le he hecho esto a nadie. Él es la única persona que me hace sentir envalentonada.

—¿Cómo te atreves? —espeto—. No te atrevas a compararte con él. Era...

—El santo patrón de la fidelidad y el refinamiento. Lo sé, lo sé. —Se aparta y baja las escaleras con un bostezo provocador—. Si me lo preguntas, todo millonario que se precie debería recibir un chantaje de la mujer a la que quiere, al menos, una vez. Es muy emocionante para un hombre poderoso de su posición. La idea de entregar el control.

No tengo ni idea de qué habla. Paul se habría horrorizado si alguna vez le hubiera dicho algo así.

—¿Nos consigues otro cartel o no? —insisto impaciente, y le sigo.

Mira detrás del hombro y me sonríe.

—Sí. Pero, esta vez, con todo el reparto en él. No has demostrado ser una aliada con recursos. No te mereces llevarte los beneficios.

—Ya te lo he dicho. —Lanzo las manos al aire—. Lo haremos.

—¿Cuándo? No hay mejor momento que el presente. Ven a mi apartamento ahora y consulta el documento para que podamos fijar una fecha para que vaya a tu casa a revisar el despacho de Paul.

—Esta noche no puedo —me apresuro a decir, y le alcanzo mientras camina hacia la calle principal. ¿Desde cuándo lo persigo?

—¿Por qué?

«Porque desaparecerás de mi vida y dejaré de sentir esas mariposas en la boca del estómago cada vez que estás cerca. No quiero dejar de sentir. Hace mucho que no siento nada, y creo que me volveré loca si me vuelvo insensible de nuevo».

Es patético, pero, mientras Arsène siga buscándome, no me sentiré tan sola en esta ciudad.

—Tengo planes esta noche. —Sorprendentemente, no es mentira.

—Estupendo. Te acompaño.

—¿Qué? No. —Me detengo en la acera y estiro el cuello para hacerle señas a un taxi amarillo—. No estás invitado.

—¿Por qué no? —pregunta despreocupado, sin ofenderse lo más mínimo.

Miro a mi alrededor mientras me pregunto si lo dice en serio.

—¿No se te ha ocurrido que es posible que tenga planes con más gente?

—¿Qué gente?

—Con amigos.

—No tienes amigos. —Se ríe—. Eres una marginada, como yo. Bueno, no como yo —se corrige, y le hace un gesto a un taxi. Es mucho más alto que yo y es posible que los conductores lo vean desde Long Island—. Tengo amigos, aunque procuro evitarlos. Pero tú... Tus verdaderos amigos están a kilómetros de distancia. Echas de menos la compañía, y no la tienes. De verdad, te estoy haciendo un favor.

Un taxi nos hace luces. El familiar repiqueteo del corazón que me late desbocado hace que se me agriete el pecho. Por eso no me he acercado a Arsène en las últimas semanas. Aunque me moría por saber más de Paul, no podía arriesgarme. Esta sensación. De volver a caer. Y con otro imbécil rico de Nueva York. Sin duda, es otro error de Winnie Ashcroft. Winnie Towles se habría buscado a otro Rhys Hartnett, agradable y decoroso.

—No quiero que vengas conmigo —escupo las palabras.

El taxi se detiene delante de nosotros y Arsène pone una mano en el techo para que se detenga mientras terminamos la conversación.

—No harás más que hablar de Paul y Grace sin parar, y yo ya estoy cansada de tanto dolor —añado.

—Te prometo que esta noche no oirás sus nombres salir de mis labios. —Levanta los dedos en un gesto de *boy scout*—. ¿Adónde vamos? ¿Sirven alcohol? —Me abre la puerta, me deslizo en el asiento trasero y él me sigue.

* * *

Veinticinco minutos más tarde, estamos sentados en un muro de ladrillo rojo, con los pies colgando en el aire. Frente a nosotros hay un mar de coches aparcados y, delante de ellos, se reproduce *Desayuno con diamantes,* proyectada en un edificio blanco de Brooklyn.

—A ver si lo entiendo. —Arsène abre una bolsa de Skittles—. ¿Ibas a ir a un autocine sin coche?

—Sí.

—*¿Sola?*

—Sí. —Meto la mano en una bolsa de palomitas. La sal y la mantequilla se me pegan a los dedos—. Me gusta sentarme al aire libre mientras aún hace calor. Me recuerda a casa.

Pero esta noche no hace nada de calor. El otoño se está filtrando en lo que queda de verano, y el aire es frío y cortante. Llevo una chaquetita, pero apenas me ayuda a detener los escalofríos.

—No es seguro —señala.

—He sobrevivido hasta ahora. Ten un poco de confianza en la gente.

—Nunca. —Mira a nuestro alrededor y luego me observa con el ceño fruncido—. Te estás congelando. Espera aquí.

Salta de la pared y deja la bolsa de Skittles abierta en mis manos. Intento centrarme en la película, pero es inútil. Sigo a Arsène religiosamente con la mirada. Tengo curiosidad por saber qué hará. Se pasea tranquilo por una fila de coches, pasa junto a camionetas y Teslas. Se detiene delante de un BMW, se inclina hacia delante y golpea la ventanilla del conductor. ¿Qué narices hace? Me acerco al borde, desesperada por oír qué le dice a la persona al volante.

—¿Cuánto por alquilarte el coche el resto de la noche?

—Que te jodan, tío. —El tipo de dentro se ríe, incrédulo.

—No comercio con el sexo, pero agradezco la oferta. Compraste este coche por... ¿cuánto? ¿Treinta y cinco mil? ¿Sin contar los extras? Tiene cinco años. Conozco el modelo. Un coche pierde el setenta por ciento de su valor en los primeros cuatro años. Te daré diez de los grandes si me lo prestas esta noche. Puedes recogerlo aquí mañana por la mañana.

—Sí, tío. Vale —se burla el tipo—. ¿Y esperas que me lo crea?

—Espero que uses las neuronas, aceptes esta oferta única en la vida y llames a un taxi más pronto que tarde.

No me decido entre si lo que está haciendo es romántico, una locura, una estupidez o las tres cosas a la vez. Me pregunto si Arsène hacía grandes gestos con Grace. Decido que sí. Es una persona ecléctica e inconformista. Entonces me pregunto qué clase de prometido habría sido para ella. De alguna manera, no lo imagino agobiado por tener hijos de la misma manera que Paul. Parece extrañamente seguro de sí mismo y tranquilo. No tendría prisa por reproducirse solo para demostrar algo.

—¿Cómo me pagarás? —pregunta el tipo.

—Apple Pay. Ahora mismo. —Arsène levanta el móvil entre los dos y arquea una gruesa ceja.

—Bien. —El chico desvía la atención de Arsène a su novia, en el asiento del copiloto—. Lo siento, nena. Te lo compensaré. —Luego se vuelve hacia Arsène—. ¿Por qué haces esto?

—Mi cita tiene frío. —Arsène hace un gesto hacia mí. Agacho la cabeza y rezo para que nadie me vea la cara.

—Una cita cara, si me permites opinar. Espero que valga la pena. —El tipo le da a Arsène su número de teléfono y sale del coche—. Vamos, nena. Te llevo a Peter Luger. Pediremos todos los entrantes.

Arsène me hace un gesto con una mano para que me una a él, y ambos nos deslizamos dentro del BMW. Es raro estar en el coche de otra persona. Con el olor de su desodorante, el paquete de chicles a medio terminar en el portavasos y el ambientador con forma de árbol colgando del retrovisor.

—Qué vergüenza. —Así le agradezco el gesto mientras volvemos a centrarnos en la película.

—De nada —responde tranquilo, y eso me hace sonrojar de nuevo.

—Por favor, quería morirme.

—Sí. De hipotermia. Y yo iba a ser cómplice, la última persona que te viera con vida.

—No te entiendo. —Lo miro con los ojos entrecerrados—. Tienes gestos bonitos conmigo pero, a la vez te comportas como un capullo integral.

Vuelve a prestar atención a la pantalla.

—Suena como la antítesis de tu difunto marido, que decía todo lo que querías oír, pero actuaba como un completo cabrón.

Llevamos más de la mitad de la película, aunque soy incapaz de concentrarme en ella, cuando Arsène vuelve a hablar.

—No lo entiendo. —Se mete un puñado de Skittles en la boca—. La heroína es, en esencia, una criminal y una prostituta, y su interés amoroso, Paul, cobra por tener sexo. ¿Qué tiene esta película de romántica?

—¡Trata sobre una chica en la flor de la vida! —exclamo—. Intenta sobrevivir y mantenerse a sí misma y a su hermano, que está en la guerra.

—… Y para ello se acuesta con desconocidos —termina—. ¿Las mujeres no se han pasado décadas quemando sujetadores para desmontar este tipo de estereotipos?

—Espera. —Frunzo el ceño y lo miro—. ¿No se suponía que la mojigata era yo?

—Si te sirve de ayuda, yo también creo que Paul es una joyita. Estaban hechos el uno para el otro.

—¿*Qué* Paul? —suelto—. ¿Este o el mío?

—¡Ah! —Me sonríe, y me siento preciosa y viva bajo su mirada. Como si fuera el sol italiano, me nutre de formas que no puedo explicar—. No eres tan aburrida, ¿verdad, pueblerina? Por cierto, me refiero a los dos.

—Bueno. —Me coloco un mechón de pelo detrás de la oreja—. A las mujeres nos encanta esta película.

—Ni que lo digas. —Mira a nuestro alrededor y analiza el autocine. En efecto, la mayoría son parejas, con algunas formadas por madre e hija,l y amigas en algunos coches—. No sé por qué, pero tengo la sensación de que a mi madre le encantaba esta película. Me recuerda a ella.

—¿Le encantaba?

—Murió cuando yo tenía seis años.

Me siento como si hubiera desbloqueado un nivel imposible en un videojuego, y ahora necesito concentrarme de verdad para pasármelo. Este hombre nunca se había abierto a mí de esta manera.

—¿Cómo ocurrió? —Le presto toda mi atención.

—De la forma habitual entre los ricos. Un accidente de barco. —Tiene un tic en la mandíbula.

—No te gusta hablar de ello.

—No es eso. —Se pasa el dedo índice por la pelusilla de la barbilla—. Es que no estoy acostumbrado.

Me mira con una mezcla de gratitud y alivio. En serio, ¿nadie había hablado con él de esto antes?

—No es que importe. Por lo visto, me odiaba a muerte. Según mi padre, durante todo el tiempo que vivió, solo pasó cuatro semanas conmigo.

—¿*Tú* qué crees? —le pregunto.

Es increíble que le hayan hecho pensar lo peor de su madre. Aunque no fuera la mejor del mundo, ¿por qué dejarías que tu hijo supiera eso de su difunta progenitora?

—No lo sé —admite—. No parece tan mala en las fotos ni en mis vagos recuerdos de ella, pero, como sabemos, Satán suele aparecer envuelto en un paquete bonito y con un lazo de raso. Pregúntale a Gra… —empieza, pero se detiene al recordar que esta noche no debemos hablar de ellos. Su expresión se vuelve inexpresiva—. Pregúntale a cualquiera que haya jugado con el diablo.

—¿Y por eso decidiste jugar con él? —insisto—. Con el diablo, quiero decir. ¿Porque pensaste que encontrarías a tu madre en ella? —Ahora soy yo la que habla de Grace. Paul había mencionado de pasada la turbulenta relación que tenían los hermanastros.

—Nunca lo había pensado así. —Se inclina hacia atrás con una sonrisa y el cinismo le invade los rasgos de nuevo—. Supongo que sí que tengo problemas con mamá. Tenía una mala opinión de mi madre, así que elegí a una mujer que carecía del mismo instinto maternal. ¿Qué te hizo elegir a *tu* demonio?

Me recuesto en el reposacabezas y frunzo el ceño.

—Lamento decir que no tengo problemas con mi padre. Crecí escuchando a la gente decir que no lo conseguiría. Que jamás saldría del pueblecito en el que crecí. Pau… *mi diablo* —me corrijo con una sonrisa—, era un hombre de mundo. Rico, prometedor, innovador… todo lo que yo creía que me sacaría de mi condición de chica de pueblo. Su mera existencia en mi esfera me aseguraba que tendría una gran vida reluciente. Funcionó, en gran medida. Porque, cuando estábamos bien, era genial. El mejor.

Pone una mueca.

—Qué pena que no se nos valore por los buenos momentos. Es cómo actuamos en los malos lo que nos convierte en lo que somos.

Lo miro asombrada. Tiene razón. Paul era brillante cuando las cosas iban bien, pero, cuando había un obstáculo, no podía contar con él. No en las cosas importantes.

Clavamos la mirada el uno en el otro de una forma extraña, y, no sé por qué, pero hay algo en este momento que me parece monumental y crudo. De repente, y quizá por primera vez en años, siento mi condición de mujer con intensidad. No solo como un hecho, sino como un ser.

—Deja de mirarme así —digo por fin, aunque tampoco puedo apartar la mirada. Es como si estuviéramos en trance.

—¿Así cómo? —Arquea una ceja.

—Como si fuera carne fresca.

—Eres masticable hasta decir basta —bromea, con una sonrisa fantasmal en la cara—. De acuerdo. Tú primero.

Seguimos mirándonos. Si mis hermanas estuvieran aquí, se partirían de risa. Nunca he sabido ocultar mis sentimientos.

Hago un gran esfuerzo para volver a mirar la película. Unos instantes después, vuelvo a mirarle, y me doy cuenta de que él no ha apartado la mirada.

—Deberíamos irnos. —Se endereza de repente, con la voz ronca.

—¿Por qué?

—Porque estoy a punto de hacer algo de lo que ambos nos arrepentiremos.

Trago saliva y me relamo. Tengo el desafío en la punta de la lengua. Sus ojos se clavan en los míos, esperando, evaluando, suplicando. De repente me siento desnuda. Como cuando me miró en Italia. Como si no hubiera barreras entre nosotros.

—Yo no me arrepentiré —susurro finalmente.

—Joder. —Cierra los ojos y echa la cabeza hacia atrás. Hay dos cosas claras: se siente atraído por mí y no quiere sentirse atraído por mí—. Sí que lo harás.

—No —repito en voz más alta—. Confía en mí.

—Vale. —Acorta el espacio entre nosotros en cuestión de segundos y se coloca a mi lado de repente—. Porque no me arrepiento de aquel primer beso. Ni por un nanosegundo, Winnifred.

Me agarra de la nuca, me acerca a él y sus labios chocan contra los míos. El beso es tierno al principio, como si estuviera comprobando la temperatura. Cuando abro la boca en señal de rendición, gime. Su lengua envuelve la mía y profundiza el beso hasta convertirlo en algo totalmente distinto. Hambriento y desesperado. El mundo gira a nuestro alrededor. Siento que pierdo el control de la gravedad, pero, aun así, lo beso con más fuerza y le rodeo el cuello con los brazos. Cuando esto no me parece suficiente y el compartimento entre los asientos insiste en separarnos, hago algo insólito y me levanto de un salto para subirme a horcajadas sobre su delgado torso.

Sabe a Skittles, a Coca-Cola y a alguien nuevo y emocionante. Entierra los dedos en mi pelo, que llevo recogido en una coleta, antes de tirar de ella para levantarme la cara y dejar mi cuello expuesto. Me pasa la lengua por él y saborea los restos de sudor del espectáculo de esta noche. Hace unos ruidos de felicidad que nunca había oído en un hombre. Una mezcla entre un murmullo y un gemido. Su cara desaparece entre el valle de mis pechos a través de mi top.

—He querido hacer esto desde Italia. Desde que te vi en aquel balcón, donde parecías un regalo caído del cielo. —Su voz es apenas un susurro. Tanto que ni siquiera sé si lo ha dicho de verdad o si todo está en mi cabeza. Pero pensar en que me ha deseado durante tanto tiempo me hace sentir ebria de poder. Vengativa contra Paul y Grace e increíblemente excitada por él. Le meto la mano en el pantalón y lo acaricio. Está ardiendo y duro como una piedra. Observo cómo balancea la cabeza mientras me lame el contorno de los pechos a través de la camiseta.

Le aprieto la polla.

—Más.

Me mira, aturdido y un poco ruborizado.

—¿Seguro?

Asiento con la cabeza.

Le doy unos besos alentadores en la cara, los labios y el cuello. Sus movimientos son rápidos y desesperados, y me produce placer verlo necesitado por una vez y, sobre todo, por *mí*.

Su polla se alza entre nosotros, larga y dura, y yo deslizo el trasero fuera del asiento, hacia abajo, antes de atrapar la punta con la boca, aún aturdida por lo que estamos haciendo. Con otra persona. Con alguien nuevo. Alguien aterrador.

—Oh, mierda. —Toquetea el lateral de su asiento para tratar de encontrar una manera de tirar hacia atrás la maldita cosa, para darme más espacio para tomar más de él—. Maldito BMW. Dame un minuto, Winnie.

Winnie. Nunca me llama así. Me divierte y me sorprende que sea Winnie en su cabeza, incluso cuando insiste en llamarme Winnifred. No le obedezco. Le rodeo la polla con el puño y bajo la cabeza antes de pasarle la lengua por la punta. Sisea con un placer tan intenso que juraría que está bañado en dolor.

—Joder. Por favor.

—¿Por favor qué? —me burlo.

—Espera un segundo. Si no encuentro el botón indicado, arrancaré el maldito asiento de la base. Valdría la pena, pero no volvería a mirarme en el espejo de la misma manera.

Me río, con la boca todavía en su polla. Una perla salada de semen me golpea la punta de la lengua. Y, entonces, encuentra el botón y empuja el asiento lo más lejos posible del volante. Reclina el respaldo hasta quedar casi tumbado. Me lo meto entero en la boca y me dejo caer de rodillas sobre el suelo pegajoso, lleno de envoltorios de chicles y migas que se me clavan en las piernas. Los cristales ni siquiera están tintados. ¿Qué estoy haciendo?

Me pone una mano en el pelo y me mira con los ojos oscurecidos y ebrios. Está tan concentrado que creo que me correré solo con ver su expresión. Nuestras miradas se cruzan en su torso esbelto. Me encantaría verlo sin camiseta. Pero me recuerdo a mí misma que nunca me permitiría llegar tan lejos. Ya he cruzado demasiados límites con este hombre. La próxima vez que lo vea, será para intercambiar información, y entonces habremos terminado. Tenemos que acabar con esto. Su corazón todavía le pertenece a una mujer muerta, incluso aunque el mío esté empezando a revivir lentamente de la hibernación en la que se había sumido tras el fallecimiento de Paul.

—Para —gime, y me acaricia el pelo. No lo hace como si fuera una cita con alguien a quien conoces en una aplicación, sino como un amante—. Estoy a punto de correrme, y no quiero manchar el coche de este pobre imbécil.

Estoy a un paso de dejarle acabar dentro de mi boca. Por un milagro, consigo no decirlo. No estamos juntos, y sé que mañana me arrepentiré. Me levanta de un tirón antes de que pueda ponerme en pie y me coloca bocarriba en el asiento que él ocupaba. Ahora está encima de mí, flotando como una sombra oscura. Me sonríe. El corazón me da un vuelco en el pecho. Fuera de control. Esta es la expresión que usaría para describirme ahora mismo.

—¿Ya te arrepientes? —Se lanza a besarme con fuerza. Sacudo la cabeza, sin querer romper el beso—. Bien —murmura en mi boca.

Su mano serpentea entre nosotros y tantea mis vaqueros. El botón de arriba se suelta y Arsène baja la cremallera. En lugar de meterme la mano en la ropa interior, desliza la tela hacia un lado y me acaricia el centro. Me encuentra húmeda y caliente.

Otro gruñido escapa de sus labios.

No me pregunta qué me gusta, como hizo Paul cuando nos acostamos por primera vez. Se lo expliqué, claro. Le di una lista completa y detallada de las cosas que me gustaban y las que no. Paul lo hizo todo bien y me hizo llegar al clímax despacio, como el caballero que era. Pero tampoco hizo nada inesperado.

Arsène no es paciente ni inseguro. Me acaricia y hunde los dedos. Me explora con una avidez apenas controlada y pasa el pulgar por mi clítoris hasta que encuentra tímidamente un punto que me hace retorcerme de deseo bajo él. Se queda ahí y su boca pasa de mis labios a mi pecho derecho. Me arranca el top y el sujetador con los dientes, y su lengua se arremolina alrededor de mi pezón.

La cabeza me da vueltas y me siento como si volviera a tener dieciséis años, como la primera vez que mi ropa interior acabó pegajosa y húmeda en la parte trasera de la camioneta de Rhys. Me siento querida, preciosa y sensual. Sus dedos en mi interior me llevan al límite. Me tiembla el cuerpo de necesidad. Estoy a punto de desmoronarme entre sus brazos, y ni siquiera me importa. Tendré toda una vida para buscar excusas por lo que está pasando ahora. Por una vez, fuera del escenario, estoy totalmente inmersa en un momento.

—Estoy cerca...

Ante estas palabras, me acaricia más rápido, más profundo. El placer es tan intenso que me retuerzo y siseo mientras me deshago entre sus dedos sin control.

Un golpe en la puerta del conductor nos interrumpe.

«Dios mío».

Enseguida, Arsène extiende la mano que tiene libre para cubrirme y la coloca sobre mi pecho al tiempo que gira la cabeza hacia la ventanilla. Se asegura de taparme casi por completo para que no vea a quien ha llamado ni ellos a mí.

—¿Sí? —pregunta, sereno y distante—. ¿En qué puedo ayudarle?

—¿Puede dejar de meterle mano a su mujer en el asiento delantero mientras hay niños viendo la película? —resopla una mujer, molesta.

«Espera a oír que no soy su mujer, sino la viuda del amante de su prometida muerta».

—¿Puedo intentar sobornarla para que se lleve a sus preciosos hijos y lo que quede de su inocencia y se largue de aquí? —pregunta Arsène con educación.

—¡Ni lo sueñe! —Ella levanta la voz.

—¿Qué tal diez mil? Es una cantidad negociable, por supuesto.

—¡Llamaré a la policía! —Por el rabillo del ojo veo que le ha sacado el puño, y se me escapa una risita. Arsène se apresura a mover la mano y me tapa la boca con la palma para amortiguar mis risitas. El espacio entre mis muslos sigue palpitando, caliente y necesitado. Siento cómo late.

—Me tomaré eso como un no —dice.

—¡Fuera de aquí! —grita ella—. Y no crea que no me he quedado con la matrícula.

—Espero que sí. —Él se ríe y vuelve a subir la ventanilla.

Cuando no hay moros en la costa, me mira. Compartimos un momento de silencio antes de echarnos a reír a la vez. Creo que nunca me había reído tanto en toda mi vida.

—Me temo que tendrás que hacer el paseo de la vergüenza conmigo, porque le he dicho al dueño del coche que lo dejaría aquí.

—Me parece bien. —Le sonrío—. Y ni siquiera estoy segura de por qué.

—Porque así tendremos la oportunidad de intercambiar números y no tendré que perseguirte otra vez para nuestra transacción comercial.

Todo el aire escapa de mis pulmones, como si hubiera pinchado un globo con una aguja.

Incluso cuando no pronuncia sus nombres, se ciernen sobre nosotros. Inundan el aire. Se filtran por nuestra piel.

Grace y Paul. Paul y Grace.

Acabamos de compartir un momento íntimo, nuestro primer encuentro sexual desde que perdimos a nuestros seres queridos, y esto es lo único que tiene en mente.

Como no quiero demostrarle lo dolida que estoy, suelto una carcajada.

—Bueno, entonces... Lo primero es lo primero, despégate de mí, *jefe*.

Obedece de inmediato y rueda sobre el asiento del copiloto.

—Lo que sea por ti, empleada del mes.

Capítulo veintiuno

Winnie

Dos días más tarde, llamo a Arsène. Acordamos vernos esta noche en su casa. La llamada es profesional y cortés, casi desapegada, y me pregunto cómo es posible que una persona te bese de una forma y te trate de otra distinta en la misma semana.

Ya que tengo el día libre, tengo tiempo de sobra para pensar de más. Aún en pijama, me preparo una taza de café (tres dosis, ¡toma esa, Paul!), enciendo el ordenador y busco mis síntomas en internet. Es una tontería, lo sé. Lo primero que los doctores te piden que *no* hagas es autodiagnosticarte con Google.

—Hasta un uñero lleva a la palabra que empieza por *c* —decía mamá cuando Georgie, Lizzy y yo nos poníamos histéricas cada vez que nos levantábamos con una mancha azulada en la piel.

Tecleo los síntomas que he experimentado los últimos años. Calambres menstruales horribles, dolores paralizantes, infertilidad, tirones repentinos...

En la pantalla aparece la misma palabra una y otra vez. «Endometriosis». Hago clic en la definición, tomo una bocanada de aire y me preparo para lo peor.

«Las mujeres que sufren de endometriosis tienen problemas a la hora de concebir y, de hecho, podrían ser incapaces de hacerlo».

Explica que es incurable. Podría medicarme, pero no sanar. En otras palabras, es posible que jamás tenga un hijo biológico.

Y, así, el dolor por la muerte de Paul y la traición se reducen hasta alcanzar el tamaño de una nota adhesiva para hacer sitio a algo más grande en mi pecho. Se hincha, se agranda y me ahoga.

«Infertilidad permanente».

He entrado en modo colapso total mientras me paseo a un lado y al otro. Y aun sí. *Aun así.* No consigo llorar por ello. Por la terrible perspectiva de nunca poder dar a luz a mis hijos. ¿Qué me ocurre?

Me dirijo a mi dormitorio. Cojo la estúpida alarma de Paul y la lanzo al otro lado de la habitación. Se parte en dos.

«Tiempo. Nunca estuviste de mi lado».

Agarro el periódico, lo rompo y lo tiro al suelo. Camino apresuradamente hacia el baño, abro un armario y saco los test de embarazo y los kits de ovulación medio vacíos. Los tiro a la basura. Ya no me harán falta.

Al final, me dejo caer en la cama y grito contra la almohada.

«No es el fin del mundo, ¿verdad?», me tranquiliza la voz de la razón en mi cabeza. Hay otras formas. La adopción. La gestación subrogada. Pero son caras, interminables y exigen papeleo. Además, el embarazo no se trata solo de llegar a la meta. La sensación de que he fallado como mujer es tan intensa que, ahora mismo, me odio.

Un golpe en la puerta hace que levante la cabeza de la almohada. No espero a nadie. Lo que significa que podría ser Arsène. ¿No podía esperar a esta noche?

«A lo mejor me echa de menos».

Giro sobre mi espalda y me dispongo a meter los pies en las zapatillas y dirigirme a la puerta cuando oigo una voz.

—¿Winnie? Soy yo, Chris. ¡Abre! Sé que estás ahí. Es tu día libre y no tienes vida. —Deja salir una risotada extraña.

Siento una punzada en el corazón. Es la única prueba que necesito para saber que estoy total y seriamente jodida. ¿Por qué he pensado que sería Arsène? ¿Por qué *quería* que fuera él? Le pertenece a otra persona. Su corazón, por muy polvoriento y corrupto que esté, late al ritmo que le marca Grace. Entierro la cara en la almohada de nuevo y no me siento ni ligeramente culpable de ignorar los golpes en la puerta y el sonido constante del timbre.

«Endometriosis».

«Oh, Paul, ¿no te alegras de oírlo? Tendrías que ocultar la decepción. Tendrías que interpretar tu papel, decir que todo iría bien, ser un caballero, pero no cambiaría cómo te sentirías. Engañado por la dulce e inocente mujer a quien creíste que podrías sacar de las afueras para engendrar bebés con ella». Si Paul estuviera aquí, si lo supiera, se quedaría a mi lado durante un año, tal vez dos. Antes de que su aventura, o varias de ellas, salieran a la luz. Antes de que comenzara a provocar discusiones.

Me haría dejarlo. Manipularía la narrativa para encajarla en su universo de hombre perfecto.

«Simplemente, no funcionó. Lo intentamos. A veces las parejas se alejan».

Me recuerda a la debacle en torno a Brangelina. La gente la tomó con Jennifer Aniston y con por qué no le había dado hijos. ¿Estaba demasiado obsesionada con su cuerpo? ¿Tan egoísta era? ¿Egocéntrica? ¿Infértil? Sea como fuera, ¡era imperdonable! Y entonces, por supuesto, apareció Angelina. Que lo hizo padre. De pronto, eran una *camada*. Todos sabemos cómo acabó. Los niños no son un pegamento. No pueden arreglar un matrimonio. Del mismo modo que la infertilidad no es un martillo. No puede, *no debería* romper uno.

El timbre no deja de sonar, pero lo ignoro.

Chrissy puede esperar. Ahora quiero estar sola con mi nueva mejor amiga.

La agonía.

* * *

Llego a casa de Arsène quince minutos tarde. No quiero que sepa que llevo esperando todo el día a que llegue nuestra cita. Que llevo tres horas lista, metida en los tejanos que mejor me sientan, con un jersey negro muy mono y los únicos zapatos bonitos que tengo.

Como no quería parecer ansiosa, o, peor aún, interesada, me he maquillado lo mínimo posible. Un poco de base de maquillaje, máscara de pestañas y un brillo de labios rosa, que también me he aplicado ligeramente en los pómulos para crear un rubor brillante.

Abre la puerta con ropa de trabajo. La camisa desabrochada deja entrever una mata de pelo oscuro. Está descalzo, habla por teléfono y me indica con una mano que pase.

Esto me desconcierta. Al fin y al cabo, en el autocine estuvo muy pendiente de mí. Generoso, juguetón, casi romántico; ahora es la misma estatua fría que conocí en Italia.

Arsène me da la espalda y camina hacia la cocina. Le sigo y enderezo la espalda mientras trato de ignorar los evidentes signos de odiosa opulencia que manan de cada electrodoméstico de acero inoxidable y de cada mueble de su propiedad. Si el apartamento de Grace insinúa riqueza, el suyo la grita a los cuatro vientos. Solo las vistas ya me hacen la boca agua.

—De entrada, me alejaría de las criptomonedas. Demasiado vulnerables ante las medidas del Gobierno. Si hay algo con lo que siempre podemos contar, es con la capacidad del Gobierno para fastidiar un canal de inversión perfectamente bueno —le dice a la persona que está al otro lado de la línea.

Miro a mi alrededor, insegura. No esperaba esta bienvenida.

—Mmm —le responde Arsène a su cliente—. No estoy seguro. Déjeme hacer números y comprobarlo. —Señala una silla ante la mesa y tomo asiento—. Espera un segundo, Ken. ¿Qué te pongo, Winnifred? ¿Un café? ¿Agua? ¿Té?

Esperaba que tomáramos algo más fuerte. Es evidente que esta noche no estamos en la misma onda. La ira empieza a hervir a fuego lento en mis venas, diluida por la humillación. «Eres una mujer muy estúpida».

—Agua está bien, gracias —respondo en tono formal.

Me trae una botella de agua Fiji y desaparece por el pasillo. Luego vuelve con un grueso sobre de papel manila que deja frente a mí en la mesa.

—No me sorprende. —Se ríe, inmerso en una conversación con *Ken*—. Los fondos de cobertura destinados a las acciones tienen una exposición neta baja. Casi nunca pierdo el tiempo con ellos.

Todo me suena a chino, así que abro la carpeta sin esperar y saco la pesada pila de papeles. La mayoría son fotos, algo que no esperaba. Están impresas en grande y son de buena calidad. Ni siquiera estoy segura de lo que veo. ¿Cómo es posible que el investigador privado les tomara fotos juntos tras su fallecimiento?

Y, sin embargo, eso es exactamente lo que tengo entre las manos.

La primera foto es de Grace sentada en el regazo de Paul, sonriendo a la cámara. La foto está tomada por otra persona, y el telón de fondo es una fiesta. Una fiesta de empresa, para ser exactos. ¿Por qué se mostrarían tan abiertamente íntimos en público?

«Quizá su aventura era el secreto peor guardado de Silver Arrow Capital».

Esto explica por qué ninguno de los colegas de Paul quería responder a mis preguntas sobre él. Prefirieron enviarme flores antes que contestar el teléfono.

La segunda imagen es de ambos en París. *París*. Donde compartían apartamento. Una segunda vida doméstica llena de felicidad. La ventana abierta detrás de ellos tiene vistas a la Torre Eiffel. No se tocan, lo que es casi peor. Grace parece estar sirviendo comida a un pequeño grupo de personas mientras Paul abre una botella de vino. Esto va más allá de la traición. Ahora comprendo que no tenían una aventura, sino una historia de amor.

La tercera foto es peculiar. No sé qué pensar de ella. Es solo de Grace. Tiene los ojos hinchados y está cansada. Está echada sobre una cama, con la boca fruncida en un mohín hosco. Hay un pie de foto de Instagram debajo de su cara que dice: «Echo de menos a mi bebé 😔».

Me atrevo a suponer que ese bebé es mi difunto marido.

La última imagen es la que me destroza. En ella se están besando, besándose apasionadamente, en *Italia*. Reconozco el fondo como la palma de mi mano. Los yates. La bahía. Los edificios color pastel. Casi huelo la salmuera, el aceite de oliva y las flores de los árboles cercanos. Lo hacían cuando sus parejas estaban cerca.

Con un suave jadeo, agarro un montón de documentos y los tiro encima de las fotos para no tener que mirarlos. Se vieron a solas en Italia. Antes de aquella horrible cena, porque Arsène y Grace se marcharon precipitadamente a mitad de ella.

Paul la besó antes de besarme a mí en ese balcón.

Había estado dentro de ella antes de que su boca recorriera las partes más sensibles de mi cuerpo.

Luego compartió un melocotón conmigo. Me dijo que quería tener un hijo conmigo. Me regañó por mi consumo de *café*.

—Perdón. —Arsène se sienta a mi lado y tira su móvil al otro lado de la mesa—. Un nuevo cliente. He tenido que fingir que me importaba.

Estoy que echo humo. No me queda más remedio que arremeter contra él, el hombre que no solo me ha mostrado más pruebas del desliz de Paul, sino que me ha tratado como si fuera una visita inoportuna desde que he entrado en su casa.

—¿De dónde sacó el investigador privado todas estas fotos?

—Grace tenía una cuenta secreta en Instagram —responde—. Finstagram, creo que lo llaman los jóvenes avispados.

—¿Por qué sería tan estúpida? —rujo.

Arsène se encoge de hombros.

—No tengo redes sociales, así que las probabilidades de que la pillara eran escasas. Además, era una cuenta privada. Eso hacía que Paul le dejara comentarios coquetos sin que tú los vieras.

263

—¿Desde su perfil real? —balbuceo. Él asiente. Me dan ganas de vomitar.

—Se querían de verdad, ¿no? —Me muerdo el labio. ¿Cómo, si no, explicaría la frecuencia y la intensidad con la que llevaban a cabo su aventura? Era casi como si pidieran que los descubriéramos.

Los ojos de Arsène buscan algo en mi cara, una reacción que no le muestro. Al cabo de un momento, vuelve a centrarse en el grueso expediente.

—Sí. Supongo que se querían. Éramos sus apuestas seguras. Pero ellos eran el refugio del otro.

* * *

Reviso el resto del expediente. Es exhaustivo. No es que esperara menos de un hombre como Arsène. Aunque hay que decir que no parece ni la mitad de desconsolado de lo que pensé que estaría cuando analizamos el material.

Paul y Grace compartían un apartamento en París y hacían viajes quincenales a su hotel favorito de Manhattan. También fueron juntos a esquiar a Saint Moritz, sus colegas los trataban como a una pareja y planeaban *comprarse* un apartamento juntos en el SoHo, no muy lejos de mi casa. Ya habían hecho una oferta en el momento de su muerte. El trato se frustró cuando fallecieron.

Hubo regalos, vacaciones y planes para el futuro. Cenas románticas, compras e incluso apodos. Él la llamaba Gigi.

Gigi es mucho mejor que muñeca.

No levanto la cabeza de los papeles durante horas. Quizá más que horas. Tal vez días. ¿Quién sabe? Estoy absorta en toda esta nueva información…, en los detalles…, los mensajes… y los *correos electrónicos*. Hay muchos correos del trabajo. ¿Cómo los consiguió el investigador privado?

—Creo que es hora de abrir el *brandy*. —Arsène recoge todo lo que hay delante de mí de una vez, ordena las páginas y las fotos, y las mete de nuevo en el sobre de manila. Se levanta y vuelve con dos copas y un decantador. Nos sirve a los dos una generosa cantidad y empuja la mía por la mesa hasta que me da en el codo.

—Necesitas una distracción —reflexiona.

—Necesito una bala en la cabeza —murmuro.

Me estudia durante un largo rato.

—Marte es rojo porque está cubierto de óxido de hierro, que es básicamente óxido. También es el principal candidato para ser el próximo lugar que habitarán los humanos.

—¿Adónde quieres llegar? —Lo miro y suelto un suspiro.

—Lo que quiero decir es que —toma un trago de su copa—, solo porque algo no vaya bien o esté oxidado, como tu corazón, no significa que no pueda sobrevivir.

—Sigo sin entenderte —miento.

—Vamos, pueblerina. Has esquivado una bala. ¿Te imaginas enterarte de todo esto a los cuarenta y cinco, después de haberle dado a Paul tus mejores años, además de dos cesáreas no planificadas, tener los pechos caídos y el sueño de Broadway destrozado para demostrarlo?

Respondo con un guiño a esta broma de mal gusto.

Me cubro la cara con las manos. La copa se me cae al suelo. El vaso se rompe. Ni siquiera tengo fuerzas para disculparme. Al menos hasta ahora, podía decirme que Paul se había desahogado con Grace después de toda la tensión acumulada en nuestro matrimonio. Ahora, incluso esa excusa malísima es inútil. Lo que tenía con ella no era sucio ni lujurioso. Estaban enamorados. De verdad. Se limitaban a tolerar mi existencia y la de Arsène.

—Winnifred. —La voz de Arsène es áspera. Se levanta, pero yo no alzo la cabeza para mirarle—. Déjalo ya. Deberías haberlo imaginado. La gente no tiene aventuras tan largas si no hay amor de por medio.

—Eso no es lo que me destroza. —Me limpio la nariz con la manga del jersey negro. Ni siquiera me importa tener mal aspecto y estar llena de mocos. Una caja de pañuelos limpios se materializa cerca de mí, los cojo y me limpio la nariz con ellos sin ni siquiera darle las gracias. Y, aun así, no hay lágrimas. Ninguna. Ni una sola.

—¿Por qué te has puesto así, entonces? —Su voz es paciente, pero inexpresiva.

—Porque no puedo culparle. —Miro a Arsène, con esos ojos negros como el alquitrán, la mandíbula tensa y la expresión imperturbable—. Yo no cumplí con todo lo que él esperaba conseguir cuando se casó conmigo. No soy la mujer que viste en Italia. No soy todo dulzura, calidez y pasteles de melocotón. Yo no… Ni siquiera sé hacer un pastel de melocotón.

Levanto las manos y entierro la cara en ellas.

—No estaba listo para este tipo de confesión —dice con sarcasmo—. ¿Debería avisar a los federales? ¿Tal vez a la Interpol? Es un secreto demasiado grande para quedar entre estas paredes.

—Tómatelo en serio por un segundo. Te estoy diciendo que soy una gran decepción.

—Hablo *en serio* —contesta Arsène en un tono plano—. Eres un ser humano complejo, no una acción por la que apostó. Si pensó que eras una apuesta segura, el idiota era él. No tú.

—¡Para! —Me levanto de la silla. Los cristales crujen bajo mis zapatos—. No me defiendas. No soy esa chica sureña de la que Paul se enamoró. Soy la zorra que intentó conseguir un trabajo en el Calypso Hall y lo consiguió para poder acercarse *a ti*. —Ahora que he escupido la confesión, no puedo parar—. Quería conocerte, Arsène, porque sabía que eras un hombre de recursos que podía arrojar algo de luz sobre lo que ocurrió entre Grace y Paul. Quería tener acceso a tus conocimientos, tu información y tus medios. Quería usarte para acercarme a la verdad. Sabía que eras el dueño. Todo fue premeditado. Quería que pensaras que fue idea *tuya* intercambiar información, pero solo acepté el trabajo porque necesitaba tener esto entre manos. —Señalo el sobre manila—. Soy una manipuladora, débil y un asco de mujer, y quería utilizarte. Soy egoísta, como dijiste.

En lugar de parecer atónito, dolido, molesto o sorprendido —cualquiera de esas cosas me sirve—, me muestra esa sonrisa suya, ladeada y mundana, que me vuelve más loca que una cucaracha envenenada.

—¡Vaya, es una noticia maravillosa, pueblerina! Bebe. —Me tiende la copa de *brandy*. Me tomo la mitad de un trago—. La única razón por la que te dejé conservar tu trabajo era porque quería que intercambiáramos información —continúa—. Y siempre supe que eras egoísta. Eres humana. Está en nuestro ADN. Solo quería que lo reconocieras para que empezaras a exigir cosas para ti.

—A eso me refiero. —Llena de tristeza, le devuelvo la copa—. Los dos somos criaturas deplorables.

—Yo prefiero definirnos como ingeniosos. Y siento ser yo quien te lo diga, pero no eres ni la mitad de inteligente y corrupta de lo que crees. Que aceptaras un trabajo en el Calypso Hall no perjudicó a nadie. Grace era un millón de veces más astuta y despiadada y, como verás, a Paul no le importaba ni un ápice. En cualquier caso, por si necesitas oírlo, aún eres la persona más íntegra que he conocido en toda mi vida. Por favor, no me lo agradezcas, no lo considero un cumplido. —Levanta una mano y niega con la cabeza, como si yo fuera una causa perdida—. Y *sigo* pensando que eras demasiado buena para Paul.

No me creo que esto esté a punto de terminar. Que no tardará en venir a mi casa, entrará en el despacho de Paul y encontrará lo que ha estado buscando (o no), y no volveremos a vernos más.

—A Paul le gustaba que yo fuera buena. —Cruzo los brazos sobre el pecho.

—Paul nunca te entendió —rebate Arsène sin rodeos, completamente impasible ante la idea de hacerme más daño—. Te consideraba un estereotipo de belleza sureña. Eras un símbolo de estatus, como un coche italiano o un buen traje. En el momento en que no cumpliste las expectativas de esposa ideal, perdió el interés y siguió adelante. Sin embargo, para entonces ya tenías un anillo en el dedo, así que pensó que podría convertirte en la madre de su bebé e irse a buscar a su verdadero amor. Dudo que pensara que fueras a pillarlo.

Esto me toca demasiado de cerca y explica muchas cosas que no comprendía sobre mi relación cuando Paul vivía.

Respiro hondo y me tranquilizo.

—Gracias por compartir conmigo tu opinión no solicitada. Creo que volveré a casa. Podemos quedar el...

—Quédate. —Es una orden, no una petición, y, antes de que me dé cuenta, me lleva a su salón y me sienta en el sofá. Obedezco, atónita. Me pone la copa entre los dedos y me dice que vuelve enseguida. De reojo, veo cómo limpia el desastre que he dejado. Los cristales rotos. Sorbo el *brandy*. Me lo trago poco a poco. Al cabo de unos instantes, Arsène se une a mí con una copa.

—¿Crees que lo haremos alguna vez? —le pregunto, pero no dejo de mirar el fondo de mi copa.

—¿Hacer qué? —pregunta.

—Ocupar Marte.

Sonríe satisfecho al darse cuenta de que no quiero saber nada del planeta, sino de mi corazón.

—Creo que hubo algún tipo de vida en Marte en algún momento. En cualquier caso, ahora mismo es demasiado frío, polvoriento y seco para ser habitado. Pero esto podría cambiar. Nos veo invirtiendo en construir hábitats artificiales y convirtiéndonos en marcianos si realmente nos lo proponemos, si realmente lo intentamos. —Clava esa mirada, intensa y urgente, en la mía. Como no digo nada, se encoge de hombros—. Quiero decir... No nosotros. La humanidad en general. Llevará algún tiempo.

Asiento y me acurruco en el silencio durante unos minutos.

—Dime qué hay en esa cabecita tuya —me pide.

Trago saliva antes de hablar.

—Solo creo que es muy simbólico que lo que nos ha unido sea una obra que trata del amor no correspondido. Porque eso es lo que estamos viviendo los dos. Piensa en cómo empieza todo. A Nina la corteja Konstantin, que está enamorado de Masha, que, a su vez, también es objeto de deseo de Medvedenko. Nadie consigue lo que quiere. Todos están insatisfechos con sus vidas amorosas. Todos son infelices.

—Tienes razón, la vida es un desastre. Vivir es una lección de resistencia. —Arsène asiente—. Y la resistencia es una lección de humildad. El problema de la humanidad es que todos quieren una vida sencilla y cómoda. Pero esa es una existencia terrible. ¿Cómo aprecia uno los buenos momentos si no ha afrontado los malos? Y —continúa Arsène, que me observa mientras me bebo el resto de la copa— olvidas una cosa: Nina sobrevive. Encuentra su camino. *Aguanta.*

—¿Crees que alguna vez superarás lo de Grace? —Dejo la copa vacía sobre la mesita. Estoy algo borracha después de haber bebido con el estómago vacío.

—No. —Arsène se apresura a rellenarme la copa con más *brandy.* Me da un vuelco el corazón cuando me doy cuenta de que esta confesión me ha herido los sentimientos—. No he hecho ningún juramento de celibato. Y ni una sola parte de mí *quiere* seguir echándola de menos. Pero soy un hombre pragmático y no creo que ninguna mujer pueda compararse a ella.

Bebo un poco más para sacudirme la sensación de desasosiego que acompaña a la constatación de que Arsène nunca estará en el mercado.

—Quizá debería volver a Mulberry Creek.

—¿Y hacer qué? —Me mira de forma burlona, con esa sonrisa socarrona en la cara—. ¿Ordeñar vacas?

—En primer lugar, ni siquiera tenemos vacas. —Le lanzo una mirada asesina—. Tendré a mi familia, mis amigos, mi círculo cercano. Tendré a… Rhys.

—¿Quién es Rhys?

—Mi exnovio. Rompimos cuando me mudé a Nueva York. Estábamos muy bien juntos. Es un buen tipo.

Arsène pone los ojos en blanco.

—Por favor, mátame si el primer adjetivo que me viene a la cabeza para describir a mi exnovia es «buena».

Me río.

—Ser bueno es un gran rasgo.

—Eso no te hará pasar a los libros de historia. —Me saluda con la copa.

—No todo el mundo quiere entrar en esos libros —señalo.

Pone cara de asco.

—Malgastadores de oxígeno.

Me río.

—Ya no te odio tanto como hace unas semanas —admito.

—Bueno, entonces te daré algo en lo que pensar. —Se gira hacia mí—. Rompiste con Rhys por una razón. Nunca lo olvides.

La botella de *brandy* se vacía a medida que avanza la noche. Arsène trae el sobre y volvemos a echarles un vistazo a las fotos juntos, pero esta vez no es tan terrible como la primera. En algún momento, suena el timbre. Ha pedido comida. *Soul food*. Mi favorita. Chuletas de cerdo fritas, berza, pan de maíz, macarrones con queso y tarta de mermelada de albaricoque. Ni rastro de la tarta de melocotón. Realmente piensa en todo.

Comemos, bebemos mucha agua y luego volvemos a ponernos con *brandy*.

Me vuelvo descarada. Tal vez incluso un poco imprudente. Después de todo, es Arsène. Nunca me querrá. No es que desee que lo haga. Pero tampoco me traicionará.

Porque nunca será mío.

—Tengo que confesarte algo. —Me meto las manos entre los muslos.

—¿Es una bomba tan grande como la del pastel de melocotón? Mi corazón tiene un límite. —Se lleva una mano a su pecho esculpido.

—Tienes que prometerme que no se lo dirás a nadie. —Ignoro la broma. Creo que arrastro las palabras, lo cual es una excelente razón para *no* decirle lo que pienso. Pero me siento pesada por la comida y el alcohol, y el ambiente entre nosotros es muy distinto al del autocine. Esta noche, tiene otra actitud. La de mejor amigo. El tipo en el que se puede confiar. Y no tengo a nadie más con quien hablar.

—Tienes mi palabra. A menos que sea muy jugoso, entonces lo enviaré al *Enquirer*.

Gruño y le doy un empujón en el hombro con la esperanza de despertar algo en su interior que le incite a besarme. Nada. Esta noche está diferente. Seguro de sí mismo, como siempre, pero también reservado.

—Es probable que sea infértil.

Las palabras estallan entre nosotros. Tomo aire y continúo.

—Bueno, probablemente no. Más bien seguramente. ¿Recuerdas cuando me viste en Italia? Estaba hecha un desastre en el baño.

Se me calientan las orejas al pensar en ese momento. Él asiente despacio y me mira fijamente.

—Había tenido una fuerte discusión con Paul al respecto.

—Ya veo. —Se acaricia la barbilla—. La primera vez que hablamos de ellos, en el New Amsterdam, te quedaste en blanco cuando te dije la fecha en que empezaron su aventura. ¿Por qué?

Trago saliva y me miro los pies.

—Porque fue más o menos cuando Paul y yo hablamos de la posibilidad de que yo tuviera problemas de fertilidad. Tuve la sensación de que me había abandonado y había seguido adelante con ella.

Arsène no dice nada durante un rato, casi parece que no me ha oído. Está claro que ha sido un error. Me da vergüenza esperar a que responda, así que me levanto.

—¿Dónde está el baño?

—La segunda puerta a la izquierda en el pasillo.

271

Tras vaciar la vejiga, vuelvo al salón y lo encuentro sentado en el sofá en la misma posición. Me arrepiento de haberle contado lo de mi infertilidad. No sé qué esperaba, pero no era apatía total.

—Me alegro por ti —dice desde el sofá.

Parpadeo. Creo que no lo he oído bien.

—¿Te *alegras* por mí?

Asiente.

—¿Por qué?

—Porque en realidad no tienes el corazón roto por Paul. Lo tienes roto por la forma en que terminasteis vuestra relación, y porque él no te quiso lo suficiente para aceptarte a pesar de lo que tú consideras tu imperfección. Es un excelente punto de partida. Seguirás adelante y encontrarás a otra persona. Alguien que aprecie que el valor de una persona no se mide por su aparato reproductor y te dé una buena vida. Probablemente sea el bueno de Rhys o un tipo parecido. Paul se convertirá en un recuerdo lejano, una anécdota.

Entorno los ojos y sacudo la cabeza.

—Eres un cabrón.

—¿Por qué? —Me mira mientras recojo mi bolso de mano y el teléfono.

—Eres un insensible con todo.

—¿Quieres que sienta pena por ti? —Se levanta para seguirme por el apartamento.

«Sí, sí, quería».

Me detengo en la puerta, me doy la vuelta y extiendo los brazos.

—¡Quería que me consolases!

Me mira un poco confuso.

—¿Por qué me miras así? ¿Qué tiene de malo querer que te consuelen? ¿No has animado a nadie en tu vida?

Nos quedamos quietos un momento antes de que hable.

—No. —Su voz es tranquila, triste—. Nunca —admite—. No sé por dónde empezar.

Vacilo entre regañarle o enseñarle, y me decanto por lo segundo. Después de todo, sé cómo fue su infancia. Un padre distante, sin madre y una madrastra que lo echó de su casa.

—Hay varias formas. —Me muerdo el labio inferior—. Mi favorita es acurrucarme y dormir abrazada a alguien. Mi madre siempre me abrazaba para dormirme cuando tenía un mal día. Incluso cuando era una adolescente. Los abrazos me ayudan a aliviar el estrés.

Cuadra los hombros.

—Abrazar. Sí, claro. Puedo hacerlo.

—Pero ¿por qué? —Lo miro con una mezcla de incredulidad y cinismo—. ¿Por qué me complacerías?

Me dedica una sonrisa sarcástica.

—Porque aún no has cumplido tu parte del trato, ¿por qué, si no?

No estoy segura de si le creo —no *quiero* hacerlo—, pero, aun así, camino hacia sus brazos abiertos como una polilla a la luz. Apoyo una mejilla sobre su pecho con la esperanza de sentir cómo se le acelera el corazón del mismo modo que el mío.

—Si nos acurrucamos en tu cama, no quiero que pase nada raro —hablo contra el rico tejido de su camisa.

—Yo... No, no puedes entrar en mi dormitorio. —Me pone una mano en la espalda y me lleva a una pequeña habitación de invitados con una cama de matrimonio.

—¿Por qué?

Mira a su alrededor en busca de una excusa.

—No dejo que nadie se meta en mi cama.

—No lo habías mencionado. —Frunzo el ceño.

—Nunca he hablado contigo de mis actividades en la alcoba —responde enseguida, pero hay algo que no encaja. Este hombre no parece tan sentimental para jurar no llevar a una mujer a su cama porque Grace durmió allí una vez. Por suerte para él, estoy demasiado borracha y cansada para interrogarlo al respecto.

Minutos después, estoy en una cama extraña. Sus brazos me rodean, sus labios me rozan el pelo y respiro tranquila.

—Ya está —comenta—. Todo saldrá bien. ¿Lo estoy haciendo bien?

—Lo estás haciendo genial.

Capítulo veintidós

Arsène

—No estoy enamorado.

—Esta me la sé. ¿Quiénes son los *10cc?* —Riggs pulsa un botón imaginario, al estilo *Jeopardy!,* y se acaba la copa.

Frunzo los labios, irritado. Christian me da una palmada en el hombro con su sonrisa de capullo.

—Lo siento, colega, pero parece que sí.

—¿Porque dejo dormir en mi *habitación de invitados* a una mujer cualquiera con la que estoy haciendo negocios? —Hago una mueca, aborrecido.

No es que haya hecho pública la estancia de Winnifred en mi casa. No, eso fue culpa de Riggs. Fiel a sus costumbres nómadas, se presentó en mi apartamento la mañana después de que la pueblerina se quedara a dormir, con regalos en forma de café y panecillos. Alfred lo dejó entrar. Yo ya estaba en pie, duchado y afeitado después de mi entrenamiento de tenis. Sin embargo, Winnifred no. Y, cuando salió de la habitación de puntillas, con una tímida sonrisa en la cara, Riggs sacó conclusiones como un atleta olímpico.

—No. Porque nunca dejas que nadie entre en tu piso, jamás, y ella estaba en tu *casa* —replica mi amigo.

Christian se acerca a la barra de la sala de billar del New Amsterdam. Tras haber pasado desapercibido unas semanas y dejado que Cory se recuperara de su pequeño encuentro con la pueblerina, por fin puedo volver a dejarme ver por aquí. O, al menos, así era, hasta que estos dos imbéciles han decidido machacarme.

—Parecía una mujer que acababa de despertarse y se sentía incómoda rodeada de dos hombres extraños —lo corrijo—. No hay nada entre nosotros. Como ya he dicho, su marido trabajaba con Grace.

Por encima de mi cadáver admitiré ante Riggs y Christian que siempre tuvieron razón sobre mi difunta prometida. Que me engañó. Lo que, por desgracia, hace de Winnifred una improbable, aunque importante, aliada. Incluso mi amargado culo necesita alguien con quien hablar.

—Todo esto es muy convincente, por no decir fascinante. —Riggs se levanta y se guarda el teléfono en el bolsillo delantero—. Pero tengo que irme. La revista *Discover* está haciendo un gran reportaje sobre naufragios históricos, y quiero que me lo pidan a mí. Es un encargo de cinco destinos. Tengo una reunión con su editor jefe.

—¿Esas revistas aún ganan dinero? —Cruzo una pierna sobre la otra. La prensa escrita es una industria obsoleta.

Pone los ojos azules en blanco.

—No todo gira en torno al dinero.

—Todas las cosas importantes sí —replico.

Riggs me dedica una sonrisa lastimera.

—Por eso nunca has sido feliz de verdad. Aún intentas encontrarle el precio a la alegría.

—Vale, doctor Phil.

—En realidad, lo saqué de una galleta de la fortuna en el Panda Express.

Y sale de la habitación. Christian me da una bebida antes de sentarse.

—Volvamos a la conversación. —Se alisa la corbata—. Creo que Arya ya mencionó que no te quiere cerca de la chica Ashcroft.

—Y creo que yo le respondí de forma acertada que no acepto encargos de gente que no me paga una gran cantidad por mis servicios.

—Mira. —Va al grano—. Arya no es propensa al drama. Si se preocupa por alguien, me inclino a creer que es algo especial. Hay muchos peces en el mar. Si lo que buscas es sexo…

—El sexo nunca se trata solo de sexo. —Me levanto y me abrocho la americana—. Se trata de poder, placer, gratificación, pero nunca es solo sexo. Lo que significa que no importa lo que quiera de ella, pero no es sexo.

No es que no se me pasara por la cabeza cuando Winnifred se quedó a dormir. Lo he pensado. Un millón de veces. Pero ¿qué sentido tendría? En unos días, cada uno volverá a su vida, y no hay necesidad de hacer las cosas innecesariamente más difíciles para ella.

Es una buena chica, aunque demasiado inocente y buena para mi gusto.

Ya ha sufrido bastante sin tener que pasar por una lasciva aventura con otro cabrón integral.

—Y no te debo ninguna explicación. Lo que hago con Winnifred, para Winnifred y *por* Winnifred es solo asunto nuestro. No sé qué autoridad tienes para comportarte como el caballero de brillante armadura. Casi le arruinas la vida a tu mujer, y eso que «solo teníais sexo». No te metas en mis asuntos y yo no me meteré en los tuyos.

Me dirijo a la puerta, pero me detengo un momento.

—Ah, y mándale recuerdos al pequeño Louie.

Capítulo veintitrés

Winnie

Dos días después de mi autodiagnóstico, Chrissy aparece en mi puerta. Viene armada con una ingente cantidad de folletos y artículos.

—¿Qué es todo esto? —Levanto el cuello desde la cocina.

—Todo tipo de información útil. —Chrissy se anima y me dedica su sonrisa más alegre mientras chupa un cigarrillo electrónico—. En especial, sobre cómo se *quedan* embarazadas las mujeres con endometriosis. No es imposible. Hay maneras, tratamientos, curas. Un montón de opciones, en realidad.

Coloca todos los folletos en fila sobre la mesa. Empiezo a arrepentirme de haberle contado mis sospechas. Sé que sus intenciones son buenas, pero no me gusta hurgar en la herida. Pongo un terrón de azúcar en cada uno de nuestros cafés y le llevo las bebidas calientes. Toma un sorbo, cierra los ojos y gime.

—¿Cómo consigues que esté tan bueno?

—Con azúcar de verdad, achicoria y una gota de sorgo. Así lo hacía mi abuela.

Tomo asiento en el sofá, y ella no tarda en seguirme para empezar a hablar de negocios.

—Ayer hablé con Lucas. Me dijo que se han agotado las entradas para los próximos tres meses. Cree que podrían continuar un segundo año. ¿Qué te parece? Sé que hablamos de Hollywood…

—No iré a Hollywood. —Dejo la taza sobre la mesa. Odio decepcionarla, pero darle falsas esperanzas sería peor. Chris pone mala cara, pero no dice nada.

Le pongo una mano en la rodilla.

—Gracias por la sugerencia. Te lo agradezco mucho, pero no creo que esté preparada. De hecho, quiero ir poco a poco cuando acabemos *La gaviota*. Creo que no me he permitido recuperarme del todo después de lo que pasó.

—¿Quieres decir que tampoco estás segura de si firmarás por un segundo año con el Calypso Hall? —Chrissy frunce el ceño.

Asiento y me paso la lengua por los labios.

—Ahora mismo no digo ni que sí ni que no. Solo digo que he dejado de ponerme plazos para «mejorar». Haré lo que sea mejor para mi salud mental. Ahora mismo, no sé qué es. Pero sé que mi objetivo no es ir a Hollywood. No me importan la fama ni el glamur. Me importa el arte.

—Oh, Winnie. —Chrissy suspira, pone su café sobre un posavasos y se acerca a mí. Me rodea el hombro con un brazo—. ¿Cómo demonios he conseguido encontrar a la única actriz de Nueva York a la que no le importa el salseo? Siempre has ido a por el plato principal, cariño.

Me río entre dientes.

—Quizá elegiste mal.

—Escogí a la mejor. —Se levanta y se limpia los ojos. Mira a su alrededor, como si acabara de percatarse de dónde está—. La casa tiene mejor aspecto. No sé cómo explicarlo, pero así es.

Aparte de meter las zapatillas de Paul en el zapatero, no he hecho ningún cambio. Pero creo que sé a qué se refiere. Hasta parece que los muebles han dejado de aguantar la respiración a la espera de que vuelva mi marido.

—Gracias —le digo.

—Solo prométeme una cosa —añade Chrissy—. Que les echarás un vistazo a los folletos que te he traído. No te estoy vendiendo humo, Win. Sé que estás desesperada, pero te queda mucho por vivir. Y una parte de ello es *jodidamente* bueno, como tú dices.

* * *

Para cuando Chrissy se va a casa, me encuentro mucho mejor. Por supuesto, no dura demasiado. El más puro hastío me inunda cuando echo un vistazo al reloj de pared de la cocina mientras hago un torpe intento por arreglar la casa. Arsène está a punto de llegar. Juntos, arrasaremos el despacho de Paul. El *santuario* de Paul, que lleva cerrado casi un año, desde que murió.

Arsène llega tarde. Aprovecho ese tiempo para dirigirme a la habitación y ponerme un vestido de estar por casa color salvia. No es muy elegante, pero sé que me queda bien. Suena el timbre. Cuando me apresuro a subirme la cremallera, me pillo un trocito de piel.

—Ay. Jolín.

Protesto de camino a la puerta. Cuando la abro, él está de pie al otro lado, y me siento como si nunca nos hubiéramos despedido. Tiene algo que me resulta familiar. Peligrosamente reconfortante.

—Llegas tarde. —Me apoyo contra el marco de la puerta. ¿De qué otro modo puedo saludar a este hombre que hace dos días se pasó la noche abrazándome, apartándome el pelo de la cara y susurrándome al oído que todo va a ir bien? Entonces, al día siguiente, cuando me levanté y su amigo estaba ahí, Arsène se mostró distraído e impaciente, como si se estuviera aguantando las ganas de echarme del apartamento.

—El tiempo es una experiencia relativa, pueblerina. —Pasa a mi lado como si fuera el dueño del lugar, entra en mi apartamento y se da una vuelta por la casa. Lo analiza al detalle mientras yo me quedo junto a la puerta.

—Así que estos eran los dominios de Paul.

Me inclino sobre la isla de la cocina y finjo desinterés.

—*Nuestros* dominios. Lo diseñamos juntos.

Esta noche huele y sabe a despedida. La conclusión se palpa en el aire, y me sofoca. Después de esto, Arsène y yo tomaremos caminos distintos. No habrá más secretos que descubrir, no más heridas en las que hurgar. Saldrá de mi vida y, probablemente, venderá el Calypso Hall en un abrir y cerrar de ojos.

—Qué bonito —exclama Arsène, que aparta la mirada de un cuadro de la pared del salón para observarme—. Dijiste que tenías problemas de infertilidad. ¿Has congelado óvulos? Mejor aún, ¿embriones? Aún podrías tener un pequeño y bonito bebé de él.

Pestañeo mientras asimilo la forma despreocupada con que ha abordado este tema personal. No sé si debería indignarme o divertirme.

—¿Te importa? —pregunto.

—No. —Se acerca al aparador y rebusca entre los objetos como si fuera la escena de un crimen—. Pero me dedico a solucionar problemas, y, cuando se me presenta uno, suelo buscar una solución.

—¿Y entonces qué? ¿Contratar un vientre de alquiler? Cuestan una fortuna.

—En Norteamérica, sí. Pero hay agencias…

—Bueno, no congelamos nada —respondo brevemente.

Y, aunque lo hubiéramos hecho, no querría usarlo después de todo lo que sé.

—Es una lástima. —Arsène vuelve a colocar un jarrón en su sitio y se gira hacia mí—. Bueno, ¿dónde está la llave?

Saco el pequeño objeto del bolsillo de mi vestido y lo cuelgo entre nosotros.

—¿Crees que odiaremos lo que averigüemos? —Trago saliva.

—Eso espero —responde—. Así será más fácil dejarlo ir.

Y, entonces, ahí estamos. Frente a la puerta que llevo meses mirando como si fuera la boca abierta de un león. Antes de girar la llave en la cerradura, respiro hondo.

—Dios, sigues enamorada de él. Es patético. —Las palabras se arrastran por mi espalda desde atrás, como garras.

—Le dijo el cazo a la sartén —murmuro.

Se le escapa una risita.

—Oh, Winnifred.

«¿Qué?». Quiero atacarle. «¿Qué estoy pasando por alto? ¿En qué nos diferenciamos tú y yo?». Pero no importa, y no me aportaría paz interior.

Giro la llave y empujo la puerta para abrirla.

El despacho de Paul es bastante normal. Hay archivos ordenados sobre la mesa. Una fila de tres pantallas adornadas con notas adhesivas. Hay archivadores, fotos polvorientas de nosotros en el escritorio y una pelota antiestrés. Nada destaca. Nada grita escándalo. Adúltero. Mentiroso.

Arsène se mueve con rapidez a un lado de la habitación.

—Yo me encargo de los archivadores, tú revisa los cajones de su escritorio.

Saca todos y cada uno de los archivadores, les da la vuelta y los palpa desde todos los ángulos para comprobar que no haya nada oculto en su interior.

—Ten cuidado. No hace falta que destroces sus cosas —le advierto.

—Pueblerina —responde, sentado en el suelo, con las mangas remangadas hasta los codos—. Tienes que dejar de ser leal a la gente que no lo ha sido contigo. No es para nada refinado. De hecho, es un poco desagradable.

—No se trata de Paul. —Meto las manos en los cajones, rebusco entre notas, bolígrafos, una calculadora y algunos rotuladores fluorescentes—. Se trata de tu hambre por las distracciones.

—Al menos yo tengo hambre de algo. —Sus palabras son como un golpe directo—. Cuando termines con los cajones, enciende ese ordenador y avísame si necesitas una contraseña, ¿vale?

Durante la siguiente hora, trabajamos en silencio. El ordenador no requiere ningún código de acceso. Pero no encontramos nada de interés en él. Los archivadores tampoco sirven para nada. Revisamos las cartas, abrimos los marcos de fotos, revolvemos las alfombras en busca de escondrijos donde Paul podría haber guardado algún secreto… pero solo nos llevamos una decepción tras otra. No hay nada en el despacho que sugiera que Paul era algo más que un aburrido gestor de fondos de cobertura casado.

En un momento dado, empiezo a sentirme como una tonta y, de forma *extraña,* me enfado con Paul. He convertido esta oficina en el santo grial de los secretos, y no sale nada de ella. Siento que estoy decepcionando a Arsène.

Desconozco el motivo por el que me importa no decepcionar a este hombre, pero es así.

Pasa otra hora. Volvemos a comprobar todo lo que hemos mirado antes. Los nervios están a flor de piel y el silencio se acumula como un peso muerto. No queda piedra sin remover. Pero ya no somos amigables, ni nos sentimos atraídos el uno por el otro, ni siquiera somos civilizados. La tensión lo ocupa todo y se enreda alrededor de nuestros miembros como la hiedra.

—Para. —La voz de Arsène corta el silencio. Es repentino y me hace jadear mientras hojeo otro de los expedientes de los clientes de Paul—. Tú y yo sabemos que aquí no encontraremos nada. Es una pérdida de tiempo.

—No puede ser. —Aprieto la carpeta contra el pecho—. Paul era muy estricto con su despacho. Era muy reservado.

—Eso es porque aquí tiene información sensible sobre empresas que valen miles de millones de dólares. No porque guardara las bragas de Grace bajo la impresora. —Se levanta del suelo. Una fina película de sudor le cubre la frente—. Hemos hecho lo que hemos podido.

¿Eso es todo? ¡No puede irse! No así. No tan pronto.

Le sigo fuera de la habitación, abatida.

—Bueno, ya sabes. Es tarde, y ni siquiera te he ofrecido algo de comer, por no hablar de la bebida.

Se baja las mangas de la camisa por los musculosos antebrazos.

—No te preocupes. Tengo algunas sobras en la nevera.

Lo sigo. Por el pasillo, el salón y hasta la puerta. El pánico se me acumula en el pecho. Arsène puede ser insensible, frío y venenoso, pero se ha comportado como un amigo durante las últimas semanas. Una especie de aliado.

—Que tengas una buena vida, pueblerina. —Abre la puerta de forma brusca.

—¡Alto!

La voz es chillona y extraña, y me doy cuenta de que ha salido de mí.

Se detiene, de espaldas a mí. No se mueve, a la espera de que ocurra lo inevitable. Necesito decir algo. «Cualquier cosa, Winnie». Al final, encuentro la voz.

—Todavía hay algunas cosas que quiero que veas. Álbumes… cosas así. Tal vez me he dejado algo.

Arsène se gira para mirarme. Su expresión es totalmente ilegible.

—Sé que es difícil. Nuestra despedida supone aceptar ciertas cosas. Descubrimos todo lo que había que descubrir, y nada ha sido bueno. Cuando me marche de aquí esta noche, es posible que no volvamos a vernos. Y tu última conexión con Paul habrá desaparecido. Lo entiendo. —Pero no lo entiende en absoluto. El dolor que siento por Paul es independiente a mi relación con él. Para mí, Arsène ha adquirido entidad propia. No es solo un medio para un fin—. Pero es mejor arrancarlo de golpe.

—Podemos hacerlo mañana —me escucho decir, aunque nada en mi cerebro ha autorizado que estas palabras salgan de mi boca—. Esta noche, nos vengaremos de lo que nos hicieron. Cerraremos el círculo.

—¿Cómo?

Me paso la lengua por los labios y bajo la mirada a mis pies.

—Podemos acostarnos.

Su mirada me provoca escalofríos. Me doy cuenta de que le parece una idea terrible.

—¿Estás borracha? —Entrecierra los ojos.

Resoplo.

—No me digas que no lo has pensado.

—*No* —balbucea. Luego, por si no ha quedado claro, añade—: Quiero decir, sí, claro que lo he pensado, pero es una idea terrible. Incluso para ti, pueblerina.

Mientras dice esto, cierra la puerta para darnos un poco de intimidad.

—¿Por qué no? Tú eras el que no dejaba de besarme...

—El problema no es la atracción. —Se adelanta y me aparta un mechón de pelo de la cara—. El problema es que complicará las cosas, los problemas resurgirán y es muy posible que tu corazoncito sangrante confunda el sexo por despecho con los sentimientos. Además, aún queda el asuntillo de que técnicamente soy tu jefe.

—No por mucho tiempo —puntualizo—. Quieres vender el Calypso Hall. Y no estés tan seguro de que empezarás a gustarme por arte de magia, por el mero hecho de que nos acostemos. —Miento sin pudor—. Además, piensa en la venganza...

—La venganza es una noción primitiva y contraproducente. No haré o dejaré de hacer cosas basándome en lo que Grace hubiera pensado.

Malditos sean él y la lógica. Me doy cuenta de que ha tomado una decisión. Se aparta.

Recojo los jirones de mi orgullo y retrocedo un paso. No hace falta suplicar.

—Bueno, entonces. —Enderezo la columna—. No te entretengo más. Espero que tengas una buena vida, Arsène.

—Las posibilidades no pintan bien, pero gracias. Lo mismo digo.

Se da la vuelta, abre la puerta, se aleja y la cierra con suavidad.

Me quedo mirando la puerta unos instantes. Luego me arrodillo y suelto un gemido de autocompasión. Me gustaría poder llorar, pero, como de costumbre, las lágrimas no brotan. Sin embargo, la angustia es real, y no sé por qué. Si es por el rechazo, por la decepción o por la idea de que se cierra otro capítulo de mi libro relacionado con Paul.

Tardo unos minutos en serenarme. Cuando por fin lo consigo, me levanto y me giro hacia el despacho de Paul. Mi intuición me dice que me estoy perdiendo algo. Suena el timbre. Me quedo inmóvil. No estoy de humor para visitas. Doy otro paso hacia la habitación de Paul.

—Abre, pueblerina.

Tras acercarme a la puerta principal, apoyo la frente contra ella y cierro los ojos.

—¿Por qué? —Suspiro—. Dame una buena razón.

—¿Una? —Su voz está tan cerca que sé que él también está pegado a la puerta—. Porque nos lo merecemos, joder.

Abro la puerta y lo veo de pie, jadeando, como si hubiera subido las escaleras a toda prisa. Lleva el pelo revuelto. Tiene las mejillas sonrojadas. Parece vivo. No recuerdo la última vez que este hombre pareció algo más que un cadáver perfectamente conservado.

—Permíteme aclarar una cosa. —Levanta un dedo—. Después de esta noche, no volveremos a vernos. Naciste para cosas más grandes que ser el florero que va agarrado del brazo de otro hombre que nunca podría amarte.

—Sí —respondo, igual de jadeante. Lo único que se interpone entre nosotros es el estrecho espacio del umbral.

—Después de esto, no habrá más cenas, ni películas, ni mimos.

—No más planes, no más información que compartir —añado, y asiento.

—Esto. —Señala entre nosotros—. Es consentido, ¿verdad?

—Sí. —Bajo la barbilla, y lo miro—. Quiero acostarme contigo.

—Yo también quiero acostarme contigo —admite, ahogado, y echa la cabeza hacia atrás mientras cierra los ojos—. *Joder*, me cuesta pensar en algo que haya deseado más.

«¿Cualquier cosa? ¿Incluso a Grace?».

Chocamos y explotamos al unísono, sus manos en mi pelo, mis labios fundidos con los suyos. Entra a trompicones en mi apartamento, con una mano alrededor de mi cintura, besándome frenética y desesperadamente mientras lucha por quitarme el vestido. Mis brazos serpentean alrededor de sus hombros. Mi espalda choca contra la pared, pero su mano me protege la cabeza.

—¿Dónde está la maldita cremallera? —Gime mientras nos besamos, y su lengua gira alrededor de la mía hasta que baja por mi cuello.

—En el lateral del vestido. Pero ten cuidado, la cremallera...

Antes de que termine la frase, baja la cremallera y me pellizca la piel alrededor de las costillas. Suelto un silbido. Arsène echa la cabeza hacia atrás, más sobrio.

—Lo siento. Joder. Más despacio. —Me pasa el pulgar por donde la piel empieza a enrojecerse—. ¿Estás bien?

Asiento mientras le desabrocho el pantalón y mi vestido cae al suelo. Me lo quito de una patada. Me desabrocha el sujetador, y su lengua y su boca ya están donde yo quiero. Se quita la camisa. También los pantalones. En menos de un minuto, estamos completamente desnudos el uno frente al otro. Retrocede un paso y se separa de mí de golpe.

—Espera —jadea—. Déjame ver. Quiero saciarme. Llevo mucho tiempo fantaseando con este momento como para devorarte a toda prisa. —Sacude la cabeza, y se ríe un poco de sí mismo.

Me enderezo con los brazos a los costados, la barbilla alta, como la escultura de la Venus de Milo, orgullosa y estirada, imperturbable. Me examino a través de sus ojos. Mi modesta estatura, mis pechos demasiado pequeños, mis rodillas temblorosas. Mi falta de gracia. Pero, por muy cohibida que me sienta, su rostro es una clara muestra de satisfacción. Disfruta de cada centímetro de mí.

—¿Sabes? —Me rodea de forma perezosa, completamente desnudo, como un depredador al acecho—. Cuando te vi en

Italia, tuve la sensación de que Paul te eligió porque te veía como una inversión. Una pieza de arte destinada a aumentar de valor con los años. Algo diferente, precioso, único. Tenía razón. No eres como las demás, Winnifred. —Se detiene detrás de mí. Me entierra la cara en el hombro, sus labios calientes me rozan la piel. Me abraza por detrás, con todo su cuerpo pegado al mío—. No te pareces en nada a otras mujeres. No tienes nada que ver con otras *personas*. Pero, como todas las obras de arte, estás destinada a romperte.

Sus labios vuelven a recorrerme el cuello y sus manos me acarician los pechos desde atrás. Mi cabeza cae hacia un lado, lo que le permite hacer su magia, mientras arqueo la espalda y aprieto el trasero contra su erección.

—Entonces, rómpeme.

—No puedo. —Sus labios me rozan el lóbulo de la oreja—. Ya estás rota.

Giro la cabeza, atrapo sus labios en los míos y volvemos a besarnos. Estoy lista para él. El vacío en mi interior se intensifica. De algún modo, nos encontramos en el suelo, hambrientos y medio civilizados, besándonos, metiéndonos mano, acariciándonos, lamiéndonos y exigiéndonos más el uno al otro.

—Dime que tienes un condón por aquí. —Me separa los muslos con brusquedad—. De lo contrario, me moriré por la pérdida de sangre en mi viaje a la bodega más cercana.

—No, sin condón. Pero estoy limpia… —Dudo—. Y, como ya sabemos, no puedo quedarme embarazada.

Deja de besarme. Sus ojos se encuentran con los míos. Hay una lucha detrás de ellos.

—Yo también estoy limpio.

El resto queda en el aire. Se coloca entre mis piernas y, de un empujón, me la mete entera. Nunca me había sentido tan deseada, tan *sexy*, en toda mi vida. Empieza a moverse dentro de mí.

—Ah, esto no es bueno. —Deja caer la cabeza sobre mi pecho y besa el valle entre mis tetas.

Le paso los dedos por el pelo sedoso y me invade el pavor.

—¿No? ¿Quieres que...?

—No, eres buena. Mierda, eres *perfecta*. —Sigue dentro de mí—. Quería decir que es *muy* bueno. Demasiado. Estoy a punto de correrme y solo te la he metido dos veces. Nunca he... —Levanta la cabeza y se ruboriza. Qué maravilla—. Nunca lo he hecho sin condón.

—Oh. —Me siento aliviada y lo abrazo con más fuerza mientras me muevo bajo él. Alzo las caderas y veo cómo se vuelve loco—. Córrete cuando quieras. Yo también estoy cerca.

—Dios, Winnifred. Eres muy dulce, incluso cuando me estás matando.

Encontramos nuestro ritmo. Es rápido e intenso. Urgente y necesitado. Cuando se corre dentro de mí, reprimo un grito de lo bien que me siento.

Después se queda a dormir. Duerme en la cama que Paul y yo compartimos una vez. O, mejor dicho, se tumba en el lado de Paul. Es más alto y corpulento. Son sus ojos oscuros los que me observan, en lugar de los azules y risueños, como los de un bebé, que estaba acostumbrada a ver al otro lado de la almohada.

Dormimos muy poco en nuestra última noche juntos. Nos acostamos, nos separamos y hablamos un poco. Me cubre con un brazo en un gesto posesivo que echaré de menos. Y entonces vuelve a estar dentro de mí, besándome, mordiéndome, gimiendo. A veces nos fundimos antes incluso de terminar una conversación. Somos un maravilloso desastre.

Cuando sale el sol, estoy muerta para el mundo. Me invade un agotamiento de los buenos. Me pesan los huesos y me duermo profundamente. Cuando me despierto, el reloj marca las 11.20 de la mañana y Arsène no está por ninguna parte. Me despego de una cama con un olor extraño y me dirijo a la cocina. Me siento exultante por la noche que he pasado y desolada por cómo ha terminado.

Una nota me espera, pegada a la cafetera, donde él sabía que la vería. Es su regalo de despedida. Su bandera blanca.

Llama al médico.
A.

* * *

Y eso hago.

Llamo a mi ginecólogo. Esta vez, no cuelgo. No dejo que el pánico se apodere de mí. La recepcionista anuncia en tono alegre que mañana tienen una hora libre, hacia el mediodía. Acepto la cita y le doy las gracias unas quinientas veces.

Antes de colgar, la chica me recuerda que debo llevar la tarjeta del seguro y una foto de carné. Después de colgar, rebusco en la cartera. No encuentro la maldita tarjeta del seguro. Hace mucho tiempo que no me cuido, ya que he pasado la mayor parte del año en hibernación.

Entonces recuerdo que Paul guardó nuestras tarjetas del seguro, junto con nuestros pasaportes, certificados de nacimiento y tarjetas de la seguridad social en la caja fuerte de su armario.

Me dirijo a nuestra habitación, ignoro las sábanas enredadas y abro el armario de Paul. La caja fuerte me mira fijamente. No tengo la combinación. Paul nunca me la dijo. Jamás le di demasiada importancia. La confianza no había sido un problema en nuestro matrimonio, o eso creía yo.

Mis amplios conocimientos de cine me recuerdan que solo tengo tres intentos antes de que la caja fuerte se cierre de forma automática. Me devano los sesos en busca del código.

Primero pruebo con su fecha de nacimiento. No lo consigo.

Pruebo con mi cumpleaños y suelto una risita irónica cuando la luz parpadea en rojo. No me sorprende.

Mis sentidos arácnidos me indican que tiene que ser un cumpleaños. Tiene que serlo. Paul carecía de la creatividad necesaria para pensar en cualquier otra combinación. Siempre usaba fechas de nacimiento. Me reía de ello. Sus contraseñas de Gmail, Facebook, Instagram… Todas eran fechas de nacimiento. Normalmente las suyas. No recordaba los cumpleaños de sus padres. Estaba seguro de los meses, pero nunca de los días. Su secretaria se los recordaba con una semana de antelación para que comprara los regalos y programara una llamada en su calendario.

Lo que me deja a otra persona.

Una vez dentro del despacho de Paul, enciendo el ordenador e inicio sesión en el correo electrónico de su empresa, que, para mi sorpresa, aún funciona. Su nombre aparece en verde en el *software* interno de la empresa. El corazón me late con fuerza en el pecho. Vaya. Está conectado. Esperemos que nadie piense que ha vuelto de entre los muertos.

Reviso sus correos electrónicos hasta que encuentro lo que necesito. Una hoja con fechas de cumpleaños compartida por un asistente personal que incluye a todos los empleados de Silver Arrow Capital.

Encuentro el de Grace. Nueve de enero. Vuelvo a la caja fuerte, me crujo los nudillos y pulso los números 010991.

La luz verde parpadea y la caja fuerte se abre sin esfuerzo. Se me revuelve el estómago por las náuseas, y la bilis me cosquillea en la garganta. Qué mentiroso era este hombre. De las fauces de la caja fuerte saco un montón de tarjetas de plástico sujetas con una goma elástica. Las ordeno. Encuentro la tarjeta del seguro. Me la meto en el bolsillo de los pantalones de chándal con las manos temblorosas y vuelvo a guardar el resto. Algo me llama la atención justo antes de darme la vuelta para marcharme. Hay una cajita, no más grande que una taza, en la esquina de la caja fuerte.

Es marrón y sencilla. Hace meses, incluso semanas, la habría ignorado.

¿Ahora? Quiero saberlo. La cojo y la abro de un tirón. Un montón de pañuelos negros perfumados cubren lo que haya debajo. Tiro los envoltorios a un lado con el corazón tan acelerado que noto los latidos en las orejas. Lo primero que veo es una memoria USB. Lo segundo, un trozo de papel enrollado, como si fuera un mapa. No, varios pedazos de papel. Cuadrados. Blancos. Desenrollo el paquete y me quedo atónita con lo que encuentro.

«No. No. No».

Corro hacia el cuarto de baño, me arrodillo frente al retrete y vomito con una serie de arcadas incontrolables. Las lágrimas me corren por la cara y me tiembla todo el cuerpo.

Me levanto con las piernas temblorosas, tropiezo, y regreso junto a la caja, que está tirada sobre la cama, y vuelvo a alzar las fotos. Sí. Es exactamente lo que creo que es. Unas ecografías en las que se ve a un pequeño feto nadando seguro dentro de su saco amniótico. Le doy la vuelta a la foto.

«Primera ecografía. 6 semanas. G + P = ¡PJ!».

Paul y Grace estaban embarazados.

Iban a ser padres juntos.

Arsène se equivocaba. *Iban* a dejarnos por el otro. Paul nunca habría permitido que otro hombre criara a su hijo. A pesar de todos sus defectos, siempre había querido ser padre. «Una camada de pequeños mocosos que llamar mía». Me acariciaba el trasero después de tener sexo. Era su forma de desear que me quedara embarazada.

Lo que me lleva a la siguiente pregunta: ¿qué pasó? ¿Dónde se torció su plan?

Vuelvo a examinar la ecografía, ahora con más cuidado, mientras la adrenalina da paso a emociones mucho más profundas. Rabia. Dolor. Conmoción. El nombre de la clínica y la fecha de la ecografía indican que se hizo hace algún tiempo. Apenas unas semanas después del viaje a Italia.

De repente, recuerdo la foto de la cuenta de Instagram de Grace. La que estaba en el sobre del investigador privado.

«Echo de menos a mi bebé 😔».

Tonta de mí, pensé que se refería a Paul. Pero no era así.

Se refería a su aborto.

Ahí fue donde salió mal. Grace había sufrido un aborto espontáneo. ¿Un mal presagio? Uno de ellos se acobardó y decidió quedarse con su pareja. Por lo que ahora sé de Paul, probablemente sería Grace.

Ella brilló donde yo había fallado. Casi le dio un bebé.

Mi matrimonio era una farsa.

El supuesto amor de mi vida era una broma.

Sigo enfadada y tiemblo de rabia mientras regreso al despacho de Paul. Nunca me había sentido tan insultada y herida en toda mi vida. No puedo pensar con claridad, y eso me asusta, porque ahora mismo no controlo del todo mis actos.

Introduzco el USB en el ordenador y espero a que aparezca una nueva carpeta en la pantalla mientras me preparo para lo peor. Cuando lo hace, hay varias docenas de vídeos. Solo por las miniaturas ya sé que son antiguos. Es evidente que se transfirieron desde una cinta de vídeo. Hago clic en uno y no reconozco a las personas que aparecen en él. No es la familia de Paul. Ni su madre, ni su padre, ni sus hermanos. Son unos completos y preciosos desconocidos. No los he visto en mi vida.

¿Quiénes son? ¿Por qué Paul tendría estos vídeos? ¿Se lo guardaba a un amigo? ¿A un colega?

Entonces me doy cuenta de que quienes aparecen en los vídeos no son unos desconocidos.

Al menos, conozco a uno de ellos. Íntimamente.

«Dios, Paul, ¿por qué participaste en los planes de esta horrible mujer?».

La siguiente media hora transcurre en un borrón. Meto el USB y las ecografías en un sobre de FedEx y llamo a un mensajero para que lo envíe al apartamento de Arsène. No hay motivo para descolgar el teléfono y llamarle. Decidimos no volver a vernos. Es lo mejor, pues lo que estoy a punto de hacer les confundirá a él y a quienes le rodean.

A continuación, llamo a Chrissy para informarle de que dejo la obra. No contesta y me salta el buzón de voz, lo cual es un gran alivio.

Por último, les envío un mensaje de texto a Lucas, Rahim, Renee y Sloan disculpándome de todo corazón.

Querido elenco de *La gaviota:*

Sé que me odiaréis por esto y, para ser sincera, tenéis toda la razón para hacerlo.

Lo que estoy a punto de hacer es ponerme en primer lugar y hacer caso omiso de vuestros intereses.

Me voy un tiempo. Como algunos de vosotros sabéis, hace casi un año que perdí a mi marido.

Bueno, lo que no sabéis es que, en las últimas semanas, he perdido mucho más que eso.

He perdido la esperanza. Perdí mi fe en la humanidad. Perdí los preciosos recuerdos que tengo de mi difunto esposo. Lo he perdido todo. Pero creo que, por primera vez en años, estoy empezando a ganar algo también: perspectiva.

Incluso aunque me quedara, no estoy segura de poder hacer una contribución valiosa al Calypso Hall. Sé que Penny hará un trabajo increíble como Nina.

Aunque no espero que me perdonéis ahora, sí algún día, en un futuro lejano.

Os quiero con todo mi corazón,
Winnie.

Estoy siendo egoísta. Me estoy poniendo en primer lugar. Estoy tomando una hoja del libro de Arsène.

El último paso es hacer lo que debería haber hecho la semana siguiente al fallecimiento de Paul.

Lleno una maleta pequeña, compro un billete de ida a Nashville y dejo atrás Nueva York para siempre.

Capítulo veinticuatro

Arsène

Evito volver a mi apartamento después de mi encuentro con la pueblerina. Quedarme en la ciudad, cerca de la escena del crimen, sería un error de proporciones épicas. En su lugar, opto por permanecer en la mansión Scarsdale, para trabajar a una distancia segura de ella.

Uno de los dos tiene que tomar decisiones lógicas, y ese alguien no es la mujer encantadora y testaruda que dejé en un apartamento de la Cocina del Infierno. Winnifred es preciosa, de la misma manera que lo es una obra de arte: más allá de mi comprensión. Es mejor dejarla para que otra persona la aprecie. En lo que a romance respecta, no tengo nada que ofrecerle a una mujer. Y, aunque lo tuviera, sería una compañera inadecuada. Después de todo, soy el tipo de hombre que se enorgullece de guiarse por la lógica.

No vuelvo a mi apartamento hasta el final de la semana, cuando decido conducir de vuelta a la ciudad. Entro en mi edificio y saludo con la cabeza a Alfred en la recepción.

—Señor Corbin, hay un paquete esperándole. —Levanta un dedo antes de que entre en el ascensor. Se agacha detrás del escritorio y saca un pequeña cajita. La acepto.

—¿He recibido alguna visita mientras he estado fuera?

—No, señor.

—Bien. —*Fantástico,* incluso. La pueblerina ha captado el mensaje. Nada de llamadas. Nada de visitas inesperadas. Buena chica.

Subo al ascensor, entro en mi apartamento y tiro el paquete sobre la mesa del comedor. Probablemente sea alguna cosa relacionada con el trabajo. Puede esperar.

Me olvido de ello durante las siguientes horas, mientras me pongo al día con los correos electrónicos y recibo una llamada de Riggs, que está en Nápoles probando algo más que la comida italiana, y de Christian, que, por alguna razón, se ha autodesignado como el adulto responsable y me pregunta qué tal estoy, como si fuera mi madre.

Poco antes de irme a la cama, me acuerdo del paquete que me espera en el comedor. Lo cojo y lo abro sin cuidado. Lo primero que cae son un montón de hojas... *¿Ecografías?*

Confuso, le doy la vuelta al paquete y leo la dirección del remitente. «Winnie Ashcroft». Le doy la vuelta a una de las ecografías.

«Primera ecografía. 6 semanas. G + P = ¡PJ!».

Bueno, resulta que *sí* que había algo interesante escondido en el hogar de los Ashcroft después de todo. ¿Dónde las habrá encontrado? ¿Y por qué me provoca indiferencia la idea de que Grace estuviera embarazada de Paul?

«El bebé de Paul». El significado de esas palabras me cala hondo. Grace siempre había insistido en que usáramos condones. Supongo que no informó a Paul de ello. Si no, no habría estado tan segura de la identidad del padre.

Así que Grace no estaba en contra de la concepción. Estaba en contra de la concepción *conmigo.* Tal vez la idea de tener espermatozoides Corbin nadando dentro de ella la repugnaba.

Mientras me pregunto por la cronología de todo este cúmulo de mierda, examino las fotos con más detenimiento. Veo la fecha impresa en la parte inferior de la ecografía. Tres semanas después de Italia. Después de que Grace se pusiera sentimental, triste y de que no fuera ella misma.

Tres semanas después de que le pidiera al conductor que se detuviera para vomitar en los arbustos y me hiciera preguntarme si realmente le importaba la muerte de Doug.

Las piezas encajan. Incluida la época en la que debió de perder al bebé. Primero, desapareció. Pensé que se debía al testamento, pero fue porque estaba pasando por la pérdida y el duelo. Luego regresó de forma inesperada la noche en que Riggs iba a quedarse en mi casa. Me esperaba, dispuesta a complacerme, a entretenerme y a conquistarme. Ya había tomado una decisión. Paul ya no era una apuesta segura. Tal vez decidió seguir con Winnifred, después de todo.

Tras echar a Riggs, Grace sufrió cuando nos acostamos. El sexo fue torpe en el mejor de los casos, y yo quería parar. Había rastros de sangre en el condón. Ella decía que se debía al estrés. No era así. La verdad era que su cuerpo se estaba curando de un trauma.

Estoy más conmocionado por el hecho de haber tenido sexo con una mujer poco después de que sufriera un aborto espontáneo que por lo cerca que Grace estuvo de dejarme.

Entonces, Grace quería dejarme *y* tener el hijo de otro hombre.

Eso me lleva al misterioso USB. La última pieza del rompecabezas. La pueblerina ha hecho que me envíen esto aquí. Me sorprende que no intentara traérmelo ella misma.

«Le dijiste que no lo hiciera. Le dejaste muy claro que no volveríais a veros».

Además, mi mentor interior se siente orgulloso de que ella decidiera librarse de un peso muerto como yo. Esto es exactamente lo que quería que hiciera. Empezar a ponerse a sí misma primero.

Introduzco el USB en el portátil y aparecen una serie de vídeos. Hago clic en el primero. En la pantalla aparece la cara de una Patrice Corbin de aspecto juvenil, cansada pero feliz.

«Qué. Cojones».

Me lleva un minuto superar la conmoción inicial y concentrarme en lo que ocurre en el vídeo. Para entonces, tengo que volver a empezarlo. Patrice hace gorgoritos y le sonríe a un bebé con aspecto malhumorado —seguramente soy yo—

antes de acercarme a su pecho. Mi yo bebé succiona hambriento, con un puño enroscado alrededor de un mechón de su pelo negro para asegurarse de que no se va a ninguna parte. Me acaricia la cabeza, llena de pelo negro y liso, y se ríe con delicadeza.

—Lo sé —dice en francés—. Tu comida no se irá a ninguna parte, y yo tampoco.

Algo extraño ocurre en mi cuerpo. Una sensación de nostalgia, o tal vez un *déjà vu*. Un despertar. Hago clic en otro vídeo y me veo a mí de bebé caminando con nada más que un pañal por un apartamento que no reconozco. Supongo que es el piso que Patrice alquilaba en Nueva York. En el que se suponía que vivía sola.

Mi madre corre detrás de mí entre risas. Se oye una conversación en francés de fondo, seguramente entre miembros de su familia que estarían de visita en la ciudad. Cuando por fin me atrapa, me da vueltas en el aire y me hace pedorretas mientras yo me río encantado y estiro los brazos rechonchos para abrazarla.

Otro vídeo. Esta vez en la mansión Corbin. Debo tener unos tres años y estoy ayudando a Patrice a envolver regalos de Navidad. Hablamos largo y tendido sobre mariposas y heridas. De vez en cuando, se detiene, me pone una mano en el brazo y me dice:

—¿Sabes qué? ¡Eres muy inteligente! Me alegro de que estés aquí.

Otro vídeo. Mamá y yo en un viaje de esquí. Intento comer nieve. Ella le vierte encima concentrado de zumo. Yo sonrió y nos la comemos juntos.

En el siguiente vídeo estamos preparando una tarta. Ella me deja chupar el chocolate de las varillas.

En una clase de natación, donde llevamos bañadores a juego: yo los pantalones y ella un bikini con un patrón de langostas.

Volamos una cometa. Me choco contra un banco, me caigo y me echo a llorar. Patrice corre hacia mí, me levanta y me besa en la rodilla. Elegimos una tirita de superhéroes juntos. Es la última de Spiderman, así que ella sugiere que vayamos a la farmacia a por más.

¿Quién grabó los vídeos? ¿Quién estaba detrás de la cámara?

Me recuesto y me froto la sien. Aunque no tengo muchos recuerdos de nada esto, ahora que he visto los vídeos, pedazos borrosos de mi pasado encajan en un rompecabezas más grande y elaborado. *Sí* que recuerdo el apartamento de Manhattan, abarrotado y pasado de moda. Recuerdo ir al Calypso Hall con mi madre cuando era muy pequeño. Recuerdo que me sostenía a menudo entre sus brazos.

Me acuerdo de las discusiones con mi padre, aunque, a diferencia de su relación con Miranda, no había tantos gritos ni se lanzaban cosas el uno al otro. Patrice era callada, fiera y sabía lo que quería. Y lo que *no* quería: a mi padre.

Recuerdo que era buena. Generosa. Un espíritu libre. No ausente, despreocupada e indiferente. Y recuerdo el día en que se rindió, recogió sus cosas y me llevó con ella a Manhattan. Cómo se disculpó conmigo miles de veces mientras me ponía el cinturón y decía:

—Sé que mereces algo mejor. Lo tendrás conmigo. Lo prometo. Solo necesito arreglar las cosas.

Echo la cabeza hacia atrás, cierro los ojos y pongo una mueca. El torrente de recuerdos viaja por mi cuerpo como un terremoto.

Mi madre no era un monstruo desconsiderado. Estaba llena de pasión, diversión y compasión. Y mi padre nunca le perdonó que no empleara sus cualidades positivas con él. Escogió a Miranda, y Patrice siguió adelante. La sola idea de que pasara página sin él, de que dejara de discutirle, le hizo enviarle un último castigo: me envenenó en su contra. Mancilló lo único que a ella le importaba. Mis buenos recuerdos con ella.

Me lleva un par de horas ver todos los vídeos. Los reproduzco en bucle y cada uno se me queda grabado en el cerebro. Cuando termino, me los guardo todos en Dropbox y saco el USB.

300

Me preguntó por qué, de todos los sitios, esta cosa acabó en el piso de Paul. Supongo que el contenido del paquete que he recibido hoy era el pequeño relicario de Paul y Grace. Ella tendría el USB y decidió guardarlo en algún sitio donde yo no pudiera encontrarlo. No podría haber sido en su apartamento porque tenía una copia de las llaves.

¿Por qué no me lo dio a mí?

La respuesta es evidente. No quería que lo tuviera porque una parte de ella me odiaba lo suficiente para negarme un poco de paz mental. Que yo pensara que Patrice era un horrible monstruo era una ventaja para ella. Cuanto más roto estuviera yo, menos esperaría de ella. Mis expectativas sobre el sexo débil eran tan bajas que había aceptado estar con la mujer que intentó matarme cuando éramos adolescentes.

Grace nunca me quiso. Muy en el fondo, siempre lo supe, pero este USB es el golpe final.

Lo sorprendente es que yo tampoco la quise. Ahora que estoy aquí sentado ante esta montaña de pruebas de su aventura, veo que el capullo de Christian tenía razón.

Estaba obsesionado con ella.

Confundí la fijación con el afecto. Pero querer a mi hermanastra tenía muy poco que ver con Grace como ser humano y mucho más con demostrarme algo a mí mismo. Que había ganado, después de todo. El final del juego, el juego más importante de todos, no era algo que pudiera permitirme perder. Lo curioso es que, de todos modos, lo perdí. Y sobreviví para contarlo.

Todo lo que siempre quise de Grace fue su total y completa sumisión. No su cuerpo. No su amor. No sus bebés.

Eso lo explica todo. Por ejemplo, por qué me sentí engañado y traicionado más que desconsolado cuando Grace falleció. Como si el universo me hubiera fastidiado un buen negocio. Mi sensibilidad empresarial se había visto ofendida. Había invertido tiempo y recursos en esa mujer, y me frustró no ver un resultado.

La cercanía de la pueblerina no mejoró las cosas. Ver a la mujer perder la cabeza mientras le lloraba a su marido solo puso de relieve el hecho de que, en realidad, mi prometida no me importaba mucho.

Espera. Rebobina. Mierda, mierda, mierda.

Winnifred.

Sabe que Grace estaba embarazada. ¿Cómo debe sentirse, después de haber tenido que enfrentarse a su propia infertilidad?

Miro el reloj y veo que ya son más de las once. La llamo de todos modos. Está despierta hasta tarde, con el horario de representaciones. Pero no contesta. Le envío un mensaje: «Respóndeme».

Nada.

Vuelvo a llamar. Se me ocurre que le podría haber sucedido algo muy malo entre la última vez que nos vimos y ahora. ¿Por qué envió el paquete? ¿Por qué no lo trajo para que pudiéramos odiar a Grace y a Paul con una botella de vino, como la gente civilizada, antes de follar hasta perder la razón?

Es cierto que le dije que no lo hiciera, pero ¿desde cuándo esta mujer hacía caso de lo que *alguien* le decía? Y menos a mí.

¿Y si la pueblerina tiene problemas?

Esa idea me inquieta más de lo que debería. Cojo las llaves y me dirijo al aparcamiento, bajando las escaleras de tres en tres. El ascensor tarda varios minutos, y el tiempo apremia.

Intento llamarla mientras conduzco hacia su piso. Me salta el buzón de voz. Es como cuando fui a identificar a Grace al depósito de cadáveres, pero mil veces peor. Me horroriza mi reacción cuando Winnifred no me contesta, lo desproporcionada que es en comparación con lo que sentí cuando fui a ver el cadáver de mi prometida en mitad de la noche, tranquilo y sereno.

Aparco delante de su edificio y subo corriendo las escaleras mientras trato de convencerme todo el tiempo de que mi sentido de la responsabilidad se debe a todo lo que hemos pasado juntos, y no (que la ciencia no lo quiera) a que he desarrollado esas molestas cosas llamadas sentimientos. Solo quiero asegurarme. Es evidente que está afectada después de haber descubierto que su marido muerto podría haber sido padre. Solo estoy siendo un buen samaritano.

«¿Tú? ¿Un buen samaritano? —La voz de Riggs se ríe en mi cabeza mientras me arrastro por la barandilla para ganar tiempo—. Si el mundo dependiera de tus buenas intenciones, habría detonado mil veces».

Cuando llego a su puerta, la aporreo con ambos puños. La histeria no es mi faceta más atractiva, pero no he venido a por sexo.

—¡Pueblerina! —rujo—. Abre la maldita puerta antes de que la eche abajo.

Esta noche podría acabar arrestado. Si Christian tiene que sacarme bajo fianza, me lo recordará toda la vida.

—¡*Winnifred!* —Vuelvo a golpear la puerta. Oigo movimiento detrás de las puertas cercanas. Es posible que los vecinos se asomen por las mirillas para tratar de analizar el peligro que represento para su querida vecina—. ¡Contesta! —Golpeo la puerta con el hombro y gruño—. ¡Maldita sea! —Le doy otro golpe.

—¡La puerta!

Al fin, oigo una puerta que cruje al abrirse. Por desgracia, no es la que estoy golpeando. Una mujer aparece al otro extremo del pasillo. Lleva una mascarilla verde y rulos en el pelo.

—Por mucho que aprecie el gesto romántico (y no me malinterpretes, lo aprecio mucho, a menos que estés aquí para recoger dinero de la droga), Winnie no está.

—¿Cómo que no está? —escupo, jadeando. La representación de la obra debería de haber terminado hace dos horas y media.

Se aprieta el albornoz sobre la cintura.

—La vi salir hace un par de días con una maleta.

—¿Un par de... *qué?* —me burlo—. No puede ser. Está en un maldito espectáculo. El *mío*. Le pago un sueldo. Tenemos un contrato. No puede irse.

—Bueno, es lo que hizo.

—Eso es imposible —insisto—. ¿De dónde ha sacado esa tontería?

—No dispare al mensajero.

«Entonces no me tiente».

—Me pregunto por qué se fue. Parece un gran jefe...

—Esa pequeña, imprudente, egoísta, mier...

—Deténgase. —La mujer levanta una mano y sacude la cabeza—. Ni se le ocurra terminar la frase. Esa chica de la que habla es una de las mujeres más amables que he conocido. El otro día la sorprendí pidiéndole a nuestra vecina una taza de azúcar. La mujer es madre soltera y tiene dos trabajos para mantener a su hijo en este distrito escolar.

Parpadeo despacio y pregunto:

—¿Y qué? Le pidió una taza de azúcar a una madre soltera, ¿quiere darle un Premio Nobel por ello?

La mujer enrojece bajo la mascarilla verde neón que lleva en la cara.

—Así que le pregunté por qué lo había hecho. Winnie es una persona responsable, y cocina. Es imposible que necesitara azúcar. ¿Sabe lo que me dijo? —Se pasa la lengua por los labios—. Me dijo que de vez en cuando bajaba y le pedía a su vecina algo pequeño y barato para que ella siempre se sintiera bienvenida a pedirle cosas a Winnie también. Comida, pasta de dientes, jabón. Era su manera de asegurarse de que la vecina supiera que estaban en igualdad de condiciones. No sé cuál es su historia con ella, pero le aseguro que no es egoísta. Es un ángel en la Tierra, y, si la ha perdido, bueno, me inclino a creer que se lo merecía.

En primer lugar, nunca ha sido mía.

Me dirijo escaleras abajo, con la cabeza palpitando y el corazón acelerado. Ha tenido el descaro de irse de la ciudad como si no tuviera responsabilidades. ¿Cómo se atreve? Este es mi teatro. Mi espectáculo. *Mi* negocio.

«¿Y el teatro te preocupa desde...?», se burla Christian en mi cabeza.

—Cierra el pico, Christian —murmuro en voz alta mientras salgo a la calle como un maldito adolescente.

Recorro mis contactos hasta encontrar el número de Lucas Morton. Es el director. Él sabrá dónde está. Lucas contesta al tercer tono.

—¿Sí?

—Soy Arsène.

Se hace una pausa hasta que responde:

—¿Señor Corbin…? ¿Va todo…?

—¿Dónde está Winnifred Ashcroft?

—Oh, Dios. —Suspira como si quisiera decir: «No me hagas hablar»—. ¡Por fin, alguien con quien hablar! Se ha ido. Se ha marchado de la ciudad. Su agente me llamó de la nada hace dos días. Qué poco profesional. Penny tuvo que intervenir y trabajar todas las noches. Deberíamos demandarla.

—¿Adónde se ha ido?

—¿Cómo voy a saberlo? —grita—. Nos escribió un mensaje diciendo que se iba un tiempo. ¿Dónde? ¿Qué significa «un tiempo»? Esto es lo que no me gusta de trabajar con actores. Son propensos al drama. ¿Qué harás al respecto? Esto es un verdadero problema. ¿Sabes lo difícil que me resultará preparar a otra persona? No tengo tiempo para encontrar a alguien y enseñarle.

Le cuelgo el teléfono y vuelvo al coche para llamar a Christian.

Porque Christian está con Arya.

Y Arya conoce a Winnifred y a su agente.

Capítulo veinticinco

Winnie

El primer día de regreso a Mulberry Creek fue un caos.

—¡Tía Winnie! —Kenny me rodea el cuello con los brazos y me llena la cara de besos pegajosos por los malvaviscos—. ¡Te he echado tanto de menos!

—¡Yo también te he echado de menos, pastelito! —La acaricio con la nariz y la hundo en su pelo rubio y rizado. Me separo con una sonrisa—. ¿Cómo ha estado mi chica favorita?

—No me quejo. Bueno, la verdad es que me duele un poco la espalda, pero qué se puede esperar con treinta y cinco semanas de embarazo. —Mi hermana Lizzy responde a la pregunta dirigida a Kenny. Entra tambaleándose en la habitación, y la barriga la precede. Me levanto y la abrazo. No soy tan pura de corazón para no sentir celos de ella, aunque sea mi hermana mayor, la que me enseñó a hacerme trenzas y a cortarme los vaqueros muy cortos con precisión quirúrgica.

Es totalmente factible alegrarse por alguien y a la vez sentir celos de esa persona hasta el punto de querer llorar.

—Estás increíble —le susurro al oído.

—Pareces *hambrienta* —replica—. ¿Te has estado cuidando?

Esta es la parte en la que digo que sí y espero que se lo crean. Pero mentir ya no parece tan atractivo. Hay algo liberador en derrumbarme en la vieja cocina de mi madre y que mis seres queridos me ayuden a recoger los pedazos.

—No, pero lo cambiaré.

—¡Entonces genial! —Mamá aplaude de fondo, de forma alegre—. Hablando de comida, ¿os apetece un poco de tarta de manzana y té dulce?

Nos sentamos a nuestra pequeña mesa de la cocina, comemos nuestro peso en tarta pegajosa con helado de vainilla y bebemos litros de té dulce. Kennedy me enseña sus nuevos movimientos de *ballet,* y yo animo sin parar.

Papá llega a casa del trabajo, me abraza y me dice que me quiere. Me deshago como mantequilla en sus brazos.

Entonces Georgie, mi hermana pequeña, irrumpe en la cocina tras volver de su trabajo como instructora de pilates. Salta sobre mí y me atrapa con las extremidades.

—Dios mío, Georgie. Pareces un labrador.

—Y que lo digas. Siempre he sido tu perra favorita.

* * *

Cuando Lizzy y Kenny se despiden, unos amigos del pueblo se acercan para saludarme y ponerse al día. Me doy una ducha rápida, me pongo el pijama y miro el móvil por primera vez hoy. Tengo varias llamadas perdidas de Chrissy, Arya y Rahim. Ninguna de Arsène. Supongo que, una vez superada la rabia inicial tras descubrir lo del embarazo de Grace y de que se había quedado con los vídeos de su madre, ha pasado página.

Unos golpes en la puerta me sacan de mi ensoñación. Papá y mamá están en la cama y Georgie acaba de entrar en la ducha. Camino descalza hasta la puerta y la abro de un tirón.

Al otro lado de la puerta hay un hombre al que no creía que volvería a ver.

Mis asuntos pendientes. El amor que dejé atrás.

Rhys.

No ha cambiado en absoluto. Todavía tiene la misma cara triangular de bebé. Con esa sonrisa llena de dientes y los ojos de cachorro medio cerrados. Lleva unas bermudas caqui, unas chanclas y un jersey burdeos. Parece el mismo chico que dejé atrás, pero yo no sé si soy la misma chica de entonces.

—Winnie. —Se le ilumina la mirada.

—¡Rhys Hartnett, madre mía! —Lo abrazo. Se ríe de buena gana y me devuelve el gesto.

—Espera, un momento. Hay un pastel entre nosotros. Pastel de caqui, para ser exactos. Tu favorito. Cuando mamá se enteró de que estabas en el pueblo, insistió en prepararte uno.

Me alejo y le quito el pastel de las manos.

—¿Cómo está la señora Hartnett?

—¡Fantástica! —Sonríe—. Mi hermano le dio un nuevo nieto el mes pasado, así que la mantienen ocupada.

Al parecer, no puedo evitar el tema de los niños y los bebés.

Le acompaño a las mecedoras del porche. Dejo el pastel en la mesa, entre los dos, y me siento.

—Siento no haberte contestado cuando me llamaste. He estado muy ocupada.

—Me lo imaginaba. —Rhys toma asiento a mi lado—. No puedo ni imaginar por lo que has pasado. ¿Estás mejor?

—Estoy en ello. —Sonrío—. ¿Cómo estás tú?

—Genial —dice, y le creo. Los hombres como Rhys tienden a hacer el bien, estar bien y sentirse bien—. Aparte de una pequeña recaída cuando, sin querer, empecé a salir con una fugitiva hace dos años.

—¡Una fugitiva! —Me atraganto con la saliva—. ¡Suéltalo, Rhyssy! Quiero todos los detalles.

—Está bien. —Se pasa los dedos por su melena perfecta—. Pero promete no reírte.

—Prometo *reírme*. Está claro que has esquivado una bala. Una convicta, ¡vaya!

—¡Un fugitiva! —me corrige, y me río aún más—. Hay un mundo de diferencia. Hace unos dos años, una mujer llamada Jessica se mudó a Mulberry Creek de la nada. Alquiló la casa de la esquina de Main y Washington. La de los Bradley. Empezó a asistir a todos los festivales y reuniones de la ciudad. Envió a su hijo, que iba a primero, a la escuela primaria local. Era genial. Los dos, en realidad. El niño también. La gente decía que se había divorciado de un magnate del petróleo y mudado aquí para alejarse de la ciudad. Por eso estaba tan bien económicamente.

—Pero ¿lo estaba realmente? —Lo examino, consciente de que me brillan los ojos.

Sacude la cabeza y se pasa una mano por la frente.

—Fraude a ancianos.

Hablamos hasta bien entrada la noche. Sobre la muerte de Paul y los meses que vinieron después. Rememoramos. Sobre sus partidos de fútbol y nuestras sesiones de besuqueo, y de aquella vez que perdí una apuesta y, después de que marcara un *touchdown,* le dejé que me chupara el dedo del pie en público.

Cuando el sol está a punto de salir, Rhys se levanta y se quita el polvo de los pantalones.

—Bueno, parece que ya te he robado bastante tiempo. Lo siento.

—No te disculpes. —Yo también me levanto y le doy un abrazo—. Ha sido genial ponernos al día. Lo necesitaba.

Vacila y lanza una mirada insegura detrás de su hombro, hacia la camioneta.

—Eh, por favor, siéntete libre de decir que no. Pero me preguntaba si tal vez, ya que has vuelto y yo estoy aquí, y este pueblo no tiene mucho que ofrecer en el sector del entretenimiento en comparación con Manhattan... —Aspira y se ríe torpemente—. ¿Te gustaría tomar un café conmigo? ¿Tal vez? ¿Algún día?

Le tomo de la mano y se la aprieto.

—Me encantaría, Rhyssy.

Capítulo veintiséis

Arsène

Llego a Nashville, Tennessee, dispuesto a cometer un asesinato capital. Lo único que me detiene es el hecho de que mucha gente echaría de menos a la mujer a la que me gustaría estrangular, incluido yo mismo, por desgracia.

Nashville es bulliciosa, colorida y demasiado alegre para ser una gran ciudad. El sol lo cubre todo con un filtro amarillo mantequilla.

Me meto en un taxi y le digo al conductor la dirección de Mulberry Creek que me han dado. Arya me hizo prometer que no le echaría nada en cara a Winnifred, una promesa que pienso romper de todo corazón. Ella fue quien me dio el número de Chrissy. ¿Y Chrissy? Solo me pidió que la mantuviera informada.

«No he visto ni sabido nada de Winnie desde que tomó un vuelo de vuelta a casa. Por favor, si vas, dime cómo está».

Fue su única petición a cambio de la dirección de su clienta. Pero ahora, mientras mi teléfono parpadea con su nombre, no puedo evitar mandarla directamente al buzón de voz. En cierto modo, tiene un poco de culpa por este error. Debería haber tenido más controlada a su clienta. Debería haberle impedido que se fuera de Nueva York, ya fuera con un chantaje o haciéndola entrar en razón.

¿Qué clase de mujer deja un papel protagonista en un teatro de Manhattan sin avisar con dos semanas de antelación? ¿Y qué clase de persona se lo *permite*?

De Nashville a Mulberry Creek hay una hora en coche y un montón de campos abiertos sin nada entre ellos. Los espacios abiertos me inquietan. Aunque pasé gran parte de mi juventud en un internado en una mansión a las afueras de Nueva York, lo cierto es que hay un ambiente, una tranquilidad en los campos infinitamente extensos, que me resulta desconcertante.

Llego a la casa de la infancia de Winnifred cuando el sol se oculta tras unos antiguos robles rojos. Es una casita blanca con un porche caído, unas mecedoras, un columpio y unas macetas llenas de plantas. Hay una bicicleta rosa infantil volcada en el césped delantero.

—Espere aquí —le pido al conductor antes de salir del coche. Tengo muy poca fe en conseguir que esta mujer tan testaruda cambie de opinión. Mucho menos que pueda apelar a su sentido común. Primero, porque he venido sin un plan. Segundo, porque Winnifred (¿desde cuándo la llamo Winnifred y no pueblerina?) nunca ha valorado mucho el sentido común. Esto es lo que la hace impredecible, diferente y especial. Su capacidad para elegir el camino menos transitado con tanta facilidad.

Subo los escalones de su casa y llamo a la puerta. Me llega el sonido de una cena familiar.

—Georgie, ¿no te comerás las cigalas? Por el amor de Dios, no has vuelto a caer en otro de esos engaños de vegetarianos, ¿verdad? —Oigo a la madre de Winnifred.

—¡No es un engaño, estoy en Cuaresma!

—Ni siquiera estamos en febrero.

—Winnie no ha comido nada, y no veo que te quejes por ello. Y al menos estoy siendo una buena cristiana.

—Las animadoras de nuestro instituto local discreparían —le contesta Winnifred con sorna a su hermana. Sonrío a pesar de que me esfuerzo por no hacerlo.

«Admítelo, idiota. No odias a esta mujer tanto como querrías. Ni por asomo. Ni siquiera se acerca al odio».

—¿Me estás delatando? —Georgie jadea—. Porque, ya que estamos, puede que mamá y papá quieran saber más sobre tu pequeño encuentro nocturno con…

—¿*Me* estás delatando? —replica mi empleada—. ¡No has cambiado nada, Georgie!

—Claro que he cambiado. Ahora estoy más delgada que tú.

Vuelvo a golpear la puerta tres veces seguidas y me alejo. No parece que Winnifred lo esté pasando mal. Su familia parece agradable. Pero aún me debe un espectáculo, y no me gusta que me roben.

La puerta se abre de golpe y frente a mí aparece una mujer que debe de ser Georgie. Parece tener la misma edad que Winnifred, pero es más alta. Su pelo es más de un rojizo óxido que el rubio anaranjado de Winnifred y su estructura ósea, menos refinada y agradable.

—Hola. —Tiene un trozo de alubia en la comisura de los labios, como si fuera un cigarrillo—. ¿En qué puedo ayudarte, extraño, pero atractivo, chico de ciudad?

«Así que Winnifred se llevó la personalidad y la belleza. Pobre Georgie».

—He venido por Winnifred. —Aunque son ciertas, mis palabras me sorprenden. Me doy cuenta de que nunca me he plantado en la puerta de la casa de una chica para pedirle que salga. Rara vez salí con alguien antes de Grace, y, cuando lo hacía, limitaba mi comunicación con esas citas a sórdidos escarceos. Entonces ocurrió lo de mi hermanastra, y vivíamos juntos o teníamos nuestros propios apartamentos. No había ningún misterio, ningún estrés o valor añadido en perseguirla. A lo largo de mi vida, me había ahorrado el bochorno de plantarme ante un completo desconocido para decirle que iba a ver a su querida familiar.

—¿Quién pregunta? —Georgie arquea una ceja y sonríe.

—Un chico de ciudad extraño y atractivo —respondo sin rodeos.

Se ríe.

—Especifica.

—Su jefe.

—¿Su jefe? —La sonrisa de Georgie se transforma en un ceño fruncido—. Pareces un hombre de negocios importante, y ella trabaja en el teatro.

—No por mucho tiempo, si no viene aquí enseguida y se explica.

—Espera aquí. —Georgie desaparece dentro de la casa y deja la puerta entreabierta tras de sí. Un minuto después, Winnifred está fuera con una chaquetilla alrededor de los hombros. Levanta la barbilla para mirarme, y en sus ojos azules solo veo miedo y una leve acusación. No esperaba que nadie viajara hasta aquí para enfrentarse a ella. Su mundo de Nueva York y el de Mulberry Creek han permanecido separados hasta ahora, y ella creía que podrían seguir así.

—Hola, Winnifred.

—Hola. —Se sonroja en cuanto nuestros ojos se cruzan—. ¿Qué haces… aquí?

Vaya pregunta, pueblerina. Si tan solo lo supiera. Claro, la has cagado con el Calypso Hall y no me gustan los empleados perezosos, pero tengo gente en nómina que puede hacerme el trabajo sucio y buscarte ellos mismos.

La verdad es que no tengo ni la más remota idea de por qué estoy aquí.

—Tenemos que hablar en privado —le pido.

—¿Me gritarás? —Entrecierra los ojos y vuelve a mostrarse desafiante.

Me lo pienso un momento.

—No. Solo gritarías más fuerte.

Asiente.

—Hay un río a un kilómetro y medio de aquí. Caminemos.

—¿No deberías decirle a tu familia adónde vas? —le pregunto.

Me mira de arriba abajo y sonríe.

—No. Si alguien tiene que ahogar al otro, seré yo.

Salimos del porche y bajamos por la calle poco pavimentada de su barrio. Las casas están a hectáreas de distancia las unas de las otras.

—¿Cómo has estado? —me pregunta mientras avanzamos por el arcén de la carretera.

—Bien. De maravilla. ¿Por qué no iba a estarlo? —espeto.

Ella se vuelve hacia mí despacio, con una mirada divertida.

—Por nada, solo trataba de ser educada.

—Nunca hemos sido educados el uno con el otro, ¿por qué romper una racha perfecta?

Vuelve a mirarme. ¿Por qué estoy nervioso? Soy un hombre adulto.

—¿Qué tal si vamos directamente al grano? —Coloco las manos en la espalda—. Me debes un interés amoroso.

—¿Cómo dices?

—Una *Nina* —especifico—. Has dejado la obra. Tu sustituta no es bien recibida.

Lucas me ha estado llamando sin parar, rogándome que intente encontrar a la estrella de su espectáculo. Penny no lo está llevando muy bien. Tal vez *rogar* no sea la palabra correcta. Pero me llamó una vez. Fue por accidente, pero lo hizo. Y, cuando le pregunté cómo le iba a Penny, me contestó:

—Oh, bueno, un crítico teatral de *Vulture* la describió el otro día como «poseedora del carisma de una uña encarnada». Así que, en general, diría que las cosas podrían ir mejor.

—¿Desde cuándo te importa el Calypso Hall? —Winnifred entrecierra los ojos.

—Claro que me importa. Es el negocio de mi familia.

—Quieres venderlo.

—Razón de más para querer que vaya bien y dé beneficios.

—Y, sin embargo, no invertirías ni un céntimo en él, aunque se caiga a pedazos.

—Los próximos propietarios lo renovarán. —Esta mujer me vuelve loco. ¿Adónde quiere llegar?

314

—Lo siento —se disculpa, y se cruza de brazos por encima del pecho mientras acelera—. Soy consciente de que mis actos tienen consecuencias graves, pero no tenía elección. Estaba en un lugar muy oscuro. No podía quedarme en Nueva York después de lo que descubrimos.

—Has madurado mucho en los últimos meses —señalo.

—Es cierto—responde—. Pero tú también.

Ya hemos reconocido a los elefantes en la habitación, Paul y Grace, y ahora sería una buena oportunidad para abordar el tema del embarazo, de los vídeos de mi madre y de la traición. Pero no lo hago. Esto no servirá a mi propósito. Estoy aquí para llevármela de vuelta a Nueva York, no para recordarle por qué huyó.

—La oscuridad es lo único que conozco —respondo brevemente—. Y, sin embargo, no voy rompiendo compromisos a diestro y siniestro solo porque estoy de mal humor.

—No estoy de mal humor. —Su tono cambia, el tono de su voz se vuelve más afilado—. No soportaba la idea de quedarme en ese apartamento.

—¿Por qué no dijiste nada? Te habríamos encontrado un alojamiento apropiado en Manhattan. —Pateo una pequeña piedra en el arcén.

—No se trata solo del apartamento. —Sacude la cabeza—. Se trata de mi futuro.

—¡No tendrás un futuro si no vuelves a Nueva York enseguida! —Me detengo en seco, a unos cientos de metros del río del que me ha hablado. Grito. ¿Por qué *coño* grito? Creo que no he gritado en toda mi vida adulta. No. Tacha eso. Tampoco levantaba la voz cuando era niño. Es algo muy ordinario.

Me vuelvo hacia ella y, por primera vez en meses, no, en años, estoy muy enfadado.

—Tomaré un vuelo de vuelta a casa dentro de cinco horas y espero que me acompañes. Tienes un contrato de un año con el Calypso Hall. Me importa una mierda tu estado de ánimo del mismo modo que a nadie le importa el mío. Los contratos están para cumplirse.

—¿O qué? —Su cara se endurece. La dulce Winnie Ashcroft ya no es tan dulce. Tal vez nunca fue ese paquete de inocencia y galletas de avena que la gente creía que era. O tal vez simplemente está creciendo ante mí, y no volverá a dejarse mangonear por nadie. Paul. El mundo. Yo.

—O... —Me inclino hacia delante y una leve sonrisa se dibuja en mis labios—. Te demandaré y tendrás que volver, de todos modos.

Hace un segundo, no creía que fuera posible odiarme más de lo que ya lo hago. Pero estaba muy equivocado. Porque la mirada de Winnifred me da ganas de vomitar mis órganos internos para luego darme un festín con ellos. Por primera vez, decepcionar a alguien significa algo para mí.

Abre la boca. La cierra. Y vuelve a abrirla.

—¿Me estás diciendo que, después de todo lo que hemos pasado juntos, me demandarás porque me fui de la ciudad y tu teatro tiene que arreglárselas con una actriz temporal para un papel al que se presentaron más de *dos mil* mujeres?

—Sí.

—¿Esto es lo poco que significa para ti todo lo que nos ha ocurrido? —Me mira a los ojos, pero no encontrará nada. Hace décadas que perfeccioné el arte de no mostrar emociones.

—Oh, Dios. —Da un paso atrás y sacude la cabeza con una risita oscura—. No te importa, ¿verdad?

No digo nada. ¿Cómo me he convertido en el malo?

Es ella la que se fue sin siquiera despedirse.

Es ella la que renunció a su papel.

—Te has rendido —respondo con suavidad—. ¿Cuál habrá sido el propósito de todo este viaje? ¿De conocernos? ¿De descubrir la verdad? Si te niegas a quedarte y luchar por lo que viniste a Nueva York. Acabas de volver corriendo a los brazos de tus padres. A los arcoíris y las tartas. Al lugar que sabes muy bien que es demasiado pequeño para ti, demasiado poco inspirador para ti, demasiado *equivocado* para ti.

—Nuestras necesidades cambian con la edad. —Levanta los brazos—. No me importa conformarme con la comodidad.

—Es *terrible* conformarse con cualquier cosa —exclamo—. Comodidad es lo último que debería sentir una veinteañera ambiciosa y con talento. Ni siquiera deberías estar a cien metros de la comodidad.

Me mira con una frustración que me cala hasta los huesos.

—No volveré —dice por fin.

—Claro que lo harás. Cumplirás con el contrato y te irás. No te preocupes, estaré encantado de pagarte el billete de vuelta a Villa Mierda. —Miro a mi alrededor con el ceño fruncido.

Ella aprieta los labios y cierra los ojos.

—Quizá nunca lo entiendas, y no pasa nada. El viaje de cada persona es diferente. Pero debería haber hecho esto hace meses. Venir aquí, ordenar mis pensamientos, dar sentido a todo lo que me ha pasado. Siento haber ignorado mi responsabilidad. Sé que no es justo para Lucas, ni para el elenco ni para ti. Ojalá pudiera retroceder en el tiempo y no aceptar el papel.

No me creo que me sienta decepcionado. Nunca siento nada por las acciones de otros humanos. Poner mi fe en alguien va en contra de todo lo que he aprendido a lo largo de los años. Quiero gritarle en la cara. Decirle que no es justo.

Suspira y se mira las zapatillas, ahora cubiertas de polvo.

—Gran parte del motivo por el que lo acepté fue para acercarme a ti, de todos modos. Pero no puedo volver. Ahora no. Tal vez nunca. Ha llegado la hora de ponerme a mí por delante. No importa el precio.

Y así, a un lado de una carretera rural, y por primera vez en toda mi vida, una chica me abandona.

Se da la vuelta, se aleja y me deja en una nube de polvo amarillo.

Capítulo veintisiete

Winnie

A la mañana siguiente voy al ginecólogo y me hacen muchas pruebas. Mamá y Georgie me toman de la mano. También han venido para llevarme después a Cottontown a almorzar y a una terapia de compras para que no piense en los resultados, que llegarán en las próximas cuatro semanas.

Mientras echamos un vistazo a los vestidos, Georgie separa un perchero lleno de prendas entre nosotras, como si fuera el escaparate de un confesionario, y me mira con los ojos muy abiertos.

—Tengo que decirte algo.

—Sé que fuiste tú quien robó y destrozó mi vestido favorito, el que me hizo la abuela el último año de instituto —digo en un tono plano, y tiro de la etiqueta de un bonito vestido amarillo.

Georgie sacude la cabeza.

—Oh, Winnie, negaré haber destrozado ese vestido hasta mi último aliento. No se trata de eso. Tengo que confesarte algo para lo que nunca he tenido valor. Mamá lo sabe. Lizzy también.

—De acuerdo... —Levanto la mirada para observarla—. Continúa.

Georgie traga, nerviosa.

—Paul. —Se pasa la lengua por los labios—. La noche que te casaste... estaba muy borracho... e intentó besarme. Justo antes de la ceremonia. No me forzó ni nada parecido, pero lo

318

intentó. Lo aparté de un empujón y le eché una bronca. Luego corrí a ver a mamá y se lo conté todo.

Sigo mirándola, pero no digo nada. ¿Qué hay que decir? La creo. También la habría creído si me lo hubiera contado entonces. Por eso, supongo que mamá le pidió que no lo hiciera.

—¿Qué dijo? —le pregunto. Me preocupa más cómo reaccionó mi familia que Paul. Ya sé que era una basura.

Mamá ha salido de la tienda y nos trae café helado con nata montada extra.

—Me dijo que lo dejara pasar. Que podían ser los nervios, pero que, si volvía a ocurrir, te lo contara.

Por eso mi familia no ha hablado de Paul desde el funeral. Vieron a través de la farsa del buen chico. No les gustaba. O, al menos, tenían serias reservas.

—No estás enfadada, ¿verdad? —me pregunta Georgie, que pone cara de cachorrito.

Sonrío.

—No. Pero la próxima vez dímelo. Me habría gustado saberlo.

* * *

Al día siguiente, Georgie me arrastra a dos clases de pilates y, al otro, Lizzy insiste en que la ayude a montar su nuevo cuarto infantil.

Me meto en mi existencia previa a Paul como si fuera un viejo vestido de graduación. Sin esfuerzo, pero me siento rara en mi antigua vida. Mis días son un torbellino de encuentros sociales, cenas acogedoras, fiestas en el jardín y tranquilos paseos junto al río.

Tres semanas después de mi llegada a Mulberry Creek, decido que tengo demasiado tiempo libre. Acepto un puesto de voluntaria tres pueblos al norte, en Red Springs, en la frontera con Kentucky, como directora teatral de una producción de *Romeo y Julieta* organizada por un grupo de jóvenes desfavorecidos.

Me paso los viajes en coche con las ventanillas bajadas y música *country* a todo volumen. Hago galletas sin sentirme como una pueblerina estúpida y se las regalo a completos desconocidos. Les escribo a Arya y Chrissy, y asisto a *baby showers*. Tomo comida casera y abrazo a la gente que quiero, y, cada vez que Paul se me pasa por la cabeza, no alejo el pensamiento como si fuera una patata caliente en la mano, sino que me permito sentir el dolor. Y sigo adelante.

Solo dudo de por qué estoy aquí cuando Arsène se desliza en mi mente. Lo cual es una tontería. Me repitió más de una vez que no somos nada el uno para el otro. Lo demostró con su visita sorpresa, en la que me regañó como si fuera un profesor. Y, aun así, no parece tener prisa por demandarme. Reviso mi buzón todos los días. Solo hay facturas y anuncios que sirven para gastar papel.

Todavía no he llorado. Soy incapaz de producir lágrimas, pero ya no me angustia.

Mis amigos y mi familia me apoyan de un modo increíble. En especial, Rhys, que es un sol. Quedamos para jugar al billar una vez a la semana y hablamos de nuestros años de instituto, de todas las cosas de las que solíamos hablar. No hay nada en nuestras salidas que parezca una cita. La primera vez que quedamos para tomar una cerveza y echar una partida rápida, le dije sin rodeos que no estoy preparada para tener citas.

—Sinceramente, me lo imaginaba. —Sonrió y tiró la tiza del taco por encima de la mesa—. No puedo culparte, después de lo que has pasado. Pero estoy dispuesto a esperar.

Estas palabras me persiguen por dos razones. La primera, porque contienen una declaración de intenciones. Está dispuesto a esperarme, lo que significa que espera *algo*. Quiere continuar donde lo dejamos. Ahora me doy cuenta de que, a pesar del último año, a pesar de que idolatraba lo que teníamos después de lo que descubrí sobre Paul, no creo que sea una buena idea encender esta vieja llama. «Una cerilla mojada nunca se vuelve a encender», decía la abuela cuando vivía.

La segunda cuestión, más apremiante con lo que me dijo Rhys, es que mi razón para no pasar página no tiene nada que ver con Paul.

Ha pasado casi un año. He tenido un año para digerir lo que pasó, lo que hizo, las cosas que nunca se podrán deshacer. He pagado mis deudas de viuda. He estado triste. He llorado. Me he roto. Me he recompuesto y he vuelto a romperme. Paul no me merecía: ahora lo sé. Me veía bajo la misma luz que todos sus amigos. Esos profesionales que viajaban en helicóptero, educados en colegios privados, con los que se codeaba. Yo era un trofeo. Un símbolo de estatus. Nada más.

No. La razón por la que no puedo seguir adelante no es Paul. Es otra persona.

Rhys me dice que hay un puesto esperándome en el instituto local, y, ahora que trabajo con jóvenes, empiezo a considerarlo seriamente.

¿Es eso lo que quería hacer con mi vida cuando era adolescente? No. Quería actuar. Subirme a un escenario. Pero los sueños cambian. La gente se transforma en diferentes versiones de sí misma. Y la comodidad es...

«Terrible», completa la voz de Arsène en mi cabeza.

Cuando llega la llamada del ginecólogo y me piden que vuelva a la clínica, no me derrumbo como imaginaba. Reservo hora, informo a mi madre y a mis hermanas, me pongo un vestido llamativo y cojo las llaves.

Tengo una historia de amor que dirigir.

La gente me necesita.

Arsène tenía razón. El compromiso es felicidad.

* * *

Un mes se convierte en tres. Arya me llama todas las semanas para asegurarse de que estoy bien y para dejarme claro que no está enfadada por que haya dejado su obra benéfica. Chrissy va un paso más allá y me hace una visita. Es una visita cargada de emociones, aunque agradable. Sigue descontenta con mi decisión de marcharme. Fue ella la que tuvo que limpiar mi desastre. Pero también me anima el hecho de que sea más que una simple agente. Que haya hecho el viaje a Mulberry Creek para verme a pesar de que mi futuro en su agencia pende de un hilo.

Salimos para pasar una noche de chicas en Nashville.

—Bienvenida a nuestro Broadway. —Estiro los brazos mientras la guío por las calles saturadas de neón de Nashville. Los edificios bajos de ladrillo rojo están repletos de carteles de guitarras y cerveza. Puede que no sea tan lujoso como Nueva York, pero es divertido. Entramos en un bar de mala muerte donde el suelo está pegajoso y la lista de reproducción solo incluye a Blake Shelton y Luke Bryan.

Tomamos unos chupitos, pedimos una cesta de champiñones rebozados en cerveza y los regamos con una cerveza local. Mientras chupa su cigarrillo electrónico, Chrissy me cuenta que está saliendo con alguien. Que vive en Los Ángeles y que está pensando en mudarse allí.

—Hace tiempo que lo tienes pendiente. —Le doy un sorbo a mi cerveza helada—. Mudarte al oeste. Quizá sea la señal definitiva de que deberías dar el salto.

—Tal vez. Ya veremos. —Chrissy frunce el ceño—. ¿Y qué hay de ti? Por favor, dime que has estado saliendo con alguien y que ya no estás obsesionada con él.

Cuando dice *él,* pienso de inmediato en Arsène, aunque sé que se refiere a Paul.

—No estoy obsesionada con él —confirmo, lo cual es cierto. Al menos, en lo que respecta a Paul—. Pero tampoco estoy saliendo con nadie. Estoy pensando en el tema de la fertilidad. Asuntos de planificación familiar.

Hablamos un poco más. No me pregunta por las pruebas, y yo no le cuento nada. No estoy avergonzada. Solo me muestro un poco más reservada que en Nueva York, cuando lo veía todo a través de la neblina frenética y ardiente de la posibilidad de que nunca pudiera tener hijos biológicos.

Quiero sacar a Arsène en la conversación. Preguntarle si ha hablado con él últimamente. Sé que descubrió mi dirección por ella. Me encantaría tener una migaja de información sobre él. Cualquier cosa serviría. Hace meses que no sé nada de él, y me odio por no haber disfrutado de cada segundo de su viaje a Tennessee. Debería haberlo prolongado de alguna manera. Invitarlo a cenar. Preguntarle sobre los vídeos. Qué pensaba de ellos.

Estaba tan ocupada defendiéndome que no tuve tiempo de disfrutar de su cercanía.

«Vino a arrastrarte de vuelta a Nueva York de la oreja —me recuerdo—. No parece un gran gesto romántico».

—¿Hola? ¿Win? ¿Estás ahí? —Chrissy chasquea los dedos delante de mi cara.

Me enderezo.

—Sí. Creo que los chupitos se me han subido a la cabeza.

—¿Has oído *algo* de lo que he dicho? —Cruza los brazos sobre el pecho.

—Algo sobre Jayden, ¿verdad? —Jayden es su nuevo novio.

Pone los ojos en blanco y suelta un suspiro.

—Está bien, cuéntame. ¿Qué es?

—¿A qué te refieres? —Parpadeo, confusa.

—¿Qué has querido decirme o preguntarme desde que he llegado? Sé que me ocultas algo.

Me muerdo el labio. Una señal reveladora de que estoy más que nerviosa. Pero, al final, no puedo contenerme.

—¿Has hablado con Arsène? —suelto.

Ella se echa hacia atrás y una sonrisa socarrona se dibuja en su rostro.

—Ah, Arya me debe cincuenta pavos. Mis sentidos nunca fallan.

—¿Arya? —Parpadeo atónita—. ¿Por qué has hablado con Arya de esto?

—Bueno, al principio no le pareció que fuera una buena idea darle tu dirección a Arsène. Dijo que era un matón de colegio. Pero pensé que había algo más. Un hombre no se levanta y se va en busca de una empleada. Se necesita pasión para ir a un sitio sin ser invitado.

—¿Y qué le dijiste? —exijo saber.

—Que, por lo que sé, Arsène y tú teníais una relación cordial y profesional, y que compartíais información sobre vuestros seres queridos fallecidos, pero nada más. Me dio la razón.

Asiento, aliviada.

—*Pero…* —Chrissy se acaba el resto de la cerveza y golpea la jarra contra la barra pegajosa—. También pensé que le gustabas como algo más que una amiga, lo cual, según Arya, era imposible, porque no le va eso de los sentimientos. Bueno, no me importa lo que él *quiera,* porque siente algo muy intenso por ti, y eso no tiene cura.

Hace una pausa y ladea la cabeza para analizar el tema con más detenimiento.

—Y también me pareció raro que decidieras hui… *mudarte* después de habértelas arreglado para salir adelante sin Paul en Nueva York. Me hizo sospechar.

—No hui —exclamo, y me vienen a la mente las palabras de Arsène.

—Claro, cariño. Claro.

—No has respondido a mi pregunta. —Me meto las últimas setas en la boca y mastico—. ¿Has hablado con él últimamente?

Ella niega con la cabeza.

—Ni recientemente ni nunca. No contesta a mis llamadas. Por lo visto, rompió tu contrato a la vista de todos el día en que volvió de Tennessee. Lucas me contó que montó un espectáculo. Eso fue lo último que se supo de él en el Calypso Hall. Es un hombre difícil de localizar. Por supuesto, podría contactar con Arya, pero ¿para qué? Quería hablar con él sobre algunas de mis actrices prometedoras, pero estoy bastante segura de que ese puente está quemado.

No me siento ni la mitad de culpable de lo que debería por esta información. De hecho, me preocupa más su muestra pública de desprecio hacia mí. ¿Rompió mi contrato delante de la gente? No se parece en nada al hombre que conocí en Nueva York. La criatura indiferente y distante. Parecía el tipo de hombre que no se tomaba nada en serio. Debe de odiarme mucho.

—Por favor, no pongas esa cara. —Chrissy suspira—. Ojalá no te lo hubiera dicho. ¿A quién le importa lo que piense? No es que sea el dueño de Broadway. Y, además, es un capullo muy conocido en la ciudad. Nadie te juzgará por haberle plantado.

Suelto una carcajada, porque sé que ella espera algún tipo de reacción. Pero, en el fondo, quiero llorar.

Capítulo veintiocho

Arsène

—A lo mejor está muerto.

Oigo la voz de Riggs antes de sentir algo, un palo, que me golpea en el cuello. Siento la tentación de agarrarlo y partirlo, pero me lo pienso mejor. Si los ignoro lo suficiente, puede que me dejen en paz.

—No está muerto —asegura Christian con convicción—. Eso sería demasiado conveniente para nosotros. No. Alargará esta crisis existencial hasta que mi hijo vaya a la universidad y tú te quedes sin lugares que visitar en el mundo.

El libro de astronomía que he estado leyendo se me resbala del pecho y cae al suelo. Mantengo los ojos cerrados. Fue idea de Riggs y Christian llevarme a un exclusivo complejo en Cabo, como si fuera una maldita mujer de la alta sociedad con la que quisieran acostarse. Ninguna parte de mí entiende el plan. En primer lugar, estoy perfectamente. Segundo, aunque no lo estuviera, una villa soleada es el último lugar en el que encontrarme voluntariamente. Tercero, y para colmo, tengo trabajo que atender en casa. Esto es un incordio. No unas vacaciones de lujo.

—¿Cuánto tiempo lleva ahí tirado? —pregunta Riggs.

—¿Dos horas, tal vez más? —responde Christian—. Oh, mierda, a lo mejor *está* muerto. Vamos a dejarlo aquí y volvamos al complejo. Si está muerto, encontraremos su cuerpo en el mismo estado cuando volvamos.

Les oigo recoger sus pertenencias y, tras unos minutos de silencio, cuando concluyo que no hay moros en la costa, abro los ojos.

Enseguida me encuentro con dos pares de ojos que me miran fijamente. Me incorporo y suelto un rugido.

—¿Qué os pasa, idiotas?

—¡Está vivo! ¡*Vivo!* —Riggs eleva las palmas de las manos al cielo, al más puro estilo Frankenstein—. Y puedo decir que es un poco más guapo que un cadáver reanimado.

Recojo el libro que se me ha caído y lo meto en la mochila. Estamos sentados junto a una piscina sin bordillo construida sobre un acantilado, justo encima del océano Pacífico. Las formaciones rocosas, incluido el famoso arco de Los Cabos, se extienden frente a nosotros y el sol las tiñe con unos preciosos tonos rosas y amarillos. Este lugar está al borde de la perfección y, sin embargo, el mundo nunca ha parecido tan imperfecto como estos días.

—Nos vamos mañana por la noche. —Riggs se deja caer en el borde de mi tumbona—. Y aún no nos has dicho por qué estás tan enfadado como una cumpleañera sin pastel.

—En realidad, sabemos exactamente por qué te comportas como una cumpleañera sin tarta. —Christian toma asiento frente a nosotros, y esto empieza a parecerse mucho a una intervención.

Alterno la mirada del uno al otro y me encojo de hombros. Me niego a moverme.

—Estás enamorado —anuncia Christian sin rodeos—. No has sido capaz de pensar en otra cosa, de salir con nadie más, de hacer cosas que merezcan la pena. Tienes que decirle lo que sientes.

—¿Y esperar a que me responda? Porque los muertos no son famosos por sus rápidas respuestas —contesto con total indiferencia.

—No hablo de Grace —dice Christian casi en voz baja.

—Yo tampoco —replico con facilidad. Me levanto y me cuelgo la mochila al hombro—. Hablo de Winnifred Ashcroft, que está muy muerta para mí después de lo que le hizo al Calypso Hall.

—El Calypso Hall te importa una mierda. —Christian me pisa los talones. Se niega a dejar pasar la oportunidad de discutir conmigo. Riggs es otra historia. Se queda atrás, después de haber posado la mirada en una mujer preciosa con un bikini rosa al otro lado de la piscina—. Prefieres estar enfadado con ella porque la ira es un gran distractor. Muy útil para enmascarar el amor. Es el truco más viejo del mundo.

—No puedo enamorarme. —Piso el suelo caliente con las chanclas mientras subo las escaleras del recinto—. Siempre he sido incapaz. El sentimiento que más se le parece es la obsesión, y la última vez que me obsesioné con una mujer, acabó mal.

Subestimación del maldito siglo.

Me detengo frente a nuestra puerta metálica, tecleo el código para abrirla y entro en el fresco y enorme complejo.

Christian me agarra del hombro y me gira con violencia. Se me cae la bolsa. Lo miro fijamente, sin saber si debería darle un puñetazo en la cara o alegrarme de importarle a alguien.

—Mira, lo he visto estos últimos meses. No eres tú. Eras más tú cuando Grace *murió,* por el amor de Dios. Al menos, entonces, hiciste un esfuerzo consciente por formar parte del mundo. O, como mínimo, fingías que lo eras. Winnie se llevó con ella tus ganas de vivir. Y no había mucho de eso para empezar. Cabo no era mi idea para una elaborada despedida de soltero. Era un último esfuerzo para que despejaras la mente y, con suerte, vieras que podrías estar perdiéndote algo importante.

—¿El qué? —suelto, cansado de esta tontería—. ¿Qué me estoy perdiendo exactamente, señor sabio? —Me río en su cara y le doy un empujón—. Noticia de última hora: Grace me engañó con Paul, el marido de Winnifred. Tuvieron una aventura. Eso fue lo que nos unió. Nuestro desamor y decepción mutuos. No soy de los que hablan de su vida, pero en este caso lo haré porque sé que esto nunca saldrá de aquí: Winnifred y yo nos acostamos. Conectamos. Me sentí bien. También fue como una especie de venganza. Ella no quiere tener nada que ver conmigo. Y, aunque me quisiera, como ya he dicho, a mí no me va eso del amor. Solo la obsesión, y, por desgracia, ella se merece más.

Me doy la vuelta y subo la escalera tallada.

—¡Idiota! —Christian corre hasta el último peldaño y se agarra con fuerza a la barandilla—. ¡Maldito idiota! ¿Es que no sabes distinguir el amor de la obsesión?

Me detengo a medio paso, con una leve curiosidad. Nunca antes les había prestado atención a estas molestas cosas. A los *sentimientos*.

—Cuando quieres a alguien, sueles hacer lo correcto por esa persona. —Oigo la voz de Christian desde el pie de la escalera—. Incluso aunque tú no lo consideres correcto para *ti*. Nunca dejaste a Grace, ¿verdad? Aunque sabías que erais tóxicos el uno para el otro. Jugaste con ella como un gusano en un anzuelo. Pero mírate ahora. Eres un cobarde. Tienes tanto miedo de arruinar lo que tienes con Winnie que ni siquiera te atreves a empezar. En vez de eso, te sentarás, te lamentarás y fingirás que todo va bien. Te ahogarás en más trabajo. Más alcohol. Más eventos sin sentido. Comprarás más activos que no necesitas. Más acciones que nunca venderás. Asumirás más riesgos. ¿No lo entiendes? Nunca obtendrás el mismo subidón que se produce al besar a la persona que quieres. Solo una cosa te lo provocará: dejar de ser un cobarde.

* * *

Cuando llego a casa, lo primero que hago es mirar el correo. Es inútil. Winnifred lleva meses sin ponerse en contacto conmigo, desde que dejamos las cosas de una forma tan amarga en Mulberry Creek. En el correo no hay más que invitaciones a actos, bailes benéficos y conferencias. Lo dejo todo amontonado en la mesa del comedor y me meto en la ducha.

Cuando salgo, me suena el móvil. Con la toalla aún enrollada en la cintura, deslizo el dedo por la pantalla. «Arya».

¿Qué querrá? Normalmente, no me importaría lo suficiente para responderle. Pero, teniendo en cuenta que puede que aún siga en contacto con mi decepcionante empleada, hay una razón para escucharla.

—Sabía que responderías —dice con arrogancia.

«Traducción: sé que estás esperando migajas de información sobre Winnifred».

—Eres un genio, Arya. ¿Cómo puedo ayudarte?

Camino de vuelta a mi habitación, elijo un buen traje y una corbata elegante. No hay razón para pasarme la noche enfurruñado en casa. Christian tiene razón. La vida sigue, y tengo la intención de aceptar una de las muchas invitaciones que hay en la mesa del comedor.

—No sé si puedes ayudarme, pero sé que yo sí que puedo serte de ayuda *a ti*.

Pongo el altavoz y me abrocho la camisa de vestir.

—Suenas como una vendedora que está a punto de engañarme. Ve al grano.

—Acabo de hablar con Winnie por teléfono. La he llamado para ponernos al día, como todas las semanas.

—¿Y? —pregunto con indiferencia, aunque con el corazón acelerado.

—Y me ha dicho que ha aceptado un trabajo en Mulberry Creek. Se quedará allí, Arsène.

Una oleada de náuseas se apodera de mí. Las ignoro. «No pasa nada. No tenía que ser».

—Me alegro por ella —digo, con la boca amarga por la bilis—. Espero que sea feliz en Mulberry Creek, porque en Nueva York no hay ningún empleo esperándola.

—Arsène —me reprocha Arya—. Ve a hablar con ella. En serio.

—Creía que me habías dicho que me alejara de ella.

—¡Eso era antes!

—¿Antes de que te pusieran un implante cerebral?

—Te oigo. Estás en altavoz —brama Christian de fondo.

—Antes de que me diera cuenta de que te *importa*. —Arya resopla.

Aprieto los labios. Quiero gritar.

—Ella no me importa más que cualquier otro empleado de éxito que me haya ayudado a ganar dinero —insisto—. Ahora te pido que tú y el entrometido de tu marido dejéis de meteros en mis asuntos. Winnifred Ashcroft no significa nada para mí.

Cuelgo.

Salgo. Tengo una cena a dos manzanas de mi apartamento. Me mezclo con la gente. Coqueteo. Hablo de trabajo. Incluso me planteo llevar a alguien a casa. Riggs, Christian y Arya se equivocan. Me *estoy* divirtiendo. Aunque no recuerde el nombre del anfitrión ni qué narices celebramos aquí.

—Hola, Arsène. —Me doy la vuelta después del postre, en el salón, y me encuentro con un hombre al que reconozco ligeramente como Chip, el jefe de Grace en Silver Arrow Capital. Agarrada a su brazo veo a una mujer que no es su mujer, y no le da ni un poco de vergüenza. Sonrío con tristeza. La gestión de fondos de cobertura es genial para los bolsillos y desastrosa para la moral.

—He supuesto que eras tú. —Me da una palmada en el hombro.

«Chip. Chip, que guardó el secreto de Paul y Grace. Chip, que lo sabía. Chip, que ignoró a Winnifred durante meses cuando le suplicó respuestas. Chip, Chip, Chip».

Me doy la vuelta y decido jugar a su juego.

—Chuck, ¿verdad?

—Chip.

—Cierto. Te recuerdo. De Italia. —Chasqueo los dedos y me vuelvo hacia su acompañante—. Señora Chip, mis más sinceras disculpas, no me quedé con su nombre en Italia. ¿Cómo era?

La mujer tiene la decencia de parecer consternada. Se desenreda del hombre y se presenta como Piper. Es muy guapa. Es evidente que es una chica de hermandad universitaria. Rizos rubios apretados, buenas tetas y una sonrisa que debió de costarles una fortuna a sus padres, pero que le valió unos cuantos concursos de belleza. Chip ignora el golpe deliberado que le he lanzado.

—Te vi en la lista de los quince mejores gestores de fondos de cobertura del *Post*. ¿Por qué no expandes tu empresa? Un lobo solitario es más débil frente a una manada —comenta.

—No pasa nada. Yo no soy un lobo. Soy un puto tigre.

—Aun así. —Se ríe y se remueve inquieto.

—Acabas de decir que viste mi nombre en el *Post*. Yo no vi el tuyo. Quizá debería ser yo quien diera consejos no solicitados.

Chip se pone serio.

—¿Me estoy perdiendo algo, Corbin? ¿He hecho algo para molestarte?

Aparte de mantener la aventura de Paul y Grace en secreto, no mucho. Ni siquiera me molesta eso. Pero la forma en que él y Pablo trataron a Winnifred después de lo que pasó sí que me irrita. Ella no se merecía nada de esto.

—Nada en absoluto. —Sonrío.

—Porque... —Duda antes de mirar a los lados y bajar la voz—. Siempre tuve un presentimiento, pero nunca una idea concreta de lo que ocurría. Debes saber, Corbin, que en Silver Arrow Capital tenemos una estricta política de no confraternización. Claro, Paul y Grace parecían cercanos, pero nunca más allá de lo que yo consideraba normal.

Como me está soltando este discursito con una mujer que podría pasar por su hija colgada del brazo, archivaré esto en mi carpeta de grandes tonterías.

Cuando no contesto durante un insoportable minuto, para hacerle saber que no me creo lo que me está vendiendo, Piper cambia de postura y se vuelve hacia mí.

—¿Te importaría llevarme a casa?

—En absoluto. —Le dedico una sonrisa cordial a Chip antes de darle la espalda—. Te espero en la puerta.

* * *

Diez minutos después, Piper y yo estamos en mi coche. Me da su dirección, vive en Brooklyn, y se disculpa por el largo viaje.

—No hay problema —me limito a decir. No es que haya nadie esperándome en casa. Cada minuto fuera es un minuto en el que no siento la tentación de llamar a Winnifred.

—O… —Piper se muerde el labio inferior y me mira desde el asiento del copiloto—. ¿Podemos ir a tu casa y cojo el tren por la mañana? Así te ahorras la molestia.

No sé si Piper sabe quién soy y lo que valgo, o si solo busca pasar un buen rato, pero me da igual. Será una forma encantadora de olvidarme de Winnifred. No he estado con una mujer desde la pueblerina, y esta podría ser una de las razones por las que sigo pensando tanto en ella.

Sí. Eso es. Estoy acostumbrado a que me absorba la mujer con la que me acuesto, y Winnifred no es más que una extensión de mi fascinación por Grace. Piper es la medicina que necesito. Será *dócil,* como les gustaba decir a mi padre y a Miranda.

—Podríamos. Aunque debo ser claro: no busco una relación seria. Mi prometida falleció hace un año y no estoy dispuesto a comprometerme a nada más allá de esta noche.

Ralentizo la marcha para darle la oportunidad de decirme que ha cambiado de opinión y que la lleve a casa. Me es indiferente. Pero Piper se endereza, asiente y añade:

—Una noche me parece bien. De todos modos, será por despecho. Este tal Chip… no me dijo que estaba casado. —Suspira y añade—: Ah, y siento mucho tu pérdida.

Llegamos a mi piso y, tras soltar un grito ahogado al ver el salón, Piper me pregunta dónde está el baño. Le señalo la dirección.

—¿Puedo traerte algo? ¿Agua? ¿Un café? ¿Vino? —¿Un taxi de vuelta a casa?

«Espera, ¿de dónde ha salido eso?».

Ella sacude la cabeza y sonríe.

—Ahora vuelvo. No te vayas.

Ah, sí. Porque no hay nada que me apetezca más que salir de aquí y dejar a una completa desconocida en mi apartamento.

Mientras espero, me acerco a la mesa del comedor, donde antes me he deshecho de todo el correo. La pila de ecografías y el USB que Winnifred me envió hace tantos meses siguen allí. Conecto el USB al portátil y me siento. Hago doble clic en uno de los vídeos de mi madre y yo, y me froto las sienes.

Maldita sea.

La sensación de pérdida se duplica.

En primer lugar, noto el dolor de no conocer a mi madre. De no haber pasado tiempo con ella. De haber vivido las últimas tres décadas pensando que no era más que una narcisista egocéntrica cuando, en realidad, me adoraba y me quería más que Douglas.

Y luego está Winnifred, quien pensó que estos vídeos serían importantes para mí. Que se aseguró de que tuviera estos recuerdos.

Reviso los vídeos, uno tras otro.

Es posible que Christian tenga razón. Que, de hecho, esté enamorado de Winnifred.

Que lo que siento por ella no sea una obsesión. Que es exactamente por lo que mantengo la distancia. Soy veneno, y ella se merece algo mejor.

Mierda. Estoy enamorado, ¿no? Qué lamentable. Y de la pueblerina, nada menos.

Piper sale del baño mientras se baja el minivestido por los muslos con una risita.

—Estoy lista —anuncia.

Levanto la vista del portátil, cierro la pantalla y suspiro.

—Lo siento, Piper, pero creo que te llevaré a casa. No puedo darte lo que quieres esta noche.

Capítulo veintinueve

Winnie

Romeo y Julieta es un éxito rotundo.

Mamá, papá, Lizzy, Georgie, Rhys y mis amigos llegan para mostrarme su apoyo. Mis alumnos lo *clavan,* cada parte de la obra, y la esperanza se agolpa en el fondo de mis entrañas.

Claro, no es mi trabajo soñado. El olor del suelo desgastado del escenario, las luces brillantes en mis ojos, las miradas expectantes... Esas son las cosas por las que vivo, pero dirigir se parece bastante a actuar. Y es divertido trabajar con niños. No me arrepiento de haber aceptado la oferta de mi antiguo instituto para dirigir el club de teatro.

No cuando Whitney, que interpreta a Julieta, da su monólogo final en el escenario, y yo lo repito, paralizada, mientras mis labios dan forma a sus palabras en silencio.

No cuando Jarrett, que interpreta a Romeo, bebe el veneno y casi se me saltan las lágrimas.

No cuando el público ovaciona a los chicos.

Cuando cae el telón.

Cuando pienso en cierto hombre que vive a unos estados de aquí, y en el hecho de que está obsesionado con Marte casi tanto como yo lo estoy con «Space Oddity», de Bowie. ¿No es eso una coincidencia?

No. No me arrepiento en absoluto de haber aceptado el trabajo. Porque, incluso aunque haya vida en Marte... no hay una para mí en Nueva York.

Dos semanas después de *Romeo y Julieta,* cedo a las peticiones de Rhys y salimos. Esta vez es una *cita.* Rhys llama a mi puerta con un ramo de flores en la mano. Le miro desde mi habitación mientras Georgie apoya una cadera en la puerta y sorbe té helado.

—Mi padre ha salido hoy, así que considérame el padre preocupado designado. ¿Cuáles son tus intenciones con nuestra Winnie, Rhys Hartnett?

—Cenar con ella, besarla y, más adelante, casarme con ella —responde sin pensarlo.

Georgie echa la cabeza hacia atrás y se ríe.

—Dios mío, Rhys. Sigues siendo tan cursi como un pollo a la parmesana.

Salgo del dormitorio. Es curioso, no siento las mariposas habituales que acompañan a una cita. Lo atribuyo a que Rhys es Rhys. *Mi* Rhys. Mi red de seguridad. No todo tiene que ser eléctrico y emocionante. Una relación también puede ser estable y cómoda. No, no voy a decir esa palabra. Ni siquiera en mi cabeza.

Acepto el ramo de rosas.

—Gracias por las flores.

—Bueno, las he comprado para tu madre, pero como veo que tus padres no están… —Me guiña un ojo—. Tendré que dárselas a la mujer más guapa de Tennessee.

Subimos a su coche y conduce hacia el sur, a Nashville. No le pregunto adónde vamos. Supongo que a un restaurante italiano llamado Bella, donde tuvimos nuestra primera cita.

Resulta que no me equivoco. Una hora más tarde, *estamos* en Bella, e incluso nos sientan en la misma mesa.

Cuando la camarera nos toma nota, Rhys y yo nos miramos por encima del borde de nuestros menús y compartimos una sonrisa conspiradora.

—Yo pediré las albóndigas —digo.

—Una *calzone* para mí, y el mejor vino de la carta. —Rhys le devuelve los menús. Ambos pedimos exactamente lo mismo que la primera vez que estuvimos aquí, menos el vino. Y la vez siguiente.

—Solíamos venir aquí cada aniversario y pedíamos siempre lo mismo, ¿recuerdas? —Rhys vuelve su atención hacia mí y le da un sorbo a su vino.

Asiento con la cabeza.

—Se convirtió en algo tan habitual entre nosotros que era casi como una superstición. Incluso cuando quería pedir otras cosas del menú, me parecía mal. Porque lo que teníamos funcionaba muy bien.

Ahora ya no hablo solo de comida italiana.

Rhys extiende un brazo por la mesa y me toma la mano sobre el mantel a cuadros rojos y blancos.

—Me gusta cómo funciona este sitio. Me gusta que el menú, el mantel y el personal no cambien, y nosotros tampoco.

«He cambiado —pienso—. Yo he cambiado mucho. Ese es el problema».

—Además... —Rhys mira a su alrededor, las paredes de ladrillo, las mesas iluminadas con velas, las bandejas de *pizza* gigantes desplegadas sobre las mesas—. Podemos venir aquí el próximo aniversario, digamos, después de comprometernos. Y luego otra vez, cuando estés embarazada. Año tras año. Un bebé tras otro. Traeremos aquí a nuestros hijos. A nuestros... ¡a nuestros nietos! —Se le ilumina la mirada animadamente—. Esto podría ser lo nuestro. Una tradición. Por eso te he traído aquí. —Me mira con ojos tan fieros, tan esperanzados, que me dan ganas de llorar—. Para recordarte que lo que tuvimos fue bueno, real y valió la pena. Aún podemos recuperarlo, si estás dispuesta a intentarlo.

En lugar de sentir vértigo, solo siento miedo. Ya he pasado por aquí. He visto esta película. Y empiezo a sospechar que hubo algo más en la ruptura con Rhys que mi sueño de ir a Juilliard.

—No lo sé —admito en voz baja. Mi mano se escurre de la suya justo cuando la camarera se acerca para rellenar nuestras copas. Meto las manos entre los muslos y bajo la mirada. Cuando se marcha, continúo—. Una parte de mí quería darnos una segunda oportunidad en el momento en que Paul murió. Creo que, en cierto modo, siempre fuiste la representación de las cualidades que debe tener un buen hombre. Sé que nunca me engañarías, que nunca me mentirías, que nunca te antepondrías a nadie. Y esas cosas siguen siendo ciertas... —Respiro hondo—. Pero, Rhys, te equivocas. Hemos cambiado. Me encantó la gran ciudad, y ahora soy adicta. Perseguí mi sueño... y tú el tuyo.

Miro a mi alrededor cuando me doy cuenta de que Rhys nunca quiso la vida que yo deseaba para mí. Siempre ha sido feliz aquí. ¿Y por qué no iba a serlo?

—Y nuestras vidas. —Levanto los ojos para mirarle, y su expresión hace que se me rompa el corazón. Sabe lo que viene y se está preparando para ello. Cada músculo de su cara está tenso—. No están hechas la una para la otra. Acabo de verlo en este restaurante. No quiero saber dónde estaré el año que viene. Ni dentro de cinco años. Ni en una década. Quiero ir adonde me lleve mi trabajo. Quiero que la vida me sorprenda. Puede que no sea lo más racional del mundo, pero es lo que quiero.

Traga saliva, y está a punto de decir algo cuando la camarera vuelve a interrumpirnos, esta vez con nuestros platos. Miro las albóndigas y lo único que pienso es que debería haber pedido *pizza*. Y eso lo dice todo. Las cosas no van bien con Rhys. Tal vez dejaron de ir bien incluso antes de dejar Mulberry Creek.

Solo porque un hombre sea perfecto no significa que sea perfecto para *ti*.

Rhys da varias vueltas a su plato y lo recoloca sobre la mesa mientras se aclara la garganta.

—¿Puedo ser sincero contigo?

—Siempre.

—Lo presentía. —Rompe el borde de la *calzone,* donde todo es pan crujiente, y se lo mete en la boca. Sé que no se pondrá en plan «no puedes romper conmigo porque soy yo el que corta contigo», porque no es su estilo—. Al principio, cuando volviste, estaba emocionado. Pensaba, ¿o tal vez esperaba?, que la fiebre de la interpretación solo era una fase. Que crecerías y te darías cuenta de que tu lugar en el mundo está aquí. Pero, aunque has sanado bastante bien aquí, no voy a mentirte: no pareces feliz. Y te he visto feliz. Te falta algo, y no es Paul. Lo sé, porque he visto vídeos tuyos en YouTube cuando actuabas en *La gaviota.* Estabas viva en el escenario. Ahora ya no. Y la verdad es que… —Sonríe con tristeza—. Me merezco algo más que una novia infeliz e insatisfecha que se pase la vida preguntándose dónde podría haber llegado. Y tú te mereces más que conformarte con un trabajo que no querías en primer lugar.

Como un par de imanes, nos levantamos de las sillas, nos alejamos con torpeza de la mesa y nos fundimos en un abrazo. Le entierro la cara en el hombro. Gimoteo y, por primera vez en más de un año, siento que estoy a punto de llorar. No sé qué me destroza más. Si el hecho de que Rhys no sea para mí o saber quién lo es.

Un hombre que nunca me tendrá.

Un enigma que solo siente amor por su prometida muerta.

* * *

Al día siguiente de mi cita con Rhys, me despierto en una casa vacía. Con Georgie en el trabajo y mis padres fuera el fin de semana por una boda, decido ponerme a limpiar. Después, hago una visita a la señora E, una vecina anciana. Le prometí que la llevaría al centro para una reunión del club de lectura. Nos detenemos antes para disfrutar de una tarta de lima y un poco de té, y nos ponernos al día.

Cuando aparco el coche de mis padres frente a mi porche, una extraña visión cobra vida ante mí. Hay un hombre de pie frente a mi puerta, una silueta alta, imponente y oscura, tan oscura que siento cómo baja la temperatura a su alrededor, que sostiene un ramo de flores. Apago el motor y me echo hacia atrás mientras contemplo el increíble espectáculo que tengo delante.

No le veo la cara porque está de espaldas a mí, pero veo las flores, y no son las románticas rosas rojas que Rhys me trajo ayer. No. Son preciosas, coloridas y sorprendentes. Dalias rojas, orquídeas púrpura, tulipanes rosas y gazanias amarillas. Lilas pálidas, caléndulas naranjas y unas preciosas margaritas. Es rico, deslumbrante, enorme y *caótico*. Muy caótico. Me deja sin aliento, igual que el hombre que lo sostiene.

Se me acelera el pulso y se me revuelve el estómago. Respiro y el oxígeno me llega al fondo de los pulmones. Empujo la puerta del conductor y subo la escalera hasta el porche para dirigirme hacia él. Se da la vuelta cuando me ve a través del reflejo de la puerta de cristal y la mosquitera, y su rostro no revela nada.

Me detengo delante de él. Quiero echarle los brazos al cuello y abrazarle, pero no sé qué es apropiado y qué no. No sé qué somos el uno para el otro. Es el tipo de hombre con el que nunca sabes a qué atenerte con él.

—Estás… aquí. —Parpadeo sin dejar de preguntarme si todo es un sueño.

«¿Un sueño o una pesadilla? ¿Puedes poner tu corazón en juego otra vez?».

Me entrega las flores muy tranquilo, como si la última vez que estuvo aquí no hubiera acabado en una tercera guerra mundial.

—Para ti.

—Son… muchas flores —observo.

—Una para cada faceta de tu personalidad —comenta en tono seco—. Aún tengo que determinar si eres demasiado dulce o decidida.

—No me has demandado. —Lo miro con los ojos entrecerrados.

—Sí, bueno, pensé que sería un terrible inconveniente si alguna vez decidía salir contigo.

—¿Si *tú* decidías salir *conmigo?* —Arqueo una ceja y sonrío. Así no se le pide una cita a una mujer. Al mismo tiempo, cada célula de mi cuerpo florece. Estoy tan emocionada que es muy posible que le vomite sobre los zapatos, unos que no puedo permitirme reemplazar, ya que aún no he empezado en mi nuevo trabajo y sigo pagando las facturas de un apartamento vacío en Manhattan—. Lo último que supe de ti es que destrozaste mi contrato frente al elenco del Calypso Hall. No es la mejor forma de declararme tu amor.

Se acerca a una de las mecedoras del porche y toma asiento. Cruza las piernas por los tobillos sobre la mesa.

—Vamos, Winnifred, no es propio de ti guardar rencor.

—No es propio de ti preocuparte tanto por una empleada. —Sigo de pie, con los brazos cruzados sobre el pecho—. ¿Por qué estás aquí?

Me mira y el desprecio burlón desaparece. Creo que nunca le había visto el rostro tan desnudo.

—¿Sabes por qué Marte lleva el nombre del dios de la guerra? —reflexiona, y alza la mirada al cielo con los ojos entrecerrados—. Es porque tiene dos lunas llamadas Deimos y Fobos. Los dos caballos que tiran del carro del dios de la guerra. Para mí, esos caballos son mis amigos, Riggs y Christian. Tienen la irritante costumbre de hacerme entrar en razón.

—¿Estás sordo? —Entrecierro los ojos—. Acabo de preguntarte por qué has venido.

—Te diré exactamente por qué estoy aquí. Pero, primero, siéntate. —Palmea la silla que hay a su lado—. Y cuéntamelo todo sobre tu nueva vida en Mulberry Creek. Sin escatimar detalles.

Es una situación extraña, pero, de nuevo, todas mis interacciones con Arsène suelen ser muy raras. Creo que eso es lo que me atrajo de él en primer lugar. La deliciosa sensación de no saber qué es lo próximo que me dirá.

Me siento a su lado y junto las manos para no frotarme la barbilla.

—Cuéntame. —Se inclina hacia delante y apoya los codos en las rodillas—. ¿Qué has estado haciendo?

Las palabras salen de mí sin previo aviso. Sin prestar atención. Como si las hubiera guardado todas para él. Le hablo de mis hermanas, del nuevo bebé de Lizzy, de mi trabajo como voluntaria, de *Romeo y Julieta* y de mi próximo trabajo. Intento parecer optimista, aunque sigo sin estar segura de por qué ha venido y tampoco quiero parecer desesperada.

Ha dicho que *quizá* decida salir conmigo, no que tenga intención de invitarme a salir. Y, aunque él quiera hacerlo, ¿debería salir con él? Es un millón de veces más peligroso que Paul. Más sofisticado, de lengua rápida y despiadado. Si perder a Paul me hizo pedazos, perder a Arsène me haría polvo.

Por último, pero no menos importante, Arsène vive en Nueva York. Por ahora, yo vivo en Tennessee, y me he comprometido con un trabajo que empezaré en tres semanas. Esa es razón suficiente para guardar mis cartas.

—Y el bebé de Lizzy, Arsène. Es una muñequita. Demasiado bonita para describirla. —Jadeo.

—Hablando del bebé de Lizzy. —Se reclina en la mecedora—. ¿Has ido al médico para hablar de tus futuras opciones para procrear?

—Es una de las primeras cosas que hice al llegar aquí —confirmo.

—¿Y?

—Tenía razón —digo en voz baja, y me miro las manos en el regazo—. Es endometriosis. Crecimiento de tejido alrededor del útero. La mía está en una fase moderada, también conocida como fase tres de cuatro. No es un desastre total, pero dificultará mucho mis opciones para ser madre. —No he hablado del diagnóstico con nadie más que con mi médico. Me sorprende abrirme a Arsène con tanta facilidad cuando aún no he tenido esta conversación con mamá ni con mis hermanas.

—¿Cuál es el siguiente paso? —pregunta.

—Bueno. —Me muerdo el labio inferior—. Mi médico dice que debería congelar mis óvulos. O, mejor aún, embriones. Duran más y tienen más posibilidades de éxito.

—¿Pero...? —Me mira a la cara y se inclina hacia delante. Vuelve a hacer eso otra vez, lo cual demuestra que su cuerpo está completamente sincronizado con el mío. Me recuerda que tener sexo con él es una experiencia eufórica. Siento un hormigueo en la nuca y me sudan las palmas de las manos.

Decido arriesgarme y decirle la pura verdad.

—Todavía tengo que pensármelo. Es muy caro y no puedo permitírmelo. Al menos, no *todo*. Sobre todo ahora, que no tengo el... eh... de Paul.

—Esperma —termina Arsène por mí, y se pone de pie con brusquedad, con ese aire de hombre de negocios—. Bueno, te daré los dos.

Lo miro a través de las pestañas, confusa.

—¿Qué quieres decir?

—Necesitas dinero y esperma. Te daré las dos cosas. Lo haré por ti —asegura con decisión.

—Pero... ¿por qué?

Abre la boca para responder. Oigo el portazo de un coche frente a mi porche y el sonido del cierre automático. Arsène cierra la boca y frunce el ceño. Me levanto, miro a la persona que sube las escaleras y se me encoge el corazón.

«Es el peor momento que podría haber elegido para aparecer».

—Hola, Rhys. —Espero sonar amistosa y no como si pudiera asesinarle. No es culpa suya que esté en medio de la conversación más importante de mi vida—. ¿Qué haces aquí?

Rhys mira a Arsène con una mezcla de sorpresa e insatisfacción, y levanta mi chaqueta entre nosotros.

—Ayer te dejaste esto en mi coche. Te lo habría devuelto antes, pero el entrenamiento se ha retrasado.

Miro a Arsène. Veo que ha echado cuentas y ha deducido que Rhys es mi exnovio. El mismo que se me escapó. Arsène esboza una sonrisa de satisfacción y se sienta como un rey aburrido, señal de que ha alzado las defensas.

—Eh, gracias. Rhys, este es Arsène. Arsène, este es Rhys.

Se dan la mano. Arsène ni siquiera se molesta en levantarse.

—¿Un viejo amigo? —pregunta mi ex con amabilidad.

—Dios, no. No puedo ser amigo de mujeres a las que me quiero tirar. —Arsène se ríe, deliberadamente grosero—. No, he venido a hacerle una proposición indecente a Winnifred.

La cara de Rhys palidece y pone los ojos como platos. Madre mía.

—Bueno, ¡muchas gracias por la chaqueta! Ya sabes que soy friolera. Ja, ja. —Le pongo una mano en el brazo y lo acompaño hasta el coche. Prácticamente lo estoy echando, y no me siento bien por ello. Por otro lado, creo que moriré si Arsène y yo no terminamos pronto nuestra conversación. Mi exnovio se dirige a trompicones hacia su coche mientras echa miradas por encima del hombro.

—¿Quién es este tío, Winnie? Parece el hermano mayor de Satán.

—No te preocupes por él —canturreo—. Es sorprendentemente tolerable cuando lo conoces.

—No sé yo. —Rhys se detiene frente a su *jeep,* pero no hace ningún movimiento para entrar—. Siento que debería quedarme aquí y asegurarme de que estás bien.

—Puedo encargarme de esto sola. —Muestro una sonrisa tensa.

«Por favor, vete».

—Pero…

—¡Dios mío! —Lanzo las manos al aire cuando pierdo la paciencia—. Sé que tienes buenas intenciones, pero, por favor, Rhys, deja que yo me ocupe de esto. Ya soy mayorcita y he sobrevivido más de una década sin tu ayuda.

Por fin lo entiendo. Todo me viene a la mente a una velocidad increíble. La razón por la que me fui de aquí. No solo fue por Juilliard. En parte fue por la sofocante sensación de que todo el mundo me mimaba sin parar, incluido, aunque no en exclusiva, Rhys.

Si bien es cierto que siempre tenía buenas intenciones, también se excedía con frecuencia. Me defendió con uñas y dientes delante de la señora Piascki, nuestra profesora de física, cuando suspendí su asignatura en décimo, lo que hizo que me odiara durante el resto de mis años de instituto. Cuando Georgie y yo discutíamos, él siempre me defendía y le rogaba que hablara conmigo, aunque lo único que yo quería era que me dejara en paz. Y siempre que me enfadaba con él, que no era a menudo, él lo achacaba a que estaba aburrida o tenía la regla.

No me gustaba entonces.

No me gusta ahora.

Rhys me mira horrorizado.

—Nadie ha dicho que no sepas arreglártelas sola.

—No, no lo has dicho, pero aún lo piensas. Si no, no actuarías así.

Se calla. Aprieta los labios y dirige la mirada hacia el porche, donde Arsène me espera.

—Supongo que tienes razón. Lo siento, Winnie. A veces… no lo sé. Me dejo llevar cuando me preocupo por la gente.

—Estoy bien. —Le rodeo con los brazos y le doy un apretón para asegurarle que no estoy enfadada—. Te llamo mañana, ¿vale?

Se mete en el coche y, gracias al cielo, se marcha. Vuelvo con Arsène, que me espera en el porche con su habitual sonrisa divertida, como si todo esto fuera una broma para él. Pero ahora estoy a su altura. No le hace gracia. Y le importa. Es su mecanismo de defensa cuando trata con la gente.

—Veo que tu lacrimógeno reencuentro con el perfecto Rhys va bien —comenta.

Pongo los ojos en blanco y me dejo caer en la mecedora a su lado.

—Me gustas mucho más cuando no eres sarcástico.

Ladea la cabeza hacia el cielo y deja escapar un suspiro.

—Entonces no tengo ninguna posibilidad. Será mejor que recoja mis cosas y vuelva a casa.

—Basta ya —suelto de golpe—. Di lo que has venido a decir. Estábamos en medio de algo.

—Ya. —Se golpea una rodilla—. ¿Dónde estábamos?

—Creo que estabas a punto de ofrecerte a ser el padre de mis hipotéticos hijos y a pagar por todo el proceso.

—¿Hijos? —Alza las cejas—. Creía que solo querías uno.

Sacudo la cabeza.

—Tres. Y necesitaré un vientre de alquiler para gestarlos. Lo que también cuesta un dineral. ¿Sigues interesado?

No me lo estoy planteando en serio, y él tampoco. Este es solo uno de sus muchos juegos. Estoy segura.

—Sigo interesado —responde con seguridad. Malditos sean él y su extraño sentido del humor.

Le dedico una sonrisa ladeada.

—Podemos dar vueltas en círculos eternamente, pero quiero saber el verdadero motivo por el que has venido. Con flores.

«¿De verdad quieres invitarme a salir? ¿De verdad estoy a punto de abandonar todo de lo que escapé y decir que sí?».

—Acabo de hacerlo —responde despacio y con una irritación inconfundible—. He venido a pedirte salir, pero, si quieres, también estoy dispuesto a darte bebés. ¿Qué es tan difícil de entender?

—Bueno. —Suelto una carcajada incómoda—. Eso suele ocurrir después de unos buenos años de lo otro. Actúas como si quisieras darme bebés *ya*.

—No hay mejor momento que el presente —me informa con gravedad.

Me cubro la cara con las manos y suelto una risa histérica, hasta que me da un ataque de hipo.

—Arsène, ¿quieres que me tome esto en serio? Nos conocemos desde hace menos de un año.

—El tiempo no es un buen indicador para nada. Conocía a Grace desde antes de que pudiera atarse los cordones de los zapatos y me decepcionó. No me convencerás de que no es una buena idea, porque ya me he decidido, y nunca hago malas inversiones.

Me quedo sin palabras, así que lo miro con la esperanza de que me dé algo más. Hace unos meses, este hombre me gritó que no era más que su empleada, me amenazó y luego procedió a destruir mi contrato en público. Cuando vino aquí la primera vez, no hizo nada que me indicara que quería algo más que retorcerme el cuello. ¿De dónde viene todo esto? ¿Y tengo tanta suerte (o tanta mala suerte, según cómo se mire) de que el hombre del que me he enamorado también lo esté de mí?

—Todo esto es muy… repentino —consigo decir.

—¡Joder, Winnifred! —Se levanta y alza los brazos al aire, exasperado—. No me digas que esto sale de la nada. Mis ganas de querer estar cerca de ti y a tu lado en todo momento dejaron de tener que ver con Grace y empezaron a tener que ver contigo muy *muy* pronto. Desde que saliste corriendo del New Amsterdam después de tirar al pobre Cory al suelo.

—Entonces me tratabas como si fuera una campesina. —Lo miro fijamente, confusa.

—Eso es porque para mí lo eras. ¿Y qué? También eras la criatura más exasperante, divertida, dulce y fascinante que jamás había visto. Esas dos cosas no son mutuamente excluyentes. Nunca se trató en verdad de ellos. Grace y Paul… Madre mía, estoy cansado de pronunciar sus nombres una y otra vez. Eran una excusa. Algo a lo que recurrir cada vez que me preguntabas por qué estaba cerca de ti, en tu campo de visión, cada vez que quería entrar en tus ensayos, en tu apartamento y en tu cama. Dejó de tratarse de ellos en el momento en que entré en el teatro y te vi. —Se detiene y frunce el ceño, reflexionando—. Tal vez incluso desde Italia. ¿Quién sabe? Yo no, y no me importa averiguarlo. Te me has metido bajo la piel y, los últimos meses, mientras trataba de olvidarte, han sido un infierno.

—Pero Grace...

—Lo que sentía por Grace ni siquiera araña la superficie de lo que siento por ti. Eres la única mujer que me ha hecho sentir digno sin la armadura de las propiedades, el dinero y el pedigrí. No te importa nada de eso. Y por eso eres especial. Eres exactamente lo opuesto a Grace.

Mi mente va a toda velocidad. Me llevará un mes, tal vez dos, digerir toda esta conversación. Ni siquiera sé por dónde empezar.

—Entonces, ¿por qué insististe en no besarme en tu apartamento, la noche en que me abrazaste? —Por fin encuentro la voz, aunque se me entrecorta. Las lágrimas me escuecen en el fondo de los ojos, pero no llegan a salir—. ¿Por qué quisiste alejarte la noche que entramos en el despacho de Paul?

—Porque era demasiado. —Se pasea por mi porche, murmurando, más para sí mismo que para mí—. Sabía que, si te tenía, nunca te dejaría ir, y no dejarte marchar no era una opción, porque seguías perdidamente enamorada de Paul. No quería meterme en otra situación desastrosa, obsesionarme con una mujer que nunca sería mía. Una vez fue suficiente. Más de lo recomendable, en realidad.

Se detiene. Me mira impotente.

—*Soy* Marte, y podría haber vida en mí. Podría haberla. Gracias a ti. Ardo por ti, Winnifred. Y estoy cansado de vivir en el frío. Vuelve a Nueva York. Haz que el lugar sea habitable. Para los dos. *Por favor.*

Me siento tentada. Oh, muy tentada. Pero aún no estoy segura de que sea lo correcto. Dejarlo todo atrás otra vez y volver al lugar donde están mis peores recuerdos. Y hay otra parte de mí, una más aprensiva, que piensa en mí como Nina. La Nina de Chéjov. Y, si yo soy Nina, él debe ser Trigorin. Un maestro capaz de convertir el amor en una obsesión malsana, como

348

hizo con su prometida. Intentaría destrozarme sin proponérselo, y lo conseguiría.

—¿En qué piensas? —pregunta con urgencia. Me levanto y me toma en brazos.

Cierro los ojos.

—Quiero creerme cada palabra que sale de tu boca, porque estoy enamorada de ti desde aquel día en Italia, cuando nuestras miradas se cruzaron y el mundo dejó de existir. Pero me temo que soy otra obsesión. Otra gran idea que podría convertirse en una deslucida realidad para ti. No quiero cambiar toda mi vida y mudarme a Nueva York por otro hombre. Puede que tú ardas por mí, pero a mí me aterra quemarme.

Cuando abro los ojos, su rostro sigue siendo tierno y está esperanzado. Quiero decir que sí, pero, en última instancia, y sobre todo después de lo que me hizo pasar Paul cuando intentábamos quedarnos embarazados, tengo que anteponerme a mí misma. Hacer todas las preguntas correctas. Y aún no estoy segura de cuáles son.

—No te decepcionaré —susurra—. Ponme a prueba.

—Necesito tiempo. —Estoy orgullosa de mí misma. Orgullosa de mi capacidad de ponerme en primer lugar para variar. Aunque me frustre la idea de volver a despedirme.

Esta es la parte en la que espero que se cierre. Que se vuelva indiferente, distante, pero me sorprende cuando me besa en la frente, como el suave roce de una pluma, antes de alejarse.

—Estaré esperando.

—Puede que no vuelva nunca. —Levanto la vista y busco en su rostro… algo. No sé qué. Sin embargo, ya ha terminado de convencerme. Lo veo en su cara. Ha dicho lo que tenía que decir y ahora la pelota está en mi tejado.

Sonríe, me pasa un mechón de pelo por detrás de la oreja y me besa la punta de la nariz.

—*Seguiré* esperando.

—¿No tengo una fecha límite? —pregunto.

Niega con la cabeza sin dejar de sonreír.

—Creo firmemente que te vendría bien un poco de amor incondicional, y eso es exactamente lo que te ofrezco, Winnifred.

Capítulo treinta

Arsène

Lo interesante de saludar a una persona es que nunca sabes lo difícil que será despedirte de esa misma persona.

Cuando conocí a Winnifred, bajo el implacable sol mediterráneo, pensé en ella como en un juguete. Ahora, sentado en un avión que me llevará de Nashville a Nueva York, me doy cuenta de que ella era el final del juego.

Ella lo ha sido todo desde aquel primer momento, allí mismo, en aquel restaurante, cuando me desafió. Cuando me ridiculizó. Cuando se negó a encajar en el estereotipo que yo le había atribuido.

Es muy probable que nunca vuelva a verla. He venido a decirle lo que tenía que decir, y ahora es ella quien tiene que decidir.

Solo me queda la esperanza de que recuerde lo que nos unió.

Porque nunca fueron ellos, fuimos nosotros.

Y, aunque es cierto que soy un hombre arrogante, manipulador y muy cambiante, también soy una persona con múltiples perspectivas.

Y las perspectivas, como sabemos, lo son todo en la vida.

Por eso la puesta de sol en Marte parece azul.

Capítulo treinta y uno

Winnie

—Winnie y Arnie sentados en un árbol. B-E-S-Á-N...

Le doy un puñetazo en el brazo a mi hermana antes de dejar caer la cabeza entre los brazos sobre la mesa de la cocina. Mamá y papá siguen fuera y Georgie está radiante, a mi lado, mientras sorbe su café helado.

—No estés tan triste. Esto es bueno. —Hojea una revista de papel satinado que hay sobre la mesa y sus uñas perfectamente cuidadas se detienen cada vez que ve un anuncio de algo que le gusta—. Nunca te vi así con Paul. Era muy aburrido. —Levanta la mirada para asegurarse de que tiene toda mi atención—. Vivías en piloto automático. Durante un tiempo, me pregunté qué le había hecho Paul a mi hermana y a su descaro. Pero ahora veo que ha vuelto. ¿Quién diría que lo único que necesitabas era que un multimillonario guapísimo y alto de la ciudad apareciera en tu puerta con una declaración de amor espontánea?

—Yo sí que quería a Paul —protesto.

—No, te encantaba la *idea* de Paul. Te encantaba lo que te ofrecía. La familia bonita y feliz, y la valla blanca. Y ser la esposa de un hombre que fuera algo más que el hijo de un ranchero cualquiera de Tennessee.

—Eso es muy superficial —señalo—. Y mentira.

—¿Porque la gente sale con otras personas por razones puramente altruistas y filosóficas? —Arquea una ceja—. Por favor. La gente se siente atraída por otras personas por cosas

352

superficiales. Fingir lo contrario es insultar la inteligencia de ambas. Al menos, lo que tienes con Arnie parece ser un poco más serio que eso.

—Es Arsène.

—¿Arson? —Suelta un grito ahogado—. Yo no iría tan lejos. Quiero decir, parece un poco tóxico, pero no lo suficiente para hacer saltar las alarmas.

—Esto va en serio. —Tomo un sorbo de mi café y cubro la taza con los dedos para calentarme—. No sé si puedo hacer esto, Georgie. Volver a Nueva York. Arriesgarme. Después de todo lo que ha ocurrido.

—Por favor, Jesús ha llamado. Necesita que le devuelvas la cruz. —Georgie cierra la revista de golpe—. ¿Podemos saltarnos esta parte? Ambas sabemos que irás. Sería una locura que no lo hicieras. Quieres a ese hombre.

—Pero me está ofreciendo exactamente lo mismo que Paul. Y mira cómo terminó mi relación anterior.

Por supuesto, le conté a Georgie todo lo que había pasado. Todo lo malo. El tema de *Grace.*

Mi hermana se levanta y rodea mi silla. Me pone las manos en los hombros y me masajea los músculos doloridos con los pulgares.

—El desamor es una malísima razón para no darle una segunda oportunidad al amor. Es como renunciar a la comida por intoxicación. O... o... No lo sé. Como evitar el helado porque no te gusta un sabor. El amor tiene mucho más que ofrecer que el desamor. Es esperanza. Son mariposas. Es sabiduría. Es familia y refugio. Paz y bebés.

Le aprieto una mano sobre mi hombro y dejo escapar un suspiro tembloroso.

—Es posible que no pueda tener hijos. Él dice que no le importa, pero ¿y si no es así? ¿Y si le importa, Georgie?

Ella se queda congelada por un momento. Lleva un tiempo dándole vueltas al tema, intentando obtener más información. Yo, por mi parte, nunca le di una respuesta. Temía derrumbarme si sacaba el tema. Pero ya no. Ahora todas las cartas están sobre la mesa.

Georgie se recompone. Se aclara la garganta y vuelve a masajearme los hombros.

—¿Y si el cielo se cae? ¿Y si mañana nos golpea un meteorito? ¿Y si estalla una guerra entre nosotros y Canadá? Lo sé, son simpáticos, pero ¿de verdad podemos fiarnos de la gente que compra la leche en bolsas? He visto algo sobre eso en las noticias. Es cierto, Winnie. Y real.

—Gracias por el rodeo. —La miro con una sonrisa.

—No es solo un rodeo, cariño. Lo digo en serio. Quizá no puedas tener hijos, pero eso podría decirse de todas las mujeres que no están embarazadas. Y, que yo sepa, los hombres no piden pruebas de fertilidad al médico antes de hacer la pregunta. La vida es una apuesta. A veces se gana y otras se pierde. Lo importante es perder siempre con una sonrisa victoriosa.

Pero creo que es más que eso. En este juego de la vida, lo realmente importante no es quién gana o quién pierde. Es que tú y tu compañero tengáis el mismo objetivo. El mismo fin.

No he podido dormir ni comer desde que Arsène se fue ayer. Hasta me cuesta respirar. Todo lo que he hecho ha sido pensar en él y en su oferta. Una oferta que no puedo rechazar, incluso aunque eso signifique jugarme el corazón de nuevo.

—Pero… ¿qué hago? —Me froto una mejilla—. ¿Me presento en su casa?

—A ver… —Georgie se aparta de mí y toma su café helado—. Una llamada de teléfono sería rara, teniendo en cuenta las circunstancias. Sobre todo porque ya ha venido dos veces. Es un gesto del nivel de Hugh Grant.

—Ni siquiera te gusta Hugh Grant. —Frunzo el ceño—. Una vez dijiste que era un imbécil poco elocuente.

—Me gusta lo que representa, ¿vale? —Georgie pone los ojos en blanco y chupa la pajita con fuerza—. Ahora vete a hacer la maleta. Esta habitación no es lo bastante grande para las dos.

Mi cuerpo se levanta solo y me dirijo a nuestro dormitorio sumida en un extraño e inquebrantable trance.

Es hora de golpear a Arsène con un palo de la verdad. Aunque primero tenga que admitir esa verdad ante mí misma.

Capítulo treinta y dos
Winnie

Nueva York es fría y maravillosa en una docena de tonos grises y azules mientras voy en taxi desde el aeropuerto de LaGuardia hasta la ciudad.

El otoño ha conquistado cada centímetro de Manhattan. Los árboles altos están desnudos, con las ramas enroscadas sobre sí mismas, arrugadas por la escarcha.

Mi primera parada es mi apartamento. *Mi* apartamento, no el de Paul. Lo miro durante unos minutos, con las manos en las caderas, y hago inventario por última vez.

Luego recojo el correo basura del buzón, abro una bolsa de basura y lo tiro dentro.

Poseída por una energía que no había sentido en mucho tiempo, me dirijo a la nevera, la abro de par en par y saco todos los yogures de Paul. Su bote de pepinillos. Sus batidos favoritos. Pasteles de luna. Todo fuera. Me arremango hasta los codos y friego la nevera hasta dejarla limpia. Los restos de la comida caducada me invaden las fosas nasales; un hedor agrio y persistente. No paro hasta que queda impecable, y me río a carcajadas cuando recuerdo que había dejado de usar la nevera para no tener que soportar el hedor de la comida.

Luego paso a los periódicos enrollados que guardé para él.

No volverá. Aunque lo hiciera, en otra vida, en otro universo, podría comprarse su propio periódico. La única noticia que necesita es esta: era un cabrón que intentó besar a mi hermana y dejó embarazada a otra mujer mientras estábamos casados.

Llevo a reciclar todos los periódicos. Tengo que bajar tres veces antes de acabar con todo, pero merece la pena.

A continuación, abro de par en par la puerta del despacho de Paul. Todos sus archivos van a la trituradora. El ordenador y los monitores acaban empaquetados para donarlos a una organización benéfica. No quiero ninguna prueba de que este hombre haya vivido aquí. Porque nunca lo hizo, en realidad.

Me lleva seis horas limpiar el apartamento y vaciarlo de Paul. Cuando termino, estoy agotada. Me meto en la ducha y dejo que el agua abrasadora me golpee la piel. Cuando salgo, elijo un vestido bonito y me maquillo un poco.

Estoy guardando el pintalabios en el neceser cuando suena el timbre. Le sonrío al espejo, pues sé quién es, y camino a paso ligero por el pasillo. La casa está impecable. Limpia, ordenada, y es completamente mía. Huele a la vela de canela y vainilla que he encendido antes, un aroma que a Paul nunca le gustó —la canela le provocaba náuseas—, y abro la puerta.

Arya está al otro lado, con Louie en brazos, aunque ya no es tan pequeño.

Enseguida me acerco a ella para cogerlo y él gorjea feliz mientras se acurruca en mis brazos. Me encanta sentirlo contra mi cuerpo y me río cuando me mete los dedos regordetes en la boca.

—Louie, no toques nada. —Arya tira de su bufanda y la arroja sobre mi sofá—. Tengo la sensación de que tendré que decir mucho esas palabras, teniendo en cuenta el éxito de su padre con las mujeres antes de estar conmigo.

—Pasa. —Me río y me hago a un lado para que pueda entrar.

Cuando entra, me doy cuenta de que no está sola. Chrissy también ha venido, y ha traído su característico vaso de té quemagrasas y un cigarrillo electrónico en la mano.

—Creía que estabas en Los Ángeles con tu novio. —La abrazo rápidamente antes de que se escape.

—Sí, lo estaba. —Me hace un gesto con la mano y se deja caer en el sofá—. Pero Arya me ha dicho que volvías y no he podido evitarlo. Sobre todo, cuando me he enterado de la razón de tu llegada. Ahora, mira este lugar. Es casi como si Paul nunca hubiera vivido aquí.

Los tres miramos asombradas a nuestro alrededor mientras Louie se menea para intentar soltarse y deambular por el lugar.

—Ya era hora —digo.

—Estoy muy orgullosa de ti. —Arya me da un apretón—. Por todo lo que has hecho hoy, y por todo lo que estás a punto de hacer. Ahora, pásame mi montón de mocos, por favor. Tengo algo que darte.

Le devuelvo a Louie a regañadientes y luego abro la palma de la mano entre las dos mientras ella busca en su bolso lo que le he pedido.

—¿Estás segura de que a Christian no le importará? ¿Que me des esto a mí? —le pregunto. Es una violación de la intimidad y de la propiedad.

Arya suelta una carcajada.

—Le importará. No dejaré de oírlo. Pero ¿crees que estará enfadado conmigo mucho tiempo? No. Además, cuando entienda lo que está en juego, estará encantado. Créeme. —Envuelve mis dedos alrededor de la llave—. El portero se llama Alfred. Si te da problemas, dile que me llame.

Y, así de fácil, tengo la llave del apartamento de Arsène.

Ahora solo necesito abrir su corazón.

* * *

Por supuesto, quería que Arsène estuviera en casa cuando yo llegara a Nueva York. Pero, en cuanto aterricé y llamé a Arya para comunicarle que había vuelto, me contó que Arsène le había dicho a Christian que estaría en Londres hasta la noche para firmar un acuerdo de venta del Calypso Hall.

La tristeza me forma un nudo en el estómago. Es cierto que no siempre ha sido un lugar próspero, pero tiene mucho encanto. Tiene su belleza. Algo que no puedo identificar. Y, además, era de su madre. De Patrice. Su último pedazo de ella. De la *verdadera* Patrice.

Pero quiero esperarle aquí hasta que vuelva de Londres. Sobre todo porque recuerdo que una vez dijo que nadie lo había esperado nunca en casa. Siempre ha sido una estrella solitaria que se movía en la oscuridad del vasto universo.

Abro la puerta del apartamento con la llave que me dio Arya. Una oleada de placer me inunda. Huele a él. Ese aroma único de Arsène que hace que me tiemblen las rodillas.

Su apartamento está exactamente igual que la última vez que estuve aquí.

Miro el móvil y me doy cuenta de que aún me quedan unas horas hasta que llegue. Decido darme una vuelta por la casa. Arsène lo hizo, y, dado que la última vez que nos separamos me dijo que me quería, me cuesta creer que pueda parecerle mal.

Primero, vuelvo a la habitación de invitados donde me hizo quedarme. Las sábanas están planchadas y la habitación está perfectamente ordenada. Como si nunca hubiera estado allí. No sé qué esperaba… ¿Que la cama estuviera sin hacer, como la dejamos? No es su estilo. Camino por el pasillo. Entro en el cuarto de baño. Abro los armarios y se me calientan las orejas ante este atrevimiento. Solo tiene tiritas, paracetamol y antiácido.

Cuando llego al dormitorio, me detengo. Pongo una mano en el pomo. Una parte irracional de mí teme encontrarlo ahí con otra persona. No sé por qué. Es obvio que no está aquí. Arya me dijo que fue a verse con un pomposo colega suyo con el que asistió a la Academia Andrew Dexter.

Pero desde que Paul…

«No. Que le den a Paul. Has seguido adelante. No permitirás que tu pasado dicte tu futuro».

Empujo la puerta para abrirla. En cuanto lo hago, todo el oxígeno abandona mis pulmones.

Porque está aquí.

A tamaño real y colgado en su pared. Donde debería estar la televisión. Justo delante de su cama. Y es tan magnífico como lo recuerdo.

El póster de *La gaviota*.

El cartel enorme que se perdió por arte de magia hace tantos meses. Con el primer plano de mi cara.

Fue Arsène quien se lo llevó. Quien lo *robó*. Quien manipuló las cámaras y borró sus imágenes llevándose el cartel.

Mi cara me mira fijamente. Parezco tranquila… tal vez incluso un poco soñadora.

Pero no debería estar aquí. No puede haber sido él. El cartel desapareció muy al principio de nuestra relación, o de lo que fuera que empezaba a haber entre nosotros.

Así es… ¿cómo…?

Las palabras que me dijo la última vez que lo vi, en mi porche, me asaltan.

«Mis ganas de querer estar cerca de ti y a tu lado en todo momento dejaron de tener que ver con Grace y empezaron a tener que ver contigo *muy muy* pronto. Desde que saliste corriendo del New Amsterdam después de tirar al pobre Cory al suelo».

No mentía. Es cierto que le gusto desde el principio.

Me acerco al cartel y estampo una mano contra la cara impresa. Algo húmedo y extraño me acaricia una mejilla. Alargo la mano para limpiarme y, al examinar la punta del dedo, descubro una lágrima perfectamente redonda, transparente y salada que me mira fijamente.

Estoy llorando.

¡Estoy llorando!

Ya no estoy maldita, ni entumecida, ni soy incapaz de sentir.

Las lágrimas no dejan de salir. Un llanto fuerte e infantil me sale del pecho y de la boca. Lloro por todo el año en que no he podido hacerlo.

Lloro por la muerte de Paul. Por lo que me hizo. Por Grace. Por lo que le hizo a Arsène. Por haber perdido el papel de

Nina. Por haber ganado perspectiva. Por Rhys. Por Arsène, por haberse escondido durante décadas tras un muro de erudición e ingenio.

Sobre todo, lloro por mí misma. Pero, para mi sorpresa, no son lágrimas de desesperación o autocompasión, sino de alivio.

Me siento valiente. Más fuerte de lo que nunca he sido. E increíblemente esperanzada.

He atravesado el infierno y he caminado por el fuego, y he salido al otro lado con cicatrices y magulladuras, pero más fuerte que nunca.

«Ardo por ti», dijo. Y yo estoy dispuesta a arder por él.

Me dejo caer en su cama y lloro, lloro y lloro durante horas.

Lloro hasta quedarme dormida en la comodidad del aroma del hombre al que quiero.

Capítulo treinta y tres

Arsène

Mi teléfono suena sin parar cuando estoy en el Uber de vuelta a mi apartamento desde el aeropuerto.

> **Christian:** Ha pasado algo mientras estabas fuera.
> **Arsène:** No te ayudaré a enterrar ningún cadáver.
> **Christian:** ¿Crees que te pediría algo así con un mensaje? ¿Crees que soy tonto?
> **Arsène:** No hagas preguntas si no estás preparado para escuchar la respuesta. ¿Qué ha pasado?
> **Christian:** Arya se llevó las llaves de repuesto de tu apartamento.
> **Arsène:** Me siento halagado, pero no es mi tipo.
> **Christian:** Se las pidió Winnie, imbécil.

Le pido a mi corazón que deje de latir como un mazo, pero es inútil. Pensar que Winnifred está ahora mismo en mi apartamento hace que me tiemble el pulso. Ni siquiera me molesto en contestarle a Christian. Solo miro la aplicación de tráfico de mi teléfono, que me avisa de que, como de costumbre, hay un atasco infernal en mi calle.

Golpeo el suelo del coche con el pie. ¿Sería exagerado sobornar a todos los cabrones que tenemos delante para que se aparten y nos dejen pasar?

Cuando estamos a unas cinco manzanas de mi edificio, le digo al conductor que me bajo aquí y le lanzo un fajo de billetes.

—¿Hará andando el resto del camino? —pregunta sorprendido—. Un poco peligroso en mitad de la noche.

Pero ya estoy fuera, corriendo como un loco. Cuando llego a mi edificio, la puerta de la escalera está cerrada. Maldigo, pateo un cubo de basura y llamo al ascensor. La espera se hace eterna. También el trayecto hasta mi apartamento. Luego entro, y mi salón está completamente vacío. Sin Winnifred.

Echo un vistazo a la cocina y al salón, y me dirijo enseguida a mi dormitorio, donde la encuentro tumbada en la cama, profundamente dormida. Verla así, sola, me deja sin aliento.

Dividido entre mi necesidad de despertarla y hablar con ella y su necesidad de dormir hasta la saciedad, me meto en la cama, la rodeo con los brazos y entierro la nariz en su pelo color fresa.

No hay forma de que me duerma. La adrenalina que me corre por las venas me mantendría despierto hasta bien entrado el año que viene. Pero me basta con abrazarla. Después de unos minutos sin movernos, noto que se remueve entre mis brazos. Un suave gemido se le escapa de entre los labios y sus manos rodean las mías para apretarme más contra ella.

—Oye, Marte —murmura—, cuéntame algo interesante sobre el universo.

Cierro los ojos y sonrío entre su pelo.

—Hay un planeta hecho de diamantes. Duplica el tamaño de la Tierra y está cubierto de grafito y diamantes.

«Y, si tuviera la oportunidad, te daría un anillo con un diamante aún más grande. Si dices que sí».

Pero, por supuesto, la pueblerina no es Grace. A ella no le interesan las joyas caras.

—Apuesto a que es precioso —susurra. Me estremezco y le beso una oreja.

—No tan bonito como tú.

Entrelaza sus dedos con los míos y arrastra mi mano por su pecho. Le late el corazón como un tambor, y cada golpe se me clava en la mano. En la *mía*.

363

No lleva sujetador, y se le transparenta el pezón a través del vestido. Lo masajeo con suavidad y poso la boca en la curva entre su cuello y el hombro. Se me pone dura por lo mucho que la deseo. Se tumba encima de mí y se sienta a horcajadas sobre mis caderas mientras me mira con un hambre descarado, y no me creo que haya podido acostarme con otras mujeres que no fueran ella. Con una persona que no me mirara como ella lo hace ahora. Como si yo fuera todo su mundo. Su luna, sus estrellas, la Vía Láctea y las galaxias a su alrededor.

—Te he echado de menos, pueblerina. —Le dedico una sonrisa salvaje. Ella se inclina hacia delante y me calla con un beso obsceno.

La sangre me ruge en las venas. Me desabrocho el cinturón mientras ella se sube el vestido. Le tiro de las bragas y me deslizo dentro de ella. Me cabalga, lenta y burlonamente, y no dejamos de mirarnos.

—Creía que nunca dejabas que las mujeres entraran en tu cama. —Me muerde el cuello y mueve las caderas, como si conociera mi cuerpo como la palma de su mano.

—¿Qué querías que dijera? —Gimo, el placer es tan intenso que apenas puedo respirar—. Lo siento, no puedes entrar en mi dormitorio porque yo robé el cartel con tu cara del teatro. Por cierto, por favor, no me pongas una orden de alejamiento.

—¿Por qué lo hiciste?

—¿Convertirme en tu acosador? —La penetro sin dejar de mirarla a los ojos. Intento concentrarme en la conversación para no explotar a los cinco minutos—. Fue premeditado, lo creas o no.

Se acerca para besarme.

—No. Robar el póster.

—Para sentirme siempre cerca de ti.

Esto la complace, y acelera el ritmo mientras le tiro de la parte delantera del vestido para liberar sus magníficos pechos. Tiro de un botón para inclinarla hacia mí y le chupo un pezón con avidez.

Deja caer la cabeza sobre mi hombro.

—Arsène.

—Winnie.

Se detiene. Por un momento, creo que ha pasado algo. Endereza la espalda, aunque sigo dentro de ella. Siento el pulso en las pelotas. Mi polla gritaría si pudiera.

—¿Qué? —le pregunto.

—Me has llamado Winnie.

Sonrío.

—Es tu nombre.

—Nunca me llamas por mi apodo. Aparte de esa vez, solo te has referido a mí como Winnifred o pueblerina.

Con un movimiento rápido, la tumbo bocarriba y la inmovilizo debajo de mí, y lo hago sin separarme de ella ni una sola vez. Le beso la punta de la nariz.

—Es porque todo el mundo te llama así, y siempre he querido que te acordaras de mí.

Me acaricia una mejilla.

—No ha habido un solo momento desde Italia en el que no haya pensado en ti.

Me abalanzo sobre ella. El sonido de la piel contra la piel llena el aire. Es brutal. Es hambriento. No se parece en nada a lo que estoy acostumbrado. Estamos en nuestra pequeña burbuja. No quiero salir nunca de ella.

Jadea y me clava las uñas en la espalda, como si estuviera a punto de desmoronarse. La penetro con más fuerza, más deprisa, casi como un loco. Porque no tengo ninguna garantía de que vaya a verla mañana. Nadie me ha prometido que esto sea un hola y no un adiós. Aún no hemos hablado, y la sensación de urgencia se apodera de cada uno de mis huesos.

—Me corro, me corro —jadea.

Se arquea debajo de mí, siento los espasmos alrededor de mi polla y, de repente, siento una calidez ardiente, antes de que mis pelotas se tensen, y me corro dentro de ella.

En cuanto me derrumbo sobre ella, estamos sudados y agotados. Somos dos sacos de miembros inútiles. Tan humanos y mortales que resulta casi ridículo que lo que compartíamos hace un momento fuera divino. Cuando me alejo un poco para dejarle espacio, porque aplastar hasta la muerte a la mujer que quiero no entra en mis planes, me mira confusa y con un toque infantil.

—¿Estás bien? —le pregunto.

Aprieta los labios.

—Eso depende de cómo sea nuestra próxima conversación.

* * *

Después de ducharnos juntos, nos vestimos con el ruido de la ciudad, que empieza a despertar. Winnifred se apoya en el cartel que robé, con los brazos pegados a la espalda. Me mira fijamente mientras me visto. Es un pequeño gesto, pero no estoy acostumbrado a que me observen. Decido que me gusta.

—¿Y si nunca podemos tener hijos? —suelta en la habitación. La pregunta resuena entre las paredes.

—Entonces nunca tendremos bebés. —Me subo un calcetín por el pie—. ¿Por qué tiene que haber un «si» al respecto? ¿Desde cuándo los bebés determinan la solidez de una relación, o la falta de ella?

—Puede que *nunca* podamos tener hijos biológicos. —Le brillan los ojos con el tono azul rosado del amanecer, como dos diamantes. Piensa en Paul. Piensa en la decepción, el dolor, la traición. Le preocupa que la historia se repita.

—¿Quieres decir que podremos pasar el tiempo viajando por todo el mundo, creando recuerdos, viviendo a lo grande y follando las veinticuatro horas del día? Intentaré soportar la carga de semejante escenario. —Me levanto, pero no me muevo hacia ella. Todavía no.

—Habla en serio. —Da un pisotón en el suelo de granito.

—Lo hago. —Sonrío—. No me importa si nunca tenemos hijos. Guarda esta frase.

—Por otra parte, podríamos tener muchos hijos. Tres, quizá cuatro —dice acalorada—. Me gustan los bebés. Me *encantan* los niños. Y, si pudiéramos adoptar, sin duda querría hacerlo. ¿Cómo te sentirías al respecto?

—Agotado, supongo. —Clavo los talones en la alfombra de felpa que hay debajo de la cama para darle a entender que nada de lo que diga me hará salir corriendo—. Y emocionado. La casa siempre estará llena. Nunca me aburriré. Prefiero los niños antes que las personas de tamaño natural, por regla general. Aún no han renunciado a cada parte de su individualidad para encajar, y ven el mundo a través de un prisma fascinante.

Lo que no digo es que me encantaría una segunda oportunidad. Una familia de verdad. Un hogar propio. Que creo que Winnifred será una madre increíble, como Patrice, y que quiero que tenga todo lo que su corazón desee.

Respira hondo. Cierra los ojos. Sus muros se rompen. Siento cómo se derrumban, ladrillo a ladrillo.

—Los dos tuvimos relaciones muy tóxicas —susurra, con los ojos aún cerrados.

—Sí. Y hemos aprendido mucho de ellas. Esto es diferente. Hemos crecido. Hemos madurado. Es como si hubiera desmontado algo inestable y lo hubiera reconstruido para que sea mejor.

Abre los ojos y se pasa la lengua por los labios.

—Siento haber dejado *La gaviota*. Fue un error por mi parte.

—*La gaviota* me importa una mierda —la interrumpo—. Nunca se trató de la obra. Nunca se trató de tu compromiso con ella. Siempre fue sobre nosotros.

Ella se muerde el labio inferior mientras lo considera.

—Sí. Supongo que sí. No podías esperar a deshacerte del Calypso Hall, ¿verdad? Por cierto, ¿qué tal Londres?

Sonrío. ¿Ahora quiere hablar de *esto?* Clásico de Winnie.

—Bonita. Fría. Gris. El restaurante era fantástico. —Hago una breve pausa—. Pero no pude hacerlo. El Calypso Hall aún es mío.

Ella ladea la cabeza y me mira divertida.

—¿De verdad?

—Sí.

—¿Por qué?

—Bueno… —Doy un paso hacia ella. Compruebo su estado de ánimo. Se queda quieta, no me invita a acercarme, pero tampoco se aparta—. Invertí quinientos mil en renovaciones y en una reforma completa hace apenas unas semanas. Empezarán a trabajar en él cuando termine *La gaviota*.

Se cubre la boca y abre los ojos como platos.

—¡No! —Da un pisotón, tan llena de alegría que no puedo evitar echar la cabeza hacia atrás y reírme.

—Sí.

—Pero ¿por qué? —Mueve la cabeza con incredulidad.

—Iba a vendérselo a Archie Caldwell, un viejo amigo, si puede llamársele así. Lo quería para su mujer. Se mudan aquí, y buscaba un proyecto con el que mantenerla entretenida. Entonces me di cuenta de que, si todo va según lo previsto, quizá yo también tenga una esposa que quiera quedarse con el Calypso Hall. Además, resulta que soy un sentimental de mierda. Mi madre adoraba este teatro, y, bueno, yo la adoraba a ella. De todos modos, no quería hacer ningún movimiento drástico sin consultarte primero.

—¿A mí? —Se lleva un dedo al pecho y arquea las cejas.

—A ti. —Una sonrisa se dibuja en mis labios.

—Tus negocios son tuyos, no míos. —Niega con la cabeza.

Me río.

—Lo mío es tuyo, mientras tú seas mía. Este es el trato. Y *nunca* hago malos tratos.

—¿Por qué volaste a Londres entonces? —Frunce el ceño, confusa.

Le hago un gesto con una mano.

—Archie comparó la pérdida del querido perro de su mujer con la muerte de Grace, así que quise ponerle los dientes largos antes de decirle personalmente que nunca tendría el Calypso Hall.

—Eres horrible. —Se muerde el labio inferior.

Suspiro.

—Lo sé. Pero me quieres de todas formas, ¿no? —Sonrío esperanzado.

Como se limita a mirarme en silencio, me acerco a ella.

—Por si no lo he dejado claro hasta ahora, no soy Paul. No me interesa firmar un acuerdo prenupcial. Ni quiero una máquina de bebés. Ni una mujer que prepare galletas para mis colegas. Quiero una compañera. Una igual. Quiero que seas exactamente la que eres. —Doy otro paso, luego otro. Ahora estoy pegado a ella. El calor de su cuerpo se mezcla con el mío. Está atrapada contra el cartel. Ese frente al que me he ido a dormir cada noche durante meses mientras imaginaba que ella estaba a mi lado. Que compartíamos la misma casa—. Y tú eres de quien me he enamorado —termino.

Me rodea los hombros con los brazos y se pone de puntillas para besarme. Gruño y la abrazo.

—No me iré a ninguna parte, Arsène Corbin. Te guste o no, siempre estaré en tu casa. Siempre te esperaré, como el cartel. Ahora soy tu familia.

La creo.

Epílogo

Winnie

—Soy una gaviota.

Solo que no simbolizo la destrucción, como Treplev demolía a la gaviota en la obra de Chéjov.

Represento la libertad, la curación y la tranquilidad.

Una vez leí en alguna parte que las gaviotas son una de las pocas especies de la Tierra capaces de beber agua salada. Debe de ser increíble desafiar así a la naturaleza.

Las luces del teatro me iluminan el rostro mientras termino el monólogo, con Rahim a mi lado. Mis pies están firmes en el escenario… Y sé que ese es mi sitio.

Y, cuando pronuncio mi frase final, cuando se cierra el telón, cuando el público se pone en pie, nos ovaciona, y tomo las manos de mis colegas, mi segunda *familia,* mi hogar lejos de casa, sé que he tomado la decisión correcta. Que quedarme en Mulberry Creek nunca fue mi destino.

—No me creo que casi dejaras todo esto —me susurra Rahim al oído, como si me leyera la mente.

—No me creo que no corrieras detrás de mí para detenerme. —Le aprieto la mano con la mía.

Se ríe.

—Hubo momentos en que estuve tentado de hacerlo.

Entre bastidores, me esperan mamá, papá, Lizzy y Georgie. Mi hermana pequeña salta sobre mí y enrosca las piernas a mi alrededor en un abrazo perezoso, como siempre hace.

—Dios mío, ni siquiera apestas un poco. ¿Qué es lo contrario de avergonzada?

—¿Orgullosa? —murmuro, aplastada contra su pecho.

—¡Sí! —exclama—. Eso es lo que siento por ti ahora mismo.

—¡Georgie! —Mamá la regaña y despega a mi hermana de mi cuerpo mientras me río sin aliento—. No le digas esas cosas a tu hermana.

Mamá me da un fuerte abrazo y tiemblo un poco en sus brazos. Les toca a Lizzy y papá.

—Sed directos si creéis que necesito encontrar un nuevo trabajo —digo, pero no va en serio. Podría tener el talento interpretativo de un Twinkie caducado y, aun así, no renunciaría a mi sueño. Sobre todo porque Lucas tuvo la amabilidad de devolvérmelo *antes* de enterarse de que estoy a punto de ser la dueña del Calypso Hall.

«No me gustas nada, Winnie, y quiero que lo sepas. Pero nadie interpreta a Nina mejor que tú».

Resultó que aprendí a gustarme a mí misma en el proceso, porque ahora mismo tengo las manos llenas. Abriré una escuela de teatro gratuita en Brooklyn para jóvenes en riesgo de exclusión.

—Has estado increíble, cariño —exclama papá.

—¡Tan bien que he llorado tres veces! —brama Lizzy.

—Tú siempre lloras —señala Georgie, que la mira de reojo—. Lloraste en el supermercado, y no exagero, cuando tu mantequilla de cacahuete favorita se había acabado.

Estoy a punto de darme la vuelta y buscar a la única persona que anhelo ver ahora, pero Chrissy y Arya, esta última con el pequeño Louie en brazos, corren hacia mí desde la distancia como unos jugadores de *rugby* poseídos.

—Me alegro mucho de que hayas vuelto. —Arya me besa las mejillas.

—*De verdad* —añade Chrissy, que le quita a Louie de los brazos y lo arrulla—, creía que Lucas asesinaría a alguien si no encontraba a la Nina adecuada. ¿Sabes que me llamaba cinco veces al día para preguntarme si podía traerte de vuelta? En un momento sugirió que te *sedáramos*.

—Estoy aquí, y me está castigando por haberle abandonado. —Me río y le robo a un Louie dormido de las manos. Respiro el aroma del pequeño.

Todos los días, Lucas me obliga a quedarme cuando acabamos para hablar un rato y asegurarse de que no me iré a ninguna parte. También ha cambiado el cartel de *La gaviota* para que aparezca todo el reparto antes que yo. Es justo. No debería haberme dado una segunda oportunidad después de lo que pasó en primer lugar.

—Maldita sea. Puede que te perdone por lo que hiciste, pero nunca lo olvidaré. —Lucas aparece de la nada y me pasa un brazo por encima del hombro.

Tuerzo el cuello e intento ver a través del bosque de gente que me rodea.

—¿Buscas a alguien? —se burla Chrissy—. Pareces distraída, Win.

Sabe exactamente a quién intento encontrar.

—¿Dónde está? ¿Llega tarde? —exijo mientras deseo que mi corazón no lata tan rápido y fuerte con solo *pensar* en él.

—Nunca. —La voz áspera y oscura que conozco y adoro resuena detrás de mí. Se acerca con sigilo y me besa en un omóplato. Luego se inclina y besa a Louie en la mejilla mientras lo sujeto. Somos la viva imagen de una familia perfecta.

Arsène y yo conseguimos congelar algunos de nuestros embriones, pero decidimos esperar hasta después de la boda para intentar tener hijos. Aún no tenemos fecha, pero me propuso matrimonio con un precioso anillo que le pertenecía a su difunta madre. Es un honor llevar el anillo de Patrice, y será un honor aún mayor hacer feliz como esposa al hijo de esta magnífica mujer.

¿Y si los embriones no sirven? Bueno, hay más formas de crear una familia, y estoy dispuesta a explorarlas todas.

Dejo caer la cabeza sobre el pecho de mi prometido, y él se inclina para capturar mi boca con la suya en un beso.

—Ay. Qué asco. —Riggs, el amigo de Arsène, finge una arcada—. Aquí hay niños, literalmente.

—Ya no eres *tan* joven —comenta Christian, el marido de Arya. Se acerca a mí y me quita a Louie de las manos—. Ya sabes, por si tu pequeño saludo se convierte en algo no apto para mayores de trece años.

Me doy la vuelta para mirar a mi futuro marido.

—Cuéntame algo que no sea de este mundo. —Mis labios se mueven sobre la piel de su cuello.

—Los planetas pueden flotar por el espacio eternamente sin una estrella madre. Ir a la deriva por la galaxia. Los astrónomos creen que en algún momento fueron «expulsados» de su sistema original. Son como rebeldes con una mochila y cincuenta dólares en el bolsillo, pero que, de algún modo, se las ingenian para sobrevivir.

—Bueno, ya no tendrás que ir a la deriva. —Le beso la barbilla, la mejilla y la nariz—. Ahora tienes un planeta que es tu hogar. Me tienes a mí.

* * *

Arsène

—No es seguro —digo, y tenso la mandíbula. Puede que sea el eufemismo del siglo. Winnie y yo estamos en lo alto del tejado de la mansión Corbin. La misma que le vendí a Archie Caldwell como premio de consolación por no conseguir el Calypso Hall. Me alegro de haberme deshecho de esta caja de hormigón llena de malos recuerdos. Puntos extra: el aura de este lugar es tan malo que ni siquiera siento que le haga un favor.

—¡Sígueme el rollo! —Winnie se estabiliza en el borde de la azotea y estira los brazos en horizontal.

—Es un poco difícil cuando cada hueso de mi cuerpo me dice que me abalance sobre ti y te traiga hacia un lugar seguro —murmuro con amargura—. Baja de ahí. Todavía podemos llegar al espectáculo de las seis si nos vamos ya.

—No quiero ir al cine. —Winnie pone una cara adorable. La que me desarma hasta la sumisión—. Quiero jugar a la cuerda floja una última vez antes de abandonar este lugar. Por los viejos tiempos.

—Los viejos tiempos eran una mierda —le recuerdo.

—Bueno, formemos un gran recuerdo antes de irnos.

Veo lo que trata de hacer, y lo aprecio, de verdad, pero, como dé un traspié, la perderé, joder.

—¿Me estás cronometrando? —Winnie gira la cabeza para ver si tengo el reloj en la mano. Esta mujer está loca. Por suerte, es *mi* loca.

Estoy pensando en mi próximo movimiento cuando se me ocurre una idea.

—Te cronometraré. Pero yo quiero ir primero.

Ella responde:

—Las damas primero.

Miro a mi alrededor.

—No veo a ninguna dama por aquí. Pongamos unas reglas: si ganas, si acabas antes que yo, te daré lo que quieras.

Vacila y luego cede.

—Bien.

Atraviesa el saliente, se apoya en la chimenea y saca el teléfono del bolsillo.

—¿Listo? Te estoy cronometrando.

Me coloco en el centro del saliente, levanto los brazos, miro al frente y respiro.

—Listo cuando tú lo estés.

—Adelante.

Doy un paso perezoso hacia delante. Luego, al cabo de unos segundos, otro. Intentaré atravesarlo en diez minutos, solo para asegurarme de que no se precipita. No puedo perderla.

—¿Me tomas el pelo? —Winnie se ríe a mis espaldas, encantada—. ¡Creía que habías dicho que eras competitivo! Te mueves a paso de tortuga.

—El tiempo es relativo, pueblerina.

—¡No me fastidies! ¿Estás siendo lento a propósito?

—¿Eso es lo que piensas de mí? —le suelto—. Nunca juego para perder.

—Mmm —es todo lo que dice cuando no llevo ni un cuarto de camino hacia la otra chimenea. Ella tendrá toda una vida para recorrer el camino hacia la seguridad. Toda una maldita hora, si es lo que necesita.

Porque hay una cosa que Winnifred no sabe de mí. No necesita saberlo.

Y es que siempre la dejaré ganar.

Agradecimientos

Es cierto lo que dicen. La ansiedad de no olvidarme de nadie al escribir el apartado de agradecimientos nunca se hace más llevadera. Esta es la parte en la que más me esfuerzo. Tened paciencia conmigo.

En primer lugar, a mi grupo de apoyo, por todo: Tijuana, Vanessa, Marta, Yamina, Sarah, Jan, Pang, Ratula, Ava, Parker, Amelie, Gel, Nina, Ivy y Kelsey. Gracias, gracias y gracias. Estoy eternamente agradecida de teneros en mi vida.

A mi familia, por cubrirme las espaldas y por ser tan comprensiva.

Muchísimas gracias al equipo de Montlake, por su increíble apoyo y atención al detalle. Anh Schluep, Lindsey Faber, Stephanie Chou, Alicia Lea y Heather Buzila. Muchísimas gracias.

Y a mi agente, Kimberly Brower, por tomarse el tiempo y el esfuerzo necesarios para que esta serie brille. Se lo agradezco de todo corazón.

A la maravillosa diseñadora de la portada, Caroline Teagle Johnson.

Por último, pero no por ello menos importante, a los lectores, blogueros y TikTokers que hacen que mis sueños se hagan realidad. Todos los días doy gracias a mi estrella de la suerte por vosotros.

También de L. J. Shen

L. J.
S H E N

RIVAL
IMPLACABLE

CRUEL CASTAWAYS

CHIC

Chic Editorial te agradece la atención dedicada a
Enemigo caído, de L. J. Shen.
Esperamos que hayas disfrutado de la lectura
y te invitamos a visitarnos
en www.chiceditorial.com,
donde encontrarás más información
sobre nuestras publicaciones.

Si lo deseas, también puedes seguirnos
a través de Facebook, Twitter o Instagram
utilizando tu teléfono móvil
para leer los siguientes códigos QR: